冯牧散文精选

冯牧 / 著

作家出版社

纪念冯牧先生诞辰100周年

1979年于北京（摄影 王苗）

我喜欢读散文，也热衷于写散文，却写得很少。我的工作岗位使我不得不把散文写作当作我的"第三产业"。我也以为散文是一种最为自由的文学形式。但我的散文主要是记录了自己多年来所走过的艰辛路程的足迹。有一位评论家曾经这样评说过我的一些关于云南的散文："其足之所至，多为人所少经之地；其笔之所及，自亦为人所罕状之景。幅之画页，缀成长卷。色彩或浓烈、或淡雅，但却浮溢着对祖国山川、云南民族、边防战士的挚爱之情。"其言不无溢美，却比较确切地表达了我的某求追求。

作者手迹

目录 CONTENTS

辑三　岁暮怀人

窄的门和宽广的路（代序）

一

时常有人向我提出这样的问题，我也时常这样自问：是什么样的因素和原因使我选择了文学这门"行业"（如果可以这样说的话），而没有走上另一种工作岗位呢？

老实说，对于这个看来似乎并不复杂的问题，我确实是很难做出简明的回答来，比如，像鲁迅先生在《呐喊》序文中所曾经如此深刻地揭示过的促使他走上文学创作之路的原因那样。

假如有人从相反的角度提出问题来，我倒是可以不假思索地回答出来。比如：我为什么没有成为一个工程师、数学家或者地质工作者？我想我一定会这样回答说：因为从上中小学时代起，我就是理工学科上的坏学生。在上中学的时候，我曾经因为数学和理化不及格而留过级。和这一点不无联系的是：我在文科方面的成绩还不错，初中时候就在学校的铅印小报上发表过小散文，高中时期就在小报副刊上刊登从英文翻译过来的小故事。但是，一直到高中毕业之前，我都没有想过我今后会成为一个文学工作者，更不用说当作家了。

似乎有这样一种说法：在人的心理素质和生理禀赋上可能有两

种（当然不会止于两种）不同的倾向：有的人长于或者倾向于自然科学，而有的则耽于幻想和倾向于文学艺术。我不知道这种说法有多大科学根据，但觉得对我的生活道路和工作选择的发展趋向来说，倒是基本上相符的。我出身于一个知识分子家庭，父亲是一位有成就的历史学家，母亲也是一位时常手不释卷、出身书香门第的有文化的妇女，因此，读书便成为我从小自然养成的一种习惯。大约在十二三岁，我就读遍了家中所有的从《红楼梦》《聊斋志异》到梁启超翻译的儒勒·凡尔纳的《十五小豪杰》[①] 以及别的许多文学作品。大约也是因为这一点，我从此就对学校的理工学科的兴趣越来越淡薄，而对文学作品的兴趣越来越强烈了。我大约还应当感谢我的小学和初中时代的语文老师，他们引导我从十岁左右的时候就接触了当时的新文学。从那时起，鲁迅的《野草》、周作人的《雨天的书》、冰心的《寄小读者》以及我国早期出版的一些外国文学作品（如《爱的教育》）便在我的思想中占据了相当重要的位置，在我幼小的心灵中注入了人道主义的甘露。我在小学和初中的两位语文老师，现在都还健在，都已经八十多岁了。我至今非常感谢他们。他们本身都不是作家，却是我的文学生活中最早的启蒙老师。

就是这两位善良的、并非文学家的普通教师，在他们青年时代在一个耽于幻想、性情温和而又胸无大志的孩子眼前打开了一扇门——一扇熠熠发光的新文学之门。然而，这扇门，对我来说，不像古老的《圣经》里创造过的一个词，是一扇"窄的门"。我自以为我将走进这道门，却在门前长久逡巡不前，有好几年的时间不知如何跨进这道狭窄的门，而走进真正的文学天地。

---

① 现多译为《十五少年漂流记》。——编者注

我的父亲冯承钧是在欧洲的法国和比利时完成他的学业并且成为一个历史学家的。他是一个具有中国人的正直、善良、诚挚的传统美德的知识分子；在日常生活中，他是很严肃的，有时甚至到了严厉的程度，然而对于子女教育的主张，却具有一种西方的民主精神。他希望孩子们勤学向上，正直做人，至于孩子们将来要走什么道路，他却是相当宽厚，从不强行做出强加于人的规定。他曾经希望他的五个儿子都读完大学，至少其中有一两个人能把他的事业继承下来；后来多少做到了这一点的是我的大哥冯先恕和最小的弟弟冯先铭。前者是著名史学家陈垣先生很器重的学生，但不幸在三十岁时便夭亡了；后者后来则成为一个在陶瓷史上颇有造诣的学者。我父亲曾希望我成为一个自然科学工作者，并且劝我在上大学时报考植物系（我真不知道他怎么会有这种怪念头），但后来看到我在自然科学方面的低能，很快就放弃了这个想法。他曾经偶然看到我写的一篇散文和翻译的一篇小故事，我从他状似首肯的表情上看，感到他对于我在十四五岁时便达到了文字清通的程度是很满意的，不过他从不形之于色，只是以后再也不曾因为我在数理化课程上考不及格而责备我了。

我的父亲在中年时期便患了一种神经系统的病，长期处于半瘫痪状态，很难执笔作书，这对于一个靠著作和学术研究为生的人来说是很艰难的，也是很痛苦的。他出版的许多著作，都是靠他口述，由孩子们用笔记录下来，再由他修改而定稿成书的。这个任务，在很多时候便落在我和大哥的身上。我至今还记得我用笔记录他译注的《马可波罗行纪》时候的情景。在他面前堆满了这本著作的原文本和法文、英文、日文译本。他说一句，我记一句，就这样一页一页写下去。老实说，当我一页一页地记录着这本著作时，我对它其实是没有多少理解和兴趣的，但是，我逐渐感到，在把我父亲口述的语言转成书面文字时，我做得越来越熟练和得心应手了。我也感觉到父亲对这一点似乎很满意，因而他后来要我帮他记录译文的时间越来越多了。当时，我曾经觉得这对我来说是一种多少影响和妨碍了我个人爱好活动的负担，然而，后来，当我开始有些自觉地想要在文学和文字表达能力上下些功夫的时候，我突然悟到，我过去认为是额外负担的事情，其实是一件对我大有好处的事情；至少，在那以后，当我在学习阅读中国古典文学时，中国的古代诗文对我似乎变得不那么困难了。我逐渐学会了用通畅的文字来表达自己的思想感情和生活见闻的初步能力。

上面讲到的一切，能够成为我后来何以走上文学道路的一种合理的回答和解释吗？我想事情未必如此简单。但是，有一点却无疑是很明显的，这就是，一个人的文化教养以及他少年时期所生活于其中的文化氛围，对于他后来能不能够成为作家，绝不是无足轻重的事情。

二

读书帮助我认识了文学，接近了文学，但是，真正使我下决心和有勇气跨进文学的那座"窄的门"的，却不是读书，而是生活。

我的少年时代是在北京度过的。我在这座文化古城接受了我的文化教养，一直到十八岁高中毕业。在三十年代初期，在我的记忆里，北京（那时叫北平）是一座幽静的、朴实的、充满文化气息的城市。但是，在我开始懂事并且努力理解生活的时候，我却发现：这座有着非凡的古典美的魅力的城市，好像正匍匐在一座即将爆发的火山口上。在这座安静、美丽的古城中，出现了一种令人窒息的郁闷的气氛。时代把中华民族的生死存亡问题提到了每一个人的面前，并且装进了每一个人的心中。在我所活动的以青少年为主的社会圈子里，爱国主义成为一种衡量一个人的品德情操的主要标志。在这样的生活氛围之中，我很自然地投入了当时在北京兴起的波涛汹涌般的爱国学生运动。也可以这样说，北京的"一二·九"运动，促使我、推动我在选择自己生活道路的关键时刻，向着我后来决心终身为之奋斗的革命事业跨越了一大步，也向着我自以为和自己已经结下了不解之缘的文学事业跨越了一大步。这主要表现在：直到此刻，我才开始明白了文学还有新旧文学之分，还有进步的、革命的文学和其他种种文学之分。文学，原来是同民族解放和人类进步事业密切连接在一起的一种崇高的精神活动。

我有了一点点进步，但还不能说我已经真正跨进了文学路上的那座"窄的门"。因此，我虽然热衷于文学，却还没有立志成为一个文学家，也不知怎样才可以使自己成为一个文学家。

在"一二·九"运动的行列里，我可以算得上是个积极分子，但无论从思想觉悟或者理论修养方面来看，我那时还只是个很幼稚的热血少年。我在北京几乎参加了从"一二·九"开始的一系列游行示威活动，受过国民党军警的水龙头和棍棒的冲击，并且在1936年参加了"中华民族解放先锋队"（简称"民先"）。我开始懂得了文学并不只是一种可以给人以精神感染的美的享受，并且开始懂得了：在我的生活当中，还有比文学更重要的事情，这就是祖国的前途和人民的命运。在这种情况下，我的兴趣和精力，逐渐从对屠格涅夫、哈代的长篇小说和何其芳的散文的迷恋，转入到"民先"和同学间组织的读书会的活动上来。这些读书会的活动，回想起来有点像是解放以后的"读书班"。我们热忱地阅读的书，不但有上海出版的进步书刊，而且还有斯诺的《西行漫记》和显然是从地下党那里秘密传送过来的关于中国红军和陕北根据地的油印小册子。我们也经常举行学习讨论会，大家谈论得比较多的，是如何参加实际的抗日活动以及一旦北京沦陷以后我们应当怎么办的问题。

"七七事变"以后，我的伙伴们大部分都在地下党的组织下撤退到大后方去了，而我却偏偏在这时患上了很严重的结核性肋膜炎，不得不滞留在沦陷的北京城。"民先"的伙伴中也有几个人没有来得及撤离北京，于是，我们就组织了另外的"读书会"。为了避免被敌人发现的危险，我们的读书活动带上了更为浓厚的文学色彩。在半年多当中，我读了许多中国和外国的文学作品，并且开始自觉地学习写作。我没有想到写出来的东西将会产生怎样的作用，不过，我在勤恳学习的时候，心中已经出现了这样的念头：一旦我能逃出北京到解放区去，我所能做的事情，恐怕就只有靠这支笔了。如果可能，我一定要通过写作，来把拥塞在我心中的对祖国的爱和对敌人的恨倾吐出来。

只是在这时，我才可以说，我在文学之路上开始起步，而且比较认真地考虑如何才能跨进那座文学的"窄的门"，走上真正的文学之路。

三

1938 年春天，我终于逃离北京，通过"民先"的安排来到冀中解放区。我渴望从事文学工作。但在很长一段时间里我的志愿都未能实现。我用绝对真诚的感情写了一些短诗和散文，但看过的人却说：我的文字很流畅，但从这些诗文当中还看不出我能够成为一个作家的迹象！这些评语和我的中小学老师对我的作文所做的评语差不多。

就在我几乎要丧失了对从事文学工作的信心的时候，我和一些青年一道被送到延安去学习。我开始体验过去从未经历过的生活。长时间地在根据地之间长途行军，使我领略了实际的战士生活和书本上描写的战士生活之间的差别。我学会了背着背包夜行军和过封锁线，学会了上山砍柴和野营做饭，学会了忍饥耐渴和适应各种各样过去从未想象过的艰苦生活；我觉得自己几乎变了一个人。但是，有一天我却无意中听到了一个老战士（我的同行伙伴）对我的"评语"："这是一个典型的忧郁型的小资产阶级！"

由此，我深深地体验到：要想把自己塑造成为符合自己理想的人，是很困难的。但是，我仍然不想放弃我的志愿；我顽强地认为，除了搞文学以外，恐怕没有适合我做的工作。到了延安以后，我和一个北京同学一道去报考鲁艺：他报考的音乐系，高高地考中了；我报考的文学系，却名落孙山。这时，我才懊丧地领悟到：要跨进文学的"窄的门"，光靠热情的愿望，而没有刻苦不懈的追求，恐怕是不行的。但是，尽管如此，我仍然执拗地认定：我也许没有足够的才能使自己成为一个文学家，但是我就不相信自己不能成为一个普通的文学工作者。在一段时间里，我几乎是用心地阅读找得到的一切文学书籍，几乎每天都试着用自己以为优美的文字把自己的思想记下来。我的固执没有白费。不久以后，我终于在另一次报考中考上了鲁艺文学系，而且被认为是这一批考生当中水平很不错的。当时的主考是何其芳同志，他向我提问了几个关于文学的知识性问题，我照我的理解回答了。然后是笔试：要我在一个小时内写出一篇人物速写来。恰巧我刚刚读过法国纪德写过的一篇散文《描写自己》，我也就写了一篇一千字的题名为《自画像》的散文。我完全没有想到，何其芳同志对我的显然还很幼稚的文章居然大为赞赏，他拍着我的肩膀用浓重的四川口音说："行了，你考上了。你的题目选得好，以后考生的作文就都用这个题目。"

那时，我简直有一种近于幸福的感觉。我当时把鲁艺文学系看成是一座文学殿堂，以为一旦考上了就可以一步跨进文学的门槛。我下定决心勤奋读书，来补偿一下由于抗战爆发而丧失了的上大学的机会。在人们眼光里鲁艺是一座正规的艺术大学，而那时我已经二十岁了，二十岁才上大学，太晚了！

我在鲁艺学习和工作了四年，这四年的生活和学习，至今仍然时常引起我甜蜜的回忆。我从当时主持鲁艺文学系或者讲过课的前辈作家，如茅盾、周扬、何其芳、周立波、陈荒煤等同志那里，获得了极大的教益。从1940年起，我开始在报刊上发表一些诗文，那多半是学习中的作业，由何其芳同志挑选出来寄到大后方报刊上发表的。也是从这时起，我的兴趣从诗歌、散文转到了评论方面来。我着迷似的阅读别林斯基、车尔尼雪夫斯基的著作。那时鲁艺虽然有一个藏书颇丰的小图书馆，但是想要借到想看的书籍却并不是很容易的事，于是，我们就采取抄写和摘录的办法，把一些自己喜爱的作品抄在本子上：这是一个笨拙的但却常常是效果显著的办法。因此，我与同学们，几乎每个人都有几本自己手抄的世界名作，以备朝夕读诵之用。

我不知道能不能够这样说：直到这时，我才勉强地跨进了文学事业的"窄的门"。我所以要不太确切地借用《圣经》上的这个典故，无非是想借此表明：一个人想要走上文学之路，绝不是一件轻而易举的事情，他需要有足够的文化准备和孜孜不倦的实践和追求；他需要有坚强的信念，而这个信念，只有同时代的要求和历史的进程相吻合，只有与人民的意志和愿望相结合的时候，才能成为促使一个人在文学之路上迈步前进的动力。

我之所以认为直到这时我才算开始跨进了文学之门，还因为：在鲁艺生活和学习的四年，除了使我获得了作为一个文艺工作者应当具备的文化知识素养以外，还使我明白了，在跨进文学之门以后，还有一个也许更为重要的问题需要解决，这就是如何进一步确立一个进门之后的前进道路问题。这就是说，我已经跨进了对我来说原来是高不可攀的那座"窄的门"，但接着要我回答、要我选择的是：究竟什么样的道路，才是一条宽广的正确的文学之路。有人也许觉得这个问题很可笑，但在那个年代里，这却是一个需要人们认真思考的问题。在鲁艺的四年间，我读过各式各样的书，听过许多观点各不相同的课程，迷恋过许多不同流派作家的作品。我曾经十分起劲地研读过现代派诗人 T.S. 艾略特、瓦勒里、玛拉美的诗，也非常真诚地为惠特曼和马雅可夫斯基的作品所激动。而有一个时期，我则认真地阅读了当时所能找到的马、恩、列以及高尔基和鲁迅关于文学的理论著述。在这段时间，我也参加了许多过去从未参加过的体力劳动和生活体验：我开过荒，纺过线，到工厂和农村访问过，参加过延安整风运动的全过程，还认认真真地到南泥湾的三五九旅的连队里当过一年的战士——不是下连体验生活的战士，而是每天出操练兵、站岗放哨和生产劳动的普通一兵。所有这一切，都促使我不能不认真地严肃地思考着一个问题：我所孜孜以求的这个"文学事业"，它的目的究竟是什么？其实，这本来就是一个古老的问题。"何谓文学？"这个问题在文学史上已经讨论了上千年，现在，又提到了我的面前。原来，我曾经梦想过成为一个生活在称心如意的环境里闭门著书的作家，还没有认真地考虑过这种想法究竟有多大的合理性和现实性。抗日战争摧毁了我这个可笑的幻梦。时代把我推进了现实生活的激流，促使我睁开了眼睛并且必须冷静地思索一下，我头脑中向往的文学之路，究竟应当是一条曲折狭窄的小径，还是应当是一条宽广的道路，一条和广大人民并肩前进的宽广的历史发展的必由之径。

我从毛泽东1942年在鲁艺所作的一次报告里受到了很大的启发。他那天似乎很有兴致，用了两个小时对我们这一群围坐在他周围的小青年讨论了他对文学艺术的基本看法。我应当说，对于他的那次讲话的具体内容我已经记不很清了；但有一点留给我的印象却很深：他显然从车尔尼雪夫斯基的美学观里吸取了一些正确的观点并且进行了马克思主义的发挥，比如，他提出了"生活即美""生活是艺术的唯一源泉"的看法，同时又强调了一个作家同时还应当具有进步的世界观和人生观的论断。他说，鲁艺是个很好的学校，可以使你们获得许多知识，但鲁艺还是个很小的地方，你们生活着的这座教堂①，还只是个小圈子，因此，只是个小鲁艺。你们也应当到大鲁艺中去生活，去体验，去实践，只有这样，才能使自己成为受人民欢迎的作家艺术家。我必须承认，毛泽东当时所说的这番看来似乎很浅显的话，却使我产生了一种耳目一新的感觉。我突然感到：我为自己所选择的文学道路，实在是太狭小了。我应当走上一条更加宽广的和生活的脉搏、和人民的呼吸息息相通的文学道路，从此以后，我对现实生活的关注和重视，明显地有了更大的发自由

---

① 当时鲁艺的校舍，是设立在一座天主教教堂里。

衷的热情。从此以后，我在接受任何分配给我的任务（比如生产劳动、下乡体验生活、采访英模人物）时，不再有那种被动的勉强的情绪了。我发现，我比过去更加热爱我所经历过和正在经历的虽然艰苦但却非常美好的生活了。

我就是在这样一种心境之下接受了要我下连当兵的任务的。我就是在这种思想认识的推动下，接受了调我到《解放日报》当文学编辑的任务的（我当了将近三年的编辑，在博古、陆定一、艾思奇等同志的帮助下学到了许多我在鲁艺和南泥湾连队中所不曾学到的知识和经验）。我就是在这样的感情的激励下，接受了调我到当时正在山西进行解放战争的陈赓部队担任前线记者的任务，并从此开始了我的历时三年半的解放全中国的战争生活历程的。

我在1946年底离开延安到前方去。在这之前的几年当中，我陆续写作和发表了不少散文、评论、杂文和少量的诗。这些作品都还没有脱离开一个初学写作者所具有的水平。但是我自问并且自信：我十分艰难地跨进了文学的"窄的门"，而现在，我终于为自己找到了一条永远和生活结合在一起的宽广的文学道路。我从来都不认为我具备可以成为大作家的条件，但是，我却始终认为，我为自己所选择的道路是正确的，而且从来没有想到过要去改变它。

四

三年半的解放战争，我都是以新华社前线记者的身份度过的。因此，在这三年半当中，我只写过通讯、报道和报告文学，成了一个地道的新闻记者。我过去曾经当过兵，受过训练，打过靶，但我却从来没有打过仗。1946年底，我在一支很著名的解放军部队里，接受了我的战争生活的第一课。战士们似乎对我很满意，因为他们发现：我这个记者不像有的记者那样，平常住在上级指挥部里，只有打完仗之后才到连队来采访。我这个新来的记者，虽然很不熟悉战争生活，却愿意生活在战士之中，有时还跑到前沿阵地去和他们聊天，因此他们似乎从一开始就对我有某种好感。我并不认为我是个勇敢的人，但是，当我在一位知识分子出身的团长的指引下开始学会怎样适应战斗生活（包括怎样隐蔽自己，怎样随同突击部队俯身跟进，怎样和攻坚部队攀登攻城的云梯等等）之后，我就发现，我对于我正在参与的战斗生活并没有什么畏惧情绪。相反地，每当参加一次或大或小的战斗的时候，我都有一种发自内心的真诚和严肃的感情：我没有理由不同这些可爱的战士们同生死、共命运；我应当同他们同甘共苦，必要时也可以奉献出自己的生命。我的这种感情绝对是真挚的，而且也绝没有任何虚夸成分。我想，正是由于这个原因，在整个解放战争当中，我所在的这支部队所进行的每一次重要战役的主要战斗，我大部分都参加了，而且大部分都是生活在主攻部队。这其中，包括了晋南战役、抢渡黄河战役、平汉战役、解放洛阳战役、淮海战役、渡江战役、解放南昌战役和广州战役……以至解放中国大陆的最后一战——滇南战役。

在整个战争期间，我没有怎么想到文学方面的事。我的全部工作，是行军、作战、采访、写报道、编辑表彰英雄人物的小册子，以及辅导一群有志于写作的青年战士学习写作，帮助他们成为能够独立工作的业余作者。我偶尔也想到过文学，但那只不过是在头脑中有时会闪出的念头：作为这一段辉煌历史的亲历者和见证人，我是多么热望有一天会产生出一批能够无愧于时代、无愧于人民创造的英雄业绩的史诗式的文学作品来啊！我也朦胧地意识到：这样的作品，不会出自我的手笔，但是，我可以利用我的经历和我的微薄的能力，促进和帮助这类作品尽快出现。同时，我也开始产生了这样的想法：如果我不能成为一个好的作家，那么，我就应当通过我的工作（包括文学组织工作和文学评论工作），为发现和培育新一代青年文学工作者尽快地走上宽广坚实的文学之路而做出我力所能及的贡献来。

这一点，在全国解放后的好几年当中，几乎成为我在工作和写作当中的一个主要的指导思想。我的实际思想是：如果我写不出好作品和成不了大作家，我就应当帮助别人写出好作品并且帮助那些有才华的青年人尽可能快地进入到文坛中来。

新中国成立以后，我在西南边疆的云南工作过七八年，加上后来又陆续到边疆地区进行过几次比较长时间的访问，我在云南这块我过去几乎是毫无所知的土地上前后生活过十年左右时间。可以说，我刚一随军经过万里征程最后来到云南后不久，我就爱上了这块土地，爱上了生活、战斗在这块土地上的各族人民。我大约可以不无自豪地说：在我知道的作家当中，大概很少有人能像我这样跑遍了从滇东南、滇西南到滇西北的长达几千公里的边防地带的。最初，我到边疆访问是怀着两个目的：一个是带领一批有志于文学写作的年轻人到边防连队和边陲地带去进行生活体验和创作实习；另一个是我自己想通过对这片被称为"美丽、神奇、丰富"的地区的了解，来创作一些以前人们还很少接触过的生活内容为题材的散文作品。前者似乎取得了超乎我意料的成果：在短短几年中，在云南部队中出现了一批以反映边疆斗争生活为特色的很有才华的作品和作者，他们当中有不少人现在已经成为颇有成就的作家了。他们取得的成就当然首先应当归功于他们自己勤奋学习和不畏艰辛深入生活的精神；但同时，也证明了我和我的同事们所采取的这种做法还是可取的。关于后者，即我的创作计划，则近于乏善可陈；因为我虽然不辞辛劳地先后到云南边疆地区跋涉了好几万里，至今却只出版了一本描写我的边地见闻的小书《滇云揽胜记》。但至少有两点还是聊可自慰的：第一，这本书至今还可以给那些对云南边疆感兴趣的作家和读者提供一些有用的知识，并且可以起到一些向导作用。第二，这本书中所写到的一些地区，在我去过之前，几乎可以说还从来没有人涉足过和描写过。比如，在去年曾经兴起过一阵长江漂流热，其中的热点是金沙江的虎跳峡。其实，早在二十五年前，我就和一些部队青年在虎跳峡及其北岸的哈巴雪山攀登过和跋涉过，而且写出了第一篇比较真实细微地描绘了虎跳峡的壮丽风光的作品。这篇作品没有受到文学界的注意，却引起了云南省副省长张冲同志和水利部门的重视。我后来发现，在张冲的直接指示下，这篇散文被印成了一份文件，分发给水利和地质部门。我对此感到特别高兴。我认为这是一种很高的褒奖，比起受到批评家们通过评论文字所做的不着边际的赞扬实在要重要得多。

但是，这一切，比起我在云南所体验和了解到的，毕竟是太单薄了。因此，尽管我现在还没有从工作岗位上退到二线来，工作还很冗杂繁忙，但是，我肯定还会写出另外的关于云南边疆生活的作品来，对此，我将竭尽全力。

五

我在 1956 年底，因患脓胸到北京来做了开胸的大手术（这是一次延续了九个小时的大手术）。我从此就留在了北京，在老朋友郭小川等人的怂恿下，来到了中国作家协会，算来，到现在已经超过三十年了。由于在此以前我一直在部队做文化领导工作，很少写作，因此，到作协来工作，使我有一种重操旧业的感觉。起初，我当过一年半的《新观察》的主编，后来，又调到了《文艺报》，由此，我的主要注意力又转回到四十年代曾一度使我十分迷恋的文艺评论工作上来。除"文化大革命"那段时间，在二十年当中，除了偶然写一些散文以外，我所写作的，大都是有关文学和戏剧的评论文章。这些文章，后来被编印成几本评论文集。因此，我作为一个文学工作者，在人们的心目中，被看成是一个评论家，我后来被任命为《文艺报》的主编，大约也是这个缘故。其实，我对中国的文学理论并没有做出多少贡献。我并不是一个合格的评论家，因为占据了我大部分工作时间的，并不是写作，而是文学编辑工作、组织工作以及对于新生的幼苗的扶植工作。我对于自己的写作，并没有抱有很高的期望。我的奋斗目标仍然和过去一样。由于我自知永远也不会成为一个很有成就的大理论家，因此，我把自己的工作范围经常界定在这样一个范围之内，即，我要在力所能及的情况下，把主要力量放在坚持和宣传我自认为正确的文艺方针和文艺思想上，放在对于文学新人和文学新作的发现和培育上。我认为，我在这方面还是尽了一些微薄的力量和取得了一些成果。因此，在我和许多中青年作家之间，尽管有时也会在某些观点上出现一些分歧，却一直保持着一种热情相待和真诚相处的友谊关系。我为此感到欣慰。

在"文化大革命"的日子里，我由于和侯金镜以及另外一些老战友议论和诅咒过林彪和江青的罪行，曾经被扣上过"现行反革命"的帽子，并且在将近十年的时间中被剥夺了党员乃至公民的权利。在1971年我母亲病危的时刻，渴望见见正在湖北干校劳动的两个儿子。我拿着来自北京的急电去请探亲假，却被冷酷地拒绝了，理由是："你是被专政对象，没有权利探什么亲！"过了两天，我的母亲就在没有子女在身旁的孤独中含恨去世了。1972年，我终于因病（也因为我的诅咒林彪的罪名不再能够成立了）被允许提前离校返京。当我返回到我在北京的那间堆满尘垢、四壁萧然的小房子里的时候，我对那场给我们的祖国和人民带来如此深重灾难的运动，除了具有一种悲愤的感情以外，同时还进入了以前从未有过的清醒的沉思的心境之中。我开始认为，我不能再长久地作为一个被迫害、被欺凌者这样"安分守己"地生活下去。我应当寻找可能的途径，为我们这个正在被摧毁、被毒化的事业，这个千百万仁人志士为之流血牺牲而现在正在濒临覆亡的崇高事业进行更积极的战斗。我不愿意再做一个但求自己获得苟安的弱者，虽然我自知这样做会是很危险的。这其后，除了有一年时间我因为于会泳等人的追索而不得不逃避和躲藏在我所熟悉的云南边防部队中以外，我开始和一些"志同道合"的朋友们做起我们认为应当做的事情来，比如，设法把我们知道的情况和材料通过隐秘的途径传给我们所信任的老一辈革命家那里去，以便能够在可能的情况下对江青一伙在文艺战线上的倒行逆施起到一些哪怕是微小的抵制和抗争。在这期间，我也开始比较全面地对1949年以来的文艺运动和文艺思想进行了思考和探讨，用现在的用语来说就是"反思"。我觉得我开始有了一些逐渐明朗的看法。我认为，我有责任尽我自己微小的力量，在必将出现的把被颠倒了的历史再颠倒过来的战斗中，持有一种坚定的、无所畏惧的态度。

我就是在这样一种思想状况之中迎来了"四人帮"的垮台，迎来了十一届三中全会路线的诞生的。在那以后，我所写的评论文章，我多次发表的关于文艺方针、文艺思想的讲话，都是在这种思想和这种感情的支配下写出来和说出来的。我写了不少文章，讲了不少经过认真思考才说出来的话。其中有一些可能是中肯的，有一些也可能并不十分精当，但我认为它们都真实地反映了我的认识和我的信念，真实地反映了一个信奉马克思主义的文学工作者在文学道路上探索前进的思想历程。

无论是在延安时期、战争时期，或是党的十三大胜利举行的时刻，我都坚持认为：我为自己所选择的理想、信念和文学道路，不会动摇，更不会改变，但是，我必须和时代一同前进，和人们一同前进。因此，无论是在新中国成立之始，在十一届三中全会方针确立的时期，还是在十三大的光辉旗帜的鼓舞之下，我都有一种心情，这就是：我应当在自己走过的虽然宽阔、却不无曲折的道路的路标旁，进行认真的再思索、再认识，同时把它当作再前进的一个新的起点。我已经到了不是老之将至、而是老之已至的年龄，但我希望我的精神还将是永远年轻的、富有活力的。

1987 年 11 月 27 日

（原载《文史资料选辑》第 25 辑）

辑一　鸿泥觅迹

1934年于北京家中

我的三个故乡

按照传统的说法，每个人只有一个生我养我的故乡。但我一直却有一种发自内心的情愫：我有三个故乡。

我的父亲和我的生母（她在我五岁那年就去世了，因此，在我记忆中的印象已经有些模糊了）都是南方人，一直到我参加革命第一次填写表格的时候，我在"籍贯"那一栏上填写的都是湖北。而我却生长在北京。从我出生在北京西部一所古老的四合院起，到我十九岁高中毕业那年，怀着追求真理的热忱投奔当时的革命圣地延安为止，我从未离开过北京一天。应当说，我的性格、气质、文化素养乃至生活习惯，都是在北京形成的。因此，我理所当然地把北京看作是我的第一故乡。无论是革命生活或是文学生涯，我都是从北京起步的。北京（那时的北京，可真是一个充满了文化气氛的令人永远怀念的文化古都），把我哺育成为一个坚定而虔诚的爱国主义者。北京的源于"五四运动"的浓烈的文化氛围，使我开始和文学结下了不解之缘。大约是在我十七岁那年，在北京一家报纸上，我创作的一篇文章和一篇从英文翻译的反映西班牙反法西斯战争的散文，第一次以铅字的形式印了出来，从而加强了我对文学的向往。我参加了在北京发生的"一二·九"运动，它使我在热血沸腾的同时，进一步获得了尽管仍然有些模糊不清却无疑是纯洁而美好的革命理想。从此，我成为一名在革命文学事业上坚定不移的无愧无悔的追求者和跋涉者。

随后，我在经历了三个月的辗转行军的艰辛旅程之后，来到了延安。大概可以说，只有在抵达延安，并且在那里度过了八年时光（这是一个人一生中不可再得的黄金岁月），我才发现，在那之前，我只不过是一个真诚然而不免幼稚和天真的理想主义者。我在延安度过了也许是一生中最艰苦的日子，读了许多书，懂得了许多事情，结识了许多真正的朋友，同时也获得了前所未有的思想教益的历史知识。这一切，一直是使我一生中得以顺利度过艰难而坎坷的生活历程和心灵历程的精神支柱。我在延安鲁艺学习时期，在老一辈作家茅盾、周扬、何其芳等人的关怀教诲下所获得的文学知识和理论知识，为我以后的文学生活实践提供了我永远可以从中汲取力量和鼓舞的基础。在延安，那种真正的同志与朋友之间的坦诚相待、亲密无间、互信互助的人际关系，使我在无论任何时候回忆起来都会产生一种无限怀念的激动而甜蜜的感情。我在这种生活的熏陶和感染下，从一个少不更事的青少年，长成为一个树立了自己坚定信念的成年人。

当解放战争开始，延安沦于敌手，我成为一名新华社的前线记者，并且开始了长达四年的征战生涯时，我始终把那看作是我延安生活的一种延伸和继续。我虽然离开了延安，而且一直到四十五年之后，我才有机会又一次回到延安，但是，长时期以来，延安的灯火，却始终在我心中闪亮，从未熄灭过。

因此，我把延安视为我的第二故乡，也是理所当然的。

在解放战争取得了全面胜利的时刻，我作为一名记者和部队文化工作者，长途跋涉八千里，最后来到遥远的边疆——云南。直到那时，云南对我来说还是一片陌生到几乎一无所知的土地。

但是，随后我就在这片被称为"彩云之南"的边疆地区，前后生活和工作了十年。云南的独具风采的自然景观和人文景观，云南的带有神奇色彩的各族人民纯朴敦厚的民情习俗，云南的边疆战士的感人肺腑的献身精神，云南的热带森林和雪山峡谷，云南的高山湖泊和飞瀑流泉，云南雄奇浩荡的江河巨流和异彩缤纷的美妙风光，云南的诡谲奇幻的云和绚丽多彩的花，以及世代生活在长达数千里边陲地带的各族人民对于祖国的拳拳深情……这一切，对于我这个来自北方的外来者，都具有一种巨大的无法抵御的神奇魅力。我曾经长年累月地奔波于从滇东南到滇西北漫长而又令人目不暇接的边疆山川大地。我在云南结识了那么多的可以推心置腹的朋友，获得了那么多的在别处无法得到的经历和知识。我甚至可以毫无愧色地把自己看成是半个云南人，以至于许多朋友都认为在我心中有着一种近于痴迷的"云南情结"，一种对于云南和云南人民之间难以割断的心灵上的联系。即使是在我已经步入老年之后，也总是不会放弃任何一次重访云南的机会，从中获取又一次感情与心灵上的欣悦。

因此，我把云南看作是我的又一个故乡，也是理所当然的。因为，我越来越感觉到，半个多世纪以来，在我血管中流动着的，既有北京和延安的血液，也有云南的血液。它们已经融会在一起，成为我生命中不可分割的整体。

也因此，我可以高兴而自豪地说：我有三个故乡。

1994 年 5 月于杭州旅次

（原载《太阳》1994 年第 4 期）

丰盛胡同——我从这里起步

我出生在北京。直到抗战开始北京（那时叫北平）沦陷后不久，我离家出走之前，我在北京的胡同里生活过十八年。我家先后住过的五个胡同，都在西四牌楼以西相距不远的地带。这些胡同时常使我产生温馨、欢快或是感伤的回忆；这些基本上属于"城西旧事"的梦幻般的回忆，随着岁月的流逝，大多日渐淡薄了，唯有那第五条胡同，也就是我逃离日寇追捕的魔爪、奔向解放区和延安前所居住的那条胡同，所留给我的记忆，却是使我铭记难忘的。

这条胡同是西城丰盛胡同。

丰盛胡同是一条在整个北京西城区都数得上的大胡同。由于这条胡同有两所中学，有几处旧军阀和达官显宦居住的大宅院，有几家大门前还留有上马石的已经败落的阀阅之家，有排列在路边的繁茂成行的老槐树，而且早在三十年代初就铺成的柏油马路；这在北京的胡同里是很少见的。这对于当时的我——一个刚上高中又长久住在小胡同里的少年，无异于是一处广阔的自由天地。

更主要的，是我在这条胡同里开始懂得了一点世事，知道了一些如何做人的道理，选择并且决定了自己将要为之献身而且毕生无悔的生活目标。

在我家搬到丰盛胡同居住前不久，我刚刚参加过著名的

"一二·九"运动。那时，我只是个开始萌发了爱国主义思想的热血少年。搬到丰盛胡同之后不久，就在学校接受了进步的文学观和社会观的影响，参加了革命群众组织"中华民族解放先锋队"（简称"民先"）。从此，我就几乎每天都要从我家所住的那所四合院的大红门门槛上迈进迈出，骑着自行车，在丰盛胡同的平滑路面上跑来跑去；除了上学以外，就是参加"民先"的小组活动。我所在的小组活动的秘密地点，一处在我家附近的中千章胡同我的两位同学家里，从我家骑车向西穿过十八半截胡同和前泥洼胡同，五分钟就到；第二处就在我家后院我所住的那排大而空旷的北屋里。在那些日子里，我们几个队友几乎成天聚在一起读书（斯诺的《西行漫记》就是在那段时间读到的），传看一些油印文件，开讨论会，唱救亡歌曲；再就是参加学联和"民先"组织的以各种名义举行的大大小小的示威游行。几乎每次游行都要从丰盛胡同穿过，因为这条胡同的东口有一所由国民党反动校长统治着的著名中学，隔两道门就是后来当了汉奸的军阀石友三的"官邸"。游行队伍每次走过那里，口号声就喊得分外激烈。当然，有时也不免受到挫折，有一次，大约是纪念"五四运动"的游行示威，就在那里遭到了手持大刀和警棍的军警的袭击，队伍被打散，我的自行车车闸被打坏了，插在车把上的标语小旗也被打碎了。我推着车冲出丰盛胡同东口，转到西四南大街，然后又熟练地向左拐进西兵马司（我就是在这条胡同出生的），再走几步就安全地回到了自己的家。

回想起来，在那段岁月里，北平虽然已是黑云压城，郁闷得几乎让人喘不过气来，但我却感到活得分外自在，颇有一点"以天下为己任"而又无所畏惧的豪迈气概。直到现在，我仍然觉得那是我一生中的一段想起来就令人神往的日子。实际上也确乎如此。因为就是在那段岁月里，我为自己找到了我注定要为其奋斗一生的生活之路。

卢沟桥事变后不久，北平就沦陷了。我因为患上了很严重的结核性肋膜炎，不可能同多数同学和队友一起撤退到大后方，而不得不在黑暗的北京城里滞留了好几个月。按照"民先"组织上的安排，我和另外几位青年朋友被组成另外的小组，在北京继续进行地下抗日活动和组织学习，伺机逃离到京西或冀中的抗日根据地去。活动地点一个仍然在中千章胡同，一个就在我家。就在这段时间，我阅读了许多过去想读而读不到的书；因为撤离到大后方的许多朋友和队友把他们珍藏的一些革命书籍（包括许多文学作品），几乎都集中到我家——我把它们装在一只大木箱里，藏在床下，随时可以取来阅读。

风声日紧，敌人对"抗日分子"的搜捕活动也时有耳闻。我们开始通过"民先"的地下关系要求尽早逃离北京，撤到抗日根据地去。1938 年 5 月上旬，我被朋友们告知：由于我们的活动已引起敌特人员的注意，组织上已为我作出了安排：要我和几位同志一道，化装成一个还乡的地主家庭成员，在 5 月 13 日上午搭乘从北京到天津的火车，从廊坊下车，然后步行到冀中根据地去。

这对我来说当然是个喜讯，但对于一个刚过十八岁的小青年来说，又是一件从未经历过的大事。我要做的第一件准备工作，是和队友陈先艺（就是后来的音乐家陈紫）把那一大箱可能使人遭遇不测的革命书籍运送到一个不会危及人们安全的地方。我找到丰盛胡同的一位和我家关系很好的人力车夫老常，请他帮我把这个箱子拉到前门外的一家荒废无人的会馆去，他慨然答允了。于是，在一天清晨，老常拉车在前，穿过已是军警林立的丰盛胡同，我和陈紫骑车远随于后。感谢这位人力车夫的镇静和机警，任务顺利地完成了。我想给老常一块大洋作为这次冒险行动的报酬，他坚决拒绝了，并且面有愠色地说："三少爷，我知道，你们这是做爱国的好事，您要是给我钱不是打我的脸吗？"我行三，丰盛胡同的许多人都叫我"老三"或者"三少爷"。但直到这时，在为这个普通劳动者的崇高行为充满感激之情的同时，对于这个习以为常的称呼，我才第一次打心里感到羞愧无比。

万万没有想到，次日凌晨，一群日本宪兵就如同强盗般地闯进我的家，进行粗暴的搜查。当我看到两个日本宪兵撞开我的房门，一边号叫着一边翻箱倒柜地检查的时候，我立刻惊呆了。我心里的头一个念头是：这回完了。因为我还有一包在那时足以使人送命的油印小册子放在枕头芯里，原来打算早晨起来就立刻烧掉的，没有想到噩运这样快这样巧就降临到我的头上（这包油印文件中别的都记不得了，只记得有一篇是介绍毛泽东刚发表不久的《论反对日本帝国主义的策略》讲话精神的）。正当我陷于绝望的时刻，我家的一位用人——小名叫牛子的青年人，突然推门而入，身穿长衫，手里端着放有三杯茶的瓷盘，彬彬有礼地先送给那两个不懂中国话的日本宪兵，又恭敬地送给我一杯，做出一种大家规范的样子。我怎么也想不到，这一招居然起了作用，那两个颐指气使的日本兵立刻变得客气了，还说了一声"多莫"（日文"谢谢"）。就在他们从我的卧室转向东耳房去继续搜查的那一瞬间，我飞快地从枕芯中抽出那一包要命的东西捅给装模作样的牛子，他立刻会意，马上把它揣进怀中转身而去，自然而又机敏（后来他告诉我，他知道这包东西的严重性，立刻就把它埋在我家厨房的灶坑里了）。

这样，在如此危急的情况下，我居然侥幸地奇迹般地避免了一场灾难，化险为夷了。敌人没有搜查出任何可疑的东西，也就扬长而去。而这件事，也使我对牛子——一个目不识丁的年轻人，永远怀有一种感念之情。

但是，在这个家里，在这个我生活了十八年的地方，我是再也不能停留一天了。那天正好是约好了次日就要出走的 5 月 12 日。晚饭后，我在灯下给我父亲写了一封辞别的信，夹在当时我正在阅读的一本小说《德伯家的苔丝》中，然后着手进行出走的准备工作。

5 月 13 日凌晨，我轻轻地走出房门，绕过我父亲的卧室，然后，最后一次推开我家的大红门，走上由丰盛胡同东去的道路。送我坐车去北京西车站和同伴们会合的，仍然是那位同情革命而又老是称我为"三少爷"的人力车夫老常。我身上穿着一件海蓝色绸长衫，颈上围着一条白丝巾，手上提着一个花书包，油头粉面，完全是一副京城纨绔子弟模样。人力车缓缓地沿着丰盛胡同的马路前行，看着那些古老的建筑，那些刚刚吐出新绿的老槐树，看着那条我曾经奔跑过千百次的平坦笔直、浓荫蔽日的胡同，我有一种复杂的说不出的心境，一种混合着激动、悲伤、惶惑和一往无前的决心的感情。但当我走出丰盛胡同，对它做最后一瞥的时候，我却流出了眼泪；因为在那一瞬间我竟然想不出我应当对它说一声"再见"或者是"永别"。在我眼前虽然闪耀着美好的希望之光，但也萦绕着许多未知数，甚至布满了在那时谁也无法预见的陷阱乃至于深渊！

但是，我毕竟是怀着一种惜别和感激的心情离开了丰盛胡同的，因为，正是从这条平凡而又美好的胡同里，我迈开了我人生之旅的头一步！

1994 年 3 月 23 日

（原载《大学生》1994 年第 10 期）

延河边上的黄昏

　　从 1939 年底到 1943 年，我在延安的鲁迅艺术文学院（后来被简称为"鲁艺"）生活和学习过四年左右时间。那时，我是一个刚过二十岁的、一脑子朦胧的幻想而又正在选择自己打算为之献身的生活道路的小青年，鲁艺那时刚从延安的北门外迁移到延安东郊四公里处的一个叫作"桥儿沟"的地方。这是一个只有一条小街道和几十户人家的小镇，然而却有着一座用花岗石建造的哥特式风格的天主教堂。那时，这座教堂大约是延安方圆几十里内的最为辉煌的建筑物了。鲁艺的校舍便设立在这座教堂以及它附近的一片地区内。我在这里要特别提到的是：它就地处当年水流量还很大的、常常也是很清澈的延河之滨。

　　我发现，我很快便喜欢上了这个地方；我也发现，当时和我同时在这里生活和学习的许多同龄人和同代人，也都很喜欢这个地方。我说的同代人，也包括了当时的学校负责人和教师们，虽然当时他们已经是我的前辈，但其实也都是只有三十岁左右年纪的年轻人。我认识当时鲁艺的副院长周扬同志的时候，我感到他是一位十分严肃的学者和领导人，其实他那时只有三十一二岁。而当时的文学系主任何其芳同志，也只有二十七八岁。

　　鲁艺的生活给我留下了许多美好的、丰富的甚至是甜蜜的回忆。那里有着一种宁静、和谐、热烈、纯净、友善和好学的气氛。这种能够对知识青年产生相当强烈的精神感染力量的文化氛围和艺术气氛，是我在别处很难看到的。鲁艺有一个藏书相当丰富的图书馆，这一点，至今对我说来都是个谜。在那样边远偏僻的山沟里，居然拥有即使是现在看来也应当算是相当完备的关于文艺方面的藏书。你在那里几乎可以找到当时国内已经出版的大部分的新文学书籍和报刊，包括二三十年代出版的许多最早的新文学刊物。

书很多，但要看书的人也很多。于是，那时占据了我们相当多时间的工作，便是抄书。我们每个人都有许多笔记本，在那上面用蝇头小字抄满了自己所喜爱的、但是图书馆里只有孤本的一些文学名著。我曾经有一个时期想钻研一下散文写作，于是我便把当时可以找到的堪称散文范本的一些散文：从法国的蒙田、美国的爱默生到西班牙的巴罗哈和阿左林的散文代表作，都抄在本子上，朝夕讽诵。我曾经有一本手抄的梅里美的散文《西班牙书简》（全文大约有五万字）和都德的《磨房书简》的选本，直到解放战争期间才遗失掉。这完全是个笨办法，但是，我必须说，我从这种笨办法当中获益良多。至少，它帮助我克服了我少年时期的那种虽然喜欢广览群书却常常满足于浅尝辄止的毛病。

延安的桥儿沟在延安是个有名的地方，然而却没有什么值得观赏的风景。它的两面都是布满了蜂窝似的土窑的荒山。但是，我在静静地流淌的延水之滨所度过的无数个黄昏，却是我一生之中所度过的最美好的最难忘的黄昏。

除了夏天山洪暴发的时候，延河水都是平静清澈的。在大部分地段，河水不深，人们常常可以涉水过河。但在桥儿沟西边不远的一座山崖前，延河形成了一个水湾，这里的水很深，我们游泳的时候甚至可以从岸上做跳水动作。平时，我们在延河边洗衣服、洗脚；夏天，我们在延河里洗澡和游泳；冬天，我们在延河上滑冰，延河成了我们生活当中不可缺少的伴侣。因此，我对于延安的回忆，对于桥儿沟和鲁艺的回忆，总是同延河连接在一起的。

我时常动情地亲切地回忆起延河之滨的黄昏。是的，不是清晨，也不是夜晚，而是黄昏。

除了下雨天，几乎每一个黄昏，我都会和几个知交和同学相约到延河岸边去作长时间的散步，一直到暮色四合，天边出现了星星，才回到我们居住的窑洞中去。那时，在桥儿沟的小街和延河之间，曾经有过一片相当开阔的绿色田野。每当一天的工作和学习完毕、吃过晚饭以后，我几乎都要约伙伴穿越田间的小径到延河边去，在延河边的岩石上闲坐谈天，或者是沿着河边来往反复地漫步。在我们四面，往往会有许多青年男女像我们一样，把这片田野看作是可以使自己获得休憩和愉快的所在。在那里，沿着浅绿色的蜿蜒东流的延河向西望去，可以隐约看见遥相峙立的清凉山和宝塔山；往东看去，则是一片伸向远方的在陕北地区难得见到的平川。除了潺潺流水和被小径分割开成块的瓜田和谷地之外，这里可以说没有什么足以使人流连的景观。但在我的记忆里和梦境中，这片田野却永远是一个美好的具有无限魅力的天地。在这片田野上的每一条小径和河边的岩石上，几乎都留下过我的足迹。我在那里和伙伴们认真地谈论文学，谈论理想；我在那里向我所信赖的同志倾诉自己的希望和苦恼；我在那里和朋友们畅怀吟诵、歌舞，尽情地享受着青春的欢乐。我甚至还相当清晰地记得河边一块平整如石凳的岩石的形状，我曾经长久地坐在这块石头上读书，把双脚放在流水中，或者望着夕阳，任凭自己的幻想驰骋。也是在这块石头上，我秘密地写下了第一张入党申请书……

我和许多我的同代人，就是这样在延河边度过我们的无数美好的黄昏的。无论是那时候还是现在，我都觉得延河边黄昏的空气是最清新的，气氛是最和谐的，我所遇到的每个人的面孔神情都是友善的、真诚的。有一次，我和一位比我小一岁的同学在河边漫步，他挽着我的手臂，向我倾诉着他的艰难而痛苦的少年时代生活，并且和他现在正在得到的新的生活相比较，不禁激动地流下了眼泪，使我第一次知道了什么叫作幸福的眼泪。他微笑着，眼中闪着泪花，向我低声吟诵着他刚写成的一首虽然不免幼稚，但却是十分真诚的诗。其中有几句的确也拨动了我的心弦，那几句诗的大意是：

> 我在延河边走过来，走过去，
> 我向人们用微笑表达我的心意，
> 我想向每一个遇到的人打招呼，
> 不论是我认识的，还是不认识的……

大约是在差不多同时，有一天，何其芳同志为做我的思想工作找我在延河边散步。不知为什么，他总觉得我有一种忧郁的倾向。为了说服我接受他的思想，他掏出小本来，一边走一边向我朗读起他刚刚写完的一首诗，诗中有这样的句子：

> 轻轻地从我琴弦上，
> 失掉了成年的忧伤……

我现在还记得，我当时确实是被触动了，就好像是心中确实有一根弦被一只轻柔的手拨动了。这首诗后来发表了，题目是《我为少男少女们歌唱》。我之所以要在这里提到这首诗，是因为我觉得它确实非常真实而确切地表达了当时像我这样一代人的心灵和感情。当我们漫步在延河之滨的黄昏时刻，在我心中充溢着的，就是这样一种心境，一种绝对真挚的心境。是什么因素使我以及许多同我年龄相近的青年人产生了这样一种略带感伤色彩的幸福的感情呢？这一点，直到现在，我才逐渐为自己得出了一个比较明确的回答——这个回答是我在努力回忆青年时期生活的过程中得到的。我时常怀着一种甜蜜的心情回想起生活在鲁艺的那些日子。我终于发现，桥儿沟和延河边的黄昏漫步之所以始终使我不能忘情，是由于它是我在鲁艺度过的四年生活的一个缩影或者侧影。将近半个世纪以前，我是一个不知世事却又有着一种执着追求精神的少年，用高尔基的话说，是一个"饥渴于人间爱"的人。我幻想着能够进入一个人与人之间能够互相关怀、互相友爱的社会，然而在我前进的道路上却长久得不到它。但是，我终于在延安的窑洞里，在黄昏的延河边，在鲁艺的"教堂"中发现：这正是我所苦苦追求和朝夕寻觅的地方。我在这里感到温暖，我在这里受到哺育，我在这里能够和人们像兄弟姐妹、像真正的同志那样相互看待。

我找到的答案的另一点是：这是一个真正能够满足我的求知欲的地方。在我的少年时期，从来没有被看作是一个有才华的人，但是我却是一个有着永无止境的求知欲的人。在这一点上，我感到鲁艺是一个能够满足我的理想和愿望的地方。在那些岁月里，在鲁艺的精神食粮比物质食粮要丰富得无可比拟的环境里，我有一种如鱼得水的感觉。我用珍惜每一分钟时间的精神来学习，来阅读，来充实自己的文化素养。而在延河之滨的黄昏时刻，正是可以激励、切磋、提高和检验这种文化素养的最好的最生动的也是最自由的环境。

对于一个心地单纯的二十岁的青年来说，这一切就足够了。

上面所谈到的，已经是四十几年前的事情了，听说，桥儿沟的延河之滨的那片田野早已被洪水冲没了。在这漫长的年月里，有许多也许还很重要的事情在我的记忆中也已经淡忘了，但是，一想起延河之滨的桥儿沟的黄昏，历历往事就清晰地在我头脑中显现，而且总是伴随着一种混杂着淡淡的感伤的甜蜜而幸福的感情。我不愿意对我青年时代有着理想主义色彩的幼稚的精神境界加以苛责，因为，它毕竟为我多少照亮了可以向前迈进的道路。

也因为，从那时我才开始真正懂得：只有热爱生活，才能够创造生活。

1988 年 4 月

（原载《文艺报》1988 年 4 月 16 日）

前线记者的第一课

1946 年冬，在延安主持新华社工作的廖承志同志，派李千峰同志和我率领一个记者组到吕梁前线部队去进行采访活动，从此开始了我前线记者的生涯。在整个解放战争的三年半时间，我都是在陈赓部队（当时叫作陈谢兵团）度过的。我在那里开始学习和熟悉从事前线记者的工作，而且很快就对这支部队产生了深切的感情。其间，我曾经两次收到了调我回到延安《解放日报》工作的通知，但我已经开始熟悉和热爱的战斗工作环境，使我决心留在前方。有一次，我碰到陈赓同志，并向他提出了我的期望，他高兴地说："那好嘛，我正不想让你走呢。我可以打电报给小廖，就说我们把你留下了。"就这样，我就正式成为这支部队当中的一员，直到 1958 年调我到北京工作为止。在那三年半的前线记者生活中，我先后参加了吕梁、汾孝和晋南战役（这实际上是为了保卫延安、牵制国民党军进攻陕甘宁边区的外围战役）、抢渡黄河和豫西战役、平汉战役、解放洛阳战役、淮海战役、渡江战役、解放广州战役、粤桂边战役和大陆上的最后一次战役——滇南追歼蒋军残部的战役。这些战争生活经历和生活体验，使我感到好像是重新上了一次大学：这不是普通的大学，而是一个可以使人们冶炼成钢的大学，一个可以改造人的精神世界和使人懂得如何粉碎旧世界并进而争取新社会诞生的大学。三年半前线记者生涯，是我一生中获益最深的一段经历。如果说从抗战初期起在延安的八年生活使我获得了关于抗战、关于科学世界观和关于党性的教育的话，那么，三年半的战争生活的锻炼，才使我真正坚定地树立了自己的革命信念和为革命理想而献身的决心。在开始参加作战行动和进行采访工作时，我感到自己好像是个新兵一样：一切都要从头学起。从行军、宿营、防空隐蔽到参加战斗以至于如何深入到正在前沿的突击连队中去；在我来说，似乎都不是特别困难的事情，因为我有过抗战初期在敌后行军和在南泥湾三五九旅连队生活的经验，使我感到最困难的是：在很长时间里，我都不懂得在战役和战斗中，一个前线记者的最好的和最有成效的位置是在哪儿？我很感谢在前线遇到的第一个战斗指挥员周希汉同志①。当时我正被分配到他当旅长的四纵队十旅去工作，这位指挥员非常熟悉作为一个记者和知识分子的长处和短处。他要我先和他的指挥所一起行动，并且不时地通过他的指挥活动告诉我为什么我们的部队要这样配属和安排，为什么我们的主力团队要隐蔽在他认为是最合适的地位；同时，他一直是谈笑风生地、好像讲述战斗故事似的告诉我他所指挥的几支部队的战斗历史和部队特点。他还告诉我，在什么情况下我应当到哪个团去，在什么情况下我应当到连队去。在战斗激烈时刻，当我紧跟他在炮火下追击前进时，他一面快步跃进，一面告诉我，如何识别枪炮声及其危险程度，有时，我听到一阵似乎并不激烈的炮火声，我以为不必在意，他却对我大叫一声："隐蔽，卧倒！"并且告诉我：这阵炮火的弹着点离我们很近，声音虽然小于从我们上空掠过的炮火声，却是很危险的。这次

---

① 周希汉同志在解放战争后期任二野十三军军长，解放后，曾任海军副司令员。

战斗，我所在的部队歼灭了敌人一个旅，却没有达到全歼敌人的目标。在两天两夜中，我几乎和他寸步不离，感到收获很大：我学到了火线战斗生活的第一课。而周希汉同志就是我的第一位好老师。这次战役结束的那一天，我写了两篇报道：《一次小试锋刃的战斗》和《把敌人淹没在汾河里》。周希汉同志匆匆看了我的通讯，笑着说："还是你们文化人的词句多！写得不错。"并且立即派骑兵送到纵队新华分社去。但我从他的脸上的表情所看到的，与其说是对我稿件的赞许，还不如说是对于我在战火中的不太怯懦的表现表示肯定。

前线记者需要有许多素质。最重要的一条，是勇敢，不怕死。我发现，我所在的部队里，从司令员到普通战士，都很欢迎和尊重前线记者的工作；他们都愿意给记者提供一切必要的工作条件，而且十分重视保护记者的安全。但是，使我感受最深的一点是，在野战部队中，一个前线记者的报道成绩固然为广大指战员所重视，而人们更重视的是他们在火线上的精神状态。他们尊重和欢迎那些能够无所畏惧地同他们并肩行动的记者；而对那些只愿待在上级指挥机关，不愿甚至害怕到危险的战场上进行采访的人是不感兴趣的。我自信不是一个怯懦的人，但我对于如何适应最危险的战斗环境却毫无经验和体会。在这方面给了我最大的帮助的，是另一位指挥员——我时常下去的一个主力团的团长吴效闵同志[①]。吴效闵是个知识分子出身的军事干部，戴着眼镜，但在枪林弹雨中从来都是泰然自若，勇往直前。1947年4月的晋南战役中，我和他一道行动，他告诉我：部队将要进行攻占城市的战斗。我对他表示了想和突击部

[①] 吴效闵同志在解放后曾任十三军军长和昆明军区副司令员，后调任济南军区副司令员，已去世。

队一道参加登城战斗的愿望。他用半是怀疑半是赞许的眼光看着我说："那当然好。不过这很危险，如果出了意外，我负不起责任。"我说，这是我的衷心期望，如果他能帮助我实现这个愿望，将是对我的最大帮助。在思索了片刻之后，他同意了我的要求，并且把我交代给担负突击连队的一位指导员，要他帮助我顺利登城，尽可能保护我的安全。我将要参加的是强攻山西绛州的战斗。那时，我们的部队炮兵火力还很弱，攻占城头，全靠火力掩护下用云梯强行登城的办法。在发起攻击前，吴效闵告诉我，我不能和突击排一起行动，只能同突击连的连部一起登城；然后他对我讲述了如何才能顺利攀登云梯，到云梯顶端后如何敏捷地翻过城墙，登上城头之后，又如何隐蔽行动等等。绛州的城墙有四丈多高，我们的云梯都是用细沙蒿和粗竹竿扎成；光是往城头上架设云梯就需要两个班的兵力。火力准备开始了，战士们伏在掩体中等待出击的号令。我夹在战士们中间。我看到他们都是左臂挎着步枪或冲锋枪，右手拿着掀开盖子的手榴弹。我回过头来，看见吴效闵对我在微微点头。这时，我心情很平静，丝毫也不感到紧张，甚至有些惭愧，因为在前后左右的战士中间，只有我一个人空着手，既没有挎着冲锋枪，又没有举着手榴弹。

在震撼大地的炮火声中，三枚红色信号弹升起了，战士们扛着云梯向前疾奔，指导员对我说："快跟上，遇见情况和你前边的通信员一道行动！"我几乎是带着一种轻松的心情冲向城墙，跑过突击排搭上的跳板，和战士们一起爬上云梯。云梯上一个挨一个地站满了战士，后面的人的头顶着前边人的大腿，云梯剧烈地晃动着。这时，我开始有些紧张，我发现，我的心开始激烈地跳动。我的动作不够快，后边的战士用枪托捅着我的脚，大声地说："快点上，犹豫什么！"于是我用最快的速度向上爬，我感到每向上一步，云梯都好像要把我弹下来。但我还是坚持住了，终于爬到了梯顶。梯顶离城墙还有一公尺高，我像别的战士一样，用双肘支住墙头，翻过城墙，这时，有一个战士递给我两枚手榴弹，并且说，"跟着我！"于是，我紧跟着他冲向一个墙头堡，学着他的样子，向碉堡的后面扔了一个手榴弹。炮火声渐稀，我同那个战士（就是那个通信员，他是奉命照顾我的）沿城墙跑了一段路程，然后进入一个掩蔽部去喘一口气，我发现，团长吴效闵已经坐在这个掩蔽部里了。他对我轻声说，"战斗很顺利，马上就可以结束战斗。"接着又补充了一句："你还可以！不像是头一回爬云梯的。"我应当说，这句话在我身上所产生的鼓舞作用和激励作用，是我一生中所从来没感到过的。我感到非常累，四肢无力，却没有疲倦的感觉。我在同几个战士做了一些交谈之后，就坐在这个掩蔽部里，用铅笔写了一篇大约有一千字的通讯：《神兵降临绛州城》。后来，这篇报道刊登在太岳《新华日报》上。这篇报道没有多少文学和史料价值，但却是一篇真正的在战火硝烟中采访写成的报道。

在参与了几次战役之后，我发现，在前线记者的岗位上，可以有两种不同的工作方法或者工作习惯。有的人，习惯于生活在高级指挥所的指挥员之中；他们依靠前线部队送上的材料（包括那些愿意生活在战斗前沿的记者们发来的报道），然后加以综合、概括，写出能够比较全面地反映战局的报道来。这种工作当然也是很重要的。但有些人（包括我在内），却宁愿更多地生活在战斗前沿的基层部队中间；他们更重视自己的切身感受和亲历亲闻。在整个解放战争期间，我都是按照这种习惯和方法来工作和生活的。在解放洛阳的攻坚战斗中和淮海战役围歼黄维兵团的战斗中，我都是一直生活在战士们中间。

像所有参加战斗的人员一样，在整个战斗过程中以及战斗结束前，我都是睡在工事和掩体中，而且从来都是衣不解带、和衣而卧的。这种战斗生涯，使我受到了前所未有过的锻炼，也使我感到了永世难忘的欢欣和愉快。我经历过几次危险，曾经使我感到紧张（比如，在洛阳外围战斗中，有一次，敌人的 B24 轰炸机投下的一枚炸弹，在离我几公尺以外的地方爆炸，我俯卧的身体被震得翻了个个儿而且全身被埋在土里）。但在整个战斗生活中，我却从未产生过胆怯和畏惧的心理。我曾经为此受到过一些指战员的肯定甚至赞许，这是我一生中所受到过的最珍贵的奖励。

在三年半的前线记者生活中，我没有写出多少有价值的报道。在和基层部队一同生活中，我有时忽略了对于整个战局的宏观的考察，这可能是我作为一名前线记者所不应产生的工作上的缺点。但是，我对于自己在战争生活中的选择，却是至今不悔的。何况，有时我也曾发现，我所写的那些战地通讯所产生的影响，常常是我始料所未及的。1953 年，我在朝鲜的上甘岭参观实习，我曾经在一位志愿军战士的笔记本中，发现了我在 1950 年写的一篇通讯《八千里路云和月》的剪报。这位战士说，他喜欢这篇东西，这篇短短的文字使他感到亲切和鼓舞。1979 年春天，我到云南自卫还击作战的前线去，我发现所见的连队都在阅读我在 1947 年写的一篇特写《新战士时来亮》，前线部队认为这篇文章对于连队的思想工作有好处，就重新印发给所有连队，作为政治思想工作的一份参考教材。这一切都出乎我的意料，但是，又不是不可理解的。我从其中体味到一点使我感动的事实，这就是：我作为前线记者所写的那些草率、粗糙的文章，虽然谈不到什么思想艺术性，然而其中却反映了一个前线记者对于革命战争和革命战士的真挚感情，这种感情，和后来的战士们的感情，也还是能够息息相通的。

在我一生中，曾经从事过许多不同的工作，我至今认为：我的三年半的前线记者的工作，对于我的思想、信念的成长和坚定以及我的生活道路的发展，具有着其他工作岗位所不可能产生的影响和作用。前线记者，这是一种严峻而光荣的工作岗位，也是一种使我时时怀念并且感到自豪的工作岗位。

1986 年 3 月

八千里路云和月

——纪念人民解放军渡江胜利一周年

人民解放军胜利渡过长江到现在已经整整一年了。

一年，对于整个历史来说，不过是一段短暂的时间，但对于人民来说，这却是一个惊天动地的年头。在这一年里，历史车轮飞速地前进，通常需要经过几十年的伟大历史事变，都压缩在这一年里了，这是翻天覆地、震撼世界的一年。

在这一年里，我们经历了很多很多，但它们可以用很少的字来概括，这就是："从胜利走向胜利。"将使我永远引为光荣的是，我和我们的队伍一起完成了这一段历史的行进。当我用比例尺在地图上量着从长江到珠江到红河的距离的时候，我想起了一句词："八千里路云和月。"越过无数田畴、江河、山峦和僻野，度过无数饥饿疲惫、风餐露宿、艰苦困难的日子，我们走完了祖国大地上最后的八千里路。去年的今天，在漫天的白雾和稠密的炮火下，我随着突击队的小船渡过了白浪滔天的长江，跟着战士们把一面红旗插上江南岸敌人的要塞顶上。而在一年后的今天，我们又随着同一支突击队，穿过边陲地带的荒山僻岭和瘴疠之区，把鲜明耀目的五星红旗插上了红河畔上的祖国边疆。看见这一面红旗飘扬在灿烂的阳光下，同时又想起一年前的另一面红旗时，人们是无法抑制住心头狂烈的跳动，这不是一种个人的激动，这是一种历史的情感。我们的历史终于写完了它的新页（而这是一百年来的仁人志士所梦寐以求和全力以赴的），中国人民头上的阴云是烟消雾散，一去不复返了。

我们时时说起胜利，但胜利究竟从何而来？在进军中，在工作里，在会议上，你可以随时随地听到战士们用感激、崇敬和信任的口气在谈论着党中央、毛主席的英明指挥和人民的伟大支援。而在战斗中，只有当你亲自参加作战时，你才能体会到毛主席、朱总司令的命令和指示，带给我们的部队以何等的信心和力量。但这里我却想说起另一件事：这就是战士们的坚强意志。关于这，人们曾创造过种种的比喻。但是，一切的比喻都没有事实本身更动人。钢铁并不强过战士的意志。我曾经亲耳听过一个战士在进军中说："人说咱们是铁腿，就是铁腿，也早磨短了！"这句诙谐的话包含一个动人的真理："胜利就在我们腿上。"毛主席曾经引用斯大林的话而又加以补充说：我们共产党人和人民解放军是用特种材料制成的。我们是用松木和柳木制成的，松树可以忍受任何冰雪风霜而坚忍不拔，柳树可以适应任何荒野僻壤而到处生根。谁要亲身体验过这一年来的艰辛苦斗的日子，谁就将会更加珍重我们的每一个胜利果实，谁就知道我们的军队以他们无限的坚忍和顽强在人类史上造成了何等的奇迹。

当我翻开日记追忆起一年来的时日时，八千里路的艰苦行进就像画卷似的掠过我的眼前。就像看见了我们胜利建筑上的一木一石一样，我看见了许许多多可纪念的日子。

我记起了一年前的 4 月 21 日。漆黑的夜，为了把船只从十里外的隐蔽港口拉到江边，战士们连夜挖成了几里长的沟渠，把几百条船只从平地上一尺一寸地拖到江边。而在拂晓以后，当战士在紧密炮火下乘风破浪直驶江心时，每个人的心情却是出人意料的镇定。没有人想到危险，没有人想到失败，一直到突击队冲上南岸，红旗迎风飘扬，人们心里才开始感到激动，这是一种庄严的、感到完成了一件历史任务的激动。

我记起了江南人民的狂欢和我们军队忘我的奋勇追击。一路上的鞭炮声几乎震惊了我们所有的马匹。冒着大雨和泥泞，部队不分日夜地前进，指挥员和战士们一起无数次地摔倒在泥泞里又爬起来，大部分人没有鞋子，连副师长赵华青也一样赤着脚走路。暴风雨毁坏了全部雨伞，倾盆大雨也没有片刻阻止部队的前进。就这样，几天几夜衣服没有干过的，我们的队伍从长江追到了浙赣线，歼灭了从江防溃窜的敌人。

我记起了当我们进入江西老苏区以后的混合着欢欣与凄凉的感情。我们看见了每一个被洗劫了的农村和人民，青壮年在匪徒们的残害下几乎绝迹了，老年人带着渴望和抱怨的目光迎接了我们。但是，这一切悲愤凄凉之情很快被一个霹雳般的消息一扫而空了。我们听到了毛主席庄严宣告中华人民共和国成立的钢铁般的声音，收音机前经常挤满了人，目光兴奋地静听着，一切感伤的心情都消逝了，人们长久地沉浸在狂热的情绪中。

我记起了五岭山脉和粤江两岸的艰苦进军。在南方的炎热天气里，队伍翻过了连绵无垠的崇山峻岭。牲口一群群地死掉，粮食一天天地稀少。战士们背着山炮扛着粮食和文件，在陡峭曲折的山路上艰难地移动着脚步。而当刚刚翻越了大山，随着又展开了追击，没有片刻的休息。沿着公路和大路，沿着山岭和江边，沿着一切可以走的道路，队伍像五个手指似的插向逃跑的敌人。这是难忘的日子，在群山环抱中的江水上，船上的歌声和岸上的欢呼混成一片，灯光和波光交相辉映。

　　我记起了粤桂战场上的日日夜夜。连续的追击，连续的战斗，连续的秋雨，连续的山峦与河流。人们除了走路和战斗以外，似乎一切都忘记了。忘记了睡眠，忘记了吃饭，忘记了日与日、夜与夜的间隔。衣服被风雨和汗水浸蚀破了，鞋子变成了奢侈品，在深山的寒冷中，人们不得不披起稻草过夜。在无休止的一个月的追击中，我们的队伍越过了积雪的云雾山和勾漏山，渡过了没肩的海潮区，进入了艰险的十万大山。在凛冽的寒风里，战士们打着火把越过一条条悬崖绝壁上的小道。有的人受不了艰苦的侵袭，失足跌下了百丈深崖。牲口全部被遗弃了。有的指挥员在劳累中吐了血，但他们仍然支撑着前进。等到战士们完成了清剿，回到集结地区领到一件棉衣遮体时，天气已转暖了。

　　我记起了从桂西到滇南的远程大奔袭，被我们俘虏的国民党陆军副总司令汤尧惶惑地说："这个行动违犯了战术原则！"我们的胜利就因为我们能够以行动和意志来创造新的原则。在十天中，我们的队伍挺进了一千三百里。没有马匹，没有行李，没有重武器，人们是凭着两条腿同敌人进行着这最后的决斗的（就是军政委刘有光将军和副军长陈康将军也是用腿走完这一千三百里的）。不顾道路的艰险，不顾瘴疠的侵袭，不顾有许多人生了病，有许多人体力不支掉了队，我们的军队不停地前进。我记起了我们军的指挥员周希汉将军，在马达的叫嚣声中，他的因多日不眠的嘎哑的声音每天都在前卫部队中响彻着："前进，不顾一切地前进！必须抓住敌人！不管前面有多少困难，不管部队有多么疲劳，不管有多少掉队减员，必须前进！这是毛主席的命令！这是历史的命令！"就这样，部队不休息地前进；就这样，消灭了大陆上最后一股最大的残敌。人们几乎忘记了身体是属于自己的，直到战斗最后结束，人们才发现，要在我们队伍中找出一对完好无损的脚来，也是困难的。

　　我记起了很多很多，但它们同样也可以用很少的字来概括，这就是："从艰苦到艰苦。"人们问："胜利从何而来？"我们说："胜利从艰苦而来！"一年前，我们也时常谈起胜利，但那时胜利还是一个远景。而现在，胜利已经和我们在一起了。我们也知道了胜利是如何得来的。一年前，当我们从江南出发时，部队中流传着一句口号："江南站队，云南点名。"现在我们已经在云南点过了名，我们悲痛在我们队伍中已经失去了很多过去曾和我们一起憧憬胜利的人。为了这个胜利，他们流了血，乃至付出了生命。没有他们的艰苦奋斗的英勇牺牲，就没有今天我们的胜利，他们用鲜血和生命为我们铺平了前进的道路。"胜利从何而来？"胜利就从这条道路上向我们走来。愿我们的英雄们永垂不朽！

1950 年春

影事琐忆

在四十多年前的解放战争期间，我曾经以新华社前线记者的身份，在人民解放军野战部队工作达三年多时间。在这期间，我写了许多通讯报道，却很少有人知道我还曾作为一个业余摄影工作者，在条件艰难得难以想象的情况下，做过一些当时颇见成效的工作；这些工作及其成果，后来大都湮没无闻了，但我每当回忆起这些事情的时候，却总会产生一种愉快而温馨的感情，尽管这是一些微不足道的琐枝末节，却无疑是一些很有意思的事情。

无米之炊

在三年多的战争岁月里，我都是生活在经常担任战役主攻任务的部队之中。在抢渡黄河之后，部队的一位指挥员给了我一部刚刚缴获的破旧的"罗来可德"相机。从此，我倚仗着少年时代曾经掌握的一点摄影知识，开始兼任起一名摄影记者的任务来。和我一道工作的，还有一位刚参军不久的在山西一家照相馆做过学徒的"摄影干事"。此外，我所在的部队所参与的几次战役（比如豫西、平汉、洛阳、淮海、渡江等战役）中所拍摄的一些质量不高却十分珍贵的照片，大都出自我们之手。

应当说，当时我们手中的"武器"还是很不错的。最困难的问题，是我们经常处于"无米之炊"的状况之中——我们没有胶卷。仅有的几个"伊尔福"120胶卷很快就用完了，但是，更重要的任务和更重大的战役还在后面。我们攻占过不少县城，都买不到胶卷，县城中只能买到那种照人像用的一盒一盒的像32开书本那样大的胶片。我们迫不得已把它买下了，因为无论如何它还可以感光，总还是摄影的一种"粮食"。

我们冥思苦想，最后还是想出了办法：我们为什么不能利用那种长方形的胶片，把它裁成条状，利用已用过的120胶卷纸皮，自己制造胶卷呢！于是，在一次作战休整空隙，我们找了一个地堡，用黑布遮严作为暗室，开始进行自己制造胶卷的试验来。试验比我们想象的还要顺利：我们先把胶片按照胶卷纸皮的宽窄裁成许多长条，然后用薄胶布把它们按序粘贴在纸皮上。由于胶片不能达到一卷胶卷的长度，我们就用三条胶片连接起来。卷胶卷是一项细致麻烦的工作，需要很细心地卷，才能把一卷手工制胶卷卷得严严实实，使它不会跑光。这样，无米之炊逐渐变成了有米之炊。这种手造的胶卷开始用时，还时时出现照片与数字错位的现象，但随着后来经验的不断积累，我们自己手制的120胶卷，逐渐可以达到得心应手地准确无误地照出十二或十六张照片的效果了。

就是运用这种办法，我们解决了摄影"粮食"难以为继的问题，并且用这种可以说是独一无二的胶卷，照出了不少颇富历史价值的照片来。用这种胶卷照出的有些照片（比如关于淮海战役和解放洛阳的攻坚战斗），经过放大后，效果是很好的；一直到解放后，我还不时地在一些反映革命战争历史的展览会上看到其中的一些画面。

一部异想天开的放大机

淮海战役胜利结束后，我所在的部队在河南的一座小城市漯河市休整。部队准备召开英模大会。我同几位有照相机的同志手头已经积累了不少在淮海战役中拍摄的照片，部队领导希望我们举办一次摄影展览，用以展示英雄们的战斗业绩，并用以鼓舞士气。

我认为这是一项有意义的、对我来说是责无旁贷的工作，虽然它并不在我作为一名前线记者的专业工作范围内。但我很愿意同我的伙伴们完成这项工作，因为在淮海战役全过程中，我们确实拍摄了不少具有真实的历史价值的照片。这些照片，由于艺术和技术条件的局限，可能艺术质量是不高的，但它们都是生活在战斗前沿的身临其境的人们在炮火硝烟中抢拍下来的，因而就具有一种无可置疑的真实性和确切性。我很希望有更多的正在以自己的血汗创造着历史的战士们能够从这些照片中看到自己的身影，并且从中得到快乐和鼓舞。

我们有许多可以备选的照片底片，但是，我们没有放大机，而且，我们找遍了漯河市的照相馆，也找不到一部可资我们利用的放大机。

讨论的结果是：没有放大机，我们自己来做一部。我们从一本关于摄影的小册子当中了解了放大机的构成和原理，我们知道了我们首先要解决的根本问题有三点：第一是光源问题，第二是可以把底片的形象按照需要加以扩大的问题，第三是解决放大纸问题。

我们买到了一盒放大纸，我们借到了一部老式照相机的机身和镜头，经过试验，发现它在一定距离内可以把底片影像扩大许多倍。那么光源呢？我们不能像冲印普通黑白照片那样使用白天的自然光就可以达到目的。那时，刚刚解放的漯河市还没有恢复发电。于是，我们想到，也许可以用汽灯来试试。

就这样，我们就像 19 世纪的放大机发明人那样，采用最原始简陋的办法制造起我们的放大机来。我们首先把一张长条桌放在一面粉刷得雪白的墙前，把那部老式人像摄影机横着面对白墙架在桌面上，然后，在机身的后部，用青砖砌起一个方格，用以置放作为光源的老式汽灯。再一点就是如何把要放大的底片稳定地置放在光源与镜头之间，为了这个看来简单、实则很难的问题，使我忙碌了一两天才得到解决。

剩下的就是进行试放和洗印工作。这件事的麻烦和困难，也是出乎我们意料之外的：为了放好和印好一张适度的清晰的照片，要反反复复地进行多次试验。最主要的是光源不稳定，以及找准感光时间长短所带来的麻烦；其次是放大纸很快就用完了，只好用普通印相纸来代替。于是又要重新设定感光时间的长度，这是一件需要很大的耐心和细心才能达到目的的工作。

我记得，那时正值严冬时节，我们为了制作这部异想天开的放大机以及反反复复进行的实验工作和制作工作所付出的劳动，使我们经常忙得满身大汗。但我们试验成功了。我们如期地成功地举办了一次相当全面地反映淮海战役围歼黄维兵团的战斗生活的摄影展览。

那几天我们几乎都是不分日夜地兴致勃勃地工作着。我们的工作受到了陈赓将军和广大指战员的赞扬，我认为这是对我们艰苦、笨拙而又颇具创造性的劳动最珍贵的报偿。

展览会刚刚结束，那部土造的放大机就被拆掉了：那些青砖被弄到了门外，镜头和机身归还了照相馆，那些放大照片（展览品）被送到上级机关。我们重又起劲地制造着120胶卷，因为渡江战役马上就要开始了，而我们还无法买到足够的胶卷。不过，我们不必再为放大机而操心了：因为我们已经知道了我所在部队下一个行军作战的目的地是南昌，再下一个目标是广州。我们当然不必再为放大照片而伤尽脑筋了。

照片比作者的署名更重要

不久前，我应邀去观看史诗影片《大决战》的第二部试映。影片再现了我所熟悉的战斗历程，在整个放映过程中都使我激动不已，但影片中的一个细节使我感到很遗憾，那就是我军在围攻双堆集时向敌人阵地施放所谓"飞雷"的场面。在银幕上出现的"飞雷"是一个又大又笨重的显然是用大汽油桶制成的火药发射器。这个"飞雷"发射器完全不是我所知道的那个形状；因为我和我的伙伴们当时都为这个新发明的武器拍过照，而且在展览会上展出过。曾经使敌人在战场上丧魂失魄的这个被称作"飞雷"的武器，是我所在的一个部队的一位炮兵连长按照迫击炮的原理发明创造的：它可以把几十公斤的黄色炸药抛掷到一百米远的敌人工事上，威力极大，却不很准确。敌人很怕它，把它称作"共军的原子炮"。它的样子完全不像电影中所拍出来的那样。实际上它的体积并不很大，也不笨重，炮筒只有两尺高，直径也不足一尺，是用钢片精制而成的。于是我立即想到：如果我能找到当时我们所拍摄的"飞雷"的照片就好了。但是，我在当年所拍摄的战地照片，由于我所工作过的部队编写战史的需要，早就被反复索取得荡然无存了。这使我懊悔不已，假如我能够把这张"飞雷"的照片保存下来，也许这部影片就可避免这个明显的细节瑕疵了。

在围歼黄维兵团的最后战斗中，我是比较早地同突击部队进入双堆集战场的。当时，新华社还播发了我所写的一篇战场巡礼的小通讯。我大约也是双堆集战场的惨死场景的最早摄影者之一。这些照片有许多后来都由我们用土造放大机扩印过和展览过。但由于我从来没有把摄影看作是自己的本职工作，因此也就完全不重视这些现在看来是十分重要的底片资料的收集与保存工作。但是，事过多年，我有好几次在参观一些有关解放战争的图片展览时，都发现了其中有我照的照片，特别是一张我在现场用土造胶卷拍摄的双堆集场景的照片，我至少有两次看到，这张照片已被再次放大了若干倍。看到这张已经显得有些模糊了的照片，我有一种如睹故人的欣喜之感，这些照片大都没有署上作者的名字，但这是无关重要的，重要的是它们是在炮火硝烟中拍下的，虽然很少却被保存下来了。

大约在五十年代末，我在一次较小规模的展览会上发现了另一张我在淮海战场中拍摄的照片。这张标题为《战后的欢欣》的照片，也是用土造 120 胶卷照的，内容拍的是一群战士坐在战壕上，正在检视和擦拭刚刚从敌人手中缴获的美式重机关枪时的欢欣之情。这张照片毫无技巧可言，但确确实实是我在战场上所亲历的生活场景。

这张内容一般的照片，我早就忘记了。我从来也不相信现在在我家中还保存着这类照片，但在几天以前，我在整理旧日一些生活照片时，却意外地发现了这张照片，照片已经发黄，证明这是当年在战地洗印的，而且在照片后面赫然写着"冯牧拍摄"几个字。我估计，这是我所拍摄过的战地照片中在我手中仅存的一张（其他的都倾囊以尽地送给我过去工作的部队了）。这张普普通通的照片，曾经被一再放大过、展览过；和其他一些照片一样，照片作者的名字逐渐失传了，但这不重要，重要的是它们以实实在在的、真实的形象使人们追忆起那些火热的岁月，那个使历史的脚步飞速前进的年代。

1991 年 9 月

（原载《中国摄影报》1991 年 10 月 4 日）

寻找历史的足迹

1991年11月27日，延安。

延安初雪后的夜晚，像我记忆中一样地宁静。这是我在时隔四十五年重返延安所停留的最后一个夜晚。夜已深，送走了最后一批热情的来访者之后，我怀着一种惜别的心情，又一次地远眺着延安——四十五年来让我魂萦梦绕的地方，我的革命生涯和文学生涯的摇篮。延安，明天我就要又一次地向你告别！

此刻，在我眼前展开了一幅可以称之为"经典画面"的为人所熟悉的图景：在银白色残雪的映照下，以那座高耸入云的宝塔而得名的嘉岭山和悬崖陡立、窑洞成群的清凉山相峙而立；延河从北面流到我现在站立的延安城下，汇合了从南面流来的南川，然后折向东行，隐入一片苍茫的田野。在我身后，则是延安古城所倚靠的雄伟的凤凰山。当年，范仲淹所修的城墙，有一半就修在山上，现在还可以看到它的残迹；而毛泽东和他的战友们，在长征抵达陕北不久移居延安后，有一段时间就居住在凤凰山的窑洞里，直到日本人的飞机把整座延安城炸成一座废墟。

这片景色使我激动，使我感到亲切，使我陷入沉思，仿佛历史又回到了半个多世纪以前的岁月之中；透过凄迷的夜色和半山上闪烁如晨星的灯火，恍惚间，我好像隐约地寻觅到了我青年时代在这片土地上遗留下来的足迹。而这种感受，在白天是看不到的，因为整个的延安城经过历史的演变，已经从当年主要是由窑洞构成的边塞城郭变成了一座建筑林立、市容繁盛的现代化城市。当年遍布在山间的蜂窝似的窑洞，大多已被楼群和街道遮掩，只有仔细寻觅，才可以找到一些多年已经坍圮了的古老窑群的痕迹。而现在，当夜色笼罩了全城，市声归于寂静，天上出现了繁星，当静静流淌的延河，四周起伏的群山以及山上的宝塔、庙宇、城堞、田野在我眼前构成了一幅使我如此熟悉而亲切的画面轮廓的时候，我才从一种梦幻般的心境中清醒过来，真切地感觉到：我确确实实又回到了延安，回到了我当年曾经生活过八年的地方；这片贫瘠的土地，过去不但哺育过像我这样的一代人，而且也养育和呵护了成千上万的中华民族的优秀儿女——人民共和国的缔造者和开拓者。这是一块可以当之无愧地被称为革命圣地的地方。

凝望着眼前熟悉而又朦胧的景色，我想起了半个世纪以前的那些艰苦卓绝的岁月。那一年的冬天，我同一群青年男女一道，怀着朝圣般的心情，背着行李，行军两个月，才来到了眼前的宝塔山下。我仿佛觉得，当年我们走过的那条河边小径，就在现在前面不远的地方；虽然那里现在早已变成了宽阔的公路，但我深信不疑地感到那里有我当年走过的足迹。我仿佛觉得，在远处清凉山下闪烁着灯光的所在，就是我当年住过的那排窑洞。就在那个当年被称为"抗大"的地方，我接受了革命生涯的第一课，获得了关于追求革命真理的最初的知识，树立了自己尽管还很幼稚但却坚定不移的生活信念。我还记得，那是一个严寒的冬天，我们大多数来自远方的人都没有棉被，就靠一件棉大衣和一套军装度过了那些艰辛的日子。我也清楚地记得，第一次倾听了朱德总司令为我们讲课，他讲的是"抗日战争的战略和战术问题",到现在,他的质朴缓慢的声调和语气仿佛还在我耳边回响;我也清楚地记得他时而戴上老花镜时而又摘下来的习惯动作……我也深深地记得,在这里第一次遭受日寇飞机轰炸时的情景:有一天,正在上课,突然响起了警报声,我们迅速地躲进山沟里的窑洞,不久就听到了炸弹的爆炸声,有一两颗炸弹大约正落在我们的头上,使我感到整个窑洞都晃动起来。这次轰炸炸坏了我们所在的延安东关的两排房屋,但人们大都对此习以为常,火焰被迅速地扑灭了,生活又正常地运转起来……

我想起了我的另外一座母校"鲁艺",它就在东面八里路外的被称为"桥儿沟"的地方。在半个世纪以前,我曾经在那里生活过将近四年时间。在我的心目中,"鲁艺"所在的那所坐落在延河之滨的教室,是一个永远可以激起我的怀念和感激之情的地方。如果不是由于某种偶然机遇使我进入了"鲁艺",那么,我一生所经历的可能是另外一条完全不同的道路。因此,当我重返延安时,我就怀着一种迫不及待的心情来探访桥儿沟,并且花费了多半天时间在"鲁艺"寻找我当年的足迹。

多年来常在我梦境中出现的"鲁艺",在我心中激起了半是惊喜半是惆怅的感情。我发现:虽然当年依山傍水的那座小村镇桥儿沟已经变得面目全非,在我记忆中清澈如碧的延河也已经改道南移,但"鲁艺"的那个重要标志——那座哥特式的宏伟的教堂和它西面的几个由石窑洞组成的庭院都依然无恙,像梦境般地展现在我面前。在半个世纪以前,我在这里度过了一段使我毕生难忘的快乐而充实的岁月。有时是在教室里,有时是在教堂侧旁的广场上,我曾经聆听和领受过许多革命家和文化名人的教诲,从毛泽东、周恩来、陈云、贺龙、徐向前到吴玉章、徐特立、茅盾、周扬以及当年生活在延安的许多著名作家、艺术家，都在这里讲过课。现在，我就站在这个小广场上；我还记得，当年这里经常悬挂着排球网，每天晚饭后，我们就在这里打排球。在我们的对手当中，总是少不了身材瘦削而矫健的音乐家冼星海；冼星海喜欢跳起来扣球，他跳起来的姿势也像他指挥人们歌唱时的姿势一样潇洒自如，手臂高举，好像是展翅的雄鹰……

在反复寻觅中，我欣喜地找到了作为"鲁艺"文学系的宿舍兼课堂的那座古老的小院落。这个院落的窑洞全是用花岗石砌成的，过去大概是修道士的居住地，现在已是一派颓败破落景象，变成了一座工厂堆放杂物的仓库。我在这里动情地停留了很久，它使我想起了许多充满青春欢乐的往事。那时，我们有大约四十位同学住在这里，每个窑洞住着七八个人，挤在一条炕上；白天主要是上课、开会或者劳动（我在这里用自己手纺的毛线为自己织过一件毛衣）；黄昏的夜晚，就多半沉浸在艺术世界之中，人们围坐在炭火盆边，在一灯如豆的光亮下读书和写作。我们就是这样开始自己的文学生涯的；有许多人就是从这里起步而后逐渐成为举世知名的作家和诗人的。那时，在文学系讲课的主要是周立波、何其芳和陈荒煤。周立波主讲的"名著选读"是一门很有号召力的课程，每逢他讲课时，院子里总是挤满了听众，有的还是从校外远道赶来专门听课的。何其芳和严文井主要负责的课程是"创作实习"，那时，我们每两周要交一篇习作；其中每有成功之作，就多半由老师们推荐给外面的校刊去发表。我在这个小庭院里最重要的收获，应当说是读书。回忆起来似乎是一个奇迹，当时"鲁艺"的窑洞图书馆的藏书之丰富，到现在对我来说都是一个难解的谜。也正因此，我在那几年中以如饥似渴的热情所读过的文学经典著作，超过了以后的任何时期，使我终生得益。

我就是在这样的环境和气氛中开始踏进了文学这座"窄门"，我最早发表的一些稚气十足的诗文，就是在这些窑洞里的小油灯边写成的。那时，我刚满二十岁，可以说，我的从青年起延伸到现在的文学道路，就是从这个小小的现在堆满了残砖碎瓦的院落里出发的。

我记忆中的桥儿沟和"鲁艺"，是一个梦境般幽静和美丽的地方。清澈宽阔的延河从我们身边折向西南形成了一个充满画意的河湾。在肃穆的教堂和延河之间有一片田野和一条小小的乡村小街；这片牧歌般的天地，为我们这群青年男女带来了极大的快乐。几乎每一个黄昏，我们都会三五成群地在这里散步、谈心、唱歌，在岩石边洗脚洗衣服，谈论着青年人的希望和梦想……这一切，在时隔半个世纪的今天，已经成为深藏在心中的一段珍贵而甜蜜的回忆……而现在，当我再一次在这里环首四望，不禁产生了一种恍如隔世的感觉。我梦境中的一切，似乎都已经消灭无遗，这里变成了一片使我惊叹而又陌生的新天地。延河变成了一条细小的混浊的溪流，隐藏在远远的南山脚下。那条牧歌式的小街和那片静静的田野变成了一片嘈杂的商业街道和错杂无章的块块稻田和鱼塘。我当然早就应当想到这种沧海桑田式的历史变革的，但是，我还是情不自禁地产生了一种失去了童年的乐园的小小惆怅和感伤……

凛冽的寒风使我从"鲁艺"的梦幻中醒来。我把目光从遥远的东方转向正前面的雄峻的山峰；山上的楼阁式的庙宇和窑洞正闪烁着微弱的灯光，这是我下午刚刚探访过的清凉山——我当年曾经生活和工作过将近三年的地方。清凉山，从宋代起就以山顶上的清凉寺而著称于世；至今，那里还完好地保存着一些雕刻精美的佛教石窟，和宋代文学家范仲淹所题的诗句。在整个抗战期间，这里都是《解放日报》和新华通讯社的所在地。我从1943年离开"鲁艺"和下放锻炼的南泥湾之后不久，就来到了《解放日报》的文艺部，在博古、陆定一以及艾思奇等同志的领导下从事过三年文艺编辑工作。我从事文艺评论工作，也主要是在这里开始的。因此，当我怀着激动的心情从桥儿沟归来之后，就踏着残雪爬上了陡峭的清凉山，到那里去重温我青年时代的梦。

我欣喜地发现，清凉山上的革命文化遗址被保护和维修得十分完整。过去作为编辑部的办公室的那两排坚固明亮的石窟洞被维护得完好如初。我轻轻地推开最北面那间窑洞的门（当年文艺部编辑室就在这里），我惊奇地看到，除了当年那些密密地连接成两排的办公桌改变了排列的形状，一切都和当年一样。我很容易就找到了我的工作地点：我清楚地记得，在将近半个世纪之前，我就坐在这里看稿、改稿、画版式和改校样；在我对面坐的是陈涌和方纪，在我右边坐的是温济泽和韦君宜。文艺部主任艾思奇则坐在靠门口的一张桌旁。我记起了许多往事，我想起当初的某些传世之作从此地经过我们的手发表出来时在这间窑洞中所洋溢着的激动和愉快的气氛。我想起了当年我奉命撰写一篇评论或报道，在交稿前听取当时的领导人陆定一、余光生和艾思奇的修改意见时所得到的教益；他们的严谨、认真和热情的态度至今仍然历历在目。

我在清凉山上工作的三年间，曾经居住过三处地方。最早住过的一间土坯平房已经消失得渺无踪迹。后来，曾住在山上高处的一个叫作"南天门"的窑洞里，人们说，那些窑洞早已坍塌，通往那里的我过去攀登过无数次的小路也被雨水冲垮了。但是，在失望中我终于找到了我在延安清凉山上住过的最后一处窑洞；这间窑洞在山头的西侧，现在还住着一户工人家庭。这家主人以好奇和热情的态度让我进去参观和凭吊了一会儿。这家主人过得并不宽裕，除了电灯以外，似乎没有什么家用电器，连延安一般家庭中并不罕见的电视机也没有。但是，同我回忆中我的那个家相比，可以说是有着天壤之别了。这里有崭新的衣柜、简朴的沙发和色彩缤纷的双人床，有煤气炉灶。而在四十五年前，当我以主人身份住在这里时，这里只有一张由三块木板搭成的木床，一张没有抽屉的写字桌，一个没有靠背的方凳，再就是一盏煤油灯（当年延安的奢侈品）和一个用来盛我全天用水的灰陶罐，那时，我们每天都要提着它到山脚下去打两次水上山，以保证一天的饮用和洗脸用水。在我记忆中，在延安生活的八年间，我从来没有喝过一杯真正意义上的"茶"。我只记得，王朝闻曾经试验过用酸枣树叶做茶叶，但似乎并未成功。

但是，那时我却生活得充实而幸福。那时，我们常常为了看一场演出或听一次报告而在夜间往返步行三十里而毫无倦怠之感。那时，我们似乎走遍了延安的山山水水、沟沟峁峁。我突然想起，有一次，我为了到宝塔山下的崖壁上寻找范仲淹将军留下的摩崖石刻大字"胸中自有甲兵十万"而滑倒在延河中，全身都被打湿了，却感到由衷的兴奋。而现在，当我在清凉山上欣赏新刻的范仲淹的咏史诗词，向东道主问起那一行著名的振奋人心的大字石刻时，人们都摇头说，没听说过有这个石刻……历史是温馨的，也是无情的。

但是，当我怅怅地回到了当年《解放日报》的办公室，我的东道主取出留言簿要我题词时，我还是套用了范仲淹的名句，写了两行大字：

关山苍苍，延水泱泱，

延安精神，山高水长。

在刺骨的寒风中，我以告别的目光凝视着夜空下的延安的山山水水，凝视着我当年生活过、工作过、跋涉过的地方。虽然我只能依稀看到群山、延河以及通向四面八方的道路的模糊的影子，但我仍然能够以我的心灵清晰地寻觅到了我和我的伙伴们当年共同走过的足迹，那是青年时代的足迹，也是我们的历史的足迹。在我的思绪中，瞬息间出现了许多人的身影——我的革命伙伴们和我一道战斗行进艰苦跋涉的身影。他们当中有许多人已经离开了这个世界，有许多人虽然也和我一样步入了老年，但是，我们的前进的步伐仍然和当年一样坚定，一样执着，就像我此刻在延安所寻觅到的我们历史的足迹一样。光明在前，我们的足迹是永远不会停顿的。

1992 年 6 月

(原载《小说界》1992 年第 5 期)

久病延年

在中国的谚语中，有"久病成医"之说，却从未见有人提出过"久病延年"这样的接近于"二义悖反"的说法。

应当说，这是我的一个发现或是"创造"。

大约在"文化大革命"后期，我刚从被流放的湖北咸宁干校回到北京，四壁萧然而又百无聊赖。大约是和林彪的"折戟沉沙"有关，我曾有过将近两年左右的相对安定的日子。但是，那时我既无被分配工作的可能，又无执笔写作的心境，于是我除了读书，享受那种"雪夜闭门读禁书"的乐趣之外，还曾经用篆刻来排遣那漫长的时日。我从家中幸存的一堆印谱中发现了一幅铭刻在秦汉瓦当上的铭文："美意延年"，我便一反其意，用稚弱的笔力和刀工篆刻了一方寄托心情的闲章，是仿汉印小篆体的四个字："久病延年"。我的本意，既是一种自勉，又是一种和老朋友之间的共勉。印章中的这个"病"字，其实是包含了两方面的意思：一方面，指的是当时正在席卷大地的政治风暴，给我们这些从青年时代起便决心献身革命虽九死而不悔的人身上所带来的创伤（这种创伤既表现在心灵上也表现在肉体上）。我和我的许多老朋友当时都怀有这样的心情：无论我们身受的压力有多么沉重，无论我们仍将面临着多么严重的生死考验，我们都要坚定地斗争下去和顽强地生存下去，直到那些正在把祖国命运推向深渊的邪恶势力垮台为止。回想起来，我当时的期望值并不高。记得在当时我和几位好友的一次秘密聚会中，我曾对延安时期的老朋友朱丹说过这样的话："只要让我亲眼看到江青这些祸国殃民的家伙们倒台，哪怕我在这个世界上只能再活一个星期，我也就心满意足了。"这样的话，我后来也对郭小川讲过。他同意我的话，却又批评我太悲观了，尽管他后来悲惨的经历，证明在他的内心深处，实际上要比我悲观得多。

但无论如何，在那与其说是忍辱负重毋宁说是忍辱偷生的岁月里，我在和一些知心朋友通信的时候，总是忘不了在信纸的一角钤上这方题为"久病延年"的闲章，作为期望，作为激励，也作为一种袒露心灵的表示。后来，我又刻了好几方同样的图章，分赠给几位能够懂得它含义的朋友，而且还获得了一些朋友的会心的赞可。我相信，它们至今还保存在一些曾同我共患难的朋友手中。当然，随着历史的推移，这件事情大约早已被人淡忘了。

我在上面谈到的，只是我所篆刻的这方图章所包含的一层意思。"久病延年"中的这个"病"字，还包含有另外一层意思，一层实实在在的意思。这指的是，对于像我（以及我的某些朋友）这样的当时身体很不健康甚至是多病的人，如果我们能够始终保有一种建立在坚定信念上的健康的精神状态，一种旷达而开阔的胸怀和心情，一种时刻都能自觉地发挥精神上的主观能动性的意志，一种正常的，既是随心所欲又是有所节制的生活方式，同样也是可以使自己在艰难的条件下，平安地顽强地生活和生存下去的。

我的半个多世纪的生活经历，可以为我的这个主观论断作出相当充分的印证，我始终认为，即使是"久病"的人，也是可以"延年"的。

　　我是"五四运动"的同龄人，早已年逾古稀。但我从十七岁起便患上了相当严重的肺结核和肋膜炎（后来又发展为慢性脓胸）。再加上由于遗传因素造成的严重哮喘病，因此，可以说，将近六十年以来，我从来都是与疾病为伴，几乎没有过一天可以称为"健康人"的日子。记得 1938 年初，我带病逃离刚刚沦陷的北平，经过将近三个月的艰苦跋涉，才来到延安，其间所需要克服的困难，是现在的青年人所难以想象的。我父亲（一位正直的知名学者）曾经以焦虑的心情给我写过一封信，信中说，他绝不反对我参加革命，但以我的身体状况，他担心我活不到三十岁……但是，后来我不但愉快地（也是艰难地）迎来了三十岁的生日（我还记得，那一天，我正准备和野战部队渡过长江，住在一个担任突击部队的团指挥所里，当然，根本没有意识到那一天我正在进入"而立之年"），而且随后作为一名随军记者，参与了解放广东、广西和云南的大部分战役，最后，经过了几千里基本上是靠步行的长途行军，来到了云南边疆。

　　我的生命在云南得到了一次挽救。那里的医院以当时最好的医疗条件治好了我的结核病和大体上控制了我严重的肺气肿和哮喘病；但是，对于我的脓胸病，医生们却表示了一种束手无策的忧虑。但即使如此，也不能不承认，我能够顺利地活过了三十岁，是由于一种幸运的机遇，是由于一种带有很大偶然因素的命运对我的宽容与厚爱。

　　我的脆弱而顽强的生命，在 1956 年得到了第二次挽救。那时，我已经三十七岁了，被送到北京来做大手术；云南的医院怀疑我得的是肺癌，而且把这个后来被证明是错误的诊断过早地透露给我了，我想我今天可以欣慰地说，我当时不但没有被这个可以摧毁人的意志的消息所压倒，而且一直是保持着一种豁达而平静的心境。我想，这种心境，是使我后来得以顺利地战胜无数次身体上的和精神上的磨难，能够继续顽强地活了过来的一个重要因素。

这一次挽救了我的生命的，是两位杰出的医生——著名的胸外科专家吴英恺和黄国俊教授。在当年那种简陋的条件下，他们为我做了一个长达十个小时的开胸手术，基本上解决了使我多年深受折磨的脓胸症——而且是一种罕见的"包囊性脓胸"。用黄国俊的话来说是："我们从你左胸里给你摘除了一个中号暖水袋！"而且多半是出于对我表示安慰的好心，他当时还对我说："你不要悲观，像你得的这种病，在我们的病例记载当中，存活率很高，有长达十一年现在仍然健在的！"

听了这些话，我当时不但不悲观，而且还为此激动不已。我想，我的日子还长着呢，即使我没有足够的把握，我也一定要努力给他们创造一个新纪录——再存活十二年，到那时，我还不到五十岁呢！

而事实上，从那以后，我已经"存活"了三十八年。而这三十八年，我所跨越、所经历的，又绝非是一条风和日丽、风平浪静的生活道路。但是，尽管在这漫长岁月中，我又经受了那么多的意想不到的急风骤雨的冲击，使我常常感到，我所走过的每一段生活历程，都好像是在湍流急浪中搏击前进的。不论是幸，还是不幸，反正至今虽然我所拥有的依然是一副时时为病痛所苦的孱弱之躯，我却仍然能够生活得平静而自如，仍然能够为我所献身的事业做出点点滴滴的微小却是无愧于心的奉献。而且在不久之前，刚刚愉快地度过了我的七十五岁生日。

有不少人曾经向我问起过我的"养生之道"，怎样才能做到"久病"而又"延年"，我却往往难以作答。我平生与烟酒无缘，从来不吃补品，也不练"气功"，除了热衷于长途旅行外，我甚至很少进行持之以恒的体力锻炼，我最不能忍受的是为了保护身体而必须屈从于种种纯属臆想的违反自然的"清规戒律"。我一生信守不渝的，是对自己从青年时期就认定了的理想和信念，绝不动摇。对于种种邪恶现象，我也绝不缺少那种疾恶如仇的义愤。但我也始终认为，人应当具有一种博大宽容的胸怀。我承认，我的性格也许过分温和和过分宽容，以至于从延安时期直到现在，我头上长期被扣上的"温情主义"和"缺乏斗争性"这两顶帽子，从来没有被摘掉过，有人甚至因此以"东郭先生"相讥，我对此也并不介意。我的一条自然形成的生活准则是：有所为，也有所不为。对于原则问题，我绝不含糊，而对于那种纷至沓来的小是小非、喊喊喳喳之谈，我采取的是既不斤斤计较，也绝不跟自己过不去的态度。只要是于人民有益的工作，只要是性之所适、情之所至的好事，我总是愿意无条件无代价地付出自己的劳动，哪怕是力有不逮，我也总是尽力而为。

就是这样，我走过了自己艰难而又无愧无悔的七十五年的漫长岁月。我已经大大地、超额地完成了我父亲当年所期望于我的"生命计划"。对此，许多人为我庆幸，有人则不那么高兴，但对我来说，至少是为人们提供了一个"久病"也能够"延年"的绝非虚构的范例。

因此，不管怎样，"久病延年"这四个字一直被我视为至理，至少直到今天仍然如此。推己及人，我希望，别人也能由此得到一点启示，或者引起一些思考。

1994 年 4 月 29 日

西西里随笔

西西里的秋天完全不同于北京的秋天。在经过将近三十个小时的累人的旅程之后，我们终于到达了目的地：西西里首府巴勒莫市的海滨小镇蒙德罗。我发现，时光好像在倒流，我在连续一天多天上和地下的行程之后，居然又回到了炎热的夏天；虽然从地图上看，西西里地处北纬三十六度，和我国华北地区几乎属于同一纬度。但是，当我从时差的昏睡中醒来，从下榻的海滨饭店中推窗远眺时，展现在我眼前的，却完全是一派使我既熟悉而又陌生的热带风光：浓荫蔽日的棕榈林带，色彩缤纷的奇花异卉，遍布于丘陵地带的橄榄树林，带有浓郁阿拉伯和西班牙风格的米黄色和橘黄色的古老建筑，从海岸边拔地而起的形状奇特的花岗石山峦，一望无涯的地中海的碧蓝色的波涛……这一切，都使我感到是来到了一个梦幻般美丽的陌生世界。

在我出发以前，我想象中的西西里并不是这样的。我曾经从一本西方作家的书中读到这样的描述："西西里岛，境内多山地和丘陵。沿岸是风化石，岩石上挂满了密密麻麻的鸟窝。土地贫瘠，有的地方寸草不生，多数地方只长着多刺的灌木丛。岛上居民靠打鱼为生，住在石头砌的房子里。"然后，就是一系列关于"黑手党"及其"教父"们的令人厌恶的恐怖故事。

当然，这一切都是事实。因为就在从巴勒莫到机场的大路上，人们曾指着一处建筑告诉我说，一年多以前，有一位因其公正而深受人民爱戴的大法官，就在此地被人残暴地谋杀了。我也亲眼看到，无论在机场上、街道旁，都有荷枪实弹、牵着警犬的警察在往来逡巡，为巴勒莫这座繁华城市平添了几分紧张气氛，这是在欧洲其他城市很少看到的。

但是，西西里给我的第一个印象毕竟是美好的，它有一种对我来说几乎是前所未闻的独特地域色彩和民族文化色彩的魅力。在紧张的三天中，好客的主人首先做的事情，是以短暂的时间让我们对巴勒莫及其附近的一些地区进行了匆匆一瞥式的访问，使我进一步地了解到：对于西西里这片古老和带有传奇色彩的土地，我所知道的是多么的微少。对于从腓尼基、迦太基文化到古希腊、古罗马、古埃及文化，以至于基督教、阿拉伯、诺曼底和西班牙文化，在这个岛国中，经过融会交流所遗留下来的悠久而丰富的历史文化遗产，对于西西里岛这片虽然工业资源并不雄厚，却有着极其美妙的自然景观和特具风采的文物古迹的土地，我即使不是毫无所知，也是知之甚少的。

我到西西里来，是受巴金同志的委托，来领取意大利蒙德罗国际文学奖评委会授予中国作家协会的一项特别奖。理由是由于它"在促进中意两国文学交流中所作出的贡献"。蒙德罗国际文学奖，是在欧洲享有盛誉的一项国际文学奖。在来到蒙德罗以前，我还不大了解：为什么像这样的国际上著名的文学评奖活动要在蒙德罗这样一个只有几万人的滨海小镇举行？为什么一些在世界上享有盛名的作家要不远万里来到这个边远的小镇领取对他们来说是十分珍贵的一份荣誉？

　　只有在参加了颁奖会之后，只有在西西里的一角——古老的巴勒莫市进行了虽然短暂但却印象深刻的访问之后，只有在优美如画的蒙德罗镇结识了许多生活在这里的作家和学者，并且同他们进行了友好的真诚的交往之后，我才为自己找到了问题的答案。作为西西里的心脏的巴勒莫市（蒙德罗是它的一个小镇），不只是以其和"黑手党"的"教父"们的长久历史渊源而为人所知，而且更以其悠久的包容了多种古代文化源流的文化传统而著称于世。在这个不大的岛屿中，曾经诞生过许多在世界文明史上留下了光辉名字的学者、作家和艺术家。人们大概很少知道，被称为人类物理学之父的阿基米德，在两千多年前就出生在西西里岛东岸的著名城市锡拉库扎，并且为保卫自己的乡土而牺牲了生命。在这个比我国海南岛还小一些的岛屿上，在本世纪就出现过两位杰出的文学家和诺贝尔奖获得者：他们是戏剧家皮兰德娄和诗人夸齐莫多。因此，弹丸之地的蒙德罗，就不仅由于是世界著名的旅游胜地，而且也由于它是意大利著名的文化中心之一，而成为人们所向往的地方。到这里来领奖，即使是要远涉重洋，也是值得的和足以使人引以为荣的。

　　颁奖会是在地中海岸边一家五星级饭店的朴素幽静的会议厅中举行的。会议举行的方式也是别开生面的：颁奖仪式是在悠扬动人的肖邦的钢琴曲中进行，因而有一种高雅、宁静而又热烈的文化氛围。会议的主持者破例让到会的六位中国作家都登上了领奖台（其中包括了正在意大利访问的由马识途、张锲、陈忠实、蒋巍等人组成的中国作家访问团），并且要我代表中国作家协会作了简短的讲话（别的获奖人则只是在领奖时在台上接受主持者的采访）。当我把我们敬爱的巴老亲笔签名的一封热情洋溢的信件交给评委会主持人兰蒂尼博士时，会场激起的热烈掌声，真诚而确切地体现了生活在地中海边的这个文明古国，对于远隔重洋的另一个文明古国——中国及其正在进行的伟大建设事业的诚挚的友谊之情。以至于和我们同时领奖的日本著名作家大江健三郎（他也是今年诺贝尔奖提名者之一）在会议结束后，用激动的口吻对我说："我衷心地向中国作家祝贺。本来，我来这里领奖心里还有些不踏实，因为近年来日本文学并不像人们所想象的那样活跃；而现在，当我和中国作家站在同一个领奖台时，我增强了信心，因为我在这里感到了亚洲文学的坚实的力量。"大江健三郎是中国人民的老朋友。我和他是在从罗马去西西里的飞机上邂逅的。在西西里东岸的卡塔尼亚的小机场上，他向我讲起了六十年代他在上海受到毛泽东、周恩来、陈毅接见时的情景，也讲起了他曾经会见过茅盾、老舍、巴金等中国作家的往事……值得一提的是，卡塔尼亚虽然是个小城市，却因在第二次世界大战中进行过一次重要的战役而闻名于世：在 1943 年，蒙哥马利和巴顿将军就是从这一带海岸上强行登陆，进而展开了在西战场上对敌人的反攻的。而我也是在这里第一次踏上了西西里的土地。

颁奖大会是在我们行将离开西西里的前夜才举行的。直到此时，我才明白了东道主的值得感谢的用意：他是要我们这些远方来客在领奖之前，用短短的三天时间对西西里和巴勒莫市获得一个概括的印象，借以证明，我们虽然只是在西西里的小小一角进行了匆促的访问，却已经能够确切无疑地深信，西西里，虽然出现过令人厌恶的"黑手党"，但更重要的是，它还是一个有着极其丰富的人类文化宝藏和富有无穷艺术魅力的地方。巴勒莫不只是一个驰名国际的旅游胜地，而且也是一个保留了众多历史文化古迹和古代艺术珍品的充满了典雅的文化氛围的地方。

巴勒莫只有七十万人口，西西里也只有二万五千平方公里的土地，但人们对我说，仅仅在这座岛屿上，就有一千多处保存得很好的古代教堂和古建筑，而且都各自有其不同的艺术特色。当我们从蒙德罗沿着林荫公路到市内去参观时，人们指着东面的一片园林说，那里是波旁王朝的御苑和狩猎场。然后，每走过一小段路程，都可以看到一些典雅而古老的古建筑，正像一个学者说过的："在这里，每一平方米土地都浸透着艺术。"

巴勒莫市中心，也像所有发达国家的繁华都市一样，既有货品充盈的高级商店和超级市场，也有灯红酒绿、陈设华贵的游乐场所；既有出入于华屋广厦的穿着考究的富绅贵妇，也有躺在街道两边的蓬头垢面的乞丐……但是，整个巴勒莫市，从外观来看，却完全是一个充满中世纪文化色彩的古老城市。几乎所有的建筑都有着色彩协调、庄重古朴的格调，而且，几乎看不到一座刺眼的现代化的摩天高楼。触目可见的是：整洁而狭窄的古老街巷（我发现，有一条小巷叫作"威尔第巷"，另外一条摆满出售鲜花摊位的小巷叫作"阿基米德巷"），橘黄色和深褐色花岗岩建造的房屋，随处可见的带有浓厚文艺复兴时代风格的大理石雕像，以及形形色色的喷泉——而它们又大都是和一些优美壮观的大理石雕像群建造在一起的。比如，在"自由大道"的一处十字路口，就有一组名为"四季喷泉"的景观：在街口的四角，各有一组象征一年四季的各具姿态的雕像，清澈的泉水，从雕像中汩汩地喷涌而出。在不远处的一座小广场上，还有一处"普瑞多利亚喷泉"，是由文艺复兴时期的一位著名艺术家设计建造的。它名为喷泉，实际上是建立在一片直径约四十公尺的大理石台座上的一组雕像群：其中包括了大约五十座高大的从圣母、圣徒、神话中人物到普通凡人的栩栩如生而又各具神态的人物雕像；这些人物，或全裸，或半裸，或身着不同民族服饰，或描述一段圣经故事，而无不具有各不相同的精细入微的表情，如同一幅肃穆动人的中世纪社会风貌的"众生相"图卷。巴勒莫人把这座规模宏大的大理石雕像群和光彩耀目的喷泉群看作是城市的骄傲，我想是绝非偶然的。

在巴勒莫市内有许多保存得很好的古建筑，其中最著名的是始建于 1184 年的巴勒莫"总教堂"和始建于 1130 年的"诺曼底王宫"。"总教堂"建成后，似乎并未遭到很大的破坏，加上历代所进行的维修与增建，使这座教堂至今保持着当年的宏伟而辉煌的面貌。大约是由于不同的历史年代和民族文化的影响，这座任何人站在它面前都不能不为之赞叹的古建筑，从精美和宏伟的程度上看，都可以媲美于世界上最著名的几处教堂（如梵蒂冈圣彼得教堂和德国科隆教堂），却又明显地带有不同的历史文化，特别是古希腊文化、基督教文化、阿拉伯文化与诺曼底文化的鲜明印迹；但是，这些不同民族文化的遗存，却又融汇结合得如此统一和协调，以至于我们不能不钦佩地确认：这座精美绝伦的伟大建筑，既显示了对于不同的古代文化艺术结晶的完美的吸收和承袭，同时也突出地体现了西西里人在建筑艺术和绘画艺术上的惊人智慧和才能。

与此相比，那座被称为"诺曼底王宫"的古建筑群，就具有更加色彩斑驳的鲜明特点。它始建于 12 世纪初，据说，当初的建筑物还带有比较明显的腓尼基人和诺曼底人的风格，但后来几经战乱和改建，曾经成为诺曼底国王的行宫，又曾经成为西班牙总督的官邸。是幸，还是不幸？由于这些建筑的华丽宏伟以及自然环境的优美，历代统治者都特别钟情于它，都把它当作显示自己权势与豪富的标志，在这里穷奢极侈地尽情享乐，因此，这座迷宫似的建筑群就被历代统治者作为王宫和别墅而保存了下来。这座建筑群等于西西里的"故宫",结构复杂而多样,有教堂,有宫室,有花园,有大宴宾客的厅堂,甚至还有修建得十分精致的供人远眺大海的尖顶塔楼。

现在,这里是供人免费参观的一座博物馆。顺便说一句,在西西里乃至罗马,几乎所有的名胜古迹,大都是供人免费参观的。

人们说,由于战乱频仍,现在诺曼底时代的遗物已不多了。但是,在这座王宫的入口处,却陈列了一部显然是几百年前遗物的金碧辉煌的华贵的马车。如果拿我们颐和园中陈列的慈禧太后的御用车轿与之相比,后者可就显得有些寒碜了。

我不懂建筑,这座被精心地保存下来的王宫,无论是它的拱形宫门和走廊或是它的宫殿的顶部,都使人觉得带有相当明显的伊斯兰文化的色彩,但王宫中心的布满了石雕和壁画的大教堂,都又是地道的基督教文化的天地。历史的风雨,总是不以人们的意愿为转移的。文化的演进也是如此,不论历史在朝向怎样的方向发展,只要是反映了人的智慧和创造性实践的美好的事物,总是会在人类历史上留下其长存不朽的印迹的。

感谢主人们的盛情,大约是出于让我们多知道一些西西里人引以自豪的悠久历史文化的意愿,他们用了一整天时间,带我们到巴勒莫以西约一百公里处的一处著名的古城堡——艾瑞思古堡去参观。在车行近两小时的途中,使我们得以对西西里的自然面貌获得了更多的印象。这确实是一片绝对称不上是丰饶的而多少有些荒凉的土地,一路上几乎没有看到一片平原,举目所见都是土壤较薄的丘陵地带。很少看到农田,丘陵高处也很少森林。使这片土地展现出生机的,是一片片浅绿和浓绿相间的葡萄园和橄榄树林。这些生长得很矮小的葡萄架,大都是含糖不高的只宜于酿酒之用的特殊品种。西西里出产的葡萄酒，在世界上是很出名的。再有，就是在别处十分罕见的种植仙人掌的果园。仙人掌果，在这里是名贵的水果，在水果店里，它的价格比任何其他水果都高。

艾瑞思堡建立在西西里岛西北角海边的一座山岭的山顶上。当旅游车沿着盘山公路把我们送到这座为云雾所缭绕的古城堡的大门时，我们确实立刻就为之惊叹不已。"这座城堡始建于公元前230年，"一位向导介绍说。"比中国的秦始皇开国还要早七年。"一位旅客补充说。

我对于这些介绍不无怀疑，因为他们随即又介绍说，这座作为军事要地的古堡在历史上遭受过几次破坏；而从古堡城墙的完整、城堡中用彩色石块所铺设的小巷路面的完好无损来看，都不像是两千年前的旧物。但这是一座雄伟壮观的古老城堡，却是确切无疑的。从西边遥望，城堡完全是建筑在悬崖陡壁上；城堡中有几条古意盎然的小巷，小巷两边有许多用褐色和黑色花岗岩建成的教堂、民居和高高的钟楼。除了在小广场上停着的小汽车以外，站在这些古老的建筑中环首四望，云雾阵阵从身边飘过，的确有一种宛若置身于古代的感觉。

城堡的中间靠近悬崖处，有一座"堡中之堡"——名字叫作维纳斯碉堡。从这里，可以远望北面的海岸和西边的滨海平原。人们说，这片叫作特拉帕尼的平原和港湾，是一处很有名的地方。在19世纪中叶，意大利民族解放运动的杰出领袖加里波第，就是从这里登陆，率领著名的红衫军，占领艾瑞思堡，发动西西里人民进行反对波旁王朝起义斗争的，为以后统一意大利做出了伟大的贡献。

艾瑞思城堡的重要之处，就在于它是防止海盗侵犯和控制特拉帕尼平原（也是盛产食盐、珊瑚、金枪鱼和葡萄酒的西西里的富庶地区）的制高点。我们从那个"堡中之堡"的箭孔中远眺，确实是可以把碧蓝的地中海和平坦的特拉帕尼平原一览全收。

但更使我感兴趣的是，我越来越发现这座城堡确实是一座名副其实的古堡；至少，我在那座"堡中之堡"以及好几座教堂及其高耸入云的钟楼边的介绍文字中，都找到了"此处建于 11、12 或 14 世纪"这样的字样。

即使没有这样的字样，仅从那些被风雨剥蚀得斑斑驳驳的城墙、教堂和钟楼的花岗岩石块上，我也相信，它们即使不比我们的秦始皇更古老，恐怕确实也是相当于我国宋王朝期间的遗物了。

像这样的保存得如此完整、如此统一而协调的古代建筑群，在我们的国家里，我似乎还很少见到过。

在归途的暮色苍茫中，我们又被送到一处距巴勒莫不远的一个叫作塞杰斯塔的地方，去参观一处货真价实的古代建筑。这是一座建立在荒凉的小山包上的神殿——一座完全是古希腊风格的神殿。你如果看到过古希腊著名的巴特农神殿的照片，你就可以想象出塞杰斯塔神殿的雄伟古朴的身影了。这座长方形的巨大建筑，由三十六根高九米、合抱约七米的石柱构成，上面有由重以数吨计的大块花岗岩石条构成的门楣和横梁，梁柱上都有精巧的雕饰，却没有殿顶，似乎是一座未完成的杰作。站在这座宏伟的古建筑面前，人们不能不为西西里古代人民的智慧而感到惊叹，而且难以设想，在远古的年代里，人们是用怎样的工具和器械把这些庞然大物吊装上去的。尽管早在两千多年前，伟大的阿基米德已经发现了"杠杆原理"。

但人们告诉我，这座神殿"并不太古"，是公元 5 世纪建成的，比我国的阿房宫还要晚五百年。但是，我并不为此而减少对这座神殿的仰慕之情。因为不但阿房宫早已荡然无存，就是比这座神殿晚两三个世纪的唐代宫阙，也早已化为尘土，我们只能凭发掘出来的地基和史书上的记载，来揣摩它的雄姿了。

天黑了，我是带着一种怅惘的心情告别塞杰斯塔神殿的。在归途中，我一直在想：在对于西西里做了短暂的访问之后，所见虽少，却得到了一些引人思考的感悟和启发：我们应当承认，在这个世界上，我们不知道的事情还很多。我们的国家是一个文明古国，我们为人类的文化发展做出过很大的贡献，但不能因此就认为我们才是最古老的，只有我们的古代文明才是最辉煌的。地球上的文明史，是全人类共同创造的。因此，即使是像西西里这样的弹丸之地，即使是在这个曾经以"黑手党"及其罪行而恶名远扬的地方，也有着许多值得我们借鉴乃至学习的地方，因为它们是属于全人类的珍贵的文化财富。

在这方面，在泱泱大国和弹丸之地之间，从来都应当是平等的。

1993 年 11 月 16 日

（原载《环球企业家》1994 年第 1 期）

樱花与梅花

刚过中午，飞机临近东京附近的海面时，机舱中有人兴奋地喊了一声："看，富士山！"我们从窗口透过灿烂的阳光，果然看见好像披着一件雪白衮衣的富士山峰，被悬浮的云朵簇拥着，屹立在大地上，秀丽而又雄伟。然而，顷刻之间它又被云海淹没了。而我还是感到欣悦和满足。我曾经几度从富士山的上空和身边经过，却缘悭一面，从来没有看见过它的真面目，不知道它是不是像我们从照片中所看到的那样美丽。现在我可以回答自己了：富士山不但名不虚传，而且还有一种我在任何画面上所没有看到的雄伟挺拔的气势。

在人们的心目中，富士山和樱花是日本人民生活的象征。但我在日本却从来没有看到过盛开的樱花，当然也很难体会到樱花盛开时节的魅人景色和人们的欢乐心情。这一次，我所参加的由章文晋同志率领的对外友协代表团恰好是在樱花季节来到日本进行访问的，因此，我们到处都听到人们对我们谈论樱花。刚下飞机，在机场迎接我们的老朋友白土吾夫和佐藤纯子就告诉我们，我们赶上了好时节，前几天东京还下过大雪，而现在已经是一派阳光灿烂的春光了，樱花就要开放了，至少在我们结束访问归国之前，就可以看到樱花怒放的景象了。

但是，一直到我们归国之前，我们仍然没有看到盛开的樱花。

出乎意料之外的是，我们却处处看到了盛开的梅花。3月27日，我们去拜访中国人民的老朋友、日中文化交流协会会长、著名作家井上靖先生。当我们刚刚在他四壁图书的客厅坐定并且向他表示了对于日中文化交流协会成立三十周年大庆的祝贺之后，这位七十九岁的长者，带着一种纯朴和含而不露的微笑对我们说："今天，是真正春天的开始。"为了使我们明白这句话的双关意义，他又说，"对于我们来说，每年的春天都是从今天开始。"我们懂得他的意思：今天，3月27日，是日中文化交流协会成立的日子；这一天，是自然界的春天开始的时候，也是中日人民友谊进入了一个新的充满生机的季节的时候。这时，我透过右侧的落地玻璃窗，看到庭园中有一棵树正繁花怒放，临风飘曳，树下还残留着未融的积雪。"那是樱花吗？"我这样想。"不，"主人似乎知道了我关注的事情，"那不是樱花，那是梅花，红梅。"是的，这确乎是红梅。而梅花，在中国人民的心目中，也正如樱花之于日本人民一样，是我们民族的象征。

可能是发现了我们对于樱花的兴趣，井上靖先生指着我们面前桌上的点心说，"请尝尝，樱花虽然还没有开，但这点心当中的一种却是用樱花的叶子做成的。"我们品尝着清香而略带苦涩的樱花叶，心里有一种含英咀华的感觉。

随后，井上靖和我们兴致勃勃地谈起他计划之中的楼兰之行来。他说，在他有生之年的一个最大的愿望，就是亲自到新疆的楼兰石城去看看，哪怕只看一眼，也算是不虚此生了。这位德高望重的老作家，平素总是使人有着一种严肃庄重、诚挚而又沉默寡言的印象，但一旦接触到丝绸之路的话题，接触到中国古代文化和日本文化的渊源关系时，他就立刻迸发出一种在老年人身上很少看到的那种热情、率真和充满活力的神情来。当章文晋同志告诉他说，友协将会努力帮助他实现这个夙愿，并且已经决定派井上靖先生很熟识的张和平同志陪同他实现这个计划时，这位老人简直高兴得眉飞色舞了，他诙谐地说："那太好了。我们将要尽我们的力量来'保卫和平'，我保证他的安全，我们从楼兰回来时，我一定把他完整地交还给你们！"

当晚，我们和以吴作人同志为团长的中国文联代表团一道参加了日中文化交流协会成立三十周年的庆祝酒会。有八百多位日本的各界知名人士（他们当中几乎包括了当今日本文化界的精英人物）参加了这个充满了友好情谊的、气氛十分热烈感人的盛会。在他们当中，我看到了许多旧雨新知。我们谈友谊，谈文化交流，谈对未来的展望，谈共同关心的问题。有好几位朋友对我说："你上次来樱花已经凋谢，这次你们肯定会看到日本人民在樱花盛开时候的狂欢景象。"对此，我当时是深信不疑的。

此后，我们开始了"闪电式"的访问活动。在八天的时间里，我们访问了东京、松山、广岛、京都、奈良和箱根。我们到处都被包围在一片友谊的热流之中。我们到达松山市时，主人对我们说的头一句话就是："电台已经广播：明天是松山的樱花开放日。"以后，我们来到广岛、京都和奈良的时候，也时常听到这样的预告。然而，我们始终没有看到人们时常描写的樱花盛开时的灿若云霞的景象。我们所行之处，处处都有含苞待放的樱花，在微风中摇曳生姿，有如在陌生人面前含羞掩面的美丽姑娘。

然而，我们到处都看到了盛开的梅花。日本的梅花似乎同中国的梅花有些不同，以红梅居多而少有其他品种。但它盛开时所呈现出的那种繁英怒放、花团锦簇的繁茂景象，却是我在国内很少看到的。它们开得太茂盛了，和国内梅花开放时的那种疏朗古拙的身姿迥乎不同。我们到奈良访问，到唐招提寺去参拜鉴真大师的遗像。一进门，就看到了中国人民的老朋友、奈良前市长键田忠三郎。他说，他是专程从东京赶来陪同我们来参拜唐招提寺的。走进这座保持了我国唐代风格的宏伟庙宇，使我眼睛为之一亮的，又是盛开的、花朵重叠团簇在一起的绛红色的梅花。主人告诉我说，这所庙里的许多植物，包括琼花、茶花、翠竹以及许多别的花木，都是来源于中国，那么这里的梅花，也同中国的梅花有着血缘关系了。

在供奉鉴真遗容的"御影堂"中，我仔细地观赏了东山魁夷用十年心力创作的壁画的全貌，并且得到了极大的艺术上的满足。这些壁画把日本的山川海洋和中国的黄山、桂林以及扬州的自然风光融为一体，使鉴真这位伟大的友谊使者好像生活在一种体现了两国的历史文化和自然风光的氛围之中。而在鉴真遗像的正前方院落的中心，一株深红的梅花（又是梅花）正在生机勃勃地开放，空气中散发着淡淡的幽香。

在我们整个旅程中，几乎天天都可以看到含苞待放的樱花林和正在怒放的梅花林。人们告诉我，在日本，樱花和梅花总是连接着开放的。它们好像是相约好了似的，在同一个季节，络绎不绝地展现在人们的面前。有人为我们没有赶上樱花盛开的时刻而感到遗憾。他们说，樱花遍开并且进入落英缤纷的时节，才是赏樱的最佳时节，但我却有与此不同的感受。我感到那种樱花初放和梅花怒放同时出现的景象，更加使我激动和欣悦。落英缤纷固然具有一种独特的魅力，但是它会给人带来一种"流水落花春去也"的惆怅思绪；相反地，看到一行行蓓蕾满枝、间有一枝先发的樱花林，加上一片片先开几日的梅花林，却会给人带来一种生气勃勃和前景无限的感觉。

　　我并不为我没有看到樱花怒放的那种自然奇观而感到遗憾。假如我有机会再去观赏樱花，我还会选择这样的时刻——樱花初放和梅花盛开同时并存的时刻。这才是美好的、最富有希望和最具有生命力的时刻，也是能够给人以启迪的时刻。

1986 年 4 月 17 日晨

(原载《人民日报》1986 年 4 月 23 日)

和中岛健藏先生的最后会见

以周扬同志为首的中国作家代表团，在圆满地完成了为时三周的对日访问之后，满载着日本人民和日本作家的深情厚谊，回到了北京。当代表团的同志们还沉浸在日本人民的真诚感人的兄弟情谊之中，回顾着刚刚经历过的内容充实的旅行和访问时，一个令人悲痛的消息越过大海传来了：中国人民和中国作家的久经考验的老朋友、好朋友中岛健藏先生去世了。

中岛健藏先生是日本当代杰出的作家，日中文化交流协会会长，是三十年来如一日地坚贞不渝地致力于中日两国人民友好交往和邦交正常化，促进中日文化交流运动的一位卓越的活动家和领导人。中国人民和中国作家对他是熟知的，热爱的，尊敬的。他对中国人民和中国革命事业的感情是真挚的、坚定的，即使是在林彪、"四人帮"在中国横行的那些黑云滚滚的年代里，他的这种耿耿深情也是从来没有丝毫动摇过的。他的逝世，是中日两国人民和两国文化界的一个重大的、难以弥补的损失。

而对我们这些刚刚访问过日本，访问过中岛健藏先生并且同他作了热情诚挚的交谈的人来说，我们的悲痛和震惊就更是难以用简短的文字所表达的。在几天当中，中岛健藏先生的音容笑貌，他的坦诚而爽朗的笑声，他的深沉、正直同时又常常带有一种孩子似的天真的表情，他的滔滔不绝、妙趣横生的话语，时时萦回在我的头脑之中。早在 5 月上旬中国作家代表团成行前，许多日本朋友就一再向我们说：中岛先生虽然身患不治之症，却时时在关心着中国作家代表团访问日本的事情。一位日本朋友说："中岛先生是多么迫切地希望早日看到周扬先生和其他中国作家朋友们呀！他的时间已经不多了。"在中国作家代表团出发的前夕，我们收到了白土吾夫先生打来的电话和以中岛健藏和井上靖先生名义打来的电报，电话和电报都说："得知中国作家代表团如期到达，不胜欢喜……"当时，从白土先生的激动的语调里，我们仿佛看到了病榻上的中岛先生那急切盼望的兴奋的神情。

所以，中国作家代表团到达东京后的一项最重要的日程，就是去探望中岛健藏先生。

5 月 12 日的下午，周扬同志和代表团的其他同志，在白土吾夫、佐藤纯子先生的陪同下，去探望中岛健藏先生。他的朴素的家位于东京西郊的中野区。当我们抱着一束红色的石竹花，穿过狭小的四面都是图书的甬道和书房走近卧室中中岛先生的病床前时，他吃力地从床上坐起来，长久地紧握着周扬同志的手，眼圈红了。在双方都由于过分激动而说不出话来的短暂的几秒钟里，每个人都有一种感觉：我们期待了那么久的时刻终于实现了。很快，中岛先生就恢复了我们所熟悉的他平日那种沉静、机敏和幽默的神情。他几乎是急不可待地讲起来。"你看，我们终于见面了。"他微笑着说，"前些年，简直把我给弄糊涂了。有人说你已经不在人世了，我不信，但是很担心。直到白土在王府井大街碰到了你，马上秘密报告了我。我们是多么高兴啊，这个消息几乎是传达喜讯般地在这里传开来了。"他指的是 1975 年，有一次白土吾夫先生在王府井大街偶然遇见了周扬同志，十分惊喜，很快就把这个消息传回日本来。周扬同志笑着说，"可是那次见面，我们和白土先生连一起照个相都不可能啊。"然后，周扬同志向中岛先生转达了中国作家对他的问候，并祝愿他早日恢复健康，为中日友好和文化交流做出更大的贡献。中岛先生轻微地叹了一口气，停顿了片刻，用一种柔和的声调深情地说："现在，可要轮到我向你提出要求了：你一定要保重，活下去，工作下去，多活几年，多工作几年。有很多事，只有我们才知道呀！"然后，他无可奈何地摇了摇头说："你看，我现在病成这个样子，我们还有那么多事要做，这以后要靠你了！"我们明白，他指的是如何进一步加强中日文化交流的事情，周扬同志告诉他：现在情况不同了，粉碎了"四人帮"，中日两国作家的交往和文化交流的障碍清除了，必然会进入一个新时期。他听了高兴地点点头，说："中国人民在大灾大难之后终于迎来了春天！"然后，又支撑起身子，激愤地说起"四人帮"来。"我有一点可以自豪，"他说，"我从来就不相信这几个人，特别是张春桥，我顶了他们，当然，他们也不高兴我，也批了我，只是因为我是外国人，不能把我怎么样！"然后，他又用充满了感情的声音对周扬同志说，"你们吃了不少苦头。你们一定要保重呀！"然后，他历数他在中国朋友的名字，从北京、上海数到广州，我真惊讶，他虽然已病在垂危，却还有那么好的记忆力。

如果不是我们的劝阻：这样激动的交谈会影响他的身体，他还是要不停不歇地说下去的。"不，你们再坐一会儿，我看到你们就高兴，我今天身体好像也好一些了，我有那么多话要说……"但是，我们看得出，他虚弱得厉害，他的思想虽然同往常一样敏锐、清晰，但是，他说出的每一句完整的话都是吃力地吐出来的。我们劝他不要说得太多。我们回答了他提出的关于中国文艺界的工作和举国上下正在为实现四化而奋斗的情况，他高兴地听着，不住地点头，说："这样，我也放心了。"

我们几次告辞都被他拦阻住了，"再坐一会儿。"他的面容是忧郁的、惆怅的，我看得出，他心里正在闪过这样的念头："朋友们，也许这是我们最后一次见面了。"直到我们把一幅送给他的图画——吴作人同志画的熊猫——展开在他面前时，他的面容才一下又闪出了我们所熟悉的那种近似孩子的天真而又欢快的表情，惊叹地说："啊！ Panda（熊猫）！谢谢！谢谢！"

我们带着惆怅的心情离开了中岛先生的四壁堆满了图书的家。在书房中，并排放着两架钢琴，温静的中岛夫人笑着说："这架是中岛弹的琴，那一架是我弹的，我们休息的时候，常在一起弹琴。我们都喜欢李斯特！"我们回过身来，中岛先生正半坐在床上向我们挥手，他的眼中闪着泪光。

在那之后，我们开始了紧张的访问活动。我们访问了东京、名古屋、京都、奈良、仙台、箱根、大阪、神户。我们参加过许多次讲演会、座谈会。我们时常听人们谈论中岛先生。有好几次，不是白土吾夫先生就是佐藤纯子先生，对我们说，中岛先生又问起中国作家代表团了，"他们访问得怎么样？身体好吗？工作顺利吗？有什么困难吗？"

每逢听到这样的话，我们的心中就感到一股亲人问候般的温暖，眼前也时时闪过中岛先生的深沉、热情、坦诚同时又带有某种孩子似的天真的面容。我们祝愿他能恢复健康，祝愿他（正如他自己一再说的，"我老了，要退休了，但只要中国作家协会恢复了，我还要去中国访问！"）有朝一日再到中国来访问。但是，这一切，都只不过是连我们自己也不会相信的想象和愿望。

6月初，在北京，在我们宴请日本作家水上勉先生来华访问的席间，随行的木村美智子先生含着眼泪告诉我们："中岛先生已进入弥留状态，他的生命不会超过一星期了。"果然，在12日清晨，我们就听到了中岛先生去世的噩耗。

中岛先生离开了我们，但是，他留下的业绩，不论是他在文学事业上留下的业绩还是在中日友好事业上留下的业绩，都将长存，永远为中日两国人民所记忆，所珍重。

1979 年 6 月

（原载《文艺报》1979 年第 7 期）

但求无愧无悔

今年年初，有位朋友打电话告诉我，由一家地方出版社委托我主编的一套文学丛书——《新时期中篇小说名作丛书》，在不久前举行的第一届国家图书奖评奖中，获得了"国家图书奖"。

当时，我的一个未加思索的直觉反应是：这是绝对不可能的。因为，这套耗费了不少人心力的丛书，尽管曾经一度得到过国内外文学界的首肯甚至赞许，却早已在几年前就遭到了不允许继续发行和续编下去的命运，因而也早已在许多书店的书架上绝迹了。我当时曾经为此而大惑不解。记得我还因此而想起过我国古代诗人刘禹锡的一段名言来："人或誉之，百说徒虚，人或排之，半言有余。"因此，这套印数不少的丛书，恐怕早已被尘封于书库之中。它怎么有可能在数百部鸿篇巨制的激烈竞争中脱颖而出，获得如此崇高的荣誉呢？

但是，就在第二天中午，我就从报纸上公布的"国家图书奖获奖书目"中，证实了这位朋友在电话中对我说的是事实。我看到，在荣获"国家图书奖"的五部文学类图书书目中，在《随想录》《管锥编》等这样一些皇皇巨著的下面，果然明白无误地列有《新时期中篇小说名作丛书》这部作品的名字。也就是说，这部长期以来曾经使我欣慰感奋而又惶惑不安的作品，在经历了六年的历史检验之后，终于得到了公正的裁决，获得了正式的认可。我们终于听到了这样的宣布：这是一套好书，而不是像有些人曾经宣称的那样，是一套"有倾向性错误"因而不宜发行的书。

应当说，只有用"百感交集"这四个字，才能表达我此时汹涌如潮的心情。因为，为了编好这套书，当初曾和我一起付出了大量劳动的几位编委当中，鲍昌同志已经不幸早逝，早已无缘获知这个使他释然于怀的消息。（令人悲痛的是，另一位曾在编辑工作中做出了不少奉献的编委葛洛同志，不久以前也因患癌症突然辞世。）也因为，为出好这套丛书而奔波操劳的两位责任编辑同志，还曾经由于至今我们无法理解的原因，而受到过本来也许是应当由我来承担的批评与责难，以至我每当想起这一点，就时常会对他们产生一种莫名的负疚之情。

有些人健忘，他们认为，这件事早已不值一提。他们的哲学是"往事如烟"，只要一阵风就可以把过去的一切事情吹得无影无踪。但我却坚信，往事并不如烟。有些事情总是经常会勾起人们的回忆，而且是令人感叹和发人深思的。

大约是在 1985 年底，有两位我所熟识的事业心很强的同志，满怀热情地从南方来到北京，约我帮助一家出版社编辑一套可以反映新时期近十年来文学创作主要成就的丛书。经过一段时间的酝酿与商讨，我们一致认为：中篇小说是我国新时期文学中当时成就比较突出与集中、社会影响比较深远，也比较能够显著地反映当代文学所达到的思想艺术水平的一个方面，因此，我们的编选工作首先以中篇小说作为对象，应当是适当的和可行的。编委会很快成立了。编辑工作也进行得紧张有序而又相当顺利。大约只用了一年左右的时间，一套印制精美的分量厚重的文学创作丛书就和广大读者见面了。这套丛书包括了一批著名作家（他们的名字，按姓氏笔画是：王蒙、邓友梅、从维熙、冯骥才、陆文夫、张贤亮、张洁、张一弓、张承志、贾平凹、蒋子龙和谌容）自新时期以来所创作的中篇小说的代表作品，每人一卷，共计十二卷。这套丛书很快就受到了读者的青睐和海内外文学研究家的重视。在国内召开的一些专门讨论当代中国文学的国际研讨会和其他一些学术会议上，它曾经成为颇受欢迎的礼品和读物。于是，出版社决定把这套丛书继续编下去；我们也为自己的劳动成果而感到高兴。顺便说一句，那时的编选工作完全是一种无偿劳动：我和编委们大都阅读了二三百万字的作品而并未收取过分文的编辑费。对此，我们每个人都是甘心情愿和问心无愧的。

至于这套丛书的编辑方针和编辑思想，即使是以目前的眼光和标准来要求，我也认为是没有多少可以指摘和挑剔之处的。为了阐明自己的观点，我为丛书撰写了一篇近六千字的序言。这篇序言，后来以《文学的价值在于提高人的思想境界》为题，发表在《人民日报》的文艺评论版上。在这篇文字中，我曾经这样地表述过自己的文学主张和编辑思想：

"我始终认为，文学是一种社会现象，是历史生活、现实生活以及人民在生活进程中的思想、感情以及文化心理的一种真实而形象的反映和表现；因而也可以说，文学是帮助人们认识生活、理解生活、完善生活和完善自己的一种生动形式。它的价值首先就在于提高人的思想境界和文化素质。"

同时，我也明确地指出："必须肯定，文学现象一定是气象万千和无限多样的，它们应当是以不同的方式和各具特色的艺术独创性给人们以多方面、多层次的有益感染和影响。不具备这样的功能和作用的文学现象，当然也会存在并且会不断出现，但它们永远也不会成为我们文学生活中的主流和主潮。"我在文章中还提出：努力学习和掌握马克思主义的观点和方法，对于我们做好自己的工作是至关重要的。同时，我还认为，"对于时代与人民的发自衷心的责任感和使命感，是作家一切美好品格当中的一种最可敬重最不可缺少的品格。"因此，我们把这一点视为编选工作中决定作品取舍的一条重要准则。

这些观点，我们是力求把它们贯穿在编选工作的全过程之中的。这一点，我想，只要不是心怀偏见的人，都是不难从书中有所感受的。需要说明的是，我在任何时候也从未企望过和保证过，被选入到这套丛书当中的每一篇作品都是十全十美的毫无瑕疵的杰作。作为体现了一段历史时期主要创作成就和水平的作品选集，它不可能是完美无缺的、在一切方面都是无懈可击的。然而，在尽可能地"求真、求深、求精、求新"方面，在力求客观地择优选萃方面，我认为，作为编委会，我们每一个人都是做到了尽心尽力和公正无私的。

否则，就很难解释，这套丛书为什么在短短的时间内就在读者中获得了那么多的既使人高兴又使人惭愧的赞誉（尽管后来无情的事实很快就表明我们高兴得太早了）。

使人意想不到的是，在几乎是同样短短的时间内，事情竟会出现了一个急剧而奇异的变化。有一天，我们突然被告知：根据地方有关部门的意见，由于某些说不清道不明的理由，这套丛书不应再继续发行也不必再继续编选下去了。那口吻和气势是没有商讨余地的。这一令人始料不及的变化，使人想起我国古代哲人孟夫子讲过的一句很像是预言的话：凡事"有不虞之誉"，就会出现"求全之毁"。

但是，对于这一"决定"我们却是不可能不遵行的。正在着手进行的丛书第二辑（同样也计划编选十二卷）的编辑工作只好停止；连已经接近完稿的头两卷（即《徐怀中卷》和《李存葆卷》），也不得不遭受池鱼之殃，中途撤稿了。

就这样，我们设想得过分理想化的这个编辑和出版计划，就不能不中途夭折了。

在那以后，我曾经多方询问和打听过：我们在工作中究竟是出现了怎样的差错和失误，竟然导致有关方面采取了如此严厉而断然的措施？那时，我从未从有关部门得到过任何文字上的或口头上的正式回答，却从不少了解情况的朋友那里，听到了一些时而是吞吞吐吐时而是闪闪烁烁的消息。这些消息使我终于得知，这套丛书之所以被"冻结"，主要是出于两个原因：一个是有人（自然是非同等闲之人）认为这部书是一套带有"倾向性错误"的作品；一个是有人认为出版社为这部丛书的出版支付了超额的编辑费用，必须加以清查。对于后者，我只能一笑置之。因为参与这套丛书的几个人（包括主编和编委），无论生者或者死者都可以作证，我们所做的历时数月的工作，纯属出于自觉自愿的义务劳动，从来没有一个人曾经有过丝毫想要接受编辑费用的念头。既然是子虚乌有的事情，到头来就自然会自生自灭。而对于前者，情况就不同了。因为在某种特定的历史年代里，谁都明白，所谓"倾向性错误"意味着什么！因此，听到这些吓人的"理由"，我开始是愕然和惶然，继而是茫然和愤然，同时在心中深深地感到了一种无端受到伤害的难以排遣的困惑。

我应当承认，对于自己如此贸然和天真地接受下来的这项工作（它使我和几位老评论家徒然地耗费了那么多的时间与精力），开始感到有点后悔了。我后悔自己惹来了麻烦，而且很可能也会给那两位热心的责任编辑带来更多的麻烦（后来，我听说事情并没有像我想象的那么严重，我的这种担忧的心情也就逐渐消失了）。

我已经有好多年没有产生过这种"追悔莫及"的心情了。在青年时期，我曾经多次因工作上或其他方面的失误而感到愧悔。但随着年龄的增长，我逐渐悟出了这样一条道理来：无论是"追悔莫及"或是"悔恨交加"，大抵都是一种思想上不够成熟或不够稳定的表现。对于一个具有崇高理想和坚定信念的人来说，只要认定了这是有益于人民的事情，就应当竭尽全力地义无反顾不计得失地做下去，一直到做好为止。一时的失误和挫折，对于任何人都是难以避免的。但只要自己胸怀坦荡，俯仰无愧于心，"见善则迁，有过则改"（这是古老的《易经》上的告诫），又何必害怕那些捕风捉影的虚妄之词；既然自己做的是有益于人民的好事，又何必言悔！后悔又有何益？我甚至认为，为了维护我们认定是正确的事情与思想，为了坚持自己决心为之献身的理想和信念，越是碰到那种随时都还会出现的形形色色的无可理喻的干扰，我们就越是不必后悔，甚至是永不后悔，"虽九死而不悔"！

无愧无悔，也正如无私无畏一样，应当被看作是一种高尚的精神境界和行为准则——这就是我现在的观点，一个永远也不会改变的观点。

现在，该回到那部命运坎坷的《新时期中篇小说名作丛书》上来了。不久以前，有一位好心的朋友和我谈起这部作品获奖的曲折而有趣的经过来，并且问我对此有何感想，我回答说："当我从报上看到这部丛书获得了出人意料的殊荣之后，我的心情与其说是高兴，还不如说是如释重负。除此以外，我还能说些什么呢！"

他又说，"难道你不应当像秋菊那样，向当初曾经对于这部丛书大张挞伐的人们讨个'说法'吗？"

"难道还有这个必要吗？"我毫不犹豫地回答说，"既然历史和人民已经对于这部丛书作出了公正的评断，这不就是最有力和最权威的'说法'吗！"

这位朋友同意我的态度，点头说："对，公道自在人心。事情既然已经成为定论，也就不必再去争什么是非短长了。"

但是，有一个问题我却隐藏在心里，没有对他说出来，这就是：我虽然无意向谁讨个什么说法，但我却很想知道，当初那些曾经对这部丛书如此反感的同志们，看到它竟然获得了国家图书奖，现在究竟是处于怎样一种心情之中：是高兴，还是沮丧？是激动，还是后悔？

1994 年 5 月 3 日

辑二　南云撷彩

1974年夏，在云南高黎山行军途中（摄影 王端阳）

我在云南边疆

　　我是在 1949 年底随急行军的野战部队进入云南边疆地区的。在那以后，我在云南工作和居住了七年左右时间。这是一个多少带有一些偶然性因素的选择，因为在我随军进入云南以前，我对这块土地以及聚居于其中的各族人民，几乎是一无所知的。其后，我像许多边防部队的干部一样，曾经多次到边疆地区去，到散处在几千里国境线上的边防哨所去。我应当承认，起初，我是带着某些好奇的心情来进行这些十分艰苦同时又是引人入胜的旅行的。很快我就发现：我爱上了这块土地，爱上了这里的朴实勤劳而又热情诚挚的各族人民，爱上了那些不分日夜地在边疆的原始老林和高山峡谷中驻防和巡逻的边防战士，爱上了这里广阔富饶、绚丽多彩的自然风光。一直到现在，我还时常亲切地感到：在我同云南边疆之间，已经形成了一股无法割断的时时牵动我的心灵的思想和感情的纽带。这也就是为什么即使我的工作岗位已经是远离云南多年以后，我仍然时常思念那里的土地和人民，并且绝不愿意放弃任何一次可能对那里进行新的访问和旅行的机会的原因。

　　我丝毫没有想要夸耀自己多么了解云南边疆的知识和见闻的意思，但是我也经常不无欣慰地想到这一点：经过多年来一次又一次的艰辛而愉快的旅行，我在五十年代曾经立下的那个踏遍云南边疆的主要地区的志愿，竟然已经接近于实现了。

除了 1949 年底从广西进入云南，并且沿着滇东南边疆进行的那次长途进军以外，我第一次到云南边疆去，是在 1951 年的夏天。但那不是一次旅行，而是一次战斗行军。我随着一支部队，沿着滇南河口一线，深入到了东南国境线上的苗、瑶等族地区去追剿残匪。这是我第一次进入到滇南的原始老林中去，第一次和战士们一道体验夏季热带雨林中的艰苦的战斗生活。到今天，我仍然清晰地记得，在遮天蔽日的森林中遭遇到狂风暴雨、洪水暴发的使人惊心动魄的场面。战斗生活的艰辛，需要极大的毅力才能适应，但是，正是在这种环境里，我才深切地体会到那种战胜了超乎想象的艰难困苦之后所给人们带来的幸福感。在这次进军中我还发现，即使是在经历着酷烈的战斗生活，人们也不会丧失对于大自然的美妙风光的审美能力。在行军中我们曾经在一个美丽的村寨过夜，这个村寨四面群山环绕，林木葱郁，有一条清澈的河流从村前流过。不久，我们就发现了一个自然界的奇迹——这条河流不是来自群山的峡谷，而后向另外的峡谷流去，而是从东面的一座山洞中流过来，然后又穿越西面的山麓，从另一座山洞中流出去。一个战士带着深情的目光眺望着眼前的景象对我说："这里多美！打完仗，我真愿意到这里来安家！"

1952 年夏天，我到云南边疆进行了第二次访问。这一次是到驻守在红河以南的边防部队去。那时还没有公路，我们不得不和马帮一道行进。到黄昏时候，马帮往往在一块有泉水的林边草地上过夜，赶马人烧起了篝火，用小陶罐煮着浓茶，用新竹筒在火堆上烧饭，然后唱着高亢的山歌，那情景是富有强烈的边疆色彩的。我们在这一带访问了勐拉河畔美丽丰饶的傣族村寨，然后坐着由一根整木挖成的独木舟到边境的村寨金水河和白石岩去。我们和战士们一道巡逻。我们访问了好几个著名的瑶族和哈尼族猎人：他们在这一带不仅以打野兽著称，而且在剿匪战斗中也立了战功。我们在这里第一次看到了还保持着原始生活习惯的苦聪人，他们还分散地居住在高山上的原始森林和岩洞里。红河地区是美丽而丰饶的，但各族人民的生活是艰难的。我亲眼看到了：不论是居住在高山上或是平坝上的人们，对我们的党和政府，对我们的军队，是怎样建立起一种亲如家人的信赖和崇敬的感情的。

　　1954 年春天，我开始进行对云南边疆的第三次访问，也是我对西双版纳和阿佤山的第一次访问。这在当时并不是一件轻而易举的事。那时，尽管我们党的民族政策已经深入到每一个边寨，但在西双版纳却还没有一公里公路。我们从昆明出发，在思茅以南弃车步行，差不多花费了一星期的时间才渡过了汹涌的澜沧江，来到了那时还被叫作车里的允景洪。西双版纳给人的第一个印象是色彩斑斓，其中很重要的一点是：森林密布，人们穿着鲜艳的服装，到处都是寺庙和披黄着紫的僧人。清晨，和鸟鸣一道传入人们耳中的，是小沙弥化缘的呼叫声。我们感到自己进入了一块奇异的土地。但很快我们就被傣族人民的热情、开朗、欢快和友好的面容所吸引。我们同他们一道度过了泼水节，分享了他们的快乐。夜晚，当我们和一群边防战士一道坐在寺庙前，观看人们放着焰火，跳着孔雀舞，并且在纺车前谈情说爱时，我不禁愉快地想到：一旦在这块土地上建立起先进的社会制度以后，这些聪明快乐的人们，将会把这块土地建设成怎样一座人间乐园啊！当然，我们也参观了土司府——一座虽然威严，却已经衰败的古老建筑，它在当时仍然像阴影似的笼罩着人们的生活。

　　我们步行横越过西双版纳的三个主要的平坝：景洪、勐海、勐遮，就像行进在一片广袤的绿色植物王国中。然后，我们又折向西北，来到了勐朗坝——现在的澜沧县。我们在驻军营房里进行了好几天准备工作，目的是希望能够顺利地到达西盟山——阿佤山。因为在那里，佤族的有些部落和村寨还保持着原始的猎头习俗，加上境外残匪的挑拨，有的村寨对我们党的政策还抱有猜疑和观望的态度。但我们终于顺利出发了，经过三天的艰苦行军，来到了阿佤山的中心——西盟。我们在西盟驻军的一个连队——驻在大力索寨的五连停留下来。在这个连队的许多干部和战士（他们已经成了民族工作专家）的帮助和关怀下，我们得以对佤族——我国少数民族中苦难最深的民族之一，进行了广泛的激动人心的访问。在一位爱国头人的帮助下，我们曾经进入一个壁垒森严的村寨，去看他们进行古老的剽牛祭鬼的宗教仪式。我们曾经欣赏过一位佤族神弩手的表演：这位包着红头巾的彪形汉子，把一把利刃插在几十步以外，然后用弩弓向刀刃瞄准，弓响箭发，一根竹箭准确地射中刀刃，劈成了两半。在剽牛仪式完毕以后，全寨的男女都在广场上围着一堆篝火跳起舞来。有两个包着红头巾的武士，双手拿着好像哑铃形状的木槌，在两具巨大的木鼓边击起鼓来。木鼓是由直径近米的树干挖成的，敲击木鼓的声音凄楚而急促。人们彻夜地敲着鼓，跳着舞。我们被安置在一个小竹楼上休息，一觉醒来，鼓声仍在敲击不停。我躺在竹篾做成的地板上，不禁心潮汹涌，我想：我的苦难的佤族兄弟姐妹们啊，什么时候才能把这种令人想起远古征战的鼓声，改换成轻快的劳动的歌声呢？什么时候才能使你们扔掉手中的毒弩和标枪，让科学和文化的阳光照亮你们原始的村寨呢？

　　但是，陪同我们一同到阿佤寨访问的战士们却比我乐观得多。

他们断定，这些木鼓，这些牛角桩，这些原始的武器，迟早都会被佤族兄弟扔掉，或者送到民族博物馆中去的。他们为我列举了好几个富有说服力的事例，证明佤人接受新事物的能力是很强的，现在，已经有好几个佤族青年成了熟练的卫生员或工厂工人了。

黎明之前，我们启程回连队。站在这个村寨的山头上，我看到了一个我一生中也许不可能再看到的自然奇观：前面，是一望无际的云海，雪白的云好像凝结在山中，纹丝不动。空中飘过轻纱似的雾团，太阳刚刚出山。在灿烂的阳光照射下，我们前面出现了一道巨大的彩虹。奇怪的是，这道彩虹不是正面朝向我们，而是这一端从我们脚下的山谷中升起，另一端伸向遥远的对面的山谷中，就好像在我们面前搭起了一座彩虹的桥。阿佤山，多么奇妙的阿佤山啊！

我们没有从原路走上归程，而是选择了一条人迹罕至的森林小径，从一座将要腐朽的藤索桥上渡过了边境的南卡河，来到了在那时还很少有人去过的孟连，并且赶上了那里的傣族、佤族、拉祜族自治县成立的庆祝大会，同来自四面的丛岭之中的各族人民度过了一个狂欢之夜。当我看到穿着色彩鲜艳的节日盛装的十多个民族的男女老少，在那花园似的孟连河畔尽情歌舞的时候，我激动得流出了眼泪。在我眼前出现的，是一个多么生动的民族大家庭的缩影啊！

在时隔将近七年之后的1961年春天，我开始了第四次的云南边疆之行。那时我早已不在云南工作，但是一种近于怀乡的感情使我时刻都盼望着到云南边疆去进行一次新的旅行。我又一次访问了西双版纳和阿佤山。这一次旅行比过去任何一次都要顺利，因为在过去曾被看作是瘴疠蛮荒之地的那些地方，现在已经建成了一个公路网。但是我还是宁愿到深山老林中去寻幽探胜。我从中老边境的大勐龙的一座界碑开始，沿着边境一连走过了好几座界碑，来到了我曾十分向往而未能去过的打洛。在打洛，一位被传颂为传奇人物的解放军侦察员，带领我们在边境的森林哨所中逗留了好几天。打洛江边迷人的热带风光和边防战士的动人事迹使我很想在那些隐藏在林莽深处的侦察兵的哨所中长期生活下去，但这当然是不可能的。在打洛附近，我还结识了一位著名的猎人，当我们来到他的林间小屋的时候，他刚刚打死过一头凶猛的华南虎，他告诉我，这只老虎的皮和骨头，被公社贸易小组收购去了，但他把老虎的胆留下了。为了证明自己确实是一个具有"英雄虎胆"的人物，他从火堆上把那只熏得黑黑的虎胆拿给我们看。

我们又一次访问了阿佤山，为的是看看我们苦难的佤族弟兄在这几年中生活有了哪些变化。汽车把我们一直拉到西盟山顶。西盟已经变成了一个瓦房遍布、烟囱林立的热闹的市镇。我们重新访问了过去访问过的那些带有原始部落遗迹的村寨，我们发现，已经不大能够找到那些曾经使人们感到吃惊的带有神秘色彩的奇风异俗的痕迹了。木鼓房和牛角桩已经绝迹，猪头祭谷和剽牛祭鬼的习惯也几乎被人遗忘了。那些阴森可怖的部落寨墙已经拆除，说明千百年来顽强地存在着的那种部落间、村寨间的敌视和戒备心理，已经消失。诚然，人们仍然过着比较贫困的生活，仍然可以不时看到全身裸露、手持标枪的佤族汉子。但是，这里毕竟已经进入了一个新的时代。已经出现了第一批佤族的医生、教师、大学生和农机手。人们对我说，如果不是过去三年困难时期中我们做了太多的蠢事，这里的情况会比现在好得多。这样的带有感叹心情的话，我在阿佤山的许多村寨中都听到过。我访问过一个决心以阿佤山为家的模范民族工作队员，他带领我们访问了好几家阿佤人，用熟练的佤族话和人们亲切地谈心。我可以看得出来：每一个佤族人都把他看成亲人，愿意按照他的话去做一切事情。我当时不禁想道：如果我们那些制定政策和发号施令的人，都能够像这位年轻的民族工作队员一样，同各族人民有着息息相通的感情，我们的阿佤山今天将会是什么样子呢？

我们怀着兴奋而又怅惘的心情下了阿佤山，回到西双版纳的允景洪去过泼水节。我们马上就被投入到由各族人群组成的欢乐的海洋。我看到的每一个人的面孔，不论是傣族人、布朗族人、拉祜族人、哈尼族人、基诺族人，都闪耀着兴奋的光彩，因为这是他们有生以来第一次和他们敬爱的人——周恩来总理一道过泼水节。周总理身穿傣族服装，被一群身着盛装的各族男女簇拥着，穿过花团锦簇的人群，和遇到的人们握手、交谈，畅快地大笑。出于尊敬和热爱，人们把放了花瓣的清水轻轻地洒在他身上，而不是像对别人那样：把一桶冷水劈头倒下来。

我在西双版纳还有过几次使人长久难忘的经历。一次是去访问哈尼族的聚居区——南糯山的茶林，在哈尼族的简陋纯朴的村寨里度过了几个愉快的白天和黑夜。哈尼人习惯于把茶树和高大的樟脑树、水冬瓜树和一种叫作天料木的高耸入云的高大乔木间种在一起。在葱茏的浓荫下，一群穿着红白相间的彩色服装、头戴闪闪发光的银色头饰的哈尼姑娘，唱着悠扬的山歌，用一种使人眼花缭乱的快速动作在采着春茶。她们的双手从一棵茶树移向另一棵茶树，就像一群蝴蝶在花丛中穿行。我很难设想，人们的劳动竟会是在这种优美愉快的节奏中进行的。

泼水节以后，我们乘坐傣族的柚木舢板小船，沿着澜沧江的激流到下游的橄榄坝去。这是一次惊险的、扣人心弦的航行。那时，澜沧江上到处耸立着嵯峨狰狞的岩石和暗礁，只有熟练的船夫才能把船划过激流和险滩，在遍布江心的随时都可能把小船碰得粉碎的礁石群面前化险为夷。后来，我根据这次航行的印象所得，写过一篇文字：《沿着澜沧江的激流》，曾经使不少人为之不胜向往，却始终很少有人得以遂愿，进行过同样的冒险而魅人的航行。到后来，为了开辟澜沧江的航道，江中的嵯岩和暗礁逐渐被炸平了，这样，险滩消失了，激流平静了，再要想进行这样的航行，已经完全不可能了。

在这次航行之后，我在以热带风光著称的橄榄坝，还看到过一次可遇而不可求的自然界的奇观：蝴蝶会。我曾经多次访问过大理的蝴蝶泉，但大都是失望而返。随着农田建设的发展，那里的蝴蝶逐渐失去了繁殖的自然条件，著名的蝴蝶泉已经注定将要成为一种历史遗迹供人凭吊。我相信，我在橄榄坝的森林中遇到的数以万计的蝴蝶群，才能够名副其实地称得上是一次真正的"蝴蝶会"。对于这种特殊的自然景象，我曾经请教过几位著名的生物学家和植物学家，却都没有获得使我满意的答案。

我在离开西双版纳之前，从小勐养绕道东行，访问了著名的小勐仑热带植物园，并且结识了著名的植物学家和旅行家蔡希陶。在他的热情接待下，我在这个坐落在罗梭江的葫芦岛上逗留了好几天。在这几天当中，我从蔡希陶那里学到了许多关于云南边疆生活以及云南亚热带植物的知识，那是从任何书本当中也学不到的、浸透着一个爱国知识分子对于伟大祖国山川的挚爱之情的生活知识。蔡希陶是一位思想清晰、知识渊博的科学家，他可以叫得出我们在森林中散步时随时看到的每一棵树和每一株花的名字和属性，他可以把郁郁苍苍的热带森林的奥秘，如数家珍地描述得明白而又动听，他又是一个具有敏锐的生活感受能力的诗人，在他讲述自己在云南边疆的丰富惊险的旅行经历时，可以使人听得入迷。我应当说，我只是在倾听了蔡希陶关于云南边疆地区瑰丽的自然风光的生动入微的描绘之后，才更加坚定了我要继续到滇西南和滇西北进行访问的决心的。

这样，我就把我下一次的云南边疆之行的目标确定在迄今我还没有去过的滇西南和滇西北。其中一个重点地区是横断山脉的高黎贡山以及刚刚回归到祖国怀抱的片马地区。

这是我对于云南边疆的第五次访问，时间持续了将近半年。我应当说，在这半年当中我所得到的收获，也许超过了我过去几次深入边疆地区所得到的收获的总和。我的旅程是从德宏的傣族、景颇族自治州开始的。我在瑞丽江边的许多风光如画的傣族村寨盘桓流连，我去过许多边防连队，倾听了他们所创造的许多感人事迹。一位被当地人民称作"远方飞来的孔雀"的模范民族工作队员邀请我们到他的竹楼做客，他和他的傣族妻子用地道的傣族风俗款待了我们。我还访问了后来成为全国著名的农业先进单位的瑞丽江边的一个生产队，即使是那时，这个边疆傣族村寨的富裕生活，已经给我们留下了深刻的印象。

接着，我们在陇川的一个著名的模范连队——民族连住了下来，同聚集在这个连队里的来自十七个民族的战士，度过了一段难忘的时光。我们同他们一起生活，一起巡逻。这个连队有许多景颇族战士和傣族战士，我还同几个景颇族和傣族战士一道回到他们的家乡去探亲。在这期间，我亲眼看到了这样的感人事实：来自许多风俗习惯不同、语言文字不同的民族地区的青年人，是怎样在一个亲密的民族大家庭中锻炼成长为坚强的人民战士的；而居住在边境地区的各族人民又是怎样通过了实践的考验，才同我们的边防战士结成了亲如一家的亲密关系的。

我们不可能在这里久留。我们不得不同民族连的战士们告别，到另一个富有奇特的民族特点的地区——阿昌族聚居的户撒地区去。我们怀着极大的兴趣在这片山清水秀的高山盆地停留了几天。阿昌族是以善于铸造钢刀而著称于世的。我们访问了好几位铸造钢刀的能手。在这块小小的平坝中的阿昌人，有许多都是以打刀为业：他们替景颇人打长刀，替傣族人打弯刀，替边防侦察连的战士们打匕首。在这一带方圆几百里的市镇上，到处都可以买到阿昌族人打的钢刀——锋利而又坚韧的钢刀。

我们沿着边境线继续行进，访问了几个著名的边防前哨点，有时住在碉堡里，有时住在哨棚中。我们探访了大盈江的出口——堪称自然奇观的虎跳石。我们在铜壁关东面的盈江流域肥沃的土地上，和边防军的两位著名的猎手度过了几天愉快的狩猎生活。然后，我们从梁河穿越过葫芦谷，翻过了腾冲火山，来到了腾冲，稍事停留之后，就东下保山。在那里，将要开始我们的片马之行。

一直到我们出发前夕，还没有人能够告诉我们通向片马的确切路径：因为截至那时为止就只有一个前哨连和少数接收工作人员到过片马。人们告诉我，只有越过碧罗雪山，到达怒江边上的泸水县，才能够探明通向片马的路程。而实际上，谁也不能明确告诉我们一条确切的路线以及途中需要步行多少天。我手头上仅有的一份文字资料，是解放前的一份《旅行杂志》上刊载的一篇旅行记：《野人山恩仇记》——一篇显然是由传说、史料、一些近于神话的逸事以及掺杂了不少臆造成分的见闻凑成的荒唐文字，一篇耸人听闻的探险记。但这一点也没有动摇我们的决心。我们幸运地遇到了一位去过片马的景颇族爱国头人，他为我们介绍了通向片马这块多少有些神秘的地区的详细路程。我们在澜沧江边的一个小旅店中进行了一些准备工作之后，便出发到片马去。

我们翻越过横断山脉中著名的碧罗雪山。在山脊顶端，我第一次清楚地目睹了被称作"分水岭"的自然景象：许多源于峰巅的泉水汇成了溪流，然后向相反方向的山两面冲激而下，向东流进澜沧江，向西汇入怒江。我们渡过怒江（那真是一条发怒的江），第一次见到了人类最原始的渡江工具——溜索。在高黎贡山麓的一所边防军营房停留下来，最后确定我们的行军计划。当一切传说和神话的迷雾被澄清以后，我们发现：我们的旅程并不像原来想象的那样艰难：从泸水营房出发，用强行军的速度翻越高黎贡山，只要两天就可以抵达片马。

高黎贡山大约是我所走过的最艰险、最严峻的，同时也可能是最富丰采的山脉了。一路上极目远望，到处都是森严重叠的远山，山顶上披着闪闪发光的白发般的积雪。到处都是翁郁的原始森林，到处都有泉声潺湲，到处都可以看到奇特的繁花怒放的景象：亚热带的刺桐花和木棉花，温带的山桃花和木瓜花，高寒地带的山杜鹃和映山红，交相辉映。我们第一天的宿处是隐藏在密林深处的一所哨所，这座小小营房，美丽得好像童话世界中的建筑一样：全部都是用红松木建成的。它前临激流，背靠森林，从这里沿着陡峭的山径盘旋而上，就是雪山垭口。我是多么想在这个幽静美妙的地方住下来啊！

高黎贡山蕴藏着许多往往是出人意料的自然奇观。我们在第二天的旅途中，发现了一大片乳白色的、由粗可合抱的木兰花和殷红色的杜鹃花组成的森林，连绵数里都是一片花海。再往前行，便是一片名副其实的原始森林的海洋。在森林中，充溢着一种浓烈、湿润、混合着花香和树脂香的醉人的气息。

　　要攀越雪山垭口，并不是轻而易举的事。有人呼吸困难，四肢无力。但我们在一群生气勃勃的战士的帮助下，顺利地战胜了这次旅途中的困难，终于到达了那时为止还没有作家和记者去访问过的片马——刚刚回归到祖国怀抱的小小的却是驰名世界的村庄。我在片马的边防小分队停留了三天，这是令人欢欣鼓舞和感情激荡的三天。我们在国境线边搭起一座小帐篷，呼吸着来自印度洋的季候风。在我们身后，在巍峨壮丽的雪山下的片马，美丽得像一座花园。在我们面前，是边防岗哨，一个哨兵像是塑像似的屹立在那里，脸上有着无比肃穆自豪的神情。有时候，我也一连几十分钟地和他并肩站在那里，在我胸中激荡着的，是一种庄严而自豪的历史的感情。

　　在返回的路程中，我也很想在高黎贡山的雪峰中的一个边防哨所——一个获得过英雄称号的模范单位停留下来，和战士们共度一段虽然极度艰辛，然而又是十分吸引人的日子。这里常年为冰雪封锁，战士们居住在山口上的一座要塞式的营房里，即使是在盛夏，碉堡里的哨兵也要穿着厚厚的皮大衣，才能抵御风暴的袭击。但是我们没有久留，因为我们要在春色还没有消逝的季节里赶到滇西北的丽江和中甸地区去，那里的许多魅人的风光和故事已经使我向往多年了。

　　我对滇西北的访问，是我在云南边疆的第六次旅行。在这次旅行中的三个地区，也许是我在云南边疆所经历过的最富有神话色彩的地方了。丽江和玉龙雪山以及居住在这个地区的纳西族人民，给人以一种色彩斑斓而又明丽晶莹的印象。我很难想象出在我国国土上有比丽江更美丽的小城市：全城环流着清澈的泉水，背后是高耸入云的就像一条矫健游龙的玉龙雪山的九座雪峰；夜晚，穿着民族服装的纳西族青年，打着火把，头上插着杜鹃花，在广场上高歌曼舞。我专程寻觅过当年徐霞客居住的地方——明代土司修建的宏伟庙宇解脱林的遗址以及附近的玉峰寺，那里的一木一石都可以引人遐想、动人情怀。在那里真的像徐霞客所记载的，一株山茶可以开到一万朵花。我们探访了雪山脚下的玉湖——一座充满了神秘色彩而又真是晶莹如玉的高原湖泊。我们访问了许多纳西歌手，其中一位著名的女歌手和顺莲，可以一口气不停歇地唱上几个小时。她的粗犷而悠曼的歌声，使人感受到一个美妙的世界：美丽的山川，远古的征战，动人的爱情故事，以及纳西族人民用自己的双手建设社会主义新生活的喜悦心情。

我们从丽江东渡金沙江，经过历史上被称作永北州的永胜古城，进入了小凉山地区。然后，从宁蒗彝族自治县出发，在茂密的森林中步行三天，来到了云南和四川交界处的泸沽湖。这是一座美丽得如同仙境的湖泊，我们的宿处是湖畔的一个摩梭人的村庄"洛水"，这是一个保持着十分鲜明的民族色彩的地方。在这里，还遗留着古老的母系社会的明显痕迹。泸沽湖，是我们看到的最美妙的高山湖泊之一。这里水碧峰青，林泉幽胜。人们居住在用原木建成的古老的聚族而居的房屋里，在这座房屋里，一位年老的妇女享有最权威的地位。摩梭人的服装色彩是绚烂的，他们的姑娘和小伙子们是能歌善舞的。我看到一群花枝招展的姑娘在湖边洗衣服，用双脚有节奏地揉搓着衣服，就像是跳舞一样。我们和这里的渔民和猎人一道乘小独木舟到湖心的一座小岛去（那里曾经是土司的别墅），就在那里露宿，烧起旺盛的篝火，一面听他们讲述摩梭人的古老经历和今天的生活，一面在火上烧烤刚刚从湖中打到的肥美的鲜鱼和野鸭，充当晚餐。

归途中，我们在小凉山的跑马坪停留下来，访问了另一个民族连队。这个著名的英雄部队主要是由彝族战士组成的，同时还包括了十五六个民族的战士。这些战士，有许多过去都当过凉山奴隶主的奴隶，几乎每个人都有着使人惊心动魄的血泪斑斑的历史。但是，这一切都已经像噩梦似的成为陈迹了，就好像我们在小凉山的许多山口上所看到的那些为部落械斗而修建起来的已经倒塌了的碉堡一样。

凉山的春天姗姗来迟，然而却是美丽的。群山里，处处都有五彩缤纷的杜鹃花，我从来没有看到这样多的品种不同的杜鹃花林在群山中茂盛地生长着，含芳吐蕊，争妍竞艳，使人目眩神醉。

我们返回到丽江，然后又从另外一个方向北渡金沙江，到滇藏交界的中甸高原去。中甸，是一座藏族人民聚居的小城市，但这里却有许多特色使它著称于世：它是当年红军长征路经的一个战略要点；这里还保留着贺龙同志的许多战斗遗迹；这里有着即使是在西藏也是很著名的喇嘛庙；这里在解放战争时期曾经是著名的游击队——藏民骑兵队的活动地区；此外，这里还有着许多难以描述的美好而奇妙的自然风光。

我们在当地著名的游击队员和猎人斯朗尼玛的带领下，访问了隐藏在原始森林和高山草原之中的几座牧场和两个美妙的湖泊——碧达海和硕都谷海。这两个湖相距不远，在藏族人民的民歌里，被比喻为中甸高原的两只含泪的眼睛，从它们溢流出来的"眼泪"，汇集成为一条河流——冲江河，流进了金沙江。

我们在中甸高原的旅行，是一次充满了诗情画意而又令人心旷神怡的难忘的旅程。我学会了如何在原始森林中做一名猎人，适应了按照藏族人民的生活习惯起居饮食，习惯了我的伙伴们那种用诗句般的多比喻的语言来表达思想的说话方式。我们在碧达海和硕都谷海边的帐篷中度过了一段猎人和牧人的生活。使我们感到遗憾的是，我们迟来了几天，没有赶上看到碧达海边的被称作"杜鹃醉鱼"的奇景。但是，我们看到了"擦赤顶"——一座名副其实的地下温泉的海，滚热的泉水以各种不同的姿态和途径从嵯岩怪石中流涌出来。这种奇妙的景象，一个人一生中是很难得遇到第二回的。我们的伙伴们也教会了我许多关于原始森林的知识，具备了这些知识，当我再一次地到原始森林中去旅行（比如以后穿越高黎贡山的密林到独龙江去的旅行）时，我就不会为那种雄伟壮丽而又奥秘深邃的自然景色而惊讶不已了。

在结束我的第一次滇西北之行的最后一周，我以一种得偿夙愿的激动心情，到著名的金沙江上的虎跳峡进行了访问。虎跳峡大约可以算得上世界上罕见的大自然的奇观和杰作之一。徐霞客当年曾经在它附近一带考察过，但对虎跳峡他却失之交臂。在我所尊敬的一位云南老人——张冲同志的建议下，我才决心去虎跳峡探胜的。他曾经一再激动地对我说："谁要是没有去过虎跳峡，谁就不能说是真正见识过中国的名山大川！"我在去过虎跳峡以后，证实了他的话确实是没有丝毫夸张。三条大江：金沙江、澜沧江、怒江，在川滇间本来是并肩南行的，但金沙江突然改变了方向，折头向东北流去，在壁立千仞森罗万象的玉龙雪山和哈巴雪山的悬崖绝壁之间奔腾而过，形成了一道长达十公里的缓流瀑布。景色是无比壮观的，但要真正饱览虎跳峡的全貌却得具有超乎常人的胆识、勇气和决心，此外，还需要有足够的坚韧的体力和矫健的身手。因为这里的险峻的山径使人不能不在迈出每一步时都要保持高度的小心和警惕，有时甚至还要像壁虎似的手足并用地爬过像墙壁一样平滑的陡崖。但我们终于战胜了路途中的一切艰难险阻。我在回到昆明以后，曾把我写的一篇记述虎跳峡的文字《虎跳峡探胜》寄给了张冲同志，这位一生入迷般地关怀着虎跳峡以及金沙江的水力资源开发的老人，看过以后非常激动，立即把文章印了许多份，把它分交给一些有关科研单位，并且亲自写了热情的按语。这件小事给了我很大的鼓舞，我第一次发现：我在云南边疆的旅行，竟然和地质水文科研工作发生了如此密切的联系。

时隔十二年以后的 1974 年的春天，我进行了对云南边疆的第七次访问。我又一次地来到了红河地区和西双版纳。我沿着边境的勐拉河西行，在人烟稀少的丛山峻岭中艰难跋涉，在一位多年来献身苦聪人民教育工作的小学教师的帮助下，进入了使我多年神往的苦聪山。苦聪人可能是我国少数民族当中仅有的几个还保持着原始部落生活习惯的民族之一。这是一些时刻都要和严峻的自然环境和长期的民族压迫进行顽强斗争才能艰苦生存下来的人们。解放初期，他们还保持着原始的生活和生产水平，常年分散地居住在老林深处，有的住在岩洞中，有的住在树穴里，分散居住是为了防避野兽，他们在大树上搭起的棚屋和用树皮和茅草修建的四面围着木栅的简陋小房中居住。我在那时碰到几个苦聪人，大都是赤身露体的。

但我现在来到了苦聪人聚居的地方——苦聪大寨，而且在一座新的瓦房中住了下来。这是五十年代以后才建立起来的一个村寨，苦聪人终于从深山老林搬出来了，并且在接近汉族和其他民族的半山上建立了新的家园。他们有自己的稻田和水渠，有的地方还安上了电灯。他们的生活还是贫困的，但他们毕竟以和汉族人民平等的地位建立了自己的新的社会生活。在从前，保持火种是所有苦聪人家族的一件最神圣最严重的任务，有时，在暴雨时节，他们无地容身，为了使火塘中的火种不被大雨浇灭，不惜用自己的胸膛来遮掩风雨，保卫火种。至今，我们仍然时常可以看到一些苦聪老人，他们的胸脯上因为被火烧伤而遗下了片片瘢痕。

但这一切都变成了遥远的记忆。现在，在这里，不但每一家人都有炽旺的火塘，而且也都有了在过去是不敢奢望的衣服被褥。有的人家还有了电灯，而且还有了苦聪人的第一代大学生。我们听说，有几位大学生就要从上海的大学毕业回来了，其中有一名竟然学的是自动控制专业。难道这不是奇迹吗？

我们从红河自治州穿越而过，又一次来到了西双版纳。但是，我这一次对西双版纳作第三次访问的目的，却不是为了寻幽探胜，而是为了参加一次边防部队（我曾经在这支部队度过了解放战争的全部年月）的战斗演习活动。当我看到部队以千军万马的雄壮声势泅渡着波涛汹涌的澜沧江的时候，当我和战士们乘坐着橡皮舟一同在温暖的江水中游泳的时候，我仿佛又回到了青年时期的战争年代。

西双版纳仍然是一派热带风光。我曾经到我去过的边境哨所访旧。我发现那个曾被称作模范边防连所在的勐家寨仍然是那样林木翁郁而又热气腾腾，而且修起了公路。我曾经再一次到罗梭江边的那个热带花园——小勐仑，探望了我的朋友、杰出的植物学家蔡希陶。他庆幸地向我表示，几年动乱几乎使他辛勤经营的这片"植物王国"毁于一旦，但现在已经开始恢复和重建了。为了说明他们新的劳动业绩，他带我们参观了他目前正在致力研究的"植物群落"发展的丰硕成果，用他们培育成功的许多不同品种的芒果招待了我们。但是，我从蔡希陶的脸上，既看到了愉快的笑容，也看到了忧郁的目光。他的这种心情，很快也使我受到了感染。他的忧虑是有理由的，因为我在几天的旅程中也发现了使人担忧和痛心的事情：

西双版纳已不再像过去那样，是一片到处覆盖着绿色森林的海洋了。有许多过去是林木葱茏的地方，已经变成了荒山，而到夜晚，环首四望，你可以看到，这里那里都燃起了一片片烧山的火光。

我应当承认，我是带着一种不无怅惘的心情离开了西双版纳的。

我返回昆明以后所做的主要的事情，就是准备在8月间（在云南是雨季）去访问独龙江：一块地处中缅交界，同时也是滇藏交界，至今很少有人去过的地方。这是我对云南边疆的第八次访问。

我们在怒江军分区打听通往独龙江的路程。司令员（我的一位老战友）带着怀疑的眼光看着我说，"你能爬得上四千米的雪山垭口吗？我来了两年了，还没有到独龙江去过呢。"但他终于同意了我的请求，答应要那里的边防军派人护送我们到独龙江去。

我们从六库出发，沿着怒江峡谷驱车北行。从这里抵达我们的第一个目的地——贡山。我们一路上都是沿着怒江岸边行进。在我们左右，是高插云端、巍峨多姿的高黎贡山和碧罗雪山。怒江像一条灰黄色的巨龙，从北面冲激而下。江面上浪花沸腾、漩流翻滚，到处都耸立着嵯峨的奇峰怪石。江面上，每隔不远就可以看到傈僳族和怒族人民所特有的渡江工具：滑索。人们携带着粮食和化肥，把自己固定在滑索上，从岸边向对岸飞速地溜过去，就好像滑翔一样。上面，两山间是狭窄的天空，下面，是吼声如雷的惊涛骇浪，但这些勇敢的少数民族青年却毫无惧色，看起来就好像是做着游戏一样。

我们在怒江峡谷行驶了将近三百公里。这真是一次壮伟奇绝的旅程。峡谷有时变得很狭窄，就好像是紧逼甚至是合拢在一起。在这条也许是世界最艰险的公路上，由于时时塌方，我们的车子不得不小心地行进，不然，不是会坠落到沸腾的江心，就是会受到来自山巅的岩石砂流的突然袭击。但是，我们一点也不为途中时时出现的惊险场面而后悔，因为在这条被称为世界第二大峡谷中，我们所看到的自然景色的险峻、壮观和奇特，是我在任何地方也从来没有看到过的。我们路过的奇峰当中，有一座拔地而起的五千米高峰，叫作月亮山：在峰顶上，有一个巨大的圆洞，远望起来就好像一轮满月一样；有一座矗立云间的高峰，叫作城堡山：在山顶上，是一座由黑色岩石自然形成的古老城堡，有城堞，有岗楼，随着浮云的游动，使人隐约地好像可以看到据守其中的古代的战士。

从贡山到独龙江，也要横越高黎贡山的顶峰。但在这里，一年中间，只有半年可以通行。从当年的 10 月到次年的 4 月，是大雪封山的季节。陪伴我们的边防战士说，现在是最好的季节，像我们这样的体力，有三天工夫就可以走到独龙江了。

我们确实是走了三天，就来到了独龙江——这个罕为人知、同时带有一些神秘色彩的地方。但是，在这三天中，无论是道路的艰苦难行，或者是旅途中自然风光的美妙多姿，都是完全出乎我的意料之外的。我在云南走过了许多名山大川，但我还从来没有看到过这样多的飞瀑山泉、激流清溪，几乎每走一段路程都可以看到大大小小的千姿百态的瀑布，悬挂在浓荫遮盖的山崖和丘壑间，像银纱，像白练。清澈的溪流在森林中欢快地流淌。我也没有看到过这样繁茂的堪称为"处女林"的原始森林，随着海拔的升高，树木的种类也在不断地变化：这里有参天的松杉林和楠木林，许多有两人合抱粗，五六十米高、直径一丈的古树几乎随处可见。有时，一棵大树倒下来，挡住了山径，人们不得不在树枝下钻过，或者在树干两面搭起小木梯才能通过。路途是崎岖难行的，忽上忽下，小径上铺着树干和碎石，时时出现悬崖陡壁，这时，人们不得不从一种叫作"天梯"的用树干制成的独木梯上爬过去。

我也从来没有看到过像独龙族这样的既保持着原始民族的风习（他们的妇女还有文面的习惯），又有着如此淳朴、诚实、善良的性格的人民。这里是路不拾遗的。这里的路边常常可以看到一种叫作"救命房"的小木屋，屋里挂着过往人留下的柴米油盐而从不会遗失。而当游人遇到困难时，他总是可以在"救命房"中找到需要的粮食和生活用具。我们在路过一些溪流时，常常看到河边的树上挂着独龙人洗过的衣衫而无人看守，显然，他们是由于不怕丢失才习惯于这样做的。

我们在雪山垭口下面的一所边防哨所过了一夜，这个哨所的任务主要是接待过往行人。我们发现，这里的战士们就像迎接久别的亲人那样，热情地接待了我们。他们把自己的床铺让给我们睡，自己却整夜坐在火塘边为我们做干粮，烧姜汤，烤鞋子。当我们怀着歉意向他们道谢时，一个战士笑着对我说：他们是按照独龙族的风俗来招待我们的。

我们在第三天早晨翻过了雪山，然后沿着高黎贡山西坡上的溪流的河床下山，几乎不停息地走了八个小时，才走到山麓。在这里，我们远远看到了独龙江的银色的蜿蜒的河床，在河边，一片白色的房屋在夕阳下闪闪发光，这就是我们的目的地：独龙江的主要村寨和独龙前哨连的所在地"巴坡"了。

我们和这支英雄连队的战士们一起生活了几天，我们访问了许多独龙族的家庭。我们看到了很多，也学到了很多。这些质朴无私的人们，一年有半年过着与世隔绝的日子，却生活得像一家人一样的亲热和团结。每当冰消雪化的季节来到以后，他们所做的第一件事，便是派人去迎接来自内地的第一批运输队：它为人们带来了粮食和生活用品，也带来长达半年的还未经人翻读过的报纸。

我虽然只不过在独龙江生活了短短几天，但我却深深地爱上了保持着古老生活习俗的独龙江人，我爱上了那里的秀丽的山峦和清澈的溪流，我爱上了那简陋的山村医院，我爱上了那个不辞辛劳地奔波在独龙江两岸、为那些边远山民们放映电影的小小放映队，我爱上了独龙江畔的第一个小学，以及小学旁边的那座古老的藤索桥，当小学生们走过桥面时，他们摇晃得好像打秋千一样……

当我怀着怅惘的感情离别独龙江的时候，一位连干部对我说："你打破了一项纪录。在你来之前，能够从内地翻过雪山来到独龙江的人，最高年龄是五十二岁，而你今年已经五十五岁了，希望你以后再来。"我为他的这句真诚的话而深深感动。的确，当我1974年去访问独龙江时，我已经是五十五岁了。而现在，当我在追述着这些往事的时候，我们已经进入了八十年代。我还能不能再一次爬过雪山去探望生活在独龙江的那些可敬可亲的人们呢？我回答不上来。但是，有一点却是确切无疑的，这就是：无论我在今后的岁月里还有没有再度访问云南边疆的机会，我的真挚的心，却是永远同那些战斗在金沙江、澜沧江、怒江和独龙江边，生活在盈江、瑞丽江、红河、勐拉河和流沙河畔，守卫在阿佤山、苦聪山和高黎贡山上的人们的真诚的心，紧紧连在一起的。

我深信：云南边疆的山川土地，正在进行新长征的云南边疆人民，永远在召唤着我！

1980年8月，黄山—北京

献身树和绞杀树

　　我第一次和云南边防战士走进紧邻国界线上的一个小小的傣族边寨，已经是整整四十年以前的事情了。黄昏时刻，我们在一所小竹楼上安顿了宿处以后，就到村边寨尾去散步。我住宿的第一个边寨给我留下的可以说令我毕生难忘的印象是：触目所见，到处是一片深不可测的浓绿。村寨背靠着一座满布原始密林的小山，在晚霞映照下，显得分外蓊郁葱茏。竹楼、庭院和静静地劳作的人们，仿佛都被淹没或隐藏在一片生机蓬勃的绿色植物的海洋之中。每一家竹楼都有一座结满了累累果实的亚热带果园。一条清澈的河水从村前静静地流过。而密密匝匝地环绕着这个由几十座小竹楼组成的小村寨的，则是一片接连一片的凤尾竹林、菩提树林，和一种开着深黄色花朵，树干虽不高却是枝叶繁茂的不知名的树林。这正是少男少女谈情说爱的时刻，我发现，许多青年男女，都成双结对地好像约好了似的坐在这种树林中，在一辆辆纺车和一堆堆篝火边，弹琴低唱，喁喁私语。远远望去，数不清的小小篝火在夜风中摇曳闪烁，如同点点星光。

　　从那以后，我在云南西双版纳或是德宏地区的瑞丽江边，访问过无数村寨。我发现，在傣族的村寨里，不分季节，不分贫富，人们都离不开篝火和火塘。家家户户的门前，都堆积着像房子一样高的砍削得很整齐的木柴。

使我惊异的是，尽管几乎所有的傣家村旁都完全是依靠不断砍伐的木柴来烧火、来取暖、来获得光亮和热源，但是它们却似乎永远能够笼罩在一片绿荫之中——人们似乎是拥有着某种永远取之不尽的自然的能源，拥有着似乎不会枯竭的象征着强大生命力的绿色的源泉。除了大自然的慷慨赐予以外，人们是从哪里获得这种常青的生命之树的？

直到很久以后，我才懂得了为什么几乎是所有的傣家人都是那样无所顾惜地毫不担心地烧旺着他们的火塘和点燃着他们的篝火的。因为他们自古以来就懂得培育和种植一种他们称之为"麦其列"的树木——这就是我在上面提到的人们在林中嬉戏、谈情说爱和歌唱的那种开着黄色花朵的树木。几乎是在每一个傣寨和每一家竹楼的旁边，人们都大片地或是成行地种植着这种树木。这真是一种奇特的树木。它们貌不出众，既没有高大的树干，也没有劲挺多姿的枝丫，叶子有些接近北方的槐树，花穗也很像槐花，但颜色都是金黄的，而且只有在盛夏之后才会盛开。

这都没有什么奇处。奇特的是这种树木的顽强到永不衰竭的生命力和生息不已的旺盛的再生力。它是一种多年生乔木，有时会长成合抱粗细，因此，当它繁殖成林时，也是有一种郁郁苍苍、万木争荣的气势。但是，在它身上所具备的一个特点却是任何高大的乔木所不具备的，这就是：它不畏刀斧，不惧砍伐，甚至越是砍伐反而长得越茂盛。这种树木质地虽然坚硬，但因为不具备好的纹理而不被视为好木材。但它的树心却含有易燃的油脂，燃烧起来可以和松枝媲美，因而便成为傣族同胞须臾不可缺少的生命之火了。因此，每当我走进一片古老的已经作过长久奉献的"麦其列"森林时，总是会油然产生一种敬重之情。你会看到，在每一棵"麦其列"树苗壮粗糙的躯干上，都会带有刀砍斧伐的伤疤，都会残留着被锯过的手臂般粗细的断痕。但是，在这些残枝断干和累累伤痕旁边，却总会萌发出新的枝条和嫩芽来，预示着用不了多久，它们又会冲天而起，成长为新的繁枝茂叶，昂然挺立，华盖亭亭。

人们对我说，这种树，可以在不停的有规律的砍伐中不断苗壮生长，以每年增高三四米的速度，越长越大，直到成为巨树。这时，即使是你把一棵合抱的大树拦腰砍断，它也会在断面上重新生长出成簇的枝丫来。然后，再听任人们加以砍伐，而化为灰烬，化为无私地奉献给人们的光和热。正是因为如此，傣族人民才世世代代把种植这种速生树木视为一种生活习俗，有些人就径自把它称为"柴火林"。每到稻田收割季节时，家家户户都不会忘记从他们的"柴火林"中砍下足够烧火的木柴，堆晒在竹楼外，让它们的光和热，散发在每一家烧火做饭的火塘中，散发在密林果园中每一对谈情说爱的青年男女身旁的篝火上。

这种树木，理应具有一个美好的名字。许多年前，著名的植物学家蔡希陶同志曾经对我说，"这种树木应当取名为奉献树或者献身树，因为它把自己的身体全部奉献给了人们，自己化为灰烬，却又能生息不已，这真是植物中的一种奇迹。"可是，这位专家的建议却没有得到流传。多年来，居住在那里的汉人，一直习惯把它称为"黑心树"。这样一种可敬的树木竟然被冠以一个同它的品德截然相反的名字！这不是为了别的，只是因为它的树干的中心部位是黑色的，而它的傣语称谓"麦其列"，也的确包含有这样的意思。植物是不会思想的。但以其实质和品格而论，我们本应当把"麦其列"这种世世代代把自己的一切无私地贡献给人们，焚骨扬灰也不改其志的树木叫作"丹心树""奉献树"或是"献身树"的，但它却难于更改地被强加上了一个令人如此难堪的称号，而又百口莫辩其诬。在生活中，我们有时难免也会碰到某种美好事物被无端蒙垢的情况，在大自然的无限奇妙纷繁的现象中，"麦其列"的悲剧命运，大约也可以算是一个是非混淆、名实相悖的极端的例子了。

在傣族村寨以及别的少数民族村寨中，还有一种随处可见而且是备受尊重的树木，这就是榕树。榕树不只是云南有，在我国南方其他的一些省份也有。比如在广东的曾被许多作家诗人反复描绘过的被称作"小鸟天堂"的著名景观，其实就是由一株枝柯繁茂、绿叶葱茏的巨大榕树构成的。像这样的躯干壮美、劲挺多姿的大榕树，在云南亚热带地区所在多有。这种生长在潮湿地带的树木有着极其旺健的生命力，当一株榕树树苗成活以后，用不了许多年，它的树冠和虬曲盘结的枝丫便会向四面伸展，而且不断生出可以汲取水分和营养的附生根和气须根来。当这些枝条随着横出的枝干接触到地面后，便又会迅速地扎进土壤，逐渐成长为一根根形态怪异的树干般的支柱根来，经常可以看到这样的景象：一株巨大的榕树，枝柯四伸，气根下垂，形成了许多子树环绕着母树簇拥成片的奇观。于是，就出现了在云南边疆时常可以见到的所谓"一树成林"的奇特自然现象，给那里的旅游区增添了一派壮美神奇风光。这些大榕树不但可以成长得如同森林中的巨人，它的浓荫匝地的树冠还常常可以覆盖两三亩宽阔的地面，营造一种童话世界般的氛围。比如，在西双版纳的小勐养地区，就有一棵大榕树，长得逼似一头巨大无匹的大象，那惟妙惟肖的象头、象躯、象鼻、象尾乃至象的眼睛，完全是由榕树的枝干和气根天然形成的，就仿佛是由一位无形的雕塑家用他的不可思议的巨手创作成功的一个杰作一样。这样的美妙景观，自然是会令人赞叹不已的。也因此，在傣族地区和其他一些少数民族地区的人们，往往把这些雄拔峻峭、容貌惊人的榕树视为"神树"，从而使它们受到精心的保护。像这样的奇木怪树，我在云南边疆的西双版纳和德宏地区都见过多次，而这些庞然大物式的树木，大都成为备受旅游者或者摄影师青睐的宠物。

然而，却很少有人注意到这样一个事实：在这些被称为"一树成林"的地方，在这些以其劲挺伟岸的身姿傲然峙立的大树附近，你很难找到有别的高大乔木存在的位置，特别是那些有经济价值的植物，比如热带的柚木、红松、油棕以及芒果、柑橘之类的果树林之类！

这是什么原因呢？没有人能为我回答这个问题。最后，还是那位著名的植物学家、我的老朋友蔡希陶同志为我解开了这个谜，而且为我讲述了一个有趣而又令人触目惊心的故事。

有一次，我和他在西双版纳小勐仑植物园（这是他一手开拓和建立的中国最丰富的热带植物园，如今他的骨灰就埋在他发现和手植的一株热带龙血树下）中的热带园林中散步，他一面走，一面就像上课似的为我讲述着各种树木的名称和特性。我们走到了一棵奇特的大树前，这棵树，一半是油棕，一半是榕树。我有些自作聪明地说，"这大概就是植物学中的共生现象了。"这位谈笑风生的植物学家，突然用严肃的语调说："你错了。这不是共生现象，也不是附生现象，这是一种森林中最危险最可怕的现象——我们叫作绞杀现象。现在，你看，这棵油棕正在被另一种植物绞杀。这种充当着刽子手的植物，就是旅游者眼中最美丽的高山榕树。过不了两年，这棵油棕就会被寄生在它身上的榕树的迅速生长的气根和树干所缠绕，所吞噬。"这位植物学家看着这棵正在进行着生死存亡斗争的怪树，摇了摇头说，"在热带森林中，有一些树木具有一种依靠吸吮别人血液来壮大自己的本能。我们把它们称为绞杀植物——森林中的侵略者。在其中，高山榕树就是最凶恶的一种。你不要看这种树木样子漂亮，仪表堂堂，我们却把它叫作'热带森林中的恶魔'。它有很强的繁殖力和生命力，但它主要是依靠雀鸟吞食它的种子来进行繁殖的。小鸟喜欢吃榕树的果实，又常常把不能消化的果核排泄在别的高大乔木上，不用多久，这些种子就会通过阳光、水分以及它所寄生的树木的营养生长出许多气根来。这些气根就好像章鱼的脚爪，很快就会像网络似的把它所赖以生存的乔木捆绑、包围起来，占领它的阳光，汲取它的养分，绞杀它的生机，使它逐渐枯萎直到死亡。于是，本来站立在这里的那棵珍贵的油棕或是柚木，就变成了一棵巨大的外表颇有魅力的大榕树了。这种绞杀行动会不断地扩展、加剧，于是，这才会出现所谓'一树成林'的这种不断被人赞美的森林奇观！"

这位植物学家说到这里，发出了一声感喟，然后说："人们不懂得这种树木的独特本性，常常为它的漂亮多姿的外表所吸引、所迷惑，却不知道，它的傲然挺立、旁若无人（应当说旁若无树）的雄姿，是依靠吸吮和剥削它邻居的血液和生命得到的。为了造就自己这副漂亮迷人的身姿，不知道它的同类要遭受多么惨痛的无妄之灾啊！"

"但是，这种高山榕树即使有这种不好的本性，它在绿化和美化大地方面，总是值得肯定的吧！"我没有掩饰我对于热带榕树的仪态万千的身姿的好感，向这位植物学家提出了反问。

"是的，榕树在绿化和美化祖国大地上有它的功劳。"这位植物学家的情绪逐渐平静下来，虽然脸上还有悻悻的神情，"但我可以告诉你，除了这个优点以外，从植物学的角度来看，它别无用途，它的木质松软易朽，纹理扭曲，连烧火都不是好柴。我之所以要给你讲这个故事，主要是想表达这样一点意思，就是在对待植物上我们也不能只看外表，而要有一种科学的实事求是的态度。你难道不记得我给你讲过的关于'麦其列'树的故事吗？明明是具有高尚品德的植物，却被人叫作'黑心树'；明明是森林中的害群之马，却不断地被人们百般歌颂和欣赏不已，从植物学的角度看，这不是一种反常的不公正的现象吗？"

我终于被这位具有诗人气质的植物学家说服了。我接受了他的看法："黑心树"应当改名为"献身树"，而热带榕树虽然因它的华丽的仪容而难于更名，但我对于它的以绞杀同类而称霸于热带森林的恶劣本性，也开始产生憎恶之情。因此，有时候，我觉得把它称为"绞杀树"，似乎更加确切。

1992 年 1 月

（原载《随笔》1992 年第 2 期）

沿着澜沧江的激流

　　我们决定坐船到橄榄坝去。从允景洪到橄榄坝虽然并不远，水路旱路都只有八九十里路，但我们却毫不犹豫地选择了从水路走；这不仅仅是因为顺流而下可以到得更快些，而且，我觉得，能够沿着澜沧江的激流和两岸奇峰连云、绿荫映波的热带景色，做一次赏心悦目的航行，这本身对人便是一个极大的魅惑。

　　我曾经有过许多次在江河上旅行的经历。我私下里得出了一个也许是有些偏颇的结论：只有当你在江河上航行，通过水光山色来观察那随时变化的景色的时候，才能够真正领略到我们祖国的锦绣河山的全部的丰饶和美丽。我曾经在气象万千的长江上航行过，为那烟波浩瀚、壮丽森严的奇景而流连咏叹，胸中充满了壮阔和自豪的情感。我曾经在珠江上航行过，沿着峰连壁立的两岸溯流而上，饱尝过那充满热带情调的秾丽强烈的南国风光。我也曾经在祖国边疆的许多不知名的小河中航行过（如像云南的南溪河和勐拉河），坐在精巧轻盈的独木舟中，在茂密的花丛和藤蔓间逐波而行，"秋水才深四五尺，野航恰受两三人"，林碧峰青，触目成趣，极目所至，都是一片蓬勃的生气，胸中不禁激荡着对祖国边疆的无限挚爱之情。

　　但是，我还没有探访过我们祖国最伟大的河流之一——澜沧江。

　　我曾经许多次横渡过澜沧江。当载着汽车的渡船在钢缆牵引下缓缓横过江心时，巨大的船只在水流冲击下不停地颤抖着，使人立时感受到了澜沧江不可抗拒的庞大的威力。远眺江面，江面似乎是波平浪静的，但平静的水面下却隐藏着心怀叵测的激流。在夕阳的照射下，江心泛发着钢蓝色的光亮，间或从水底涌出一两个急旋着的漩涡；浮在江上的朽树断枝，像箭似的被冲到远方去。这一片雄伟景象使人不禁感到：澜沧江啊，你真是一条矫健剽悍、深邃莫测的巨龙。

但是，我却没有真正探访过澜沧江，没有亲自沿着江流领略过它雄伟的力量。

我便是带着这样一种得遂心愿的心情，坐着那种用柚木薄板做成的傣族小木船，欣然上路了。

我们坐的小船，实际上只是兄弟民族所惯用的那种独木舟的变种。船身是窄长而轻巧的。旅客们坐在中央，两个船工分别站在船头和船尾，船小得像公园里的小划子一样，坐了四五个人，便没有回旋的余地了。和我们结伴而行的，还有另外两只小船，一只是为农场的拖拉机送柴油的，另一只则坐了一群到景洪来赶街的花枝招展的傣族姑娘。就这样，我们驾着一叶扁舟，驶向波涛滚滚的澜沧江。

小船刚一驶进江心，我们便感受到了澜沧江的威力。江水湍急地流向东方，小船一只接一只地向下游驶去，快得像离了弦的箭一样。烈日当空，在貌似平静的水面上，闪耀着万点金光。在我们眼前，好像是倏然闪过的电影镜头似的，出现了一个接一个的美妙风光的绝妙画幅。江水忽而流过悬岸，忽而越过森林，忽而冲过木棉成林、芭蕉成荫的江心沙洲，忽而绕过掩映在密林深处的山村。有时，我们穿过了一片浩浩荡荡、波平如镜的江面；有时我们穿过了一道群峰耸立、悬岸夹峙的奇险的山峡；有时我们驶过了一片波涛汹涌、水势陡急的险滩。不论江水流过什么所在，到处都遗留着澜沧江这位性格暴烈的巨人的愤怒的痕迹。岩石、陡壁、森林和山箐，都显露着一层层由于江水冲击而形成的灰白色的印迹。江心，时常从水底耸出一座座孤岛似的礁石和石笋，有的异峰突起，有的群集成阵，把宽阔平整的江面顿时分割成许多湍急如瀑的细流。江心和江岸的岩石都是黑蓝色的，经过了江潮的千百次的冲击，它们变得像金属一样亮，在阳光下，好像钢铁铸就般地闪烁发光。

澜沧江的两岸是壮丽的，丰饶的。无论是山峰上，悬崖边，都密生着郁郁葱葱的亚热带森林。密林都被丛生的藤蔓攀附着，缠绕着，许多参天巨树身上都披满了各种各样的附生植物，从树顶一直垂挂到江边，有的好像是串串璎珞，有的又好像是老人的长须。我还是第一次发现，那些生长在江边和崖壁上的树木，竟有着这样的惊人的顽强的生命力量。随着年复一年的江水的涨落，它们所据以生长的土层都被波浪冲刷干净了，但它们仍然是枝叶繁茂地生长着。许多大树的根，几乎全部裸露在外面，只有少数的根须依附着悬崖的石壁，在它们的树干上，水淹的印迹一直达到半腰，但它们仍然顽强地耸立着。在一块嶙峋的岩石上面，压着一块从山顶上坍落下来的巨石，就在两块巨石之间的缝隙中，就像衔在一张嘴里一样，生长着一棵亭亭玉立的巨大的芒果树，树上正盛开着黄色的小花，它茂盛的枝叶，说明了它的旺盛顽强的生命力量。

但是，所有这一切，多半都是我在归途的航程中注意到的。去的时候，在疾驶如箭的航行中，我应当坦白地说，我们的全部注意力都被行船的惊险和船工们那种举重若轻、履险如夷的高度纯熟技巧吸引了。我还是头一次经历这样惊险的航程。在江上，我们的小船走得和汽车一样快。我觉得，我们的小船几乎随时都有被惊涛急浪撞翻的危险。但是，在我们心目中的每一次难关和险境，在船工的自如的控驭下，都轻易地平安渡过了。和我们同舟共济的这两位傣族青年，不论遇见什么风浪、险滩、暗礁、涡流，总是那样的从容不迫、泰然自若，甚至在最紧急的时刻也还是在小声地唱着歌。他们有时摇着木桨，有时拿起竹篙。这两件平常的东西，在他们手中仿佛具有着某种神奇的力量。当小船被卷进一片凶险的漩涡当中时，只见他们不慌不忙地左摇几下，右摇几下，小船便马上顺从地划出了险境。

在九十里路的航程中，我们要经过三个危险的"溜子"，也就是险滩。这些险滩，实际上是由江面的突然落差所形成的一段瀑布似的急流。从几里路以外，便可以听得见这些险滩的吼声，好像是沸腾的开水一样。这时，江面突然下降，黄绿色的浊流把一只只小船好像一段段木料似的从上面抛下去。我几乎没有看清我们的船是怎样冲下去的。我只听见了一片水声，我们的小船好像是被一只无形的巨手一下举到浪头，接着又扔到浪底，然后，又像是坐滑梯似的朝着下游急驶而去。但是，前面也不是坦途，一座陡峭的石壁正笔立在急流冲去的方向，一个个浪头冲到黑色的巉岩上，又被撞得粉碎。难道我们的小船可能不跟着急速的浪头一直撞到那座悬崖陡壁上去吗？我们把一切都交给船工了。他们的镇定，使我们不能不信任他们，因为即使是在这时，他们也还是在小声地唱着歌。果然，他们是值得信任的。他们一个在左、一个在右地轻轻拨动了几下木桨，我们直奔石崖而去的小船，在离石崖一丈开外的地方，便马上驯顺地向右面改变了方向，就仿佛我们不是置身险境，而只不过是在平静的湖水中行船一样。但是，我们的险境并没有完全过去。另外的险滩又在前面窥伺着我们了。在雷鸣般的波涛声中，一列黑色的高大礁石，像一排锋利的牙齿似的矗立在前面。在它们之间，浪花飞溅，汹涌澎湃，好像是开了锅的水。我们的小船又像个火柴盒似的被扔到了一片急浪和乱礁中间。但是，即使是在这里，我们的船工也仍然是不动声色的。他们左回右转，前划后拨，轻而易举地便把我们的小船从乱礁阵中划出，送到一片平静的春水当中来了。一直到这时，我们才舒了一口气，放松了紧握着船舷的双手，注意到四围的景色。群山被紫色的雾霭笼罩着，水面上翱翔着一群白鹤和沙鸥；江岸上，一群傣族姑娘正在用三角网捉鱼。我们离橄榄坝不远了。我们的一位船工已经在大声向岸上的姑娘唱起情歌来了。

但是，我在这时却完全陷入到沉思中去了。从这两位朴质的船工身上，我仿佛受到了深深的启示。这是两个普通的傣族青年，他们的身材并不高大，但他们却具有一种我们所难以设想的巨大的力量——能够驯服惊涛急浪的力量。澜沧江是一个性情凶险、桀骜不驯的巨人，可是，当人们研究和洞悉了它的一切习性和特点，熟悉了它的每一段激流和险滩，每一座悬崖和暗礁的时候，人们就变成了比它更加高大的巨人。当我们也能够像这些船工们一样，把自己的对手了解得这样真切和透彻时，在我们面前难道还会有什么不可跨越的风浪和不可战胜的困难吗？

我的这个想法，在我们归途的航程中，又得到了进一步的证明和充实。

我没有听从人们的劝告，走旱路回允景洪去。在橄榄坝的三天愉快的访问，不但没有使我们感到疲劳，反而使我们更加精力充沛。我们必须坐船回去。如果说，我们已经亲身体会了这里的船工们的驯服波涛的惊人技巧的话，那么，我们就必须进一步了解一下，人们是怎样地迎着急浪逆流而上，把船只划到上游去的。

我们坐的是另外一只小船，船工是两位更加年轻的青年，这使我们在开始时不免感到有些惋惜。但是，过了不久，我就发现，我的一切疑虑都是多余的。澜沧江上的每一个傣族和汉族的船工都值得我们同样地信任和钦佩。他们对于江上的每一块巉岩，每一道急滩，每一片浪花，都熟悉得像自己手上的掌纹一样。不过，虽然如此，在这样的水深浪急的激流中逆水行舟，却不像是顺流而下那样的从容和愉快了。可是，不久，我在我们的新伙伴身上，又发现了另外一种令人钦敬的特点：这些熟知水性的年轻人，不但有着在激流中行船的纯熟的技巧，而且还有着和惊涛急浪进行坚韧顽强斗争的毅力。当我们的小船逆流而上时，他们不大使用木桨，更多地用那安着铁尖的长竹篙作为武器。小船沿着江岸前进，他们用长篙撑住江底或者江岸的岩石，把船一丈一丈地、一尺一尺地撑向前去。波浪冲打着船身，船身抗拒着波浪。但是，人们还是显示了更大的力量和智慧。虽然我们的小船只能以比步行略快的速度向前驶进，但我们终究是在不停地前进着。一切波涛和涡流都不能使我们后退一步。可是，这得需要人们付出多大的毅力和机智啊。当他们把长篙支撑在一块礁石的一个圆洞里（这是被无数长篙的铁尖戳成的圆洞啊）用力把小船推到一丈以外的上游之后，马上便得把长篙急速地戳向另一块礁石的另一个圆洞里，不能有半秒钟的迟疑和延误。不然，船只便会被汹涌的波涛席卷而去，然后一切又得重新来过。但我们的船工一次也没有失误过。他们有时会从山峡中迂回一下，从右岸划到左岸，但他们从来没有在激流面前退缩过，也从来没有表现出丝毫的手忙脚乱或束手无策。而是保持着始终如一的顽强和敏捷，一篙接一篙地把小船推向前去。他们无须环顾逡巡，便会知道在哪一块岩石上面有可以落篙的圆洞，在哪一片浪花下面有可以落篙的礁石。当江面被一堆乱峰割裂成许多细流时，他们也会毫不犹疑地决定从哪一条峡谷中穿过。他们对于一切水情和地形都了若指掌。他们的判断总是毫厘不爽的。

当我们的小船需要通过一段瀑布似的急流时，便开始了一场人和自然之间的角力。我们的船被推到了沸腾的浪花中，这时，我们的船工们便利用水底的石隙，用长篙把小船固定起来，不让波涛把它冲走；汹涌的波涛不甘退让，猛烈地击打着我们的船身，企图把它抛到下游去。但是，它们一点也不能得逞。我们的小船在两根竹篙上面稳固地停留着。波浪疯狂地冲击着，人们一点也不示弱，用尽全力地支撑着竹篙。竹篙逐渐被压成了弯弓形，但人们仍然顽强地坚持着。最后，波涛终于松劲了，威力减弱了。于是，人们趁着浪头与浪头之间的半秒钟的间隙，把船只胜利地推向前去，而且连续不断地把船撑到了平静的江湾里。歇憩片刻之后，我们又安然前进了。

就是这样，我们越过了一个又一个的山峡，撑过了一个又一个的险滩，极其艰苦然而又是十分顺利地走完了全部航程。使我们多少有些遗憾的是，我们在归航的路程中虽然走了差不多一整天，但仍然没有能够恣意观赏一下澜沧江两岸的雄伟森郁而又妩媚动人的美妙风光。我们的船工的惊人的毅力吸引了我们的大部分注意力。两岸的美丽风光，在我脑子里只是印下了许多断断续续的印象：一片片荫郁茂密的原始密林；一块块整洁高大的甘蔗田；一群群彩色缤纷的江燕；水獭在礁石上啃食着一条大鱼；猴子在森林中泰然地摘食着果子；一船船的货物和旅客从我们身边飞速地掠过；随处都可以入画的、变幻万端的南国风光……而这一切，又都汇成了一个总的印象：在伟大的澜沧江的怀抱里，在我们眼前呈现的是一片无比壮丽、无比丰富的大自然的面貌。

但是，人们比大自然更加壮丽，更加伟大，人们有着比大自然更巨大的力量。你看，和我们一同在澜沧江上度过了两个美好的日子的几位平凡的年轻人，在他们身上蕴蓄着何等深厚、何等坚强的力量！他们熟悉澜沧江的一切，就像熟悉自己的母亲一样。他们掌握了澜沧江的一切奥秘，他们又有着劳动人民的另外一种美德——不折不挠、坚韧顽强的毅力。这样，就使这几个瘦小的傣族青年具有着那种可以使江河为之让路、山岳为之俯首的征服一切困难的斗争力量。

1961 年

(原载《边疆文艺》1961 年第 7 期)

湖光山色之间

田想水想得心焦，

水想田想得心跳！

——康朗甩：《流沙河之泉》

我和几位旅伴一起到版纳勐遮的勐邦湖去，这是一个直到如今在地图上还没有名字的地方。在我所经历过的像繁星似的点缀着云南锦绣大地的许多高山湖中间，它即使不是最小的一个，恐怕也是最为默默无名的一个了。勐邦湖更确切的称呼是勐邦水库，可是我宁愿按照许多傣族人的习惯，把它称作勐邦湖。在傣族人民中间，湖泊这个词汇总是和美好的愿望、和理想联结在一起的。有些人索性把这个湖泊叫作"囊勐法"，用汉话来说，就是"天湖"。当人们对我谈起这个可以灌溉半个勐遮坝（西双版纳最大的平坝）的水库时，他们常常会这样说："我们终于找到了我们的天湖！去看看吧，说不定你们也会像传说里的召树屯一样，在那里遇到在湖里洗澡的孔雀公主呢！"

在我接触过的兄弟民族中间，我觉得再也没有比傣族人更善于把美妙的传说和现实生活自然地连接在一起的了。在你借宿的村寨的每一所竹楼里面，在你途中歇憩的每一株菩提树下边，在傣族的

115

歌手——"赞哈"们有如山泉般涌流不息的长歌中间，你都可以时常听到关于"天湖"的古老传说。在这些传说里，"天湖"被描述成为傣族人民世世代代向往和追求的地方。人们传说，就在太阳升起的方向，在群峰环峙、森林翁郁的地方，有一个天湖，隐藏在一片繁茂的果林中间；人们传说，一切不幸的人们都可以得到天湖的荫庇，在天湖边居住的人们永远是幸福的，在天湖中沐浴的人们永远是聪敏和美丽的。有些老年人还有着这样的记忆：在过去，当人们在村寨里忍受不了封建领主的压迫时，有些善良而执着的人，便怀着一种迷茫模糊的幻想离开家乡，到群山和森林里去寻觅那在尘世上实际并不存在的"天湖"。在茫茫的林海里，在郁郁的丛莽中，等待着他们的，只是饥饿和死亡。

我第一次听到关于天湖的传说，是在好几年以前，那是我第一次和边防部队穿越西双版纳的时候。那时，边疆刚刚获得解放，苦难的傣族人民刚刚从沉重的民族压迫中伸直了腰，社会主义的种子还没有来得及在这里生根开花。当我们渡过波涛汹涌的澜沧江，沿着流沙河畔的茂林密箐向西行进的时候，迎接着一路上美妙如画的自然风光，抑制不住胸中的惊喜和感叹之情。这是我一生中从来没有看到过，也不可能想象的奇妙而又独特的自然景色。目光所及之处，都是一片浓绿，各种各样的热带植物，在山坡和峡谷中拥塞着，攀缠着。猴子和一些别的小动物在林中安然地嬉闹着。彩色的带着飘带的蝴蝶，一连几里路地在我们身边盘旋飞舞。到处是一片无法分辨的鸟叫虫鸣的嘈杂的合唱。再往前进，穿过一片森林起伏的山峦，在我们眼前展开了一片平坦和广阔得令人惊讶不已的原野，这便是西双版纳境内最大的一片沃野——勐遮坝。

我怎样来形容这片田野上的景象呢？仿佛和刚刚走过的如画似

的自然风光成为一种对照，这里简直是一片荒芜。我们牵着汗淋淋的马，在高过人顶的芦苇和茅草中行进着。在几十里的行程中，几乎没有遇到人迹；大路两边，没有田垄，也没有庄稼。我们遇到的最多的动物，是三五成群的野牧的水牛和在龟裂的土地缝隙中穿来穿去的大蜥蜴；我们看到的最多的植物，是巨大的箣竹丛和开着黄花的仙人掌树。在路边一头倒毙的死马身上，昂然地站着一头和人一样高的秃鹫。我们也看到了河，这便是在叙事诗《葫芦信》中被渲染得那样美丽的河流，但与其说是河，还不如说是一道浑浊的水沟：黄色的泥浆在若断若续地流着，使人担心它也许流不上五里路便会被枯干的大地吸吮净尽了。

当我们终于横越过这片有着厚厚的腐殖层的荒原，走进山坡上的一片浓荫匝地的铁力木林时，我们每个人都忍不住松了一口气，并且回过头来长久地端详着这块被荒弃了的沃野。一位担负向导和警卫工作的战士，坐在他的汗透了的背包上，深情地凝望着山下荒草萋萋的田野，然后转向我们说："土地快渴死了。要是真像傣族人传说的那样，在山里有个天湖该多好。我们可以从山上打开一个缺口，让天湖里的水流进这片土地来。那时候，这里就可以建设集体农庄了！"

我们顺着他手指的方向望去，在勐遮南面的山峦上，白色的云带像凝固了似的悬在高空；在夕阳下，群山映成了钢蓝色；在山中连一小片流水的闪光都看不到。突然，我们的向导大声欢呼起来："天鹅！看，一群天鹅！"果然，在远方的一片草丛上空，一群巨大的白鸟在上下翱翔。我们无法辨认出那究竟是不是天鹅，不过我却可以断定，即使是天鹅，看着这片焦枯的土地，也一定会黯然神伤，唱不出歌来的。

　　自然，这一切都是好几年以前的事。在这几年中间，我再也没有到过勐遮坝，只是从报道中断续地读到过：那里的人们几年来正在和大自然进行着披荆斩棘的战斗；荒芜的土地正在日渐改变着自己凋敝的容貌。

　　但是，几年之后，当我再一次带着怀念的心情来探访西双版纳的时候，人们却对我认真地说：这里有了一个天湖，一个实实在在的天湖！并且，禁锢着勐遮原野的山峦也被时代的巨手劈开了。天湖的泉水正在像甘露似的源源不绝地流向那片干枯的大地。

　　这个天湖，便是勐邦水库。它的位置恰好像传说中那样，距离那块渴水的原野只不过十几华里远。

　　我们出发到勐邦湖去的时候，是在春天。不过，季节的观念在西双版纳几乎是没有多大意义的。在这里，四季都像春天，四季都是繁花似锦，四季都有丰硕的收获。除了雨水的多寡以外，只有比较细微的观察才能使人感到春天或是冬天的来临。当我们的车子在勐海西面的林荫公路上行进时，我们看到：在潺潺的河水边，在峻峭的山坡上，身上披满白苔的老茶林已经抽出了淡绿的嫩芽；在密林深处时而传来采春茶的歌声。守护着每个村寨的巨大的菩提树的叶子已经快换完了，除了寥寥几片墨绿色的老叶还在迎风摇曳以外，大部分枝丫都披上了浅绿油亮的新装。在峡谷深处和密林中，在许多种只有春天才盛开的野花中，开得最茂盛的是高大的羊蹄甲花，它的白里透紫的花朵吐出熏人欲醉的清香。在山径两旁，枝干挺拔的野刺桐花也正在怒放，鲜艳浓丽的巨大花朵，在阳光下闪烁如火，把这一片浓绿的密林点缀得春意盎然。

　　我们的车子在勐遮边沿便岔进了通向勐邦湖的小路。车子必须不停地绕过坑洼、石块、断树，沿着有时陡到三十度的盘山小径向着峰巅蜿蜒而上。正当我们似乎是无休止地在陡路上爬行，并且在我们当中开始有人为道路的颠簸而啧有烦言的时候，拐过一片笔立的悬崖峭壁，我们的车子却突然停住了。我们还没有来得及辨认周围的环境，便看到了巍然矗立在我们眼前的高大的白色水坝，在阳光下闪闪发光。坝下，有一座安装着控制闸门的白色建筑，从它的门里涌流出一股清澈明亮的泉水汩汩地流进山边的引水干渠中去。干渠从堤坝蜿蜒向前延伸，好像漫长的金色飘带一样，绕过翠绿的山峰，逐渐隐没在远方。

我们的旅伴里，有一位傣族诗人。这位沉静多思、受人尊敬的歌手，正如西双版纳特有的夜莺——"歌乐多"鸟一样，平时总是沉默不语，只在一定的时间才会以自己的歌声使人惊讶。可是，现在他却一反常态和我们一同欢呼着奔上了坝顶。

在我们面前，像梦境似的展开了勐邦湖的湖光山色。所有的人，站在被微风吹拂的坝顶，远眺眼前的一片烟波浩渺、浮光跃金的绝妙的画面，都惊讶得睁大了眼睛。不，这不是什么水库，这正是善良的傣族人民千百年来朝夕幻想着的那座"天湖"，也正是我们在传说中无数次地听到过的那座"天湖"。

勐邦湖是坐落在林壑深处的一个狭长形的湖。它的形状好像是一个被横剖开的硕大无朋的葫芦，被一只神奇的手镶嵌在一片森森郁郁、仪态万千的山林中间。在湖的尽头，两道白色的堤坝好像是两扇门扉似的，把一湖绿波荡漾的春水封锁在群山之中。在阳光照耀下，湖面上升腾起淡蓝色的雾霭；在湖的四周，耸立着漫无涯际的枝柯参天的热带森林。在湖中心，像童话里的神山似的矗立着一座孤岛；一片乳色的云横罩在孤岛的林端，好像为它披上一条细纱披肩一样。一群白色的鹭鸶和彩色的野鸭在平静的湖边旁若无人地徜徉。从湖心，从岛上，从岸边，传来一阵阵鸟类的合唱，随风在水面上震荡、回响。

我们好像都为眼前的景色沉醉了。我必须承认，我实在没有看到过这样幽静美丽的自然风光。我在云南游历过许多湖泊：我曾经在风光明丽的滇池上泛舟，领略过"昆明池水三百里，汀花海藻十洲连"的迷人景色；我曾经在洱海的湖光山色中徘徊流连。为它的映碧叠翠、水洁花清的景色而歌咏赞叹。但是，无论哪一处名湖胜景，都无法使我感受到从勐邦湖所感受到的那种独特的风貌和魅力。我觉得，这个小小的湖泊，有着一种巨大的动人心魄的力量：这是一种把大自然的创造威力和英雄人民的创造威力如此奇妙地结合在一起的感人力量；一种既显示了传说的绚烂色彩，又显示了现实的壮丽美感的力量。

从地图比例的角度来看，勐邦湖的确是太小了。人们对我说：用不了一天工夫，便可以穿越森林环湖绕行一周。但这一切此刻对于我们都不是最重要的。我们每个人都在想着许多事情，大家都沉浸在幻想当中了。我们的诗人好像比我们更激动，他长久地凝视着湖面上金鳞似的涟漪，口中喃喃地吟哦着。我们和他一起在湖边坐下来，一起沉湎到传说世界中去了。诗人对我们说，他正在回忆着一首歌唱这块地方的哀伤的历史古歌。在古老的传说中说，现在已经淹没在湖心的勐邦，曾经是一个小小的王国，它曾经屡次遭受到别的部落的侵略。有一次，受人爱戴的勐邦王子，在森林中进行反对侵略的战斗中，和山林中的一位叫作娜朋欢的美丽的少女结婚了。以后，完全是出于嫉妒和诽谤，邻国有人污蔑说，勤劳善良的娜朋欢是魔鬼的公主，并以此为借口对勐邦发动了战争。在战争中，勐邦王国覆灭了，娜朋欢被杀死了。人们怀着悼念的心情埋葬了她。不久以后，在勐邦的山谷中突然涌出了两眼明亮的泉水，在山脚下也开始生长出大片的香茅草来。人们传说，那香茅草便是公主的头发，那两眼泉水便是公主的眼睛，那永不枯竭的泉水便是公主悲伤的眼泪。

"现在，"诗人指着碧绿的湖心说，"眼泪泉已经变成天湖了。那两眼泉水，就在现在的湖中央，已经叫湖水淹没了。"

我们随着他的手望去，在长长的湖面上，一群色彩斑斓的野鸭正在低徊飞翔，一会儿凌空而起，一会儿又钻进水里去。在烟波粼粼的水面上，一群洁白的仙鹤在盘旋逡巡，好像也在为这突然涌现的天湖而惊诧不已。如果不是从我们身边突然走过一群欢声四溢的青年男女，我们真的要沉醉在诗一般的幻境中了。这是一群修筑干渠的傣族工人，今天轮到休息日，有的手提鱼篓，有的拿着脸盆，他们说，要到他们的"自留地"——东面的湖湾里去捉鱼。

传说是传说，这里终究还是一座真正的水库。当然它不是由什么公主的眼泪汇成的，而是住在山下勐遮坝子上的几千社员、战士和农场工人，用了两年的时间修成的。他们建筑了两座陡崖似的大坝，驯服了一条狂野不羁的小河——南木岭河，用它那明净的水（过去是白白地流到深谷中去的水），汇成了一座人间天湖。就在我们身后，在堤坝边上的一片工棚上，正飘扬着施工队的鲜红的旗帜。在北面山谷中的干渠上，一群傣族青年，穿着色彩缤纷的服装，正像花蝴蝶似的劳动着，进行着工地最后的收尾工作。

我们接受了勐邦水库的两位负责人——区委委员毕高升和乡支书岩龙的建议，沿着湖东岸的密林去作一次环湖旅行。实际上，无论是主人或者我们，都知道这几乎是不可能的：湖水每天都在涨高、加深，四面环抱的群山和树林每天都被波涛拍打着、吞噬着。除了鹿走的路，湖岸上大半根本没有路。但是，我们是那样地为岸边苍郁葱翳的自然景色所吸引，每个人都愿意沿着鸟兽的足迹去作一次冒险的旅行。毕高升是十年前的边防军战士，至今，无论举止或是谈吐，都保留着那种在军人身上几乎是终身难变的印迹。他习惯地背起了枪，并且声明这是为了打猎。一路上，他带着一种好像刚刚打完了胜仗的连队指挥员的轻松和自豪的神情，向我们讲述着水库的修筑过程。他遗憾地说，本来我们可以坐船在湖上观赏全湖风光，并且到岛上去打野鸡和摘菌子的，可惜船坏了，只好沿岸来巡礼一下这个仙境似的湖泊了。

在穿过一道由一株大榕树自然形成的拱门之后，这位复员军人指着对面山坡上的一株断树说："我们修这座水库也是付出了沉重的代价的。你们看，那里便是我们的英雄岩拉英勇牺牲的地方。你们听说过岩拉吗？他是傣族的真正英雄。"我们知道岩拉，还在途中时，我的旅伴们便对我谈过他的故事了。这是一个黄继光式的舍身救人的英雄。岩拉牺牲已经整整一年了。这个年轻的生产队长，在水库就要竣工的一天，正在劳动中，发现陡崖上有一块巨大的土方就要坍塌下来，而在山下挖着土方的人们却一点也没有察觉，任何叫喊和警告都来不及了。一种舍己为人的高尚情感使岩拉奋不顾身地箭一般地扑向那几个危在瞬间的青年工人，把他们推离了危险地区。四个傣族青年得救了，而他自己却因为躲避不及，在塌方的土块下光荣牺牲了。讲述者没有对我们描述这位英雄人物的具体形象，可是，不知为什么，在路途中我一直都在这样想象：岩拉的性格和我们身边的乡支书岩龙一定很相像。从外表看，岩龙是一个沉静的青年，他很少讲话，汉话也说得吃力，即使是谈他所领导的曼根乡惊人的粮食产量时，也是不动声色的。几乎连接在一起的浓眉，使他有着一种似乎时刻都在思索的神色。谈起他的战友岩拉的时候，眼睛流露出激动的光芒，低声地说："我们是多么想念我们的岩拉呀！我想，全寨的人想，全乡的人也想。"他激动地告诉我们，在他们乡里，岩拉这个名字已经成为英勇和崇高的象征，仿佛他并没有死，仿佛他还生活在水库工地上。去年泼水节，当勐邦湖开始向勐遮平坝放水，一股清亮的水刚刚流进曼根寨前的水渠中时，全村的人都跑出来，大声欢呼着："来看呀，我们的岩拉给我们送水来了！"

我很难用准确的语言把岩龙的充溢着民族色彩和富有诗意的话语表达出来。这个青年共产党员和我所认识的别的傣族人一样，似乎有着一种天生的诗人的气质。他一面描述着这一湖春水给他们村寨带来的好处，一面又时常情不自禁地用那种傣族即兴吟诗的独特腔调低声吟哦起来。我听不懂他的诗句，但我们的诗人伙伴告诉我，他是在歌唱着他现在所看到的东西：他在歌唱明净的湖水，水中的鱼群，茂盛的森林，盛开的野花，正在林中鸣叫的孔雀；他也在歌唱他想象中的未来美景，以及现在正在建设着这片人间仙境而劳动着的人们。

我们的旅程实在是艰辛的：我们经常得穿越密密的藤蔓和树丛，徒步涉过潺潺的溪流和被浅草覆盖着的沼泽。但是沿途所看到的湖光山色也确实足够触动一位诗人的想象的了。我们在曲折的岸边行走着，几乎每走几步便可以看到一幅迥然不同的美妙画面。西斜的夕阳从湖心岛上的林间投射过来，把东岸的树林和峰峦照耀得一片绚烂辉煌，湖中的倒影也在颤动着使人眼花缭乱的点点金光。在林箐中，孔雀的叫声越来越频繁了。岩龙有些惋惜地说，可惜我们来得不是时候，如果是在黎明时分，我们会看到人间难逢的奇异景色：在东方刚现曙光、银雾刚刚飘散的时候，成群的孔雀时常到湖边来喝水和跳舞，湖面上也时常群集着各种美丽的水鸟，那种翠羽丹霞交相辉映的景象，会使任何最老练的猎人也不忍心开放一枪的。他们又告诉我，在湖心岛上，也居住着许多珍奇的鸟兽；每到黄昏，就可以听到马鹿和麂子离群的呼唤。老毕满怀信心地对我说，在将来，在湖心岛上的林间泉畔，一定会出现休养所的新建筑。他说："那时，我们一定要造许多船，摆渡的船和漂亮的游艇。湖边一定也修起了环湖公路。我们再也不用像现在这样在泥塘和丛林中钻出钻进了。"

在归途中，我们也几乎步步都有收获：有时，我们从山箐中痛饮几口沁人心脾的山泉；有时，我们从许多不知名的树上摘下大把的野果和浆果。至于我们的两位主人，他们却似乎有着不同的心情：老毕由于没有机会放出一枪（小的猎物他是不屑于付出一粒子弹的）而有些失望；而岩龙呢，他一直想早些回去，好和工地上的小伙子们一同去捉鱼。果然，当他刚一看到正聚集在小湖湾中摸鱼的人群时，马上迫不及待地脱了衣服，欢笑着跳下水去。他的刺满蓝花的古铜色的皮肤，在阳光下熠熠发亮，使人感到一股充沛的生命力量。这里的鱼真是又多又笨，岩龙刚下水不到两分钟，便抓住了一条欢蹦乱跳的大鲫鱼。

但是，我们没有来得及吃鱼，我们不得不在天黑前赶回驻地去。我和他们相约，以后一定再来，那时我们一定要多住些天，一定要争取和孔雀公主一起迎接一次黎明的曙光。

我们沿着水渠的方向走上了归途。西方的晚霞把天空染成一片鲜红，我们又来到了勐遮坝的边沿。我坐在车子里不由得惊呆了：难道在我们面前的这片锦绣般的平野田畴，竟是我几年前曾经为之感叹的那片荒原吗？在紫色的暮霭中，大地一片喜气洋洋。田野里，各种庄稼作物排列得像棋格一样齐整：浅绿的是甘蔗，油绿的是早稻，淡红的是菠萝。极目远望，在一片片凤尾竹和芭蕉林中，到处都有新盖的房舍，到处都有雪白的高大的谷仓。

这真是一个童话般的地方，但我随即又纠正着自己：这不是童话。可爱的傣族人民，他们不但有着富于幻想的诗人的头脑，而且有着社会主义劳动者坚强的双手。靠着这双手，他们改变着荒原僻野的自然面貌；靠着这双手，他们从"叭英"^①手里夺取了天湖，劈开了群山，并且一定会把幸福的泉水灌遍整个西双版纳广阔的田野。

1961 年 7 月

（原载《人民文学》1961 年第 7 期）

---

① 叭英：傣语上帝。

澜沧江边的蝴蝶会

我在西双版纳的美妙如画的土地上，幸运地遇到了一次真正的蝴蝶会。

很多人都听说过云南大理的蝴蝶泉和蝴蝶会的故事，也读到过不少关于蝴蝶会的奇妙景象的文字记载。从明朝万历年间的《大理志》到近年来报刊上刊载的报道，我们都读到过这个反映了美丽的云南边疆的独特自然风光的具体描述。关于蝴蝶会的文字记载，由来已久。据我所知，第一个细致而准确地描绘了蝴蝶会的奇景的，恐怕要算是明朝末年的徐霞客了，在三百多年前，这位卓越的旅行家就不但为我们真实地描写了蝴蝶群集的奇特景象，并且还详尽地描写了蝴蝶泉周围的自然环境。他这样写着：

> ……山麓有树大合抱，倚崖而耸立，下有泉，东向漱根窍而出，清洌可鉴。稍东，其下又有一小树，仍有一小泉，亦漱根而出，二泉汇为方丈之沼，即所溯之上流也。泉上大树，当四月初，即发花如蛱蝶，须翅栩然，与生蝶无异；又有真蝶千万，连须钩足，自树巅倒悬而下，及于泉面，缤纷络绎，五色焕然。

这是一幅多么令人目眩神迷而又美妙奇丽的景象啊！无怪乎许多来到大理的旅客都要设法去观赏一下这个人间奇观了。但可惜的是，胜景难逢，由于某种我们至今还不清楚的自然规律，每年蝴蝶会的时间总是十分短促并且是时有变化的；而交通的阻隔，又使得有机会到大理去游览的人，总是难以恰巧在那个时间准确无误地来到蝴蝶泉边。就是徐霞客也没有亲眼看到真正的蝴蝶会的盛况；他晚去了几天，花朵已经凋谢，使他只能折下一枝蝶树的标本，惆怅而去。他的关于蝴蝶会的描写，大半是根据一些亲历者的转述而记载下来的。

我在七八年前也探访过一次蝴蝶泉。我也去晚了，但我并没有像徐霞客那样怅然而返，我还是看到了成百的蝴蝶在集会。在一泓清澈如镜的泉水上面，环绕着一株枝叶婆娑的大树，一群色彩缤纷的蝴蝶正在翩翩飞舞，水潭中映出的倒影，确实是使人感到一种超乎常态的美丽。

以后，我遇见过不少曾经专程探访蝴蝶泉的人。只有个别的人有幸遇到了真正的蝴蝶盛会。但是，根据他们的描述，比起记载和传说中所描述的景象来，已经是大为逊色了。

其实，这是毫不足怪的。随着公路的畅通，游人的频至，附近的荒山僻野的开拓，蝴蝶泉边蝴蝶的日渐减少，本来是完全符合自然发展规律的。而且，如果我们揭开关于蝴蝶会的那层富有神话色彩的传说的帷幕，便会发现：像蝴蝶群集这类罕见的景象，其实只不过是一定的自然环境的产物；而且有些书籍中也分明记载着，所谓蝴蝶会，并不是大理蝴蝶泉所独有的自然风光，而是在云南的其他地方也曾经出现过的一种自然现象。比如，在清人张泓所写的一本笔记《滇南新语》中，就记载了昆明城里的圆通山（就是现在的圆通公园）的蝴蝶会，书中这样写道：

> 每岁孟夏，蛱蝶千百万会飞此山，屋树岩壑皆满，有大如轮、小于钱者，翩翩随风，缤纷五彩，锦色烂然，集必三日始去，究不知其去来之何从也。余目睹其呈奇不爽者盖两载。

张泓是乾隆年间人，他自然无法用科学道理来解释他在昆明看到的奇特景象；同时，由于时旷日远，现在住在昆明的人，恐怕也很少有人听说过在昆明城里还曾经有过这种自然界的奇观。但是，张泓关于蝴蝶会的绘影绘色的描写，却无意中为我们印证了一件事情：蝴蝶的集会并不只是大理蝴蝶泉所独有的现象，而是属于一种云南的特殊自然环境所特有的自然现象，属于一种气候温煦、植物繁茂、土地肥腴的自然境界的产物。由此，我便得出了这样一个设想：即使是大理的蝴蝶逐渐减少了（正如历史上的昆明一样），在整个云南边疆的风光明丽的锦绣大地上，在蝴蝶泉以外的别的地方，我们也一定不难找到如像蝴蝶泉这样诗情浓郁的所在的。

这个设想，被我不久以前在西双版纳旅途中的一次意外的奇遇所证实了。

由于一种可遇而不可求的机会，我看到了一次真正的蝴蝶会，一次完全可以和徐霞客所描述的蝴蝶泉相媲美的蝴蝶会。

西双版纳的气候是四季常春的。在那里你永远看不到植物凋敝的景象。但是，即使如此，春天在那里也仍然是最美好的季节。就在这样的季节里，在傣族的泼水节的前夕，我们来到了被称为西双版纳的一颗"绿宝石"的橄榄坝。

　　在这以前，人们曾经对我说：谁要是没有到过橄榄坝，谁就等于没有看到真正的西双版纳。当我们刚刚从澜沧江的小船踏上这片密密地覆盖着浓绿的植物层的土地时，我马上就深深地感觉到，这些话是丝毫也不夸张的。我们好像来到了一个天然的巨大的热带花园里。到处都是浓荫匝地，繁花似锦。到处都是一片蓬勃的生气：鸟类在永不休止地啭鸣；在棕褐色的沃土上，各种植物好像是在拥挤着、争抢着向上生长。行走在村寨之间的小径上，就好像是行走在精心培植起来的公园林荫路上一样，只有从浓密的叶隙中间，才能偶尔看到烈日的点点金光。我们沿着澜沧江边的一连串村寨进行了一次远足旅行。

　　我们的访问终点，是背倚着江岸、紧密接连的两个村寨——曼听和曼扎。当我们刚刚走上江边的密林小径时，我就发现，这里的每一块土地，每一段路程，每一片丛林，都是那样地充满了秾丽的热带风光，都足以构成一幅色彩斑斓的绝妙风景画面。我们经过了好几个隐藏在密林深处的村寨，只有在注意寻找时，才能从树丛中发现那些美丽而精巧的傣族竹楼。这里的村寨分布得很特别，不是许多人家聚成一片，而是稀疏地分散在一片林海中间。每一幢竹楼周围都是一片丰饶富庶的果树园；家家户户的庭前窗后，都生长着枝叶挺拔的椰子树和槟榔树，绿荫盖地的芒果树和荔枝树。在这里，人们用垂实累累的香蕉树作篱笆，用清香馥郁的夜来香树作围墙。被果实压弯了的柚子树用枝叶敲打着竹楼的屋檐；密生在枝丫间的菠萝蜜散发着醉人的浓香。

　　我们在花园般的曼听和曼扎度过了一个愉快的下午。我们参观了曼扎办得很出色的托儿所；在那整洁而漂亮的食堂里，按照傣族的习惯，和社员们一起吃了一餐富有民族特色的午饭，分享了社员们富裕生活的欢快。我们在曼听旁听了为布置甘蔗和双季稻生产而召开的社长联席会，然后怀着一种充实的心境走上了归途。

我们走的仍然是来时的路程，仍然是那条浓荫遮天的林中小路，数不清的奇花异卉仍然到处散发着沁人心脾的清香。在路边的密林里，响彻着一片鸟鸣和蝉叫的嘈杂而又悦耳的合唱。透过树林枝干的空隙，时时可以看到大片的平整的田畴，早稻和许多别的热带经济作物的秧苗正在夕照中随风荡漾。在村寨的边沿，可以看到贝叶林和菩提林的巨人似的身姿，在它们的荫蔽下，佛寺的高大的金塔和庙顶闪着耀眼的金光。

一切都和我们来时一样。可是，我们又似乎觉得，我们周围的自然环境和来时有些异样。终于，我们发现了一种来时所没有的新景象：我们多了一群新的旅伴——成群的蝴蝶。在花丛中，在枝叶间，在我们的周围，到处都有三五成群的彩色蝴蝶在迎风飞舞；它们有的在树丛中盘旋逗留，有的随着我们一同前进。开始，我们对于这种景象也并不以为奇。我们知道，这里的蝴蝶的美丽和繁多是别处无与伦比的；我们在森林中经常可以遇到色彩斑斓的蝴蝶和人们一同行进，甚至连续飞行几里路。我们早已养成了这样的习惯：把成群的蝴蝶看作是西双版纳的美妙自然景色的一个不可缺少的组成部分了。

但是，我们越来越感到，我们所遇到的景象实在是超过了我们的习惯和经验了。蝴蝶越聚越多，一群群、一堆堆从林中飞到路径上，并且结队成伙地在向着我们要去的方向前进着。它们上下翻飞，左右盘旋；它们在花丛树影中飞快地扇动着彩色的翅膀，闪得人眼花缭乱。有时，千百个蝴蝶拥塞了我们前进的道路，使我们不得不用树枝把它们赶开，才能继续前进。

　　就这样，在我们和蝴蝶群的搏斗中走了大约五里路的路程之后，我们看到了一个奇异的景色。我们走到了一片茂密的贝树林边，在一块草坪上面，有一株硕大的菩提树，它的向四面伸张的枝丫和浓茂的树叶，好像是一把巨大的阳伞似的遮盖着整个草坪。在草坪中央的几方丈的地面上，仿佛是密密地丛生着一片奇怪的植物似的，聚集着数以万计的美丽的蝴蝶，好像是一座美丽的花坛一样，它们互相拥挤着，攀附着，重叠着，面积和体积都在不断地扩大。从四面八方飞来的新的蝶群正在不断地加入进来。这些蝴蝶大多数是属于一个种族的，它们的翅膀的背面是嫩绿色的，这使它们在停伫不动时就像是绿色的小草一样，它们翅膀的正面却又是金黄色的，上面还有着美丽的花纹，这使它们在扑动翅翼时又像是朵朵金色的小花。在它们密集着的队伍中间，仿佛是有意来作为一种点缀，有时也飞舞着少数的巨大的黑底红花身带飘带的大木蝶。在一刹那间，我们好像是进入了一个童话世界；在我们眼前，在我们四周，在一片令人心旷神怡的美妙的自然景色中间，到处都是密密匝匝、层层叠叠的蝴蝶；蝴蝶密集到这种程度，使我们随便伸出手去便可以捉到几只。天空中好像是雪花似的飞散着密密的花粉，它和从森林中飘来的野花和菩提的气息混在一起，散出了一种刺鼻的浓香。

　　面对着这种自然界的奇景，我们每个人都睁大了惊讶的眼睛。站在千万只翩然飞舞的蝴蝶当中，我们觉得自己好像是有些多余的了；而蝴蝶却一点也不怕我们，我们向它们密集的队伍投掷着树枝，它们立刻轰涌地飞向天空，闪动着色彩缤纷的翅翼，但不到一分钟，它们又飞到草地上集合了。我们简直是无法干扰它们参与盛会的兴致。

　　我们在这些群集成阵的蝴蝶前长久地观赏着，赞叹着，简直是流连忘返了。在我的脑海里，突然闪过了一个念头：难道这不正是过去我们从传说中听到的蝴蝶会吗？我们有人时常慨叹着大理蝴蝶泉的蝴蝶越来越少了，但是，在祖国边疆的无限美好无限丰饶的土地上，不是随处都可以找到蝴蝶们欢乐聚会的场所吗？

　　当时，我的这些想法自然是非常天真可笑的。我根本没有考虑到如何为我所见到的奇特景象去寻求一个科学解释（我觉得那是昆虫学家和植物学家的事情），也没有考虑到这种蝴蝶群集的现象，对于我们的大地究竟是一种有益的还是有害的现象。我应当说，我完全被这片童话般的自然景象陶醉了；在我的心里，仅仅是充溢着一种激动而欢乐的情感，并且深深地为了能在我们祖国边疆看到这样奇丽的风光而感到自豪。我们所生活、所劳动、所建设着的土地，是一片多么丰富、多么美丽、多么奇妙的土地啊！

1961 年 6 月

（原载《人民日报》1961 年 6 月 18 日）

瀑布之歌

云南有许多瀑布，许多虽然绝不逊色于雁荡、匡庐，却很少为人所知。据我所知，前人对于这些或者雄伟壮观，或者跌宕有致，或者气势磅礴，或者幽深奇绝的瀑布，很少记载和题咏，我想那主要是因为这些堪称奇观的自然现象，大都是散处在云南边疆人迹罕至的群山峡谷和原始森林之间的缘故。因此除了像徐霞客这样的曾经长年远涉边陲并且以此为乐的奇人，其他的文人学士是很少有可能涉足其间的。

在我见过的云南的瀑布当中，比较著称于世的是腾冲瀑布和石林附近的被当地人民形象地称为"大跌水"或"大叠水"的路南瀑布。在将近二十年前，我曾经按照《徐霞客游记》中记载的路线到过腾冲瀑布——它在气势和规模上大约仅次于贵州黄果树大瀑布——去探胜。我对于腾冲瀑布的第一个印象是：它虽然没有黄果树大瀑布那样雄伟和那种气吞山河的气势，却有着远非后者所能及的幽境。当我循着瀑布的上游——大盈江，从一片曲折茂密的林荫小路走到瀑布跟前的时候，正是阳光灿烂的中午。在我面前出现了一片色彩缤纷的景象：大盈江从几十米高空轰然而坠，仿佛有着一种震撼大地的力量，使得我们身处其间的崖壁和密林都在微微震颤。在瀑布顶端，突露出一块巨大的形状奇特的怪石，好像一头巨大的怪兽，岿然蟠伏在激流之中。在这块怪石的顶端，还奇迹般地生长着一棵枝丫挺拔的老树，很难想象它是怎样依附着那里的土壤而维持生命的。在阳光下，瀑布前出现了许多道彩虹：它们随着你站立的不同角度而改变着位置。这些彩虹，是由于强烈的阳光照射过弥漫在空中的、由瀑布强大的冲激力量造成的迷雾和水珠而形成的。时有成群的凤蝶在彩虹前飞舞，使人目眩神迷。这时在我头脑中闪现出来的第一个念头是：很难用准确的语言把眼前的这种奇丽景象描绘下来。李白的那两首传诵千古的描写瀑布诗中的名句"疑是银河落九天""海风吹不断，江月照还空"，虽然都反映了诗人的奇妙想象，却没有办法和我此刻的感受完全吻合：我现在所面对的这个自然界伟观，要比诗中所描绘的壮美得多，丰富得多。特别使我感到遗憾的是：大瀑布所具有的那种摇撼大地、震慑人心的威力——一种势不可挡、磅礴浩荡的威力，还很少在诗中得到反映。虽然这一点已经在我们的实际生活中得到了反映，那就是出现在腾冲瀑布和许多别的瀑布旁边的水力发电站。

以后，我在云南边疆走过的地方多起来：我曾经攀登过横断山脉的雪峰，我曾经穿越过怒江、澜沧江和金沙江的峡谷，我曾经在高黎贡山和碧罗雪山的原始森林中往返跋涉。我在那些杳无人烟的所在看到了那么多使人心旷神怡的林泉丘壑、飞瀑激流，使我开阔了眼界，增长了见识：原来在我们遥远边疆的深山密林中，隐藏着这样多的自然界的奇观。它们之所以不被人知，仅仅是因为它们僻处在人迹罕至、交通阻隔的地方。我原来以为黄果树和腾冲的大瀑布已经令人叹为观止了，但是，在我们祖国边疆的土地上，是蕴藏着多少超乎人们想象力的壮美奇丽的自然风光啊！

1962年春天，我到金沙江沿岸去旅行，目的是为了访问虎跳峡——一处虽然闻名中外却很少有人亲自登临的胜地。旅行总是艰辛的。连续三天，我们要沿着由玉龙雪山和哈巴雪山（它们紧靠在一起，简直像是要拥抱一样）之间险峻的峡谷前进。在我们的左面，是壁立千仞高插入云的哈巴雪山的群峰；在我们的右面，是两山夹峙中咆哮的金沙江。低头下望，在常常是九十度陡峭的悬崖边，金沙江像是一条狂怒的黄色巨龙，在左冲右撞地盘旋前进。突然，拐过一座山脚后，在我们眼前出现了一个奇特的瀑布：它不是从空下降，而是从悬崖上方的一个洞口喷涌而出，然后逐渐散开，沿着笔直的陡壁坠向金沙江，形成一片银色绸子似的瀑布。我还很少见过有这样长的瀑布，它可能有三四百米。刹那间，在我眼前似乎是出现了一个幻景：哈巴雪山好像是一个顶天立地的巨人，在他手中擎着一只巨大的水壶，正在把壶中的滚滚巨流向金沙江中无休止地倾倒下去。面对着这种景色，我不禁惊呼了。这是我生平头一次（也是绝无仅有的一次）见到可以看得见源头的瀑布：它有着一种奇特的多少有些神秘色彩的美，使人不禁想到：我们的母亲大地啊，在你的胸怀中，究竟蕴蓄着何等丰富和美妙的力量啊！

不久以后，我和我的旅伴发出了又一次惊呼：这也是由于瀑布而引起的。在虎跳峡旅程中的第三天，我们临近旅行目的地——核桃园了。当我们拖着疲惫不堪的双腿，遥遥望见我们将要宿营的村寨上升起的炊烟时，我们精神倍增，但立即又为眼前突然出现的令人惊心动魄的自然现象惊呆了：在我们前进的山径上，从左面高耸的雪峰顶一直到右面的金沙江岸的峭壁，好像被一个无形的巨人当头劈了一剑，斩开了一道巨大的裂痕，形成了一道深深的山沟。我们要到达核桃园目的地，不得不心惊胆战地像壁虎一样手足并用，贴着崖壁爬下谷底。这时，我翘首左望，只见一道白练似的巨大的激流，从高耸云间的雪山顶端直泻而下，经过几次停顿和转折，在山腰上留下了几个碧清的水潭，然后又轰然坠进了在我们脚下怒吼着的金沙江。应当说，我平生还没有见过这样壮伟奇绝的景色：在我们身边的高耸入云、气象万千的雪峰，好像是两排银装玉裹的巨人；一道从天而降的银色巨流，在雪山间几经跌宕，形成了一道折叠式的大瀑布，这道瀑布所具有的狂放不羁的身姿和震撼人心的气势，是我从来没有看到过的。这使我立即本能地想到：它就像是那把硕大无朋的利剑，把这座壁立千仞的崖壁从顶端到山麓劈开了一道整齐的裂缝。当我们远离这道无名的瀑布时，回首遥望，在低垂的阴云中，它的银色的身影就好像是巨雷爆发前闪现在天际的一道闪电。

在云南边疆，人们有时候还可以遇到这样一种奇特的自然景象：你可以把它称为瀑布，也可以把它叫作激流，但当你面对着眼前这种奇特的自然景观时，你就会感到，无论是瀑布或是激流，都不是它的最适当的称呼：它是一种可以称为神来之笔的大自然的杰作。

我在这里要描述的，是云南西面边界地属盈江县的一个叫作"虎跳石"的地方。"虎跳石"——实际上指的是大盈江将要汇入伊洛瓦底江前所流经的一道峡谷的最狭窄的地方，窄到老虎可以跳得过去的程度。这完全是一种逼真的描写，而不是一种夸张的比喻——像金沙江上的"虎跳峡"那样，那完全是一种比喻，在虎跳峡上最窄的地方，也有四五十米，老虎是跳不过去的。而在虎跳石，在两岸的两块巨岩之间，只有一丈多宽，不仅是老虎，假如两岸有足够的助跑地带，人也是可以跳得过去的。站在虎跳石上东望大盈江，是一片滔滔的江流，很难设想：这样一条大江的滚滚波涛，怎么可能从这样狭小的瓶颈似的出口流过！而江水冲过虎跳石以后，前面便是一道急剧下陷的峡谷，险峻的地形，使大盈江流到这里，便处于一种不得不夺门而出的处境。我们要探访"虎跳石"，就是要看看大盈江这条浩瀚的江流是怎样从这个弹丸之地夺门而出的。

我们是从大盈江河谷中的曼允边防连营房出发到"虎跳石"的。曼允是盈江坝上一块平坦宽阔的河谷地。从营房到虎跳石要走十五里的荒芜难行的河滩和沼泽地。我们沿着盈江岸边西行，在接近虎跳石的时候，江水越来越窄，越来越急了。我们猜想虎跳石快到了，但无论如何也没有想到：出现在我们眼前的，竟然是这样的一座大门——完完全全像是两扇大门，两扇由巍峨的巨岩形成的封阻着江水前进的大门。我们花费了很大的力气才艰辛地爬上了虎跳石的大门：我们有时要手足并用地从悬崖上爬过，有时要借助岩石间的藤萝攀缘而行。我们终于爬到了虎跳石的顶端。从这里，可以看见大盈江是怎样从我们眼前奔突而出的。

站在虎跳石上，使人产生了一种遐想：在遥远的年代，这里一定进行过长期的接连不断的洪水和岩石的斗争。岩石封锁了江水的出路，但江水的冲击力量是这样强大，就像是一把锋利的巨钻一样，一路冲垮了山崖，冲碎了巨石。然后，在这里把一块浑然一体的巨岩冲开了一道门缝，大盈江——这条巨龙就由此奔腾而去。胜利的是奔流不息的江水，失败的是静止不动的岩石。

虎跳石——大盈江的大门，大约有十几丈高，两峰相距果然只有一丈多宽，而且非常平整规则，就像是被一只开山巨斧从中劈开的。两岸的悬崖峭壁，上半部是繁茂葱郁、藤蔓缠绕的森林，下半部是黑色的岩石。在虎跳石下边的江面上，到处是千奇百怪的形态各殊的巨岩怪石。有的笔立，有的倾斜，有的利如巨齿，有的剔透玲珑。江水狂暴地冲向块块岩石，把它们冲成了圆洞，冲出了缝隙，但更多的波涛和巨浪则是从一块块巨岩顶上越过，而后坠下，这样，就形成了一片片、一道道高低宽窄不等的大小瀑布，而且在不断地改变着形态。整个虎跳石以及两侧的江心，便是由这样一些惊涛巨浪和大小瀑布连接在一起，形成了一片瀑布、激流、巨岩、怪石交错纠结的自然奇观。

站在陡壁上向下游眺望，由于巨流和岩石的急剧冲撞，江水好像沸腾了一样，把浪花、泡沫、水珠狂暴地抛向上空，好像是一座白茫茫的山头，然后又向前面急剧倾斜下降的峡谷中坠落下来。人们说，这道狂怒的巨龙般的激流，在前面不远的地方突然消失了，钻进了一座地下岩洞，变成了地下河，然后又回到地面上来，沿着横断山脉的峡谷，冲进了伊洛瓦底江。人们说，如果我们能从峡谷右面的悬崖上爬过去（那几乎是不可能的），就可以看到这样的人间奇景：大盈江冲过了虎跳石以后，就变成一道由无数瀑布、飞流、狂涛汇成的激浪，挟着震天撼地的气势，像一条暴怒的巨龙，在瞬时间就钻入地下。只有极少数幸运的人才看到过这种奇观。而我们，则只能按照眼前的令人目眩心悸的景色，来想象这种世间罕见的奇妙画面了。

1974 年夏天，我随同一小队边防战士从怒江峡谷出发，穿越高黎贡山的原始密林，翻过雪山垭口，到独龙江去。这也许是我在云南边疆所经历过的一次最为艰辛，同时也是最为壮观的旅程了。在这两天半的引人入胜的跋涉中，我所看到的和遇见的瀑布巨泉，可以说是达到了令人眼花缭乱、目不暇接的程度。当我们沿着陡峭的密林小径朝着高黎贡山顶峰盘旋而上的时候，伴随着我们的是永不停息的流水声和松涛声。高黎贡山的峰峦峡谷，有繁密的脉络，在每一条微细叶脉（也就是每一个峡谷）中，都奔流着永不枯竭的溪流和飞瀑。这些溪流和飞瀑哺育着山上茂密的森林，而森林又以它的浓荫覆盖着这些欢快歌唱着的溪流和瀑布。而在我们行进着的山径旁边，总是伴随着一条向相反方向奔流着的山溪：它有时静流潺潺，有时奔腾跳跃，有时则从一段陡崖上直泻而下，这就成了瀑布。我们每翻过一道新的峡谷，就会看到由它形成的各种姿态的飞瀑。我还从来没有在森林中看到过这样的溪流，这样多的不断从两面的林箐中倾泻而下的山泉。它们总是那样的急湍，那样的清澈如玉。峰回路转，林深水复，我们几乎每一分钟都可以看到路边的林箐中有银色的绸子似的大小瀑布从你前面奔流而下，流进峡谷中一条较大的溪流中去。这使得我经常不由自主地延缓了脚步，直到同行的战士们催促说："走吧，这不算什么，前边还有更大的呢！"这才又重新迈步前进。

有一次，在走过一个叫作七溪的怒族山林的时候，一个熟悉独龙江的战士告诉我：前边不远处有一道瀑布，如果我对瀑布有兴趣，在那里是可以停留片刻的。果然，不久后，我们就看到和越过了一道也许是我有生以来看到的最美丽的瀑布。在小径右侧，是壁立的悬崖，一道飞瀑从浓云密封的高空坠下（我看不出它是从多么高的峰顶上下降的），直落到我们的小径旁边。然后，穿过一道由大树架成的木桥，又沿着下边的同样陡立的悬崖坠落，几经跌宕，才流进下面的深谷中去。这道瀑布，上面穿过云雾，下边穿过密林，向上看不见头，向下望不到底，谁也说不上它有多长。我们带着惊叹的表情，在瀑布边呆立了许久。但我们逐渐发现，其实用不着这样惊讶，因为我们越是进入到高黎贡山的深处，越是接近它的分水岭，就越是频繁地看到这种由雪水、山泉和雨水汇合而成的高山巨瀑，从五千米以上的峰峦间轰然下落。在千山万壑中，远远望去，它们有的斜挂在远方的峭崖上，像一条漫长的白练一样，在阳光下闪闪发亮；有的直到半山才汇聚成一道巨流，在陡谷中冲激而下，在谷底的雪白的岩石间跳跃奔腾，然后消失在绿色的林海里。

在翻越高黎贡山的雪山垭口之前，我们要在接近雪线的地方过夜，住的地方是一座边防战士用森林中的红松木盖成的哨所——它是用巨大的圆木和木板造成的。当我们走进宿营地时，已经暮色苍茫。我只看得出这座哨所是修建在一片高山杜鹃和红松树林的旁边，四面都被浓云笼罩着。在哨所中，战士们已经用大块大块的松木为我们烧起了火塘。哨所有用木板做成的大窗户，我好奇地推开了窗户，一片云雾立刻涌了进来，几乎扑熄了火苗。一个战士赶快关好了木窗，火焰才又重新旺盛起来。我们在火塘边度过了难忘的一夜：虽然睡在火边，也使人感到一种彻骨的寒意。一夜的风声、雨声、远山的流瀑声以及从房顶漏下来的滴水声，更使我们感到好像进入了寒冷的冬天。

天刚亮，战士们就做好早饭和干粮，打好了背包，整装待发。我走出了哨所，环首四顾，不禁惊叫起来：我们这一夜是生活在怎样一种壮美奇丽的自然环境之中啊！浓云已经散去，微弱的阳光透过雾霭照亮了大地：原来我们的哨所是在一片笔立陡峭的群峰环抱之中，山谷中有雪松、红松、云松和高山杜鹃构成的稀疏的树林。在我们的耳际是一片来自半空的轰响。在四面的陡崖上有无数道来自天际的银色的瀑布直坠而下，然后汇入到山谷中的一道急流中去。我看到过许多雄伟的、奇特的、秀丽的瀑布，它们把我们的大自然装点得更加美丽。但是，我还是第一次看见有这样多的飞瀑聚集在一起，好像排列成队似的出现在我身旁。在云雾中它们时隐时现，有的像白练，有的像银绸，有的像轻纱……它们把我带进了一个仙境般的世界。

我必须承认，自从我目睹了高黎贡山的原始森林中的绚丽多姿的巨瀑飞流之后，其他的瀑布，包括那些著称于世的瀑布，对我就不再具有那么动人的魅力了。

我也必须承认，我是带着一种关切和忧虑的心情，来回忆和描述我在云南所见到的这些堪称自然奇观的瀑布的。因为，当我在云南边疆经历了那么多美好的自然风光之后，就更加确信无疑：大自然对我们是慷慨的，它所赋予我们的，是那样的丰富，那样的美好；而我们，自然也应当以一种相称的态度和感情来报答它。不然，当我们将来有一天看到了高黎贡山上的森林地带也如同西双版纳的森林一样，被无情地砍伐和扫荡的时候，当我们有一天看到那象征着生命的绿色在我们的土地上被日益抹掉的时候，我们在这里怀着赞叹的心情所描述的足以使我们自豪的一切自然奇观，也就会在我们的国土上消失。

那时，我们为此将会悔恨无穷。

1980 年 7 月在黄山

(原载《人民文学》1980 年第 8 期)

寻觅清碧溪

　　清碧溪是滇西大理苍山洱海之间无数具有独特自然风貌的胜景之一。我最早知道清碧溪的名字，是从徐霞客的游记中读到的。他对于清碧溪的逼真如画和引人入胜的描写，使我不胜向往。但是，被列为苍山洱海名胜之一的清碧溪，正像大理许多别的名胜一样，坐落在苍山十九峰中的幽深僻远的地方，不付出劳动和汗水的代价，它就永远隐藏在白云深处，使人可望而不可即，难以窥见它的真实面目。所以，我虽然几次行经大理，却总是与之失之交臂。直到后来我读到和徐霞客的时代相距不远的滇西文人李元阳所写的一篇描写清碧溪的文字——《清溪三潭记》之后，我才下定决心，一定要到清碧溪去。

　　我终于找到了这样的机会，那是在探访了滇西北中甸高原和金沙江上的虎跳峡以后，在大理驻军营房小事休憩的时候。我和几位同伴，根据徐霞客游记当中所描写的地位方向，开始了我们的清碧溪之行。

　　五月，这是大理最好的季节。天蓝得很浓，时时有舒卷的带状行云飘浮在积雪的苍山顶上。清风使洱海碧绿的水面泛起了微波。远处，有点点白帆在缓缓移动。刚下过雨，苍山洱海之间显得分外明净。这使我想起了刚刚读过的古人吟咏苍山洱海的两句诗：

风里浪花吹又白，

雨中岚影洗还清。

　　清碧溪在大理西南面的苍山圣应峰和马龙峰之间。我们要从城南的用碎石铺成的大路上步行十几里路才能到达马龙峰的山麓。在布满鹅卵石和碎石的道路上行进是艰辛的，但路旁的时而雄伟苍劲、时而明丽如画的景色却是使人赏心悦目的。我们从一个古老的富有白族特色的村庄折向西行，就踏上了通往清碧溪的崎岖小径。遥望前方，便是清碧溪从峡谷深处流向洱海途经的河床。这里完全是一派古战场的苍凉景象。山边矗立着古朴的涂成白色的唐代古塔，塔旁是大片的白族先民的荒冢，河床上到处都是大大小小的乱石，有的石块竟有一幢房屋那样大，巍然耸立在河床上。这使人可以想见：现在在我们身边的溪水是平静潺湲的，但是，就是这条分为左右两条细流的小溪，在雨季洪水暴发时，却有着那么巨大的威力，居然会把这么多的有房屋大小的岩石从峡谷中冲激到山口来。

　　小径沿着小溪通向峡谷，忽而向左忽而向右，终于和石面的溪流平行地伸入山峡深处。小溪流过的水道是沿着山崖挖成和铺成的。有时，我们看到有些地方竟然是用大理石铺底的。我们沿着溪水向上攀登。随着小径的不断上升，陡峭的峡谷也变得越来越窄，远望前方，两面峭壁逐渐逼近，在接近半山处，峡谷像是形成了一道狭窄的石缝。溪水变得湍急而激越，在我们身边和脚下自由欢快地流淌着，一直向山下冲去。这里的小溪是这样的透明清澈和奇寒透骨，就好像是刚刚融化了的雪水一样。

我们每前进和攀登一段路程，眼前就会出现一片壮丽奇特的景色。有时，溪水从一段陡崖坠下，形成一片白练似的飞瀑；有时，溪水流过一片怪石纵横的平地，汇成了一个碧绿的水潭，潭底是色彩缤纷的花岗石和大理石，在阳光下闪烁着耀目的光彩。举头仰望两面的悬崖陡壁：在那不着一片尘埃的岩石缝隙中，竟奇迹般地生长着杜鹃花、山茶花和别的不知名的野花。悬崖越高，上面的花也越多。

我们气喘吁吁，汗流浃背，竭尽全力地在这奇异的峡谷中继续攀登着。越往上升，两边的岩石就越呈现出奇特的形状。有时，也有怪石挡住了前进的小路，这时我们就不得不从一块岩石跳向另一块岩石地跳跃前进，终于接近被称为清碧溪主要景色的"龙潭"。"龙潭"有三个，也就是李元阳所说的清溪三潭。再往前行，在半山间出现了一片坡地，上面有一座古朴的凉亭。从凉亭西望，但见巨峰插天，有两座光滑笔直的巨峰对峙而立，形成了一个狭窄的山口，远望如门。走进山口，两边都是嶙峋嵯峨的陡崖。跳过几块巨石，面前出现一个晶莹清澈的圆形水潭，这就是人们所说的第一潭了。第二潭是由上面冲激而下的溪流瀑布汇流而成的。在这里，已经无路可循了，只能在长满青苔、溜滑如冰的岩石上慢步前进。在通过第二潭的边沿向第三潭——也就是向主要的龙潭前进时，我们不得不攀扶着右面的陡壁匍匐而行，不然就可能从岩石上滑进水潭之中。当年徐霞客就是在这里因为流连景色而失神，偶然失足而落进水中，害得他不得不把衣服脱下来，在岩石上晾干，然后才来尽情地欣赏这里的奇妙景色。

我们庆幸都顺利地通过了曾经给徐霞客带来麻烦的难关，终于到达了我们的目的地——第三潭。站在环绕这一泓清泉的崖壁边，在我们眼前出现了一片令人心神涤荡的画面：两面的山峰在这里形成了一种独特的形状，它们像被剖成两半的竹筒似的合拢在一起，形成了一个半圆形，中间是一潭像水晶般透明的直径一丈多的泉水，潭底有着各种颜色的小石子。这就是清碧溪的源泉。这一潭明净的泉水终年不溢不竭，平静地通过一道石槽向山下泻流而去。它是这样的晶明和清澈，这样的幽静和美丽，站在它旁边，使人产生一种圣洁的感觉。就是这一泓明镜似的清泉，永不停息地向山谷、向平原输送着明净甘甜的水，滋润着千万亩稻田，给那万顷平波的洱海长年累月地输送着新的血液。

我们在潭边举头仰望，高耸在我们上方的峰顶合拢在一起，形成了一个圆形，上面露出了圆形的蓝天，就好像我们是在一座井底仰视天空一样。朵朵白云从圆圆的蓝天上冉冉飘过，从上面直射下来的阳光，时明时暗，把潭水照耀得金光闪烁，这景象真的就像李元阳所描绘的那样：

> ……水出山石间，涌沸为潭，深丈许，明莹不可藏针，小石布底累累，如卵如珠，青绿白黑，丽于宝玉，错如霞绮。

更加奇妙的是，在潭水上方的悬崖绝壁上，处处繁花似锦，即将开残的杜鹃花的白色、红色和紫色的花瓣，随着微风的吹拂，一簇簇地从上空坠落到潭中，缓缓地通过流瀑和水道冲进第二潭和第一潭，然后又冲向山下去。

无怪乎徐霞客和他的朋友们为这样的景色所倾倒、"相叫奇绝"了。

但是，当我们坐在潭边，重新翻阅徐霞客在他的游记中对清碧溪的记载时，我们不能不对这位伟大的旅行家和散文家发出由衷的感佩之情。他在几百年前所记载的清碧溪的奇特魅人景色，他对清碧溪的清泉、山峦、奇峰、怪石、曲径以至于花卉草木的简洁而精确的描绘，和几百年以后我们的眼见身历，竟是毫无二致的。

我们在归途中谈论着徐霞客在云南的雄伟奇丽的山川所留下的足迹，沿路采摘着道旁的野花，一天的艰辛跋涉所带来的劳累，仿佛也随着流泉中落花的逐渐远去而消失了。极目远望，洱海在峡谷的两山间闪现出一片淡绿色的光辉，碧波荡漾，湖边的麦色金黄，到处是一派蓬勃的生机，而晶莹明澈的清碧溪水，一直在我们身边欢快地自由地流着，在夕阳的斜照下，伴随着我们走上了归途。

1980 年

（原载《滇池》1980 年第 2 期）

虎跳峡探胜

我们的虎跳峡之行，是从金沙江边的桥头渡口（它的西边不远，便是历史上著名的石鼓渡口）开始的。从西北面浩浩荡荡地奔流而下的金沙江，到了桥头渡口的跟前，突然来了一个四十五度角的大转弯，掉头流向东北，钻进巍然耸立在那里的玉龙雪山和哈巴雪山，然后在一望无际的崇山峻岭之间蜿蜒流向远方。就在金沙江掉头北向冲进雪山时，宽阔浩瀚的金沙江突然变窄了，两岸的峡谷突然变成了壁立千仞、森严嵯峨的悬崖峭壁，而汹涌澎湃的江面在这里也突然下降，在十数里之间，形成了一条巨大的、势如万马奔腾的激流。在这一段江流中间，南岸的玉龙雪山和北岸的哈巴雪山，越靠越近，在最近的地方几乎是要摩肩擦踵、吻合相接了。而金沙江水，好像一条狂怒的巨龙，在深谷间激荡前进，劈山斩崖，左冲右突，终于夺路而出，挣脱群山的封锁，重又流入了平坦宽广的江面。这一段狭窄得好像用刀切开似的高山峡谷，便是我们所要去探访的虎跳峡。

在云南的许多遐迩传闻的名胜之中，虎跳峡似乎并不是一个很著名的地方。它的为人所重视和成为游人所倾慕向往的去处，似乎只不过是近些年的事情。在过去的记载中，我们也很少读到过关于虎跳峡的哪怕是片言只语的描述。甚至连那位以踏遍天下名山大川为己任的徐霞客，虽然足迹已经到了滇西北的丽江，距离虎跳峡只不过是三日之程，但他却失之交臂，没有能够到虎跳峡去，亲身考察一下这个足以令人惊心动魄的人间奇境。

但即使是现在，虽然虎跳峡已经成为令人瞩目的地方（这一半要归功于我们的水电和地质工作者的踏勘和报道），能够到那里去的旅人仍然很少。因而，人们也很少能够通过亲历者切实准确的描绘，来结识一下这个引人入胜的地方的真实面目。相反地，由于许多传说和神话的流传，反而使这个地方蒙上了一层多少有些神秘的迷茫的云雾。在居住在金沙江沿岸的纳西族、白族和汉族人民当中，有着许多关于虎跳峡的神话。其中，最富有诗意的我以为莫过于下面这个故事了：传说金沙江、澜沧江和怒江，本来是一同居住在西北高原上的三姐妹，她们相约联袂同行，一路到东海去寻找她们的幸福（正如我们在地图上看到的，这三条大江在云南的西北高原上，是紧紧靠在一起，比肩而行的）。但是，走到中途，她们受到了横暴的玉龙太子弟兄和他们的卫士们的阻挠。在强大的敌人面前，澜沧江和怒江放弃了她们的理想，改途流向南方；坚强沉着的金沙江却不屈服，她在表面上应允同她的姐妹一同流向南方（因此，在石鼓以北，金沙江还一直是流向南面的），但等到她的敌人沉睡在胜利的麻痹中时，在深夜间，她突然转身向东北疾行，在玉龙太子的铜墙铁壁般的防线中冲出一条生路，以锐不可当之势劈开千山万壑，流进了滚滚东去的扬子江。昏睡的玉龙太子及其仆从们在惊慌失措中醒来时发现他们的防线已经被不可挽回地冲破了：一道刀削般的甬道横在他和他的卫士哈巴雪山之间，金沙江带着胜利的欢笑直奔东方。在盛怒之中，玉龙太子和他的兄弟，变成了玉龙雪山的十二座山峰；他们的卫士哈巴雪山仍然是凶恶而拙笨地挺立在他们面前；而金沙江姑娘则带着永恒的胜利的笑声，从他们脚下奔腾而过……

类似这样的关于金沙江和虎跳峡的传说，我们还听到过好几个。但是，每一个新的故事，都只能为我们所设想的虎跳峡的面貌，增添一层新的美丽而朦胧的神话色彩。同时，也就更加加深了我们到那里去进行一次探访的迫不及待的愿望和心情。因此，当我们完成了在滇西北中甸高原的旅程，在归途中路过金沙江桥头渡口的时候，便下决心停下来，并且决心排除一切曾经使人们畏而却步的艰难条件，沿着金沙江北岸的悬崖峭壁到虎跳峡去作一次艰辛的旅行。

我们在桥头渡口边的桥头镇完成了必要的准备工作，在虎跳峡公社的帮助下，找到了几匹以爬山见长的云南小马，带足了宿营所需的用具和食粮，怀着一种寻幽探胜的心情，沿着金沙江北岸的盘山小路出发了。

从地图上看来，被称作虎跳峡的这一段江面和峡谷，最长不过二十里，但是，却没有人能确切告诉我们，究竟需要多久才能从虎跳峡的西头走到东端。人们只能告诉我们在这段路程中，要经过几个什么地方。按照几段路程合在一起所需要的时间来看，我们要沿着金沙江北岸的山间小径走上至少两天，才能够到达我们的旅行终点——核桃园村。而只有到了核桃园，我们才有资格说，我们是真正目睹了虎跳峡的壮丽景象和独特风光。

我们的旅程，从一开始便把我们带进了一种惊险的境界。在我们前面，矗立着身披银盔银甲、高插入云的玉龙雪山和哈巴雪山的群峰：它们有的被白云缭绕着，若隐若现；有的被夕阳的斜晖所照射，放射出一片强烈的金色光辉；当阳光被云层遮掩时，群峰又突然变成一片钢蓝色，幽深而又森严。小路从一开始便沿着陡峭的山崖盘回而上，越升越高。在很长一段时间里，除去耳边一片水声呼啸之外，我们几乎没有注意到金沙江的江面——它在我们身下越来越深的地方流过。我们安适地骑在马上，缓缓地行进着，完全被眼前的奇特景色迷住了。突然，我们发觉马的步伐开始减慢而后停顿下来，而且感到了一阵微微的颤抖，低头看时，我们的心不禁收缩起来：这时我们才注意到，我们足下的小径（它只有一尺宽），就好像是悬挂在哈巴雪山肩背上的一根飘带一样。金沙江两岸的岩坡和峡壁，在我们身下好像突然逼近和陡立起来。不知不觉间，我们已经是站立在笔直的万丈悬崖上面了。俯视金沙江，也被山谷挤得越来越窄，在我们下面两千米的谷底奔腾叫啸着。水面也越来越不平静，金黄色的波涛激流而过，汹涌的浪头冲打着河岸的岩石，又被碰得粉碎。我们不能不谨慎地从马背上爬下来，而且像我们的马一样紧贴着岩壁移动着自己的脚步。小径时而上升，时而下降。伴随着我们的，是从峡谷中呼啸而过的劲烈的江风，是在深不可测的谷底奔流着的惊涛骇浪的吼叫声。我们带着一种走钢丝般的紧张小心前进着，每一步都寻求着平衡。每一个人都不愿意往下看，因为只要对着身下的江面凝望几分钟，便会头晕目眩起来。马蹄偶尔踢落一块石头，要过很久，我们才能看到它落进江心时激起的一片浪花。

可是，这样的行进却丝毫也不使人感到单调和苦恼，因为我们每一个人都被前面时刻都在变幻着的景色魅惑了。我们的四面都是高耸入云的嵯峨的山峰，它们仿佛是一群剑拔弩张的武士，参差错落、高低相间地矗立在江的两岸。它们的头上戴着冰雪的头盔，肩上披着云雾的披肩，挺立着的身躯是一片裸露的灰蓝色的岩石。它们有的威严，有的狰狞，有的奇特，有的突兀；有的如刀剑，有的如斧钺，有的如石笋，有的如莲花，有的如怪兽，有的如巨人，争奇斗异，气象万千。而更加令人目眩神迷的是，每当我们转过一座峰峦或是一道丘壑的时候，在我们面前都会出现一片新的壮丽景象，等你还没有来得及尽情观赏时，新的景色又在前面出现了。

我们不得不承认原来预计的行进速度是过高了。我们头一天只走了不多的路程（这是多么艰难而又令人心旷神怡的路程），在一个坐落在陡峻的山腰间的小村庄住下来。这是一个由几座小木房组成的纳西族村庄。在村庄四周的坡地上，人们正在忙着摘取熟透了的蚕豆。油绿的麦苗在风中荡漾着。浓荫遮天的核桃树已经果实累累。在这一片萧森气象的奇峰怪岩之间，看到人们居然能够从中夺取一块块肥沃的土地，使这几乎完全由岩石组成的自然世界增添了一片盎然的生机，不能不使人产生一种由衷的感佩之情。

我们第二天出发以后不久，就发现，要在虎跳峡北岸进行一次完整的游历所要克服的艰难，实在比我们所设想的要大得多。我们不得不在中途寄存下我们的行李。人们指点我们说，要看到虎跳峡最壮丽的部分，必须要到核桃园去，却很少人能说出那里究竟还有多远。而路途却变得越来越艰险了。怒龙般的金沙江老是在我们身边奔腾叫啸，一会儿离我们远，一会儿离我们近。小路时而飞越笔立的陡崖，时而翻过一道道横断的山脊。有时，前边的路径被阻断了，在山坡上突然堆满了从雪山上崩落下来的大块岩石。好像有一只无形的巨手，把一座雪山的峰尖给砸断了，各种形状的岩石从上面滚落下来，有的堆在半山上，有的停在悬崖边，有的奇特地重叠在一起，有的又像石柱似的直竖起来。我看到了一块巨大的岩石，它大约有四丈宽、一丈厚，一大半伸向江面，摇摇欲坠地横搁在崖边一座陡岩上，仿佛你只要用手指碰它一下便会跌落到万丈深沟中去。可是它上面已经长满了厚苔，谁知道它被摆在这惊险的地位上已经有多少年了？而更加令人心惊胆战的是，我们的小路还得从它身上跨越过去。

但是，使我们惊诧的还在前边。小路突然在一道横沟前中断了，低头看时，在我们前面是几丈宽的断崖，在我们左下方，是一段光滑如镜、笔立如墙的陡壁。路在哪里？路就在陡壁上。即使是在这样的绝路上，也阻挡不了山民们前进的脚步。我们看到，人们便在那墙壁似的陡崖上用斧头凿出一个个的小坑，使人可以放进脚尖去，然后又在上面凿出一道浅浅的可容攀手的石隙。这样，我们便获得了一次机会，使自己也能够像我们那些可敬的山民同胞们一样，像登山运动员似的从陡壁上横爬过去。

我们所经历的危险和艰苦，总是从奇丽的自然风光那里获得了报偿。当我们在峭壁下饱饮了清冽的泉水，重又爬上对面的陡崖时，我看见一棵巨大的葱茏的树木，横生在岩石间，在树根下，从一个好像是张开的嘴一样的洞中，喷吐出一股银色的清泉来。泉水沿着悬崖扩散着，坠落着，一直流进江中去，形成了一股折叠下垂的漫长的瀑布（谁能算得出它有多长呢？反正它不会少于七八百米）。其实，这样的飞泉流瀑，我们一路上时常遇到，就在南玉龙雪山的山崖上，也时时可以看到它们像璎珞似的垂拂而下，闪着银光，流进滚滚东行的大江。

正当我们艰苦地行进在各式各样的危途险径中时，我们的向导指点我们说，就在前面，在一片倾斜的山坡下面，便是我们要去落脚的核桃园村了。我们已经可以看到村子里的核桃林和一片片梯田麦地。可是，正在我们汗流浃背地想一鼓作气赶到目的地的时候，又被一片突然出现的奇特景色惊得目瞪口呆了：在我们眼前，地面忽然出现一条巨大的裂隙，挡住了我们的去路。威严的哈巴雪山，好像被什么巨人当头劈了一斧，劈开了一道刀切般整齐的深谷。你要到核桃园去吗？那你得从深谷的这一面攀缘而下，然后再从另一面爬上山顶，才能下到那个可望而难及的村庄，我们只好重新鼓起余勇，像杂技演员似的战战兢兢地下到谷底，抬头四顾，我们两边都是九十度的悬崖，一道巨大的水流像一把银剑似的从哈巴雪山峰巅直泻而下，流一节，在山间形成一个碧清的水潭，然后又轰然下坠，这样，经过几次跌宕，最后形成一股激流冲进金沙江心。

在这条雪山的裂隙中，人们不能不深深地被大自然的威力所震慑。这里的每一道清泉，每一块岩石，都像是被一种不可思议的神奇力量安置得奇妙而又壮美。我们从一座硕大无朋的岩石下边涉过溪流，这怪岩石仿佛是刚刚才从雪山峰顶崩落下来，它的一端斜插在峭壁中，另一端像一只巨兽的上颚似的伸出来，我们从小桥上穿过峡谷，就好像从一头怪兽的嘴中穿过一样。溪水清亮透彻，水底的岩石色彩晶莹，走近看时，这条急剧地奔驰着的溪流，又好像是一匹倾斜地垂拂在万丈悬崖上的彩缎，绚丽斑斓。我们从对面悬崖小路攀缘而上，这条好像是悬在半空中的云梯似的栈道，也是用各种颜色的碎石铺成的，红、黄、绿、白、黑色的石块交错相间，真是一条五彩路！从这条令人目光迷离的险路攀上峰顶，我们重新又看到了我们的目的地——核桃园，这一回，它可真的是近在咫尺，再也没有什么险阻可以隔断我们了。从山巅俯视，这个村庄像玩具似的隐蔽在山下的一片丛林中，我们还得像滚石子般地从山顶不停息地向下面跑二十分钟，才能到达宿营地。

由于有许多核桃树而得名的核桃园，实际上是个十分贫瘠的小山村。它的稀疏的石头房子就建筑在陡崖上，到处是嶙峋怪石。我们借宿的人家，便是利用一块块天然的石岩来作墙壁的。从村头向南俯视，金沙江可真的近在身边了。江水不停息地吼叫着，势如万马奔腾。夜间，当我们在篝火边睡下来时，我们觉得好像是睡在一只波浪滔天的船上一样，江水的奔腾、江风的怒号和松涛的喧嚣混成一片。我们隐约感到怒涛在一阵阵冲撞着山峡，大地好像在微微战抖。而就在这时刻令人惊心动魄的自然环境里，人们却生活得平静而健壮。在睡醒一觉后，在跃动的火光中，我看见我们的房主还在转动着手推磨，把刚刚收割回来的小麦磨成面粉。

我们要真正看到虎跳峡的面貌，还得下到山麓去。于是，次日早晨，当初升的阳光从雪峰间直射过来，把群山照耀得一片金黄时，我们在猎人老熊的带领下，向江边进发了。这里说的向江边进发，并不是像通常想象的那样，慢慢走到江边，而是意味着从村庄所在的崖边，沿着临近江心的悬崖陡壁，一步步地向江心靠近。我们的向导背着猎枪和绳子，带着我们从岩石上一步步探索着勉强可以着足的地方。我们有时得用手攀扯着石缝中的灌木丛，从一块岩石跳向另一块岩石，有时得俯伏着身子，像壁虎似的一寸寸地向下移动。我们每个人都汗透了衣服，终于和我们的向导在一块凸出的巨岩上停留下来。他告诉我们，从这里向下俯视，在西面不远的地方，便是真正的虎跳峡了。等到我们给自己找到了一个不致被江风吹落江心的立足点并且环首四顾时，才发现我们是处在一种怎样惊险的境地之中。我们面前，近得好像手都可以触摸得到的地方，便是玉龙雪山的巍然耸立的主峰，峰壁陡得好像随时都有可能向江心倒下来。我们立足的崖壁也是笔陡的，陡得我们伸头下望只能看到令人目眩的江水，却看不到江岸。我们的前后左右，都是奇形异状的怪岩绝壁。南岸的玉龙雪山和北岸的哈巴雪山近得好像要拥抱起来，它们的锐如利刃的峰顶直指云霄。向西望去，极目所至都是窄如甬道的绝壁峡谷，两岸绝壁的上面有时比下面还要靠得紧，好像时刻都会吻合在一起似的。在我们身下（可能有一百米高），金沙江形成了一条金色的缓流瀑布，它像一条巨龙似的，在这夹缝般的峡谷中左右冲撞，发出雷霆般的怒吼，径直向东奔泻而去。我们紧张地抓住灌木枝，小心翼翼地向下探视，但过一两分钟就不得不因为头晕目眩而收回身子。我们的向导泰然自若地盘足坐在岩石边缘（我觉得他好像随时都会被一阵风吹落江心），一手抽着烟，一手为我们指点着。他告诉我们：西边江面上有两座方形巨岩，那便是人们所说的虎跳岩。在那里，两岸离得那样近，使人一点也不会怀疑老虎确实可以从容地从那里一跃过江。他又告诉我们，在纳西人的传说中，又把那里叫作"交弓处"，在古老的征战里，人们曾经从南岸向北岸传送着弓箭。他又告诉我们，传说在对岸雪峰上面住着一位善良的仙女"阿昌本狄米"，她经常骑着白马，在雪山上往来逡巡，守护着岸边居民的幸福。每当有虎豹来吃牧人的牛羊时，她便会在山上高声呼叫，来向人们告警。我们随着猎人的手指望去，果然，在雪峰的一块平滑的石壁上，可以隐约地看到一个由风雨剥蚀而成的女人般的侧影，好像正在山间策马驰驱……这一片奇妙的自然境界，是在怎样激发着富于想象的纳西族人民的诗的幻想啊！

我们的向导说，要真正窥见虎跳峡的全貌，还必须从这里用绳子沿悬崖吊下去。猎人们在这里猎取岩羊时，也是这样吊下去的。但是我们不能不谢绝这个富有浪漫色彩的建议（虽然不无遗憾），为了一饱眼福而要甘冒粉身碎骨的危险，这代价未免有些太大了。

我们沿着崖壁返回到宿处。在途中遇见两个正在摘取野果的小学生，他们问我们是不是来调查水力发电的，他们自豪地说，这段不长的江面，水的落差有五百米呢！言谈之间，仿佛就在东边不远的山口上，一座高大的水坝快要矗立起来了。我们发现，这里居民的生活是艰苦的，可是，我觉得他们在精神上却是坚强而豪迈的。他们缺少耕地，他们不得不和严峻的大自然做着艰辛的斗争。但我们看到，在那些连走路都十分艰难的峰峦丘壑间，到处都有小片的土地，人们到那里去耕种，其艰难也许不下于我们去探访虎跳岩，但他们还是那样乐观地、坚韧地坚持着他们的艰辛的战斗。我们在归途中，路过一个叫作纪普勒的小村子，那里的人们居住在陡崖上，却生活得富裕而美满。合作社社长、白族复员军人和国安告诉我们说，他们的粮食，都是从石缝里夺取来的。他说，他们的土地都在岩层之间，每翻耕一次，都要翻出一层新的石块，得把它一块块捡走，然后才能下种。可是，这里的人们像他们身边的雪峰一样顽强，严峻无情的大自然一点也没有使他们屈服。相反地，在解放之后，他们生活得一年比一年富饶了。现在，他们全乡五百多口人，拥有两千五百头羊、三百多口猪和二百多匹牛马。他们没有被群山压倒，没有被激流吓怕，他们用自己坚强健壮的双手和严厉的大自然进行着永无休歇的战斗并且取得了节节胜利。

当我们沿着高山小路走上归途时，峡谷中彤云密布，群峰弥漫在一片云海之中。暴风雨来了，在我们耳边，风声如吼，雨声如雷。浓云从谷底、从密林中冉冉升起，遮蔽了我们的视线。但是，风雨很快就过去了，云雾又被江风片片驱散。我们远远看见，在笔立的山崖间，我们住过的那个小村庄在云隙中显现了，在风雨的浸洗之后，它显得分外明净、美丽。在一座座木楼顶上，升起了朵朵炊烟……这时，在我宁静的心境中不禁闪过一个思想：大自然的威力是巨大的，可是我们的勤劳勇敢的人民却永远有着更加伟大的力量，他们才是真正的巨人。在这样的巨人面前，不论是严峻可怖的玉龙雪山或者是狂放不羁的金沙江，总有一天，都会驯服地低头躬腰，成为只能造福于人的永不枯竭的巨大力量。

1963 年

（原载《新港》1963 年第 2 期）

从怒江到片马

怒江峡谷

为了顺利翻越高耸入云的高黎贡山山脊，早日到达我们日夜向往的片马地区，我们在怒江峡谷没有多事逗留。但即使是短暂的停伫，怒江峡谷中的奇特景色，已经足以使我们这些习惯于欣赏风光明媚的自然景象的旅人，沉浸在一种激动的心境之中了。怒江——它的名字是取得多么确切，多么生动！当我们在黄昏时分，从东面翻过碧罗雪山的余脉，同一条欢蹦乱跳的小溪一道下降到气象森严的怒江峡谷时，我的第一个感觉便是：怒江真是一条勃然发怒的江。在两岸巉岩嵯峨、峰插入云的山谷间，这条碧绿色的江，从北方奔腾而下，以一种不可阻挡之势从悬崖边、陡岸旁、怪石间咆哮冲过，处处激起了白色的浪花，远远望去，就好像一条翡翠玉带上的片片白斑一样。可是，更加令人惊心动魄的，还是两岸的山。这些浓翠欲滴的峰峦，好像一群勇猛的身披甲胄的武士，从两面向这条大江咄咄进逼，然后又威武地挺立在江边。四周的山峰是这样的峻陡，这样的逼近，以至于我们无论向哪一方眺望，都得仰起脖子，而且只能窥见上空被挤成一小条的蓝天。在雾霭中，这些山峦和激流，都被蒙上了一层淡淡的紫色。遥望着远山上的篝火，山腰上弹丸似的梯田和嵌镶在陡坡上的小小的傈僳村寨，就更加使人产生一种感受：在这严峻而奇绝的大自然面前，人显得多么的微小！

可是我们不能在这里多作流连。我们必须在清晨过江去。我们现在已经不必像几年前的游人那样，那时，人们得像杂技演员一样沿着一条竹溜索凌空滑过江去。可是我们一点也不为此遗憾，我们还是宁愿骑着边防军的骏马，从新建起的桥上昂然而过。我们甚至也没有来得及在怒江边的一座奇妙的温泉中涤荡一下身上的旅尘。这股温泉，从怒江边一片陡峭的火山熔岩上的一个碗大的洞口喷涌而出，好像有一只无形的巨手从一个巨大的开水壶中向外倾倒着滚水一样，然后又沿着崖壁扩散到怒江中去，形成一片奇特的温泉瀑布。我们只是急着从怒江西岸的山谷小径兼程前进，穿过横断山脉，深入高黎贡山的原始密林，然后翻过雪峰再向西行，到片马去。

行进在高黎贡山的崇山峻岭之中，我这才深切地体会到：人们把连绵的群山称作山脉是多么贴切。一道道山岭，从远方的披着白发的高山山脊，整齐地伸向江边，就好像一张树叶上的条纹脉络一样。我们的向导，十分熟悉这一望无垠的群山和密林的自然分布和历史沿革。他为我们描绘了一幅关于这个地区的色彩浓郁的古老图画。就在这怒江边和千山万壑间，在解放前，是分属于五个土司掌管的。那时，土司们倚仗着一种传统的权力，使这里的各族人民长久地生活在一种近于原始的生活状态之中。就在不久以前，人们还在用木犁耕地，用弩箭狩猎，身上穿着用粗麻织成的衣服。那时候，人们养一窝蜂，种一株核桃树，每年都要向土司缴纳几斤蜜和油；那时候，人们猎到一头野兽，那贴近地面的一半要贡献给土司，因为它所倒毙下来的土地是属于土司的；那时候，人们走过故去的土司的坟前，都要跪拜致敬，连牛马脖颈上挂的铜铃也得取下来，以表示它们的默哀。可是，土司们的权势，现在已和他们古老的官邸一同颓圮坍塌了。我们的向导指着江边半山上一个村落说："你们看，那就是登埂土司的府第！过去，他的权力可以一直管到片马、古浪、岗房地区。"可是，现在，人们差不多已经把这当作古老的神话看待了。人们已经不大记得那最后一任土司的名字。现在，在那个村子里，最有名的人物，是志愿军复员战士苗福保，一个能干的合作社社长。

是的，我们所面对着的自然境界是奇特的、深邃莫测的。可是我却无论如何也不能把它们和我所听到的关于这片地区的传闻结合起来（在解放前，人们把这一带山区称作"野人山"）。我觉得，就是在这些人烟稀少的地带，这些充满荒野丛莽情调的地带，也洋溢着一种新的生活气息。我没有遇见过一个穿着原始装束、身背毒弩的猎人；相反地，倒是时常碰到一群群衣着整洁的红领巾在密林中采摘野果，一群群身穿长披肩的傈僳族妇女在豌豆地里集体锄草。我们越过一道山脊又一道山脊；我们一会儿要抱着马脖子攀上笔立的山头，一会儿又要沿着陡峭的山径像滚石子似的下到谷底。我们穿过了大片的盛开着火红花朵的木棉和刺桐的丛林；我们时不时地在大片的杜鹃花和山茶花的树林中驻足流连；我们也常常为矗立在四周的奇峰异峦而赞叹不已。但最使我们动心的，却是在这雄伟的自然境界中所显露出来的人们的顽强的力量。就在这鸟雀难以飞越的峰峦间，在万丈悬崖的肩背上，我们时常可以发现一块块油绿的田畴在闪光，一股股山泉被人们从遥远的山边引到这些小块的田地里来。这些细小而漫长的涓流，在雄伟的山峦间形成了一条条整齐的几何图形似的纹线。不管大自然是多么严峻和无情，但人们总是能够从它那里索取到自己需要的一切。

密林哨所

我们像跳高栏似的在横断山脉间行进着，终于进入了高黎贡山的原始密林。从此，我们可以沿着一道溪谷一直向顶峰攀登了。我们路过的山寨越来越少了，但我们的向导对于每一个小小的山村总是能说出一些动听的掌故来：这个村子住的是彝族，抗日期间，山民们曾经打死过一个敌人军官；那个村子住的是傈僳族，他们是以饲养猪而闻名全区的。可是，我们却逐渐被这一片遮天蔽日的原始森林迷住了。我们沿着一条溪流前进。但与其把它称作一条河，还不如称其是一条漫长的缓流瀑布更确切些。我们一直在向上攀登，溪水也老是迎面地冲激而下。在两面的山箐间，到处都有银色的山泉从山顶跌宕而下，时常可以遇到这样令人目眩神迷的景象：一道飞瀑，从仰不见顶的千仞高峰上，沿着九十度的陡壁坠落下来，中间经过几次顿挫，然后注入到谷底的溪流中，好像是一匹银色的绸缎高垂在山峰上。这里的森林也是奇丽而秀挺的。靠近谷底，是一片繁密的阔叶林带，藤蔓缠绕，茂草迷茫，散发出一股浓烈的香气。在两岸的山上，挺立着巨大而笔直的乔木。冷杉、云杉和红松，像一列列士兵似的耸立着，地上铺满了杉果和松果。五彩绚烂的野花正在盛开，到处都可以看到合抱的杜鹃花和马缨花，繁茂的花朵红白相间。越往上走，森林就越是茂密。山泉纵横，藤蔓攀绕，画眉和箐鸡在看不见的林莽中啼啭。逐渐，我们走进了一片足以使植物学家心旷神怡的巨树的林带：几人合抱的大树（我只能认得出其中的楠木和松杉树），像巨人似的高耸入云，身上披满了绿苔，枝干上也挂满了绿纱般的附生植物；巨蟒似的藤蔓从一棵树缠到另一棵树，然后垂到地面；草地上是一片紫色的野花，好像给这片林带铺上了一层绚丽的地毯。

在这样迷人的森林中我们不可能快步前进。我们情不自禁地到处驻足停留。这样，我们是不可能在一天中翻过高黎贡山的顶峰了。我们和几个同行的边防战士一道，在密林中的一座边防军哨所里找到了宿处。当热情的主人把我们安顿在他们全部用名贵的木料盖成的房舍中以后，我们不禁对这座隐藏在密林深处的红色的房子赞叹起来：这里多么像一座美丽的别墅！好客的战士们一点也不理会我们的少见多怪，只是忙着用他们丰硕的生产品来招待我们。我们发现，在这茂密的林莽之间，不但住着一群神采奕奕、红光满面的边防战士，而且还有着一片生产基地：菜圃中生长着肥硕的菜蔬；畜栏里关着几百只山羊、肥壮的牛马，它们的叫声，和山谷中瀑布的咆哮声，以及林间群鸟的歌啭，合成了一片奇妙的交响曲。一个小战士甚至还为我们折来了一束野花来装饰住处。当我们端详着这束乳白色的鲜花时，我不禁惊呼起来："这是野花？这不是名贵的玉兰花吗？"我怀疑自己的判断，央请这个战士再去替我折一枝来。我们的边防战士，就是在细小的事情上也表现出他们的性格来：客人需要什么，就给他们个够！十分钟后，两个战士气喘吁吁地为我扛来了几乎一整棵玉兰树，并且说："这不稀罕，山沟里有的是！"吃过晚饭以后，我和旅伴们一同出外散步，走到小溪边，我们几个人不禁欢呼起来：就在河对岸的山谷中，我们看见了一片一眼望不到头的玉兰花林。它们正在繁花怒放，一阵馨香扑面而来。这些高大的玉兰花树中的任何一棵，都足以成为内地任何一个公园的珍品。可是，它们在这里成了普通的树林，而且一望无边。我想，它们也许会绵亘到几十里，甚至一百里远！

我不知道怎样处理战士们送给我的这棵玉兰花树。我只好把它折成许多花束，用它们堵塞窗口和门缝，来抵御从山谷中袭来的阵阵刺骨寒风。

越过雪峰

我们在深山的风摇雨撼中度过了温暖的一夜。清晨，阳光穿透浓雾把我们将要攀登的顶峰照耀得一片金黄。在一棵高大的玉兰树下，我看见了一个哨兵的刺刀的闪光。战士们都到地里劳动去了。我是多么希望和这些幸福的年轻人一道在这仙境般的地方生活下去，但是，我们不得不向好客的主人告别。在山那边，片马在召唤我们。

我们在寒冷的高山中盘旋而上，目标是正前方那个白色的山顶。我们穿过了一片玉兰花林。森林中的景色似乎随时都在转换着。渐渐，我发觉，这些树木大都是在不同的高度上聚类而居。这里，是一片赤桦；那里，是一片冷杉；然后，又是一片云杉。我看见了一棵巨大的朱砂玉兰（它也许有七八丈高），和一株楠木长在一起，一半是茂密苍翠的绿叶，一半是香气袭人的花簇。

超过了三千米的高度以后，树木逐渐稀少了，山上出现了一片片细小的箭竹林。代替了密生的花草的，是低矮的灌木丛。人们告诉我说，再上去，便不能骑马了。可是，我没有料到，正当我们攀过一道山口，我脑子中还萦回着一片花团锦簇的植物世界时，一阵刺骨的冷风吹透了我的衣衫，在我面前出现了一片银妆玉琢的洁白的冰雪世界。于是，我们不得不在汗湿了的单衣外面套上了棉大衣。真是像梦幻一样，在两小时之内，我突然从炎热的夏天走进了严寒的冬天。

我想，如果不是前导的几位边防战士的坚毅精神激励了我，我一定会难于穿过这被冰雪封锁了的雪峰。一个战士递给我一支手杖，另一个战士为我系上了"鞋码"，第三个战士给了我一双手套，于是，我便踏着他们的足迹艰难地行进着。在我们左面，是不能着足的陡坡，右面，是一片深不可测的雪谷，要是一步失足，人们便会掉进雪坑中去。可是，在我前面的几个战士，他们走得多么从容，多么轻松。他们背着笨重的背包和枪支，却时常停下来，把他们粗壮的手伸给我。有的战士还有闲情逸致欣赏四周的景色。一个小鬼突然停下来喊叫道："看呀，一头大野牛，就在那块岩石上！"可是，在这样的情况下，我只能小心地探索前面的道路，三步一歇地行进着。这里也许还不到四千米，但我觉得每呼吸一次都很沉重。不过，我终于走完了这段艰难的雪径，也可以说，是战士们的坚强气概把我吸引过来的。

下山时，景色变换得突兀，简直和上山时一样。在我们眼前还闪着积雪的余晖，我们又进入到森林的海洋中了。不过，大家这时已经感到很轻松，而且再也无心驻足观赏两旁的景色，因为，沿着山径走下去，我们很快便可以到达片马了。

片马丰采

我们终于踏上了片马的土地！当我像这里的战士们一样，在一顶绿色小帐篷里躺下来休息时，我的心情和所有一切初来片马的人一样地激动。在帐篷门外，可以看得很远。那里有一片繁花似锦的果树林，那里有开垦得很精致的绿野田畴，那里有一条从高黎贡山顶上奔流而下的小溪，那里，还有一条由一个个白色界桩和一排排樱桃树联结而成的和平的边界。从我们帐篷的后窗望出去，几乎可以看得见片马的全貌：一片花的峡谷，一块小小的盆地，几十座景颇人的木楼正在沐浴着金色的阳光。远处，雪盖冰封的高黎贡山顶在闪着银色的光彩，它像巨人般地矗立着，俯视着片马——这个小小的村寨，这块刚刚回到祖国怀抱的土地。从印度洋吹来的季候风劲烈地吹打着我们的篷顶，但我们觉得很温暖。我的心情在激荡。我在边疆走过许多美丽富饶的地方，但很少有能够像片马这块小小的土地这样：它的一草一木、一砖一石，都会引起人们这样深挚的眷恋之情。我刚刚踏上这片土地，但我在那些正在紧张地修建着水电站和卫生院的建筑工人脸上，看到了这种情感；我在那个严肃地守卫在国境线上的边防哨兵的脸上，看到了这种情感；我在那些忙碌地在百货公司的帐篷中工作着的姑娘们的脸上，看到了这种情感。也许可以说，我从这个小"城市"（虽然它暂时还是由一片帐篷、草棚和木房组成的）中每一个居民的脸上，都看到了这种情感。

是的，当我站在国境线上，挽着边防战士们的手臂，环顾着这片小小的、但却充满了动荡经历的土地时，我的心里便激荡着这样的情感。我在想，这是一个多么迷人的地方！各色各样的冒险家来了又去了，就像山谷中的流水一样，唯有各族人民的劳动成果却是万古长青的。饱经沧桑的片马，现在看来仍然是一个多么美丽而富饶的地方。我很少看到过这样的村庄，它的前前后后都密布着一片繁密的植物。在这里，家家户户都用茶树作篱笆，用桃李和苹果树遮荫，用核桃树和梨树做围墙。清澈的泉水四处涌流，可以引灌到任何一块土地上。穿着鲜丽的民族服装的男女，在林间辛勤地劳动着，好像一群彩蝶穿行在花丛中一样。片马，现在又是一个多么充满了蓬勃活力的地方。在我居留的短暂期间，我发觉它几乎每天都在改变着自己的装扮和容貌。在过去曾是荒草萋萋的山坡上，一座座美丽的建筑正在完成。也许不要很久，在这里的古老的木房中，便会闪烁着耀眼的电灯光。而这一切，是居住在这块地区的人们所能想象的吗？这里的人们对于那种动荡变乱的日子似乎已经习以为常了。住在下片马的景颇族老人祝老大（他在这一带以制造铁犁头而闻名），总是喜欢这样向客人们指点着：在哪一片坡地上，曾经建筑过英国殖民军的营房；在哪一座山头上，曾经留下过日本侵略者血腥的足迹。那时候，住在片马的人们好像是住在风雨飘摇的破船上一样。现在，祝老大可以不再像过去那样过着流浪的生活了。他有了房屋，有了土地，有了安定的无忧无虑的日子。但是，最足以使他以及一切片马人引以为豪的，是他们有了一个强大的亲切的祖国。

而且，就像是感到了自己心脏跳动一样的真切，他们感受到了祖国强大的、社会主义的生命力量。在这块小小的土地上，现在还只居住着几百个人，可是，恐怕再也难以找到这样的处处都洋溢着亲密的民族友爱情感的地方了。纳西族的姑娘们，在这里的砖瓦窑上卖劲地工作着；傈僳族的卫生员，在给来自四村八寨的各族男女看着病；白族的售货员，在紧张地接待着来做交易的山民们（他们带来的兽皮和黄连已经在帐篷中堆成了小山）；而来自内地的汉族工程师，正在为了早日完成片马水电站而日夜操劳着。人们似乎已经忘记了自己是来自雪山那一面的外来人。人们以自己能够成为"片马人"而自豪。而这一切，是多么生动地说明着一件事实：不论是横断山脉的高山峻岭，也不论是高黎贡山的原始密林，都阻挡不住那从东方吹来的和煦春风——社会主义的春风。在片马，在它回到祖国怀抱后的第一个春天，它的花开得特别繁茂，而紧跟在后面的，必将是一个果实累累的收获的季节。

1962 年

(原载《人民文学》1962 年第 9 期)

摩梭人的家乡

　　刚刚渡过咆哮的金沙江，进入层峦叠嶂的小凉山地区，我们便迫不及待地向北行进，为的是早日到达泸沽湖，去看望一下居住在云南西北山区的一个古老的、人数不多的族群——摩梭人。

　　严格说来，摩梭人并不是一个独立的民族，它应当是属于另一个云南古老的民族——纳西族的一个支系。可是，边远偏僻的生活环境，使得他们无论在经济生活上或是文化生活上，都逐渐形成了某些不同于丽江纳西族的特点，因而，人们便习惯地把他们称作摩梭人了。

　　吸引我们去进行这次艰辛访问的，还由于许多关于那个地区的引人入胜的描述和传说。我们从古书里看到这样的记载：明代的旅行家徐霞客，在到了滇西北的丽江以后，曾经听说在东北方向十几天路程的地方，有个"仙境"般的去处而不胜欣羡向往（从地理位置来看，这个地方极大可能就是我们所谈到的泸沽湖——摩梭人的家乡）。但是，他要去游历这一地区的愿望和请求，遭到了当时这一地区的统治者——丽江土司的拒绝。如果说，我们从徐霞客笔下所看到的关于这个地方的描写，只不过是一些缥缈的传闻和幻想，那么，我们碰到的几位去过泸沽湖的民族工作干部对于那个地区的描绘，就不能不在我们心里激起一种去亲身探访的难以遏制的欲望。一位刚从那里回来的同志说：他走过云南许多美妙的地方，但是，他想不出哪里有着能够和泸沽湖相比的美丽而又独特的自然风光。他说，居住在泸沽湖边的摩梭人，简直是住在一片"蓝色的世界"里。那里有碧蓝的湖水和碧蓝的天空，那里的四面山上长满着灰蓝色的冷杉和云杉；那里的森林里繁生着紫蓝色的山杜鹃，那里的田野上盛开着浅蓝色的豆花；那里的姑娘们穿戴着鲜蓝色的裙子和头巾；连林中的鸟雀也来凑趣，身上披着翠蓝色的羽毛……

这位热心的同志也像另外几位同志一样，没有忘记告诉我们另一件有趣的事情：在摩梭人中，还保留着古老的母系社会的风俗遗迹。

假如描述者不是用下面这句话来作结束的话，我们几乎是被他引进一个童话世界当中去了。"当然，"他最后补充说，"那里虽然四季都开放着各种美丽的花，但开得最为繁茂的，是社会主义的花！"

就是这枝独特的花，这枝在古老的生活土壤上生长起来的美妙的花，促使我们迫不及待地、兼程前进地开始了我们横越小凉山地区的旅行。

凉山的春色是姗姗来迟的。许多山峰的积雪还没有融化，彝族人民的春耕活动刚刚开始。在稀疏的松树林和杜鹃林下面，在用木栅围起来的村寨旁边，戴着大荷叶帽和绣花领圈、包着黑色大头巾的彝族姑娘和青年，正在犁过的土地上燃烧草肥。但是，除了我们在经过村落或者山口时偶然看到的一些倒塌了的碉堡之外，无论是从人们整洁漂亮的衣饰上，或是从人们健壮开朗的脸色上，都已经不大能够找得到往昔的奴隶制度所遗下的印迹了。

到处都有牧羊人和生产队的此起彼伏的歌声。我们便是这样穿越了大半个小凉山，来到了小凉山西北角的宁蒗县的。从这里，我们将离开公路，开始我们为时三天的徒步行军，才能到达我们的目的地泸沽湖。

我们的三天路程都是在连绵的山岳和繁茂的森林中行进的。一路很少人烟，因此我们不得不请几位边防战士和我们就伴。这是一群生龙活虎般的小伙子。他们的热情和殷勤，加上四面的时刻变化着的美丽风光，使我们的行军生活过得既不艰苦又不单调。带队的班长是一个名叫顿珠的藏族战士，他背着冲锋枪，腰上还挎着一把银鞘的藏刀。这个机敏而又慓悍的小伙子，不但把旅途中的一切重要事宜都安排得好好的，而且还像个讲解员似的不停地告诉我们：哪里的山崖上曾经有过清剿残匪的战斗，哪里的垭口上曾经有过彝族奴隶主的"哨房"，哪里有居民点适于宿营，哪里有清冽的泉水宜于休憩。顿珠的家乡就在离泸沽湖不远的地方，因此，他不但时常带着一种怀念的心情向我们谈起他家乡的牦牛和青稞，而且也时常用着一种亲切的口吻对我们讲述泸沽湖的美妙风光。

这里是群山的海洋，也是森林的海洋。但直到第三天，我们才走进一片茂密蓊郁的真正的原始老林。顿珠告诉我们，从北面的一道峡谷爬上山巅，顺着密布着参天古木的山梁翻过顶峰，再下山，便可以看见我们所向往的那个泸沽湖了。我们在一眼水晶般清亮的泉水中喝足了水（顿珠说："这股泉水要不喝，就太可惜了！"），便顺着峡谷向顶峰攀去。山路很陡，沿着一股下坠的山泉左右盘旋而上。这股山泉从山顶上奔流下来，好像是一匹银色的绸缎从高空折叠投向峡底，穿崖越谷，形成了一串重重叠叠的连续瀑布。我们在遮天蔽日的林莽中向上行进，山谷越来越幽深了。两边出现了高大粗壮的松杉密林。这时，顿珠又显得忙碌起来，他走得气喘吁吁，连棉衣和枪背带都汗湿透了，却还在不停地向我们指点着：那种高大的枝叶翠绿的松树，叫作云南松；那种树皮光滑、结着松球的松树，叫作果松；有一种果松的松球大得像菠萝，人们又叫它松菠萝。他又告诉我们，那种叶子发绿的是云杉，叶子发蓝的是冷杉，杉树上垂挂着的好像璎珞和披纱般的植物，叫作"木流苏"。

这一片密林中树木的挺拔高大，真是叫人惊叹不已。我们透过树枝的间隙，远远望见了顶峰上笔立的悬崖。崖壁是黑色的，崖顶呈现出一片锯齿形，顶端环绕着云雾。在陡壁上，垂挂着一条条银色的流泉。但即使是在陡壁上，也密生着好像画家的排笔似的直挺挺的松杉。我们继续向上攀行，从一个只容一人出入的石缝中穿过了分水岭。人们说，那一面便是属于泸沽湖的地带了。但是，我们没有看到什么"蓝色的世界"，却好像看到了一片色彩斑斓的世界。我们看见了一片奇特的森林。好像是被什么人有意安排好了似的，在山峰的这一面，不同种类的树木是一块块地分别生长着的。这里，是一片赤桦林，红色透明的树皮在风中飘摇，好像披着绸缎的衣衫；那里，是一片白桦林，刚刚苗生出嫩黄的枝叶，显得英俊而窈窕。而当我们刚刚转过一道山梁，我们又看见了一大片无际无涯的松树和杜鹃的间生林：最高的一层，是松树；在松树间，生长着高大的盛开的映山红，淡红和殷红的巨大的花簇，在树枝间婀娜地摇曳着；下面一层，是一丛丛茂密的、盛开着紫蓝色花朵的杜鹃树；而紧贴着地面的一层，是一片片低矮的含苞未放的灌木丛，我们仔细辨认时，原来也是杜鹃花。战士们在这一片花团锦簇般的森林中忙碌起来了。他们爬上两丈多高的映山红树，摘下一束束的繁花，把它插在背包上和枪支上。顿珠抱着一大束红花，说是要带到宿营地去，插在瓶子里。他的黑红的脸颊被花束映照得更红了。我必须承认，我还从来没有看到过这么美丽的花。我觉得，我在此时此地所看到的抱在战士怀中的花，是世界上最美丽的花。

我们终于看见了泸沽湖。当我们每个人都花枝招展地翻过了前面的山垭口时，突然，从森林的空隙里，我们窥见一片碧蓝的春水。这是泸沽湖的一角。在夕阳下，它是那样的湛蓝，那样的明净，仿佛比周围的一切都要纯洁。但是，这个美妙的湖，当你想要把它饱看一番时，它忽然又隐没在林海之中，像幻景似的不见了。于是，人们又尽情地欣赏起身边的鲜花来。可是，这个魅人的湖泊，突然又露出它的另一个角落，但它的颜色又变成了浓绿色，在将落的夕阳斜晖下，闪着金鳞似的细波。等到我们再向它仔细端详时，它又消失在林荫之中了。

但是，不管泸沽湖的黄昏景色是怎样的诡谲多变，我们终于还是看到了它的真实的、完整的面貌。当我们以一种按捺不住的心情，奔跑着下到半山麓时，泸沽湖终于把它的全身袒露在我们眼前了。我不知道我的眼力是否可靠，这个美丽的高山湖泊大约有七八十里方圆。湖的四周，耸立着锦屏般的群山。群山的身姿是仪态万千的：它们有的巍峨，有的秀挺，有的怪石嶙峋，有的林木繁茂。在湖的东北面，有一道细长的堤梁般的山梁，好像一条巨蟒似的一直伸进湖心来；和它成为对称，在湖的西北面，矗立着一座陡峭的巨峰，好像是一个蹲坐在那里的巨人。在湖的四岸，稀疏地坐落着几个小小的村庄。湖中央，有几个秀丽的小岛，一群群的白鹤在岛上翱翔着。在水晶般明亮的湖面上，有几只独木舟在摇荡。而这一切，不论是天空、湖水、远山、密林、村舍和岛屿，在暮霭之中，真的都显出了一种和谐而又迷人的天蓝色！

这便是我们所要探访的泸沽湖！这便是我们朝夕向往的摩梭人的家乡！我们从山径下到湖边，走上了湖边的小路。路旁，密生着新绿的垂柳和一排排梨树与苹果树，梨花正在盛开，银白如雪，散发着蜂蜜般的香气。这时，我们都不禁暗自欣幸，我们终于来到了摩梭人的幸福而美丽的家乡，终于能够和这些朴质而优美的民族兄弟姐妹一起，坐在他们的火塘边来谈论他们的美妙生活了。

我们投宿的村庄，是紧挨着湖南岸的一个叫作洛水的摩梭人村庄。当我们走进这个由许多座木楼组成的小小的村庄时，我很快就发现，我们是被一种辛勤、忙碌而又热情的生活气氛包围了。一个英俊而高大的盛装小伙子，从一座松木盖成的木楼中出来迎接我们。他穿着镶金边的大红上衣、紫裤子、长筒靴，腰间围着宽皮带，欢叫着和战士们拥抱了。顿珠告诉我说：这是他们连里的复员战士格扎。我们便在格扎家漂亮的木楼里住下来。摩梭人真是善于按照大自然的恩赐来安排自己生活的人，他们的房屋从头到脚都是用完整的杉木和松木修成的，墙壁是整棵的杉木垒起来的，房顶是用芳香的松木板盖成的。当我们被邀请到主人的居室去吃饭时，我们发现，这里的一切，几乎都是丰盛的大森林的产物。水槽是用挖空的松木做成的。屋正中吊着松明灯，噼啪作响的松明把屋里照得一片通红。房主人——格扎的母亲，热情而亲切地招待着客人，给我们做起了香美的晚餐（我们吃的当然也是泸沽湖的产品：湖里的野鸭、林中的斑鸠和合作社打鱼队刚刚打上来的鲜鱼）。

主人的热情使我们很感动。但更使我们激动的，是我们刚一进村便在感染着我们的那种繁忙而又辛勤的生活气氛。门外响着一片摇船的欸乃声，这是生产队从对岸的田地里收工回来了。接着，又响起了一片牛叫声和牛走动声，牧放的牛群回来了。过了不久，我们便听见隔壁的木楼中响起了嘈杂而又和谐的歌唱声。女主人（她那亲切的面容哪里有半点"母系家长"的痕迹），用不熟练的汉话告诉我们说，那是社员们在开会，在布置春耕；这几年，摩梭人向汉族老大哥学会了种稻谷，这些天正是送肥和下种的日子，因此人们都很忙碌。男主人格扎多少有些遗憾地说，你们来得不凑巧，正赶上农忙，不然，就可以看到摩梭青年独具色彩的爱情活动了。他告诉我们，在农闲季节，在月明风清的日子里，小伙子们常常在湖边唱起情歌，并且把一块块小石子投到他们心爱姑娘的楼顶上；聪明的姑娘，从石子落在房顶上的响声和远处的歌声，便会判断出，来的人是她所期待的抑或是她所拒绝的，然后决定出去会面还是坐在火塘边置之不理。

现在，整个村庄正在像蜂房似的忙碌着，我们当然是听不到这种独特的石子从楼顶上滚落下来的声音了。但是，当我在散发着松脂气息和花香的楼上睡下来的时候，我仍然是长久地不能入睡。在我耳边，响彻着一片喧响的声音，又像风声，又像水声，又像是人们的幽宛的歌声和萦萦絮语声。过了一会儿，我才分辨清楚：这是湖水拍打岸边的声音，这是山间松涛呼啸的声音，这是隔壁的生产队员们用音乐般的摩梭话发言的声音，这是村头的小学里的孩子们齐声唱歌的声音，这是一片既嘈杂又和谐的新的生活的声音……

摩梭村庄的清晨是繁忙而美丽的。我很少看到别的民族的衣着有像摩梭人这样色彩强烈的。姑娘们出来背水都打扮得衣装整洁。她们不直接从明净的湖里挑水，而是在湖边的沙滩上挖出一个个泉眼，用竹篾围起来，每天早晨，便从这里背水吃。她们多半都穿着紫色或者蓝色上衣，浅绿裙子，腰上束着红腰带，有的背上还背着一张精致的小羊皮，欢笑着把一竹筒一竹筒的沙滤水背回家去。这些姑娘们都是那样爱唱歌、爱跳舞。清晨，当我在湖边漫步时，看见几个盛装姑娘赤足站在湖边的岩石上，一面唱歌，一面在有节奏地跳动着。仔细看时，原来她们是在洗衣服，她们的舞蹈动作，只不过是被美化了的揉搓衣服的动作。

太阳升起以后，整个洛水村便沉浸在一片紧张而欢腾的劳动气氛之中了。我看见，夜间在领导开会的那位女生产队长，穿着紫上衣，正在指挥一群穿红着绿的小伙子和小姑娘们，把一袋袋的种子和一筐筐的肥料运进几只精巧的独木舟中去。这位女队长（她能够成为一位干练的生产领导人，当然不是由于"母系社会"的影响，而是由于她在集体劳动中所树立起来的威望）告诉我说，他们要抓紧时间，把湖对岸的一块地种完。接着，她便唱着歌，指挥人们把独木舟摇向湖心去了。小船排成了队，荡漾着，向对岸驶去。在朝阳下，他们的红上衣、绿裙子，显得分外鲜明耀目。

接着，又有一件有趣的事情吸引了我们的注意。我们看见，一个穿紫上衣的老汉和一个小学生，从村西头把一群黄牛沿湖边赶过来，这两位牛倌一面走一面吹着牛角号。随着悠扬的号角声，一头头黄牛自动地从一座座木楼的栅门走出来，又自动地加入了牛群中去。就这样，这两位牛倌完全不费一点气力地便把全村的牛集合起来，赶到村外去放牧。

住在洛水西面的合作社打鱼队的小伙子们，也驾着独木舟出发了。他们每天清早都要到湖心去收回前一夜撒下的渔网。不要多久，我便看到，在远处的小船上，闪起了一片银色的粼光，接着，一只只小船便满载着鲜鱼摇回到岸边来，霎时间，沙滩上的鲜鱼便堆得像小山一样的高。

居住在泸沽湖边的摩梭人，便是这样愉快、和谐而富饶地生活着。我们在岸边信步走去，发现这里几乎随处都有永不枯竭的水源，无数条小溪从四面的山谷流进湖心，这些小溪清澈得像水晶一样。人们说，到了初夏，湖心的鱼群会大量地涌到小溪里来产卵，那时，只要在一端用木栅拦起来，你便可以随便到这里来捞取那些食用不尽的鲜鱼。这里的湖边还盛产着具有医疗价值的矿泉水。当我们去参观一个据说可以治疗胃病和风湿病的矿泉时，看见两个病弱的老年人正在用矿泉水治病。治病的方法很奇特：他们在岸边搭了帐篷，把那像一串串珍珠似的从地里涌出的泉水舀进一只新造好的独木舟里去，然后，又把一块块烧红的矿石丢进船中去，把水烧热，这样，独木舟便成了一个很舒适的浴池。这两位老人对我们说，他们准备这样一连洗七天，而且每天喝矿泉水，吃用泉水煮的鸡和肉，这样，他们的病便可以很快痊愈了。

我们当然祝福他们能早日如愿以偿。但是，我们还把同样的祝福献给我们可爱的摩梭兄弟姐妹们！祝福他们在社会主义的大道上走得更快。有一天，当这里的各种童话般的自然资源都被开发出来的时候，摩梭人会把他们的家乡建设成一个真正的人间天堂。

可是，当我们在晚间和两位摩梭老人坐在火塘边，倾听他们带着痛苦的神情回忆解放前的日子的时候，我们才知道，泸沽湖边的摩梭人虽然居住在这样一片美丽富饶的地方，但他们在过去却从没有过过一天安宁和温饱的日子。解放前，这里的自然风光并没有为人们带来幸福。摩梭人世世代代的统治者土司，看中了这里的自然景色，在一座湖心岛上为自己修建了一所穷奢极侈的别墅。沿岸几百家摩梭人便变成了供他驱使的奴隶，为他从事永无休止的无偿劳动。那时，人们一年要逃半年荒，日日夜夜地种地、捕鱼、打猎、赶马、渍麻，只是为了换取一些洋芋和蚕豆来糊口。人们没有一件能够遮体的衣服。虽然住在这天堂般的地方，却过着地狱般的日子……

但是，这些终于变成一去不返的历史陈迹了。我们面前坐着的两位老人，五十七岁的丁兹和五十三岁的叶石，过去都给土司当过"叽子"（奴隶），只有到现在，他们才真正发现生活的意义和生活的欢乐。他们两人都是合作社的保管员，对于合作社的收入了解得最具体。他们说，在这个山多地少的地方，现在，人们再也不必为缺粮而发愁了。老丁兹笑呵呵地对我们说："这里三百六十天都是绿茵茵的，还怕咱们摩梭人过不上社会主义的好日子?!"

我相信，这位摩梭老人的愿望是一定能够实现的。顿珠也同意我的看法。他一面走，一面若有所悟地说，他和摩梭人从小就生活在一道，可是，他记不起，在过去的年代里，摩梭人曾经生活得像现在这样温饱而欢畅。他说，"摩梭人的日子变得叫人认不得了！"湖心岛上跳动着点点渔火，那是打鱼队的人撒过网之后在那里过夜。在他们头顶上，巍然矗立着那座土司宫殿的废址，它现在早已和整个旧的社会制度一样彻底地坍塌了。将来，总有一天，在这座废址上，还会修建起新的宫殿——摩梭族劳动人民的休养和游览的宫殿。

我们沉思地漫步在湖边。在月光下，一群男女青年歌唱着从我们身边走过。小伙子们头戴宽檐帽，身穿紫色上衣和灯笼裤，上身套着敞胸的羊皮背心。姑娘们穿着色彩绚丽的裙子，头上戴着大朵的映山红（摩梭人把它称作"姆戛"花），裙子后边的一角俏皮地扎在腰带上。他们要到哪里去？我不知道。他们也许是去参加节日的歌舞，也许是去参加生产讨论会。但是，从他们的愉快的脸色和坚定的步伐上我看得出来：不论他们去干什么，他们都会这样生气勃勃、勇往直前地前进不息的。这些摩梭人，已经改变了自己过去的生活面貌，在可以想见的将来，他们也一定能够把自己仙境般美丽的家乡建设成为真正的人间天堂——社会主义的天堂。

1963 年

（原载《人民文学》1963 年第 6 期）

杜鹃赞

　　到过云南的人都喜欢谈论云南的花。繁花似锦，似乎已经成为"四季春常在"的云南风光的一个重要标志。在被云南人自豪地称作三大名花的茶花、报春花和杜鹃花当中，被人们描述得最多的，自然是茶花。我曾经读到过由明代的文人学士在几百年前编写的《茶花志》，读到过徐霞客关于丽江的茶花树的精细的描绘，甚至还读到过林则徐在云南写的赞美茶花的长诗。解放以后，云南的茶花经培育成长得更加绚丽多彩了，因而也更多地成为人们用来吟诗作赋、用来礼赞这锦绣边疆的自然风光的重要对象了。

　　可是，比起富丽而娇贵的茶花来，我却更喜欢杜鹃花。在先，当我好几次在云南边疆长途旅行时，我对于花草树木这类事情并不怎么留意。边疆各族人民时刻都在飞跃前进的生活，总是更多地吸引了我的兴趣。但是不久前，当我在滇西边疆地区进行了几个月的跋涉之后，我忽然发现：在我走过的这一片无限富饶美丽的土地上，竟长着这样一种花：它们不但有着足以令人钦敬的坚韧顽强的生命力，而且成为各族人民的美妙生活中不能缺少的部分。这便是杜鹃花。

　　去年春天，我曾经沿着边境线翻越过高黎贡山积雪的高峰，曾经跋涉过怒江、澜沧江和金沙江的炎热的河谷。我走过了各种地质不同、气候迥异的地带，而随着海拔和地域的差异，我看到的草木植物也是时刻都在变化着的。可是，我发现，不论在什么样的高山、峡谷、密林、深沟之中，我都看到了杜鹃花——各式各样的品种和色泽的杜鹃花，从矮小的只有几寸高的一直到枝干参天、浓荫匝地的杜鹃花。不论是干旱的、阴湿的、肥沃的或是贫瘠的土地上，不论是在沙砾上、岩缝间、丛林内或是幽谷中，我们随处都可以看到：杜鹃花总是在顽强地、茁壮地、生气蓬勃地生长着，一点儿也不计较环境的好坏。好像在它们身上有着一种永不涸竭的力量，一种可以克服任何困难和适应任何环境的力量。有一位植物学家曾经热心地对我说，在全世界已经发现的几百个杜鹃品种之中，在云南可以找到一半以上。我对于植物学只有不多的知识，不大能够理解这些数字的意义，可是我毕竟是为杜鹃花所表现出来的这种坚韧的生命力而感到惊讶。

当我们正在费力地翻越着高黎贡山的主峰到片马时，我们走得又渴又累，突然，前面一片绚烂的光彩照亮了我们的眼睛，使人精神为之一振。我看到，在披着"白发"的峰峦之下，在壁立千仞的悬崖之间，生长着一片漫山遍谷的杜鹃林；长在枝丫顶端的殷红的花，十几朵合成一簇，下边围着一圈绿叶，好像是被托在翠玉的盘子上一样。这一片繁茂的杜鹃花林，衬托着横断山脉的嵯峨峭拔的群峰，和在山间梯田上播种的傈僳族姑娘们，形成了一片奇丽而粗犷的自然景色。

当我们在大理的苍山洱海之间旅行时，我发觉，构成了大理的春天旖旎风光的，杜鹃花在其中占了一个重要的位置。在庭园里，在农舍边，在琢磨着大理石的工厂和在彻夜闪亮着渔火的洱海水乡中，到处都可以看到被人们精心培植的杜鹃花，这使它们具有着比在山野中更加繁复多样的色彩。红色的，黄色的，白色的，紫色的，藕荷色和淡粉色的，把苍山洱海的湖光山色点缀得更美丽绚烂。可是，杜鹃花终究只有在山野之中才能显现出它强大的生命力。四月间，在由一群青年垦荒队开拓着的大理花甸坝上，野生的杜鹃花林繁花怒放，璀璨如火，和那些充满青春活力的男女青年的红润的面孔交相辉映，构成了一幅多么动人的图画。

我在凉山地区的崇山峻岭间也看到了杜鹃花优雅的身姿。我看到，许多在几年前才从奴隶主的锁链下解放出来的彝族姑娘，和仍然保持着古老的母系社会风习的摩梭族青年，总是喜欢在头上插几朵浅紫色的杜鹃，作为他们的美满生活的标记。当他们从山上背一捆木柴到集市上去出售时，也总是忘不了把一大束杜鹃花插到柴捆上，仿佛他们背的是一捆鲜花而不是一捆木柴。当我们离开凉山时，群山中的杜鹃正在盛开。在一望无垠的山峦中，各色各样的杜鹃花，从矮小的"碎米杜鹃"、齐人高的灌木杜鹃，到高大的被人称为"映山红"的杜鹃，都在含芳吐蕊，争妍斗艳。而且好像约好了似的，在这一片山坡上，开的是紫色的花，在那一座山头上，开的是粉红的花。在另一段岩壁上，则是一片红得好像烈火般的花。等到我们刚刚转过一道峡谷，我们又看见，在我们面前的是无际无涯的洁白的花朵，好像在丛林中刚刚降下了一层厚厚的雪花。

就是在滇西北海拔将近四千米的中甸高原上，我们也看到了杜鹃花的足迹。有一次，当我和同伴们骑马攀登到一片雪峰环抱的高山草原时，我忍不住勒住了马头——原来我们每一步都在踩着杜鹃花丛和别的野花前进。这是一片宽广都不下十几里的草原，在这片寒风凛冽的荒瘠大地上，几乎有一半土地都密密麻麻地长满了那种开着深紫色小花的矮小的杜鹃。可是，这还不是最令人惊诧的。更加使人难以置信的，恐怕要算中甸东面的一座高原湖——碧达海上的奇特景色了。我和几位边防战士到那里去的目的原来是打猎，可是，当我们刚刚穿过茂密的原始森林走近湖边时，我们便被这里的景色迷住了：在这座仙境般的湖泊四周，长满了高大粗壮的杉树和杜鹃树；各种品种的杜鹃花密生在湖边陡峭的岸上，它们的枝丫伸向湖心，拂着碧蓝色的湖水，好像给这座美妙如画的湖泊围上了一个杜鹃做成的巨大花环。和我们同行的一位藏族老游击队员、著名的猎人尼玛有些惋惜地告诉我们说：可惜我们来早了一些，杜鹃还没有盛开，如果迟些时候来，便可以看到一种奇妙的景象——"杜鹃醉鱼"。初夏时分，当杜鹃开残，花瓣落遍湖边时，湖里肥大的鱼群也要在这时到岸边来产卵；鱼群吞吃了花瓣，便会昏迷不醒，像喝醉了似的浮在水面，任人捕捉……顺便在这里说一句，我们在湖边逗留的几天中，无论是搭帐篷、烧篝火，还是做饭、煮水，大部分都用的是杜鹃树的枝干。

这也许是我所述说的关于杜鹃的最为动听的故事了。但我在这里丝毫也没有炫奇的意思。我在这里所列举的关于杜鹃的见闻，只不过是想说明一件事：在我们的祖国边疆，人们是居住和劳动在怎样一种美好丰饶的自然环境之中。我们的勤劳、勇敢和充满了生气勃勃的创造力量的各族人民，正在用自己的双手，努力使他们生活和劳动着的自然环境，变得日益美丽富饶，而美妙的自然风光，又不断把人们的富有色彩的生活点缀得更加绚烂辉煌。人们时常用松树的坚忍不拔和柳树的随遇而安来赞美它们的美好品质，我觉得，这两种品质在杜鹃的身上应当说是兼而有之。作为一种平凡的植物，它一点也不慑服于大自然的严酷威力，它的坚忍的生命力使它可以在各种艰难的环境中到处健壮地生长，而且能够在战胜新的自然条件的过程中，不断地发展和繁衍着，这种坚忍顽强的生命力量，这种勇于和善于战胜自然、战胜困难的气质，不论是表现在花的身上或是人的身上，不都是同样值得我们赞美的吗?!

1963 年

(原载《鸭绿江》1963 年第 6 期)

碧达海——难忘的旅程

几乎每一个去过云南西北部中甸高原的人，都带着一种惊叹的口吻对我说起"碧达海"——一个坐落在原始森林中的高原湖。人们常常说："谁要是到了云南而没有去过碧达海，就不能说是真正领略了云南无比奇妙的自然风光。"但是，人们总是忘不了添加说，"要去碧达海，最好的时间是五月以后，杜鹃开花的时候。"

我们既然恰好在四月下旬来到了中甸，怎么能够失掉这样的诱人的良机呢！

但是从中甸城到碧达海的路途是艰苦难行的，谁也说不上这段路程到底有多少里路。一位熟悉那里的藏族小伙子（他是我们邀请来为我们唱藏歌的），带着多少有点轻蔑的口吻说："你们要去，最少恐怕也要走三天吧！"他还说，绝不可缺少的，是请一位熟悉那里的向导，因为那里常常是没有人烟的。

人们一致推荐要我们去找一个在这一带远近驰名的人物——过去的游击队员、现在公认的高超猎人尼玛做我们的向导。

我们虔诚地找到尼玛的家，但他的妻子抱歉地告诉我们，前几天尼玛就到森林中打猎去了，不知什么时候才会回来；当然，如果他能很快回来，他一定会很高兴地追寻我们一道前去的。

最后，我们只好求助于边防部队。在做了足够的行军和露营的准备工作以后，我们就出发了。和我们同行的有几位边防战士，他们大都熟悉这一带的道路。其中有一个年轻的彝族战士小岳丹，据说是一位神枪手，曾经一枪打死过一头飞奔的金钱豹。他黝黑的面孔，大而有神的眼睛，整天不声不响，只用一两个字来回答人们的问话。他的班长，精干的藏族战士顿珠笑着说："你不要看他行动慢慢腾腾，打起野猪来动作比谁都敏捷。"我们走了不到半天，就证实了这句话。一路上，总是他第一个发现路旁林间和草丛中的野鸡和斑鸠的。所以，没过多久，他背的小口径猎枪上就挂上了好几只斑鸠和色彩斑斓的雉鸡。

旅途的风光是令人心旷神怡的。我们沿着一条叫磨房河的小河向草原进发。道路在缓慢地上升，道旁的草原和树丛逐渐增添了绿色，森林也渐渐稠密起来。片片的白杨林、白桦林和野橡树交错地生长在坡地的凹处。在草原边缘的河流旁，到处密生着一行行的柽柳林。一群黑色的牦牛在徜徉。山鸡、贝母鸡、斑鸠和黄鹂的悦耳的鸣叫声，此起彼伏地响彻在林间和草丛。

我们的道路越来越坎坷崎岖，但是也越来越进入佳境了。第一处使人惊叹的，是一个叫作天生桥的地方。当我们爬上一个小山梁，一座雄伟高大的花岗石的陡崖突然出现在我们眼前。道路从陡崖上通过，低头下望，是一道峡谷，一条急湍的溪流从陡崖下横穿而过。谁也无法想象这条小溪怎么会具有这样巨大的冲击力量，竟然穿透了几十米宽的花岗岩石，就好像凿开了一条隧道一样。

正当我们在这片奇异景色前流连赞叹时，突然，从我们身后来路的远处传来了高远苍凉的藏族的歌声，然后又是一阵藏族汉子特有的呼啸声："啊——嘿——嘿！"这时，我们的一个旅伴高声欢呼起来："尼玛赶来了！"

但是，我们回首遥望，并没有看见人的踪迹。过了片刻，突然看见一条长毛的棕色猎狗向我们跑来。接着，一匹红马载着一个藏族汉子从山崖后闪现出来，像箭似的向我们飞奔，很快就在我们面前停下来。这当然就是我们所期待的著名猎手尼玛了。他头上戴一顶藏族的皮帽，身上穿着一件宽大的羊皮背心，打着绑腿，背上斜挎着一支步枪，手上提一条马鞭，敏捷地从马上一跃而下。

藏族人民是我们见过的最守信用的人。尼玛刚刚到家，就又提起了装着酥油、糌粑面和盐巴的干粮袋，跨上了汗淋淋的马追赶起我们来。我仔细地端详着这个传奇式的人物：他瘦高的个子，浓眉毛，小眼睛中射出那种只有心地坦荡的人才会有的目光，已经是略显苍老的脸上有着明显的皱纹。我原来以为他会有一副慓悍的仪表，相反地，他的面容很温和，不时地微笑着，使人感到热情而亲切。

他用那种云南藏族人讲汉话时特有的口音对我们不停地讲述着这里他认为足以自豪以及我们应当知道的事情。他熟悉这里每一块土地和每一片森林，每一条小径和每一个村庄，我甚至认为他熟悉这一带的每一个人，因为我看到他对于所遇到的每一个藏族男女几乎是没有喊不上名字来的。

当我们走过一片丛林时，尼玛说："冬天，这片林子就是我们的养鸡场。每年十一月到下年四月，野鸡和白鸡就成群地到这里来过冬，到夜里，我空手都可以抓住它。最近，我已经吃了二三十只了。到了五月，它们就分散飞走了。"

当我们从一条小径穿过一片灌木林时，尼玛说："我们可以从这片林子里找出很多种茶叶的代用品。在我们藏语里有一句俗话：茶只有一种，但可以找到几百种代替它的东西；盐也只有一种，但找不到一种可以代替它的东西。"

我们听着他的谈话，几乎忘记了疲劳。他对我说："今天我们要住在'擦赤顶'村，用汉话说，就是'温泉的顶上'的意思。我先去安排一下。"说罢，一跨上马，猛抽一鞭，就又像箭似的飞驰而去。他的皮背心的两襟被风吹得向后掀起，加上他瘦瘦的身材，矫健的动作，使人感到就像一只雄鹰向前疾飞一样。

我们在一家藏族木楼房上过夜。尼玛奇迹般地弄来了麂子肉和牦牛奶，加上小岳丹沿路猎得的雉鸡和斑鸠，然后尼玛坐下来用一节大竹筒做"加通"——就是打酥油茶，使我们吃了一顿令人难忘的晚餐。

次日清晨，尼玛说："我带你们去洗洗澡吧！你们就会明白为什么这里叫'擦赤顶'了。"

我完全没有想到，就在林子旁边不远的地方，有一座花岗岩的山坡，远远望去，一片烟雾弥漫，好像笼罩在浓雾中一样。走上山坡，眼前的景象几乎使我欢呼起来。在这片方圆二三里的山坡上，到处分布着各种形状的温泉。这些温泉的喷口，都好像有意为自己选择了最合适的地形和背景：它们有的是椭圆形的，有的是长方形的；有的是在一片石笋中间，有的是在一个巨大的溶洞下面；有的是孤零零地躲在一块岩石后面，有的是一个接一个，好像一串珠子一样；有的是在一片盛开的野花中间，有的是在一个石笋顶端，就像一口小锅一样，中间是沸腾的泉水，有一个藏族青年正在用它来煮鸡蛋。在这一片奇迹般的温泉后面，是一座山峰，处处怪石嶙峋，有的像蘑菇，有的像竹笋。有许多来自四近村庄的藏族人民，在岩石边搭起了小帐篷，有的帐篷旁边还拴着奶牛。人们说，每年春天，都会有许多人到这里来洗温泉澡，用泉水煮肉吃，用来治疗风湿病和皮肤病。

我沿着一个个温泉走向山坡的西端，在那里，一股股温泉水汇成一片温泉瀑布向山下流去。山坡西端是一片陡直的悬崖峡谷，陡壁上有数不清的蜂窝般的石穴。正当我为眼前的奇特景色赞叹不已的时候，突然有成千的绿色的鹦鹉展翅腾空而起，向远处森林飞去，在阳光的照射下，就像是一大片令人眼花缭乱的翠绿色的云。瞬时间，它们又飞了回来，面向阳光，又改变了颜色，望去就像是一片宝石般的蔚蓝色的云。它们在高空欢叫着，旋转着，然后，又飞回了它们栖居着的悬崖的石穴中，我站在那里，目瞪口呆，霎时间，我感到就像是进入了一个梦幻中的神话世界……

我们继续向东北方向的碧达海进发，据尼玛说，那里有更美好的天地。我们沿路经过几个村庄，村里的穿着鲜艳服装的人们从远处看见尼玛走过，马上会快步迎上前来，大声喊着"尼玛阿达"（大哥）。尼玛一会儿从马上跳下来走进一家人家，说是这家有人病了，要去探望，送点药去；一会儿又跳上马驰向另一座藏族的小木楼，然后回过头来大声喊叫说，他要去看一家烈士家属，他们的父亲是在和国民党打游击时牺牲的。

我们进入了峡谷，在一个叫作双桥的只有三四家人的小村庄停了下来。这里两面小山上都是浓密的森林，路旁的杜鹃花，从灌木变成了高大的乔木，已经含苞待放。

尼玛帮助我们补充了野营的粮食，背来了一大背箩洋芋。在继续出发前，他说他要到村后看看，然后就钻进了丛林。十分钟后，我们听到了一声枪响，过了一会儿，尼玛回来了，肩上背着一只我从未见过的野禽：身上有美丽的红绿相间的羽毛，脚是赤红色的。尼玛带着一种遗憾的口气说：他刚才听见了麂子的叫声，可是只打到了一只两条腿的红脚鸡。一个真正的猎人打不着四条腿的野物，是会被人笑话的。

从双桥出发，沿着一条清澈碧绿的小河前进，我们就逐渐进入了原始森林之中。小河两面是浓荫遮天的高大的松杉树和枝干四伸的麻栎树。在左面的山坡上，密生着笔挺的冷杉和红松，间或出现一片白桦林和橡树林，它们的红、黄、绿相间的树叶使密林显得色彩分外鲜明。尼玛背着枪在前面引路。他说，前边不远，我们要经过一片草地，这片草地有一个好听的名字——"夏尼杜"，用汉话说，就是"夜鸟栖息的地方"。我们在密林中艰难地穿行着，时时被头顶上的树枝挂住帽子。不久，渐渐出现了草地。开始，只是一小片一小片的，再往前行，转过了一道陡峭的山峡口，在我们面前就出现了一片美丽的草原。草原上的草还大都是枯黄色的，但仔细看来，这里的春天虽然是姗姗来迟，毕竟已经有了春意，这里那里已经茁生了片片青草和野花。野花像繁星似的贴着地面开放着。尼玛对植物的知识也是使人惊讶的，他可以叫得出每一种野花的名称。他说，那种血红色的花叫作"鼻血花"，那种银白色的花叫作"韩波花"，意思就是"早开的花"。

我们在柔软的草地上行进着，有时会陷进没脚的泥沼中，尼玛说，当年贺老总率领的红军从中甸出发时，有一路就曾经从这片草地上经过。然后，他为眼前的景色激动起来，仰起了头，把右手放在脑后，用藏话唱起了高亢的藏歌：

　　我们向前走呀，向前走呀！
　　痛饮雪山汇成的泉水向前走呀！

当他的歌声在群山中余音缭绕的时候，在我身后不远又响起了藏族战士顿珠的歌声：

我们是不同母亲的兄弟，

在这银子般的雪山下相聚……

越过草地，爬上了对面陡峭的林木蓊郁的山麓，尼玛停下来说："休息一下吧，爬过山顶，下面就是碧达海了！"然后他指着我们刚刚走过的草地中的一条清澈如碧的小河说，"这就是碧达河，从碧达海流下来的，它要向南流进金沙江去呢！"

我们无暇流连，就跟随着尼玛穿越原始森林向山上爬去。越往上爬，山上的树木就越高大和繁茂。我发现，这里的森林、树木是有着明显的层次的：最高的是不同品种的松树和杉树，中间是枝丫弯曲的栎树和橡树，下面是各种不同的杜鹃树。我们回首遥望刚刚走过的来路——这片被人富有诗意地称为"夜鸟栖息的地方"的草原，就好像一只金黄色的号角一样。四面一片浓绿，碧达河和四山泻下的清泉在草原上纵横曲折地流淌着，有时分成几股，有时又汇成一股，就好像是树叶上的叶脉一样。向南方远望，哈巴雪山在天际闪着银光，和金黄色的草原遥相辉映。

在接近山顶时，我们看到了一片林海的奇观。这里高大浓密的树木，一点儿也不像滇南的热带森林（在那里，树木常常是纷乱地交错纠缠在一起），而是独自岿然挺立着，可以清晰地看见每一株巨树的峭拔的树干。云杉和冷杉好像是高耸的宝塔，栎树在这里变成了魁梧的巨人，夹杂其中的，是一两丈高的杜鹃树的婀娜的身姿。小路转进了山坳，突然，浓绿的森林像幻象般地变成了一片淡绿色。所有的树木身上都披满了璎珞似的木流苏，整个森林就好像是笼罩在一片淡绿色的纱帐之中。尼玛指着这些奇特的飘带似的寄生植物说："我们藏族把这叫作'猴子哈达'，你看，它多像挂在菩萨身上的哈达！"我应当承认，我还从来没有看到过这种童话世界般的奇景。

越过山顶，我们在杜鹃林、箭竹林以及高达十几丈的松杉林中间穿行着。在森林小径旁的箐沟间，还覆盖着冰雪，下面是淙淙的流水。流水两旁，生长着一簇簇紫的红的和白的"铃铛花"。小径沿着在冰雪下无声地流泻着的泉水曲折蜿蜒地向山下延伸着。我们得不时地拂去挂在我们头上、身上和马背上的像轻纱似的木流苏，艰难地移动着脚步。突然，尼玛喊了一声："碧达海！"这时，透过森林枝丫的空隙，我们看见了一片碧蓝的湖面，比高原的天空还要蓝。在夕阳的辉耀下，水面荡漾着细鳞似的微波。湖面上，笼罩着一片雾霭。尼玛和他的猎狗向湖边飞奔而下，我们也怀着一种终于得偿夙愿的激动心情跟着他的脚步不停息地一口气跑到湖边。

我们是在暮色苍茫中来到了碧达海的。我们选择湖北岸一片高大的杉树和杜鹃树林间的空地安扎我们的野营。战士们和尼玛熟练地搭起了帐篷做我们的宿处，又在不远处的一个牧人的小木板棚中安下了炊具，烧起了篝火。帐篷搭在几株高大杉树和一株直径近尺的含苞待放的高山杜鹃树中间。

随着夜幕的降临，下起了大雨。帐篷外一片漆黑。雨声和风涛声汇成一片，但我们却有一种十分寂静的感觉。我们在火旁吃着烤洋芋，喝着一路上早已习惯了的浓浓的酥油茶，听着尼玛和战士们讲述打猎的故事。沉默的、动作缓慢的小岳丹讲起了他打豹子的故事。他闷声闷气地说：他有一次巡逻，发现一头金钱豹正在吃一只獐子，他用半自动枪把正在逃跑的豹子打穿了几个窟窿。尼玛赞许地点着头。接着，也讲起他打豹子的故事来。他说，就是在这碧达海边，有一天黄昏，他看见一头豹子正在树丛中向山上跑去，他只能从枝叶间看见豹子闪动的花纹，他一枪打中了豹子的肚子，豹子咆哮着反扑过来，两三下就蹿到他面前，正当它朝尼玛腾空扑起的时候，尼玛又开了一枪，打断了这只足有七八尺长的凶恶动物的腰。

我们都被他们动听的故事吸引得不想睡觉了。尼玛接着又滔滔不绝地给我们讲起在这一带打猎的经验来，就好像是给一群新手上课一样。他说：现在正是打熊的最好季节，是老熊出洞的时候。在这一带，打熊有两个时间最好：一个是九十月间，橡树结实以后，熊喜欢到橡树最多的地方去找橡子吃。再一个是五六月间，碧达海四周的杜鹃花开残了，花瓣纷纷落在湖中，湖中的鱼会在这时游向小溪中产子，吃了有毒的花瓣，就会昏迷在湖边。在有月色的时候，老熊喜欢下山来捞鱼吃。猎人就埋伏在湖边，先打老熊，然后再捞湖边的鱼。"这次要是能打到一头老熊就好了。"尼玛一面用酥油茶在手上揉着糌粑面，一面说，"要不，我就用赶麂子上树的办法让你们看看我是怎样打猎的！今天这场雨下得好，明天我们就可以找到獐子和麂子的足迹，大黄鸭也会来找我们了。"

雨停了，月色透过浓云把湖面照得闪闪发光。湖水拍打着岸边。猎手们在仔细地擦自己的枪。林中传来野雉和贝母鸡的叫声。我在篝火旁枕着马鞍，很快就睡熟了。我从来没有睡得这么熟过。当我被早晨的阳光照醒的时候，我还以为是耀动的火光呢。我伏在用厚厚的松枝铺成的地铺上，从帐篷的缝隙中向湖面望去，水波平静得像镜子一样。肥大的黄鸭、被叫作"水葫芦"的水鸡和有着美丽的彩色羽毛的野鸭三五成群地在湖心游着。在对岸的密林中，一股股洁白的云雾向天空冉冉升腾。

我从烟雾蒸腾的帐篷中走出来，到湖边去洗脸。环首四望，我简直被这仙境般的美妙景色迷住了。这是一个不太大的呈葫芦状的湖，湖水清澈得像水晶一样。四面全是郁郁葱葱的森林。我们住宿的地方是一片沙地，但湖边许多地方却是陡峭的石崖。有许多高大的树木从崖边伸向湖中。在湖的东部，有一座满生林木的小岛，就好像是一口倒扣着的钟一样。我和几个伙伴沿着湖边渔人和猎人踏出的小径向东走去，顷刻间，我们就走入了一个奇妙的植物世界。到处都是被浓绿的苔藓覆盖着的乔木和灌木，主要是松杉、栎树和杜鹃树。我发现，杜鹃树竟有着这么多的同族：有的高大得像巨人，粗大的枝丫胳膊似的伸向四面，垂挂着拳头大的花苞；有的矮小得像小草，茎叶贴在地皮上；但大多数是一人高的灌木丛。有的已经开花了，花的颜色有紫红色的和浅红色的，也有淡蓝色的和洁白色的。林中充溢着一种阴冷的、混合着植物的芳香和腐叶的气息的浓郁的空气。小路柔软得像地毯一样，盖满了落叶和茸毛似的青苔。岸边，一行行挂着木流苏的杜鹃树枝伸向水面，枝上垂着桃红色的硕大的花簇，从花苞和叶尖上向湖面滴着露珠，这使我时时想起尼玛讲到的"杜鹃醉鱼"的迷人景象。但是我们早来了半个月，杜鹃尚未盛开。我真有点儿后悔来得太早了。试想，在一个银色的月夜，我们伏在用松枝荫蔽的掩体中，等待着老熊从山上下到湖边，眼看着它笨拙地从水上捞鱼，然后我们几支猎枪齐发，那该是多么美妙动人的情景啊……

小径有时穿过平坦的林间，有时攀过陡立的崖壁。这里的植物是那样的浓密和茂盛，有时竟盖住了我们头上的天空。我们行进着，感到这里每前进一段路程都会出现一幅大自然有意安排好的优美的画面：密林像花边似的装饰着湖岸，在清澈的水面上，映出变幻多姿的倒影。岸边处处有奇形怪状的岩石和岩洞，岩洞中有时会飞出一群鹦鹉，飞往对岸，映绿了微波涟漪的水面。不时有股股清泉从山箐间流进湖中。

我们一直走到湖的东端，这里出现了一片开阔的草原，地面上星星点点地布满了色彩鲜艳的小花和被人称作"碎米杜鹃"的矮小的杜鹃花。碧达湖水从湖的顶端穿过一片嶙峋怪石向山坡下流去，这就是我们在"夜鸟栖息"的草原上看到的那条秀丽如画的小河了。

我们沿着原路回到了宿营地，看到几个战士和猎手已经出猎归来了。在木板棚下已经烧起了火堆，杜鹃树上挂着几只猎物：有黄鸭和野鸭，有洁白得像白雪一样的白鸡。一个战士正在把一只受了轻伤的黄鸭用细绳拴在湖边的树根上。他说，他要用它来做"诱子"，引诱大群的黄鸭到跟前来。

但是我们寄托了最大希望的两个猎手：尼玛和小岳丹还没有回来。中午时分，我们听见远处的密林中响起了断续的枪声。不久后，我们看见小岳丹从山的陡坡上连跑带跳地回来了。他肩上扛着一只肥大的麂子，气呼呼地把麂子扔在篝火旁边。这只大约有三十斤重的麂子身上还有余温，子弹从肚子的这一面穿透了那一面，弹孔上塞着棉花，这大概是小岳丹从自己的棉衣袖子上撕下来的。我第一次从这个彝族战士脸上看到了满意的笑容。他用不纯熟和语法颠倒的汉话说："今天，我麂子头一个的吃了！"按照这里猎人的习惯，吃猎物的头是一种荣誉。过了一会儿，我就看见小岳丹把剥了皮的麂子头，在篝火上烧烤着，津津有味地吃了起来。

这时，我们听到了在湖对岸有猎狗狂叫的声音。藏族战士顿珠一下跳起来说："尼玛撵着麂子了！我们快去看麂子上树，晚了就看不上了。"就仿佛要去看一场诱人的技术表演似的，我们随在顿珠身后，顺着湖的右岸向狗吠的方向跑去。但是我们太晚了，刚刚跑出五六百米，就听见了一声枪响，可以听得出，这是尼玛背的那只从他当游击队员起就从不离身的步枪发出的声音。过了几分钟，我们就看见尼玛随在他的猎狗身后从丛林中不慌不忙地钻了出来。在他身上，背着一只比小岳丹打到的那只更肥大的麂子。尼玛一看到我们，就遗憾地说："你们来得太晚了。要是你们能看到我和猎狗从两面把这只麂子撵上树去，那多有意思呀！"他回过身来，指着湖的东岸一棵斜斜地伸向湖面的大树说："这家伙蹿上了这棵树，吓得发抖，我怕它跳水逃走，就开了枪。"他深为我没有亲眼看到这个场面而惋惜，有点歉意地说，他一定要想法打到一只熊，他已经有好几次看到了老熊下山的足迹和粪堆。在我们返回营地的路上，尼玛又讲起如何追踪野兽的学问来。他说，打马鹿和麂子最重要的是熟悉它们的习性。马鹿奔跑时，多半是笔直的，而獐麂则喜欢跑"之"字形的路线。马鹿可以迅速地泅渡过很宽的湖面，但獐麂在水上泅游短短一段距离就会返回来。他还可以辨识出带茸的鹿和母鹿的粪便的区别，甚至可以从獐子的小粒的粪便嗅出是不是有麝香以及麝香的大小……

黄昏时候，天下起了迷蒙细雨。尼玛和我们在帐篷里烤着鲜美的麂子肉和黄鸭肉，喝着青稞酒。在闪动的火光旁，他的脸好像是一具古铜色的雕像一样。他的眼睛有一种忧郁的神色。他说，他看到了远处森林中的野火。他特别痛恨那些不负责任的渔人和猎人，往往在这里放火烧山，不惜用烧掉一片森林的办法把野兽驱赶出来。他带着激动的深思的表情回忆说："过去，这里比现在还要美丽，野物也要多得多。"他很担心人们到这里来砍伐林木，开辟耕地。"要是那样，"他说，"用不了多久，这里就会变得像中甸坝子了，也不要指望再看到'杜鹃醉鱼'了！"他大口地喝着酒，然后，又把右手放到脑后，用一种高亢悲凉、多少有些凄楚的声音唱起藏歌来：

在环绕森林的草原之上，

是野兽和牛羊兴旺的地方。

望着远处山上的野火啊，

牧人和猎人的心里阵阵忧伤……

  我们又度过了一个寂静的夜晚。篝火的光亮暗淡下来。雨渐渐停了。远处传来一阵阵像小狗吠叫的声音，尼玛说，这是只有雪山附近才有的贝母鸡的叫声。湖水拍岸的汩汩声，似乎有催眠的魔力，使我很快就沉入了梦乡。我梦见和尼玛一道在森林中徘徊，远处燃起了大火，在我们前面，马鹿、老熊和獐子在四散遁逃……

  第二天是五一节，尼玛一清早就出去了。但是，我们一直没有听见他的枪声。小岳丹在湖边打到了一只美丽的有弯弯的长嘴的水雉。中午，尼玛空着手回来了。他神色抑郁地说：我们应该离开这里到三十里以外的另一处高原湖——硕都谷湖去。看来这里的老熊和马鹿被不久前来这里的打猎队吓跑了。我从他的眼神看得出来，他是不再忍心去猎取这里的老熊和马鹿了，为的是让碧达海不受破坏，永远保持着魅人的美丽和丰饶。

  我们带着惜别的心情，和尼玛一道又环着湖岸走了半圈。在阳光灿烂的晴日，森林里又是一番风光。金色的阳光从繁茂的叶隙中点点漏下，照着枝叶上的水珠，发出银色的亮光。我看见一只肥硕的竹鼠在竹林中瞪眼望着我们，迅即逃走了。岸边的湖水上，一群彩色的野鸭，听见人声，腾空而去。天上，有片片白云飘过，太阳一会儿出来，一会儿又遮掩在云后，使波光粼粼的水面上，时而一片碧绿，时而金光闪闪。

我们离开了碧达海。尼玛在前引路，带我们到三十里外的硕都谷湖去。他带我们走的是一条曲折的小路，路旁高大的杜鹃树，有的已经繁花满枝。看见我们频频回顾、恋恋不舍的神色，尼玛安慰我们说：他保证我们在硕都谷湖会生活得更愉快。他从路旁摘取一束有银白色镶边的紫色花朵说，这种花叫作"丁朴米杜"，他过去在这一带打游击的时候，曾经用这种花做酒药代用品，酿造过青稞酒。当我们越过了碧达海西北面的山坡的时候，尼玛回过头来，远望着蓝得像宝石似的碧达海，带着一种含情脉脉的神情说："我是多么想在这里住下去啊。可是我看见那么漂亮的小动物在我的枪口前面发抖，我就想，我还是到别处打鸭子和野猪去吧。我真怕碧达海的森林和动物会一天天少起来。我们还是到硕都谷草原去吧，那里的香甜的牦牛奶正等待着我们呢！"

我想我这时的心情也是和尼玛一样的。碧达海是迷人的，但还是让我们不要去破坏它的宁静与和谐吧。这时，前面传来了尼玛的歌声。这歌声就像雪山上的小路一样，节节上升，升到高处，又突然落下，然后又变成悠缓的低音——

在雪峰环抱着的硕都谷草原，
一个美丽的姑娘能把一百头牦牛看管……

我们就在这时而高亢、时而婉转的歌声的伴随下，进入一片金黄色的高山草原。

1980 年 1 月根据 1962 年 5 月的日记写成于昆明

（原载《边疆文艺》1980 年第 3 期）

高黎贡山纪事
——滇行日记摘抄

赘　言

　　下面所摘引的，是我二十年前在滇西北访问所记日记的一些片断。那时，我正在云南边疆漫游，逃避"四人帮"爪牙们对我的追索。在多雨季节的 8 月间，我来到了怒江军分区所在地——怒江边的六库。这个军分区的司令，是我解放战争时期的一位老战友，他愿意承担庇护我的责任，让我逍遥地到他管辖下的任何地区去旅游访问。可是，当我提出希望沿怒江峡谷北行，经怒族聚居区的贡山县，然后从那里横越高黎贡山，到我神往已久的独龙江去访问时，这位豪爽的北方大汉却踌躇不定了。他说："这条路风险太大，我来这里两年了，还没有去过独龙江，现在又是雨季，新修的公路塌方不断，今年已经有好几辆汽车掉进了怒江。再说，我们这里去过独龙江的最高年龄是五十二岁，你已经五十五岁了，怎么能爬得过高黎贡山的雪山垭口呢？你是不是非去不可呀！"看到他虽然为我担心，却也被我的执着追求所动，并没有坚决阻止我的意思，我就说："那么，咱们就一言为定了，你就让我努力去创造一个纪录吧！"

他虽然面有难色，但还是立即就找来了军医，替我检查了一下身体，同时派了一部军用吉普车，答应送我们去贡山。这时，我思想中突然闪现出在部队老战士当中流传的一句已经成为"套话"的口头语："亲情乡情不如战友情！"

1974 年 8 月 18 日

经过两天想起来就使人后怕的旅行，我们终于来到了怒江北端最后一个县城贡山县。这座群山环抱的小城，坐落在咆哮如狂的怒江边。从营房的窗口远眺，江东岸是一片森林茂密的峰峦，江西岸是连接成一片的形状怪异的岩石；怒江的滚滚波涛，有的撞击在铁灰色的岩石上，发出阵阵怒吼，有的则冲过岩石顶部散成浪花又落入江心，使整个江面都沸腾起来，震撼着这座小小的山城。

我们都庆幸能够沿着江边峡谷的简易公路行驶两百多公里而没有发生事故。这条号称"世界第二"的高山峡谷，从雄奇壮美的自然景观来说，确实是使人心旷神怡，叹为观止。在行驶中，我们的左面是高黎贡山壁立千仞的悬崖陡壁，右边是碧罗雪山雄奇峥嵘的层峦叠嶂，在两山间则是黄绿色的怒江波涛奔腾而下，轰响如雷。两岸的山峦是如此地逼近，以至于时常头上只能看到一条窄窄的天空，而身下不断激荡着江岸的怒江的惊涛骇浪，使人感到它真似乎是一条正在狂怒着的巨龙，正像同行的一位战士所说的：这里是"天上一条缝，地下一条龙"。

但是，壮美奇绝的风光也时常和意外的灾难相俱而来。在这条好像是挂在山腰间的公路上，时常会受到塌方和滑坡的威胁。一阵狂风，一番暴雨，就有可能使山顶的巨石从天而落，使山谷间的桥梁陷落江中。我们很幸运，只遇到了一次险情。正当我们走到途中的福贡县附近时，突然听到一阵轰然巨响，车子机敏地应声而停。我们发现，一块直径大约一公尺的巨大岩石从高空落在我们前面一丈远的地方。一位修路的民工告诉我们："你们运气好，假如早三分钟从这里经过，这块巨石就正好砸在你们的车顶上！"

即使如此，也够使人出一身冷汗的了。

但是，我们随即从许多使人惊叹不已的景观得到了补偿。在福贡县附近，公路转向了怒江的右岸，同行的一位战士指着西面的群山说："看，那里是月亮山！"我们随着他的手指望去：在一片高耸入云的山峦后面，一座为云雾缭绕的高峰巍然屹立，这座形态奇特的山峰顶部有一个圆圆的巨大的空洞，有如在一片云雾中悬挂着一轮满月；更加奇妙的是，还可以隐约看到从圆月中飘然游动的片片云彩。我无法目测出这个"月亮"有多大，但是如果把它和桂林的名胜"月亮山"相比，后者充其量也只不过是一座小小的盆景而已。

驻守在贡山的边防独立营热情地接待了我们。这个营的副政委王月堂，是一位身材魁梧的白族汉子，也是这一带著名的"独龙通"——最早带队横越高黎贡山的密林和雪山到独龙河谷去开辟工作的就是他。他告诉我们：按照军分区的指示，他将带领四名战士护送我们到独龙河谷去，还有三匹骡子是用来运送行李与粮食和供我代步的。"不过，"他又说，"在原始森林中可以骑马的地方不多，路太难走了，带上牲口保险些。要是我们，拔腿就上路了。"我问他，从贡山到独龙江有多远路程？他上下端详了一下我和我的同伴，说，"大约一百来公里吧！像你们这种体力，怕要走三天。要我们走，两天就可以了。"

随后，他从库房中取出一捆他们称之为"独龙杖"的手杖来，要我们每人选一支用来助步。这种手杖是战士们用独龙江一种独特的竹子做成的，扶手处有两支角，好像是正在昂首的龙头。

1974 年 8 月 19 日

一夜雨声不停。早晨仍然乌云低垂，远山云雾迷茫。我们一行人马，在王月堂和一位背冲锋枪战士的带领下，向营房北面布满森林的峡谷出发。王月堂不大爱讲话，或者说是在部队里常见的那种先做了然后再说的实干家。他把我们引入峡谷中曲折而上的森林小路之后，才告诉我们，今天出发晚了，本来应当到六十里以外一个叫作漆溪的地方住宿，但现在不得不住在较近的一个叫作"双老洼"的村子里。但我随后就从一个同行的战士口中得知，今天缩短了行军路程，是要看看我们在大山中的行走能力。

山径沿着一条从高处奔腾而下的小溪盘旋而上，道路幽深而泥泞，两边是陡峭的群峰，极目所望都是一片浓绿。不断看到有股股山泉从林箐中喷涌而出，汇入小路边的溪水中。小路沿着越来越高的峡谷上升，逐渐变得越来越陡。我们手中的"独龙杖"开始发挥作用：它可以帮助我们比较容易地越过经常出现的悬在溪流上的狭窄的木板桥，也可以帮助我们拨开时时挡在眼前的藤萝和树枝。林中似乎并未下雨，但我们很快就发现每个人已经是从头湿到脚了。是云？是雾？是雨？是树上滴落的水珠？是流泉激起的浪花？还是身上流出的汗水？反正，当我们气喘如牛、拖着酸软的双腿抵达宿营地时，浑身都是湿漉漉的，我最迫切的愿望是立刻坐到篝火边，把自己烤干。

我们抵达宿处双老洼时，天已经逐渐放晴，四面的山峰和森林在蓝天的映照下明丽如画，时有白云从峰间冉冉飘过，伴随着村边传来的水碓声和溪流声，让人感到一种宁静而又安详的气氛。

双老洼是高黎贡山麓（走了多半天才爬到了山麓！）的一个傈僳族小村落。远远望去，只是几座小木楼散落在一片疏林中间。这里的房屋很别致，全都是用松杉木建成，连房顶上的瓦，也是用薄木板做成的，上面压着一块块岩石，用以抵御刚烈的山风。房前房后都是一排排野桃树和核桃树。我们住的一间大木屋，里面搭着一排木板床，房当中有两个大火塘，火势正旺，看来是专门为接待过往客人而准备的。我们围坐在火边吃晚饭，倾听王月堂为我们所作的安排。他说，他原来担心我们走这样的山路有困难，但经过今天的考验，他对我们能否顺利翻越高黎贡山的雪山垭口不再怀疑了。他告诉我们说，明天将是艰苦的一天。要穿越真正的原始森林，沿途没有人家，因此我们要努把力，赶到高黎贡山分水岭东边的一座"哨房"去过夜。

大概是为了增强我们的信心，他说："现在虽然是雨季，路却修得比过去好走多了。过去，从这里爬高黎贡山，要过好几处'天梯'。"他随即向我们介绍了什么叫作"天梯"。原来，过去这条道路是不能走牲口的，因为森林中的小路时常被悬崖遮断，要越过这些高高低低的路障，就要用粗大的圆木砍成阶梯，竖在陡壁上，让行人翻越过去。"不过，更困难的是冬天，"王月堂说，"这里每年有六个月是大雪封山的季节，因此，每当冬天到来之前，我们就必须把独龙江边防连半年当中所需的粮食和物资抢运过去。说来人家不信，每年冰化雪消的时候，我们要做的第一件事，就是把积存了半年的报纸，送到独龙江边防连去！"这时，正在烤火的一个战士突然插话说："无论是下雪还是'天梯'，都拦不住王副政委的双腿。他在这条路上已经走了十几年了。有一次，他硬是背了一头牛犊，爬过几道'天梯'，送到了独龙江边防连！这条小牛现在大概已经长成老黄牛了！"

深夜，我伏在木板床上就着蜡烛写日记。在人们的鼾声中，从隔壁村支书的房间里传来了半导体收音机的声音，广播员正在报道长沙马王堆汉代古墓的发掘经过。这太好了。在这样的深山里听到了如此动人的新闻，而且从头到尾都没有听到一句使人神经紧张的话，比如高声朗读语录的声音……我有许久都没有度过这样安静的夜晚了。

1974 年 8 月 20 日

黎明前，为阵阵袭来的寒意惊醒。窗外一片喧响：雨声、风声、流水声和战士们做早饭的声音掺杂在一起，使我意识到今天要冒雨行军了。我们匆忙穿上雨衣，打好防范蚂蟥的绑腿，准备向高黎贡山的原始森林进军。

人们告诉我，只要再往山上爬半天，我们就可以接近"雪线"了。

山峡越来越窄，树木也越来越密了。林木葱茏的峡谷一道连着一道，就好像是树叶上的脉络一样，每一条微细的叶脉都是一条富有林泉之胜的峡谷。我们小心地走过一道横跨悬崖的吊桥，桥下是一条从高处奔腾而下的激流。我发现，站在桥头上，无论向左或是向右看，都是一派美妙如画的景色。碧绿色的山泉从左面山谷高处冲击而下，撞击着谷中的峭岩怪石，溅出片片珍珠般的浪花；右面，是另外一条溪流从密林中喷薄而坠，又转身流向对面一道峡谷。山谷中密生着全身挂满青苔和流苏的参天巨树，如同一排排全身披挂的威武巨人。越往前进，道路越难走，而景色也就越加使人目不暇接。我们沿着不见天日的小径从一道峡谷攀上另一道峡谷，从一条激流越过另一条激流，峰回路转，等待着我们的总是使你意想不到令人流连难舍的美妙风光。在行进中，我还发现一个奇特现象，在这里，你几乎很难区分瀑布和激流的差别。上下左右，处处都有飞瀑流泉。我在别处还从来没有看到过这么多结伴而行的小溪，这么多不停地从沟谷中倾泻而下的山泉。当你从一条山径折向另一条山径时，就会发现有条新的清澈澄碧的溪流从你的左面或右面湍急地流过，跳跃着，歌唱着，急急忙忙向峡谷下方奔腾而去。

但是，直到我们路过一个叫作漆溪的地方，我才发现，在这里，除了随处可见的湍流飞泉以外，也还有着可以和许多著名瀑布相媲美却尚未为人所知的巨大的瀑布。当我们吃过午饭，沿着悬崖小路向西行进的时候，有人突然欢快地惊呼起来，我看到，从北面的悬崖陡壁上，从浓密的云层中，一片银色的巨瀑从高空坠下，穿过一道桥梁，然后又坠落到我们身后同样陡峭的深谷中去。想来，又会几经跌宕，再降落在另外的遥远的深谷中去。谁也说不上这道瀑布有多长（它至少有几里路长）。但是，它的磅礴浩瀚的气势所产生的震撼力量，却是我所见过的许多著名的瀑布难以比拟的。不过，当我们继续前进以后，我就逐渐发现，我们其实用不着这样惊讶。因为，我们攀登得越高，越是接近高黎贡山的分水岭，几乎随处都可以看到这种来源于山巅的雪水和山泉汇成的巨流，它们纵横交错地奔向紧密相连的峡谷，于是，就出现了大大小小的瀑布。从远处看，它们有的像一匹漫长的白练斜挂在危崖峭壁上，在阳光下闪闪发亮；有的则是直到半山腰才聚拢在一起，形成一条滚滚倾泻的激流，在流向比较平坦的山谷时，就变成了一条波涛滚滚的河流，然后泻入到怒气冲冲的怒江中去。

越走向高黎贡山的深处，就越是可以清楚地看出，这里的植物是根据海拔、温度、湿度、风向的不同而分别繁衍生长着的。在海拔两千公尺以下，我们看到的大都是杂木林和阔叶林。随着海拔的增高，我们才真正看到了基本上还处于原生态的原始森林。我们看到了成片的直径达到两公尺的冷杉林、云杉林和珍贵的楠木林、红松林。它们大都高达三四十公尺，枝叶繁茂，身上挂满了藤萝和附生植物，像飘带，又像璎珞，十分壮观。有些巨大的冷杉树，奇迹般地生长在悬崖的边沿，冲天矗立，显得分外英武挺拔。有些直径盈丈的老树，由于衰老或是雷击，自然倒伏在林中，挡住了小径的去路，于是，人们就在树身上砍出阶梯或搭上"天梯"，从上面攀援而过。如果树身直径不足两米，那多半会被人从中锯断一节，形成可以供人通过的甬道。我们就常常从这样的树木甬道中通过，继续前进。

原始森林花卉的繁茂和绚丽，也是我从未见过的。我从中认出了成片的大树杜鹃和野生的木兰花树，由于它们的花期是在春天，我们无缘欣赏。但是，在大树的荫蔽下，却生长着许多罕见的野花：有的花，开着紫色和白色两种不同颜色的花朵；有的花，在一串串叶茎的顶端长出了大朵的火焰般的红花；有的花，在一根拔地而起的木茎顶端盛开着长长的金黄的花朵，在花下边又环绕出一圈豆荚，远看，酷似一只剥了皮的香蕉……人们纷纷去采摘花朵，除了一种名叫"蛇包谷"的怪异的野花外，其他大都没有人说得出它们的名字。

　　景色是令人赏心悦目的，但是道路却是想象不到的崎岖难行。在很长的一段泥泞小路上，为了便于行走，被铺上了木板或木棍，这样，我们就可以一步步地踩着木棍和木板互相拉扯着前进，而不至于陷入半尺深的泥泞之中。但是，却苦了我们可怜的骡子，它们的四蹄会时常被木棍卡住，需要不断地用力蹿跳，才能够脱离困境，奋蹄前行。我们就是这样艰难地一步步走向我们今天的目的地——东哨房。王月堂对我们说，那里的两位来自独龙江的值班战士大概已经为我们做好了晚饭，正等待着我们早些到达呢。

　　暮色四合，经过了十二个小时使人筋疲力尽的跋涉，我们终于到了今夜的宿营地——东哨房。

　　东哨房是建立在接近雪线的一处哨所，是一排整个用木头建造的房屋——它的不加修饰的木墙、木门、木顶和用圆木垒成的墙基，都好像是我们在童话影片中常看到的那种房子。房子被隔成三间。我们被迎进西面的一间去吃晚饭。房子中央的火塘烧得正旺，我们一进门就都像是瘫软了似的躺在火塘四周，但是，房中的火光和笑脸却使我产生了一种温馨和幸福的感觉。

　　大概是由于房里弥漫着浓烟，我顺手推开了木板窗门，谁也没有料到，从窗外进来的并不是新鲜的空气，而是一朵乳白色的云，一团挟带着水珠的湿气，几乎扑灭了我们正在熊熊燃烧的火塘。一位战士迅速地把窗户关上了，于是，火塘又欢快地燃烧起来。

　　我们在火塘边狼吞虎咽般地吃了一顿使我永远难忘的晚餐：包括了罐头猪肉、脱水蔬菜、压缩饼干和由于空气稀薄而有点夹生的大米饭。想到这些饭菜都是由战士们从贡山翻山越岭背到这里来的，就不免令人从内心感到愧疚和不安……

1974 年 8 月 21 日

一夜雨声不断。黎明时刻，我从木屋走出来，看看我们是在怎样的自然环境中度过了这一夜。展现在面前的景色使我的目光为之一亮：原来我们是置身在一块如此神奇美妙的土地上。群山环绕，覆盖在山顶上的浓云正在徐徐飘散，山谷中升腾起一股股银色的浓雾，一直上升到高空，然后又融入到云层之中。环首四望，有无数银练似的瀑布从云中、山上直坠而下，在云雾的掩映之中，在一束束从云隙间漏下来的阳光的照射下，这些密密地排列在一起的瀑布，时而银光闪闪，时而朦胧缥缈，把大地装点得如同童话世界一样。

但我们不得不迅速离开这里。在往西两小时路程处，便是高黎贡山的雪山垭口，我们必须在两小时内翻过山去，才可能有足够的行军时间抵达我们的目的地巴坡村——独龙江的边防连队就驻守在那里。据东哨房的两位战士说，按照我们的体力和速度，今天的行军路程，大概需要十二个小时。

天气变化无常，到处云雾弥漫。高原的风挟带着雨珠迎面吹来，使人每进一步，都要付出双倍的精力。而对于像我这样年龄的人来说，在三千公尺以上的地方沿着陡峭的山路向上攀登，实在是一种使人难以想象的艰苦劳动。但是，目标已经在望，笼罩在密云浓雾之中的高黎贡山的头戴银冠的主峰仿佛有一种说不出的神秘的魅力，在吸引着我们。尽管山路越来越陡，阵阵风雨有时会迎面把人冲撞得站立不稳，我还是在战士们的扶持下，一步一步地迈向顶峰。逐渐，我注意到，原来十分茂密葱茏的树木开始变得疏稀起来，似乎是为了适应风雪的袭击和摧残，有些直立挺拔的大树变成了弯腰屈背的老人，有些巨大的杜鹃树把自己的枝干扭曲成一团，匍匐在地面，却仍然在生气盎然地生长着。

我们终于攀到了高山的分水岭，跨上了时时被人谈论着的雪山垭口。这里大约已经有四千公尺的高度。我们在标志着高黎贡山分水岭的一块石碑前休息了很久，欣赏着从未见过的景色。在这里，雨、云、雾以及脚下溅起的水花，几乎都混成了一片。眼前一片迷茫，时而暴雨从上倾盆而落，脚下却是片片浓云飘然而过，使人有一种腾云驾雾的感觉。就在我们眼前，由雪水、雨水和山泉融汇而成的股股激流和飞瀑，从山脊上分别向东西两个不同的方向奔腾而下，发出震天撼地的轰响。突然间，瓢泼的大雨袭来，使人无处遁身，我们不得不在狂风暴雨中脚踩着滚滚下泻的流水向山下奔去。雨越下越大，在茫茫云雾之中，远山只能显出模糊的轮廓，地下也不见小路的痕迹，我们只能在倾斜的河床上高一脚低一脚地破浪而行，有时，简直就像是坐滑梯般地随着流水向下滑去……

高黎贡山的气候和脾气，永远是变幻莫测、喜怒无常的。

我们就是这样在无边无际、无穷无尽的流水和雨水中走了两个小时，才在一片森林的边沿找到了一间可以遮风避雨的小木房。战士们说，这就是独龙人所建立的"救命房"，在里面，我们可以休息、烤火、做饭，必要时甚至可以取用那里储存的粮食和食盐，虽然在那里多半是空无人迹的。独龙人至今还保留着古老的乐于助人的美好风俗，因此，在深山老林中常常可以找到这种扶危济困的"救命房"，来帮助那些遇到困难的游人。果然，当我们在这里休息避雨时，看到木板墙上悬挂着备人借用的粮食袋，墙上还悬挂着两把弩弓，两个装着竹箭的熊皮箭筒。显然，这间"救命房"的主人，是两位好心肠的独龙族猎人。

　　进入独龙河谷的头一个异常的感觉是：这里的气候显然比高黎贡山的东麓要温暖得多。在印度洋季候风的吹拂下，这里的树木也长得更加葱郁茂盛，而且，不时可以看到在山的东麓难得看到的成片的阔叶林。王月堂说，独龙河谷的森林，最多的是一种叫作"水冬瓜树"的速生树林。水冬瓜树的木质好，生长快，易燃烧，树叶还可以制药，是独龙人须臾不可缺少的生活资料。

　　天逐渐放晴，我们翻越了最后一座密生着水冬瓜树和杜鹃树的山岭，在我们眼前出现了一道弯弯曲曲的满覆森林的山谷，一条清澈的绿色河流从北面蜿蜒流向南方，在夕阳斜照下，显得十分秀丽而璀璨。

　　王月堂高兴地指着山脚下一片白色的房屋说："看，那就是独龙江边防连的营房，我们再加把劲儿，再有一个小时就到家了！"

　　直到这时，在我的思想中，才突然涌上了一种宽慰而激动的感情。在这样的艰难岁月里，我竟然来到了一个如此宁静祥和、使人心灵不再受到干扰的世界！

　　但是，也许使我更为高兴的是，我终于翻越了原以为高不可攀的高黎贡雪山，而且创造了一个截至目前为止的"年龄"上的新纪录。

1994 年 4 月 6 日于北京

春光常在的地方

　　我们祖国的西南边疆有着许多河流。绿色的河流像叶脉似的密布在广阔的土地上，它们穿过群山，穿过丘陵和峡谷，穿过森林和田野，然后汇合成巨流，奔腾入海。我们的母亲大地，以最大的慷慨给予了居住在这片土地上的我们的各族兄弟们：肥腴的黑土、常绿的森林、和煦的阳光和不竭的流水，使这片土地美丽和富饶得像花园一样。人们说：云南边疆四季都是春天。

　　但是，就在几年以前，当共产党的阳光还没有照耀到这里的时候，当封建剥削、民族压迫、贫困、猜疑和愚昧像乌云似的压在每一间茅屋的草顶上的时候，自然界的春天对于我们这些说着不同语言的勤劳而又勇敢的兄弟们又有多大的意义呢？在居住在祖国边沿地带的有些民族中间，甚至没有春天这个词汇。他们只知道：在这些时候，是耕作和收获的季节；在那些时候，是狩猎和打柴的季节；而在另一些时候，是他们那样憎恶而又无可避免地上山逃避反动统治造成的灾难的季节。而春天是什么呢？春天不能给我们带来盐巴、布匹和农具；春天不能帮助我们掀去身上反动统治的石板；春天不能把我们从垂死的疾病中解救出来；春天不能使我们挺起身来，自己成为自己的主人。

　　真正的春天到得很迟，但它毕竟是来临了。边疆兄弟民族的春天并不是伴着杜鹃的啼鸣和鲜花的盛开而到来的。他们的春天是伴着人民解放军的号角和歌声而到来的，是伴着人民政府的工作人员和民族工作队而到来的。只是在党的民族政策的光辉降临在边疆的土地上的时候，边疆的兄弟民族才懂得了什么是真正的春天。

1950 年的春天是第一个真正的春天。正是在春耕的季节里，我们向国境挺进的先遣部队渡过了红河，进入了密布着原始森林的兄弟民族聚居区。红河真是红色的，红得像那时正在岸上盛开的映山红一样。我们带着好奇问一个哈尼族向导：红河为什么是红的？他根本不理会一切科学常识的论据，回答我们说，红河是被一百多年前的一个哈尼族英雄的鲜血染红的，他因为率众反抗封建压迫而被杀死在红河，从此，红河就变成红色的了。这种神话似的奇谈引起了战士们一阵同情的笑声。然而，当我们越深入到边疆民族区域，就越发感到：这个哈尼族向导所说的不仅是传说，而且也是真理。富饶而美丽的边疆展开在我们眼前：清澈的河流，黑色的土地，荫蔽天日的森林，都使我们感到好像来到了一个正待垦拓的天堂。然而，比这一切都更深地打动我们的却是贫困。在那些隐藏在山坳和树林里孤零零的村寨中间，我们的苗族、瑶族、彝族、哈尼族的弟兄们，穿着破烂的麻布衣，披着棕蓑衣，偎倨在卑湿的泥地上，锅里煮的是没有盐的野竹笋和芭蕉心；孩子们光着腿，脸色和他们用蓝靛染的包头布一样青，嘴里嚼着仙人掌的果。家家的粮缸都是空的，有的被残匪抢走了，有的在春荒中吃光了。成年人都逃到山里去了：一半为了采糊口的野菜，一半是为了逃避残匪。

可怕的贫困！谁要是不亲身到那些破漏的草屋顶下去看看，谁就不会懂得什么是真正的贫困。我们那时刚刚经过几个月的战斗行军。我们是一支疲惫而艰苦的队伍，但是还是拿出了我们的一半口粮，脱下了我们的最后一件衬衣。我们夜以继日地、忍饥耐苦地到森林里、到高山上去，一面清剿残匪，一面叫回那些像岩羊一样藏匿起来的男女。我们的足迹踏遍了国境线上的每一片老林和每一座山峰。在被藤蔓纠结得像蜘蛛网似的丛林中，在被各种热带植物荫覆着的岩石旁，在披满了青苔和藤须的古树树洞里，我们曾一次又一次地见到那些宁肯与麋鹿为邻，也不肯在残匪蹂躏下生活的人们。有一次，战士们在林中的一间用芭蕉叶和棕榈搭的小房里发现了一个叫作李老大的苦聪人，依靠一把弩弓，他过这种"喜鹊阳雀当叫鸡，豹子老虎作邻居"的生活已经有十年了。当我们告诉他已是春耕季节，劝他搬到山下安家的时候，他摇着头，对我们的向导说："麻雀无树桩，苦聪无地方，年月再好，也没有我们苦聪人的日子！"

看着他那干枯的手臂和没有血色的脸，我们马上就联想到：红河的水的确是像人们的鲜血一样红。反动统治者已经榨尽了兄弟民族的血汗。尽管边疆是四季常春的，尽管这里像金子一样富饶，但是，只有当我们和各族人民在一起把我们国土边沿的敌人扫清，并且手携手地走向社会主义的大路的时候，春天才会永远驻留在我们这些饱尝苦难的各族兄弟的心里。

从那个春天到现在，五年的时光已经过去了。在这五年中间，我们的边疆和我们的祖国一同大步前进着。在这五年中间，我在边疆走过许多地方：从澜沧江到金沙江，从勐拉江到打洛江，从藤篾河到南溪河，我曾经和我们的边防军一起，同我们的各族弟兄们度过了许多愉快的白天和黑夜。我并没有奢望看到，在这短短的岁月里我们的各族人民能完全摆脱贫困，开始过着富裕的幸福的生活；但是，我也没有想到，就在这短短的日子里，真正的春天，作为劳动与欢乐的季节的春天，作为战斗与友爱的季节的春天，已经像早晨的阳光一样照遍了边疆的每一块土地和每一条河流。

在南方国境线上的勐拉江，为我做了最初的见证。

绿色的勐拉江静静地流着，它流过浓荫的山谷，流过被森林怀抱着的美丽的平原，然后又沿着陡峭的巉崖流入远处的群山。七月的黄昏，将落的太阳，把两岸的大树的枝丫镀成了鲜红色。我们坐着用木棉树挖成的独木舟从市集回到驻地去。我们每一个人都怀着无限欣喜的心情离开我们才赶过集的边境上的这条街。街上各族人民的五彩缤纷的花衣服把我的眼睛都耀花了；堆成小山的盐巴、农具、布匹和日用品使这条街富足得和任何一个小城市的街道相比都不逊色。和我们一同回去的一群傣族姑娘高兴和满足地唱起了歌；一群瑶族的民兵和猎人坐着木筏随在后面。独木舟在清澈见底的河上箭似的向前行驶着，两岸的甘蔗田、香蕉林和大片的玉兰花树飞速地闪过去；垂向水面的花枝和藤蔓时常抚擦着我们的脸。姑娘们喊喊喳喳的欢笑声，木桨拨水的噼啪声，岸旁水磨转动的咿呀声和岸上棉田里的互助组的歌唱声，混成了一片这样美妙的合奏，使你无论如何也难以想象：就在一年以前，这里还是一片荒乱；而且此刻这里也还不是平静的地方，还有少数残匪隐伏在境外的密林里。

当又圆又大的月亮照亮了村寨的时候，年轻人开始在槟榔树和椰子树下跳起舞来，小伙子们吹着芦笙，弹着三弦琴，而边防军战士则吹着口琴；姑娘们在中间旋转着她们花枝招展的裙子。喜欢安静的老年人坐在树荫下，纺着线，嚼着槟榔，脸上露出幸福的笑容。

在这样的夜晚，人人都觉得很幸福，但是，人们并没有忘记这里不是平静的边境。当晚会的篝火还没有熄尽的时候，我们听见寨边传出一声低沉的牛角号，这是有人偷越国境的警号；马上，村寨沸腾了：战士们拿起了冲锋枪，民兵们拿起了火药枪，搜山捕捉队在五分钟之内就出发了，就好像这里并没有举行过晚会似的。不久，森林中到处都亮起了火把；它们像灿烂的星似的在国境上闪耀。看着这遍山闪耀的火光，我们谁也不能抑制自己的兴奋。难道这些人们，这些在深夜里用他们自己生命的火花来和边防军一道在边境森林中捍卫着自己的生活的人们，就是我们一年前在森林中见到的那些无助地逃避着灾难的人们吗？一年之间，他们变得使我们几乎认不出了。在我们新生的祖国的光芒照耀下，边疆各族人民不仅懂得了如何珍惜自己的新生活，而且懂得了如何保卫和建设自己的新生活。

在靠近另一段南方边境的勐连河，为我做了又一次的见证。

勐连河是温静而美丽的；河岸上拥挤着芒果树和榕树，金色的芒果把枝丫压得向河面垂下了腰。在晚霞辉耀下，缅寺的金塔闪着光；一排排垂着肥厚叶子的菩提树和像巨人似的挺立着的贝叶树后面，是一片绿毡子似的稻田。这一切，加上那些穿着盛装的男女们，简直是像图画一样的美妙。但是，在此刻这并不是重要的；重要的是我们在这里见到了各族人民出自内心的欢乐。人们从山上、从林中、从所有的村寨里涌到了勐连河边；他们来庆祝自己的节日——居住在这块地区的傣族、拉祜族和佤族人民建立了自己的自治政府。这是真正的狂欢之夜。在以前，居住在平坝里的傣族、居住在山腰上的拉祜族、居住在山顶上的佤族是不大往来的；但现在，穿着浅绿色筒裙的傣族姑娘和穿着绣有很宽花边的长袍的拉祜族姑娘，戴着红头巾、腰上围着藤圈的佤族姑娘和穿着花裙子的汉族姑娘手挽手地在跳着环舞；而在旁边，一个奇异的乐队正在合奏着：傣族青年在敲长鼓，拉祜人在吹着各式的芦笙，佤族人则在打着象征着他们过去那些古老而沉重的生活的叹息般的铓锣。音乐声音是不和谐的，舞蹈步法是不一致的；但从这种声音和动作中我们却感受到了一种一致的情感——这就是民族团结的情感，翻身做主的情感。

在月光和火把下，在流水和音乐声中，人们就是这样不知疲倦地如醉如痴地跳着，唱着。为了预祝光明和美满的日子，人们整夜地放着美妙的火花；火花有时像喷泉似的冲天而起，形成一棵棵银色的大树，有时像银箭似的飞向高空，然后又爆裂成无数火星。大地被照耀得一片光辉。在人群中间，有一只人装的孔雀成了人们追逐的对象；这只象征幸福的鸟，一会儿在展翅飞翔，一会儿在昂然独立，一会儿又在引颈高歌。我听不懂它唱的是什么，但我可以想象得出，它一定是在为他们——兄弟般的各族人民幸福的春天而歌唱。

面对着这些欢腾的人群，人们不能不从心底感到一种深深的自豪和激动；尽管我并不是头一次看见这样的场面，我曾经经历过好几次同样的狂欢之夜，但每一次都带给我新的欢欣。不仅仅为了那光彩夺目的歌舞，我的欢欣，也是为了无论在什么地方，我都从那些欢乐的面孔上看到了那种坚定的信念和崇高的理想：他们要站起来，和全国人民并肩前进，向着那美好的未来前进。而民族区域自治——这就是他们走向社会主义大道上的头一个里程碑。

民族区域自治——这就是春天的第一束鲜花，春天的第一阵和风细雨，而跟随着它前来的，将是金色的收获和幸福的生活。这种美好的生活，这种曾经在许多古老的歌曲中被各族人民那样满怀热望地憧憬过和幻想过的美好生活，和人民自己的政权一起，以一种崭新的面貌来到了人们面前。我永远也忘记不了：当居住在澜沧江岸的各族人民建立了自己的政权以后，他们是在以一种怎样热情而急切的心情来迎接着新的事物。公路——这社会主义的先行者，迈动着巨人似的脚步，跨过了波涛汹涌的江面，闯进了广阔的森林和田野；医院和学校（连同它们的医生和教员）——也开始像陌生的客人似的敲打着每一家竹楼的门窗；而第一所国营农场——"黎明"农场的成排的犁头也开始翻开了第一块从未接触过农具的肥沃的处女地。人们刚刚欢迎过了第一列满载着货物的汽车队，接着就为第一次照亮着古老街道的电灯而歌舞。在高大的椰子树下，在枝叶茂密的茶园旁边，有着高高的烟囱的工厂和自治区的大楼一起耸立着。人们不仅在做新衣服，而且要为自己盖新的房子；即使还是简陋的房子，也要使它能够和我们的新生活相适应。在那些掩映在树林中的傣族村寨里，几乎家家都在盖新房子；人们用那种混合着新生活的欢欣和古老的风俗的方式来劳动着。我们曾经在江边的一个村子里参加过一次这样的盛典：整个村子像蜂房似的嗡鸣着，全村都在参加这座新竹楼的建筑。这不仅是古老的美好的集体劳动，而且也是庆祝的节日：穿着盛装的男女，欢呼着推倒了那座旧竹楼，而在它旁边，一座新的竹楼正在盖顶；青年们成群地伏在梁椽上，而姑娘们则在楼下排成链环似的一排，向上传递着木板和红色的瓦。这种集体劳动使房子盖得像童话里面说的一样快，等到第二天早晨，人们（包括了全村的长者、歌手、干部和边防军战士）已经团坐在新的楼上举行庆祝的欢宴了。几个老年的歌手（他们在这里像贵宾一样地被尊重）盘腿坐在丰盛的酒菜前面；他们庄严地用扇子遮着嘴，吹着柔曼的"筚"（一种竖笛），为主人、为全村的居民唱起祝福的歌：他们歌唱幸福的生活，也歌唱古老的征战；他们歌颂今天的欢乐，也感叹往昔的悲伤；而比这一切唱得更多的，是唱我们的祖园，唱毛主席和共产党，唱对他们眼前说来还是一种朴素的向往的社会主义……

他们的歌声是那样天真而淳朴，但我们一点儿也不觉得他们唱得太早。我们眼前展现的一切都向我们说明：虽然在不久以前这里还过着那种古老的、带着浓厚的氏族社会的遗痕的生活，但现在，伟大的社会主义的春天，已经和边疆的自然界四季常在的春光一同降临到了我们祖国边疆的一切河流、山峦和田野。在边疆的魅人的景色中，我曾经经历了许多，也看到了许多。我曾经坐着汽车用钢缆渡过了汹涌的澜沧江和红河；我曾经在风光明媚的勐海河边的茶园下同傣族的男女们度过了欢乐的泼水节；我曾经和边防战士一起爬过南卡江上古老的藤桥到边境上去巡逻；我曾经在雄伟的阿佤山的国防线上和各族人民一同倾听着北京的声音。我经历了许多，也看到了许多；而一切的事物都在向我做着见证：虽然澜沧江和红河上的水电站还在勘察和设计，而允景洪的电灯也还像晨星一样稀疏，虽然在那广阔连绵的土地上还只有少数几个国营农场和合作社，虽然在那些边远的村寨里刚刚出现了第一批党团支部，而诵经念佛的人们还远远多过无神论的共产主义者……但这一切丝毫也不使我怀疑：边疆在和全国人民一同向着美好的社会主义社会前进！只要你看到了那些刚刚学会了识字和刚刚参加工作的人们，是在多么热忱地研读着我们祖国的《宪法》和第一个五年计划，你就会坚定地相信，社会主义已经像晨曦一样照亮了边疆的各个角落。而接着早晨的，将是阳光灿烂的白昼。

那时候，我们将可以同我们的各族弟兄一起自豪地说：我们这里永远是春天。

1955 年

（原载《边疆文艺》1956 年创刊号）

傣族的 "赞哈" 和他们的歌

　　云南南部西双版纳地区的傣族人民，正像我们祖国民族大家庭里的其他兄弟民族一样，是一个勤劳、勇敢、淳朴、善良的民族；而且是一个有着自己悠久的、优美的文化艺术传统的民族。这种民族文化传统，在傣族的最为普遍、最深入民心的艺术形式——民歌中间，得到了极为鲜明的、独特的表现。

　　傣族的民歌，就我所看到的，大抵可以分为两种：一种是流行在普通人民中间的民歌，这是一种自由的、简短的、抒情的山歌，人们在盘田的时候、采茶的时候、"约稍"① 的时候唱着它们，抒发着自己对于劳动的赞颂、对于爱情的追求以及对于美好生活的梦想；另一种是由傣族人民中间所特有的职业歌手——"赞哈"所唱的歌，这也就是我在这里所要着重介绍的"赞哈"的歌。

　　"赞哈"是傣话的译音，大意是"歌唱者"。在早先，可能这仅仅是对于人民中间擅长唱歌的人们的一种带有赞扬的称呼。但是，逐渐地，"赞哈"形成了一种专门的职业。它逐渐成为人民生活中不可缺少的东西。人们是这样地喜爱自己的歌者：在一切节日里和一切可纪念的日子里，不论是属于祝贺性的或者是属于宗教性的，不论是婚丧大事或者是修盖新房，都必须有"赞哈"来歌唱。而"赞

① "约稍"：傣话，是傣族人民一种特殊的恋爱方式。

哈"们也视这些为自己的不可推诿的责任。他的任务是使人们欢欣，使人们鼓舞；使快乐的人们更加欢欣，使痛苦的人们得到安慰；使这一代的人们懂得本民族的祖先如何为大家开创了基业，如何战胜了自然和人类所带来的侵害——他们的英雄气概永远鼓舞着后代人勇敢前进，向幸福的和平的生活前进。有时他们也唱神唱佛，但他们更多的是唱人的生活。

因此，"赞哈"所唱的歌和普通人所唱的山歌已经不大相同了。不论在内容上或者形式上，它们都要更加丰富、更加广泛和成熟。虽然，"赞哈"歌唱的内容常常和普通山歌歌唱的一样：歌颂劳动、爱情和民族的光荣史迹，但由于这些歌多半是多少年以来世代相传的，而且年年都在由一些熟练的、天才的歌手们在不断地以自己的智慧和创造来丰富着和修改着，所以，从某些方面说，它们是更加生动、深刻和完整，更加接近成熟的、被反复加工的艺术作品。按着人们的需要，"赞哈"们唱着不同的歌。在歌唱时，他们是这样地全神贯注，这样地为自己所歌唱的内容所激动，以至于可以几小时不停地唱，整天整夜不停地唱。他们可以唱得使听众们欢快不已，也可以使他们悲痛流涕；他们可以用自己的幽默使听众纵声大笑，但他们在更多的时刻是用自己的民族史诗使听众沉浸于深沉的历史情感中。他们在歌唱时的声音大多是悠缓的、平静的，带着明显的朗诵音调。他们的歌曲调大多是明快的、单纯的，有些甚至是简单的，但是它们是那样地具有民族色彩。在那种他们称作"笙"的一种竹笛的伴奏下，歌声战抖着，以一种浓厚的亚热带的生活气息，一种傣族所特有的深挚的民族情感，使人不能不受到很大的精神感染。

在有些欢乐的场合，当人群中有几个"赞哈"时，当人们已经为欢愉所激动时，"赞哈"的歌唱有时会形成一种即兴吟诗的竞赛。

在这种场合取得了胜利的人，他们的名声会传到很远的村寨中去，就像我们热爱一些著名的演员一样，他们很快会变成受人欢迎、被人热爱的人们。

我在西双版纳的允景洪（这个城市的名称译成汉话，就是"黎明的城"），曾经访问过几个"赞哈"。其中有一位是这一带很有威望、很受欢迎的老"赞哈"叭柳，他的二十几年的歌唱经验使他深深受到其他歌者们的尊敬。我听他们唱了两天的歌。在歌唱时，他们还保持着古老的、传统的习俗：两个人一组，盘膝坐在地上，一个人吹笙伴奏，一个人唱。唱的人双手拿着一把纸折扇（据说这还是在许多年以前"赞哈"还没有成为职业歌手时遗留下来的习惯，那时人们还不习惯于在众多的听众面前公开表演，因此便用一把扇子来遮住面孔，沿传到以后，就形成了一种歌唱者的道具）。在开始唱时，那笙声先响，发出一种带着金属共鸣的、微微战栗的、仿佛在热天的中午发自椰子树上蝉鸣一样的声音来。然后，那歌唱者激动地注视着扇子，开始唱起来。歌声低沉而委婉，仿佛平静的流水，但那音调却是深沉的、动人的。我怀着一种由衷的喜悦听他们唱了歌颂爱情的《在黄昏的时候》，唱了歌颂傣族人民热爱劳动和互助精神的《盖新屋颂》，唱了描绘一个失恋青年纯真的痛苦情感的《野火烧山太无情》，也听他们唱了一些描写傣族人民反抗外族压迫的斗争史迹的歌。除了这些带着古老的民族传统色彩的歌以外，我也听他们唱了一些新编的宣传党的总路线和民族政策的歌。我虽然只能凭借当时无疑已经大大散文化了的翻译来了解这些歌中的意思，但是我们仍然从这些优美而朴素的歌中受到了很大的感动。我在歌里面听到了傣族人民发自内心的诚挚的声音，感受到了他们淳朴的、炽热的情感，看到了他们的美丽的、富有色彩的生活。歌声是平静的，但我可以从其中感受到一种巨大的力量和坚定的信心：这生活是属于人民的，我们爱它，我们将永远为使它变得更加美好而奋斗。

歌唱是带着严谨的格律的，由于语言的隔阂，我自然对于这些属于艺术形式的方面难有深刻的体会。但是，仅仅了解了这些歌中的意思，就已经使我入迷了。这些歌，使我了解了"赞哈"的歌之所以受到傣族全体人民的深切而热烈的爱好，绝不是偶然的。因为，它唱出了人民的希望和情感，它是人民自己的歌。

所有的傣族同胞都认为"赞哈"是人民自己的歌者，他们是受人民尊敬的人。因此，凡是在比较大的村寨中，差不多都拥有自己的"赞哈"。他们中间不少人是不脱离劳动生产的，但由于大部分人是这样忙碌，这样应接不暇，因此，在解放前的许多年里，实际上有许多人已经成为以歌唱为生的、职业的歌手了。

在解放以后，尤其是西双版纳傣族人民自治政府成立以后，"赞哈"们的歌有了很大的变化和发展。新的生活给他们古老的歌唱添加了新的内容和新的色彩。他们不仅只在自己的歌中歌唱缠绵的爱情、过去的苦难岁月和远年征战了，他们开始热情地歌唱共产党和毛主席，歌唱人民政府给他们带来的好时光，歌唱着光辉的社会主义和共产主义的理想。在西双版纳傣族人民自治政府成立的那些日子，几十个"赞哈"从四面八方的村寨赶来，用他们自己的歌、用自己对于共产党和毛主席的满怀感激之情，来歌唱着这个古老民族的新生。歌唱变成了热烈的吟诗竞赛，变成了庄严和谐的欢乐的合唱。

可以想象，从此，"赞哈"们的歌声将会一天天地变得更加宏大和响亮，更加雄壮和动听了。

1954 年 6 月

在阿诗玛的故乡

——石林、长湖、大叠水漫记

在八十年代的第一个春节之前，我又一次来到了云南的石林。这大概是我对于这个常游常新、每一次都使人有新的感受的幽胜之地的第九次或是第十次访问了。去那里游览并不是一件很轻松的事，到达那里的将近四小时的曲折颠簸的汽车旅程，就有可能使一个体力充沛的人疲劳得几乎失掉再去寻奇揽胜的兴致。可是这个地方就有这种近于神奇的力量：当你风尘仆仆走下汽车，面对眼前这片奇丽的、在任何地方都很难找到能和它相比拟的童话世界般的景色时，你身上就仿佛被注入了一针兴奋剂，一切疲劳、困顿以至于懊恼的心情，顿时会消失得无影无踪，而且立即会精力充沛地投进到这片由各种各样难以名状的奇峰异石组成的岩石森林中去寻幽探胜，流连忘返。这片岩石森林从云南的东北方绵亘到西南方，时疏时密，若断若续，长达几百里。现在通称为石林的游览胜地，只不过是其中比较集中和繁密、同时也是交通比较便利的一小部分。三百多年前的徐霞客，从广西、贵州到云南来考察游历时，就曾经在现在的石林东北方向的一片地区，对于这种壮丽、优美的自然界奇观，作过很精确和生动的描述。从徐霞客当年撰写的日记中来看，他几乎就在现在的石林游览区和离撒尼人传说中的阿诗玛的故乡长湖不远的地方经过，近在咫尺，却与之失之交臂。每当我从《徐霞客游记》读到他对于这一地区奇特的自然地貌和少数民族生活的记载时，就不胜遗憾：如果徐霞客当年曾经来到石林和长湖，他肯定会给我们留下他对于这片地区的刻画入微而又引人入胜的描绘的。

传说中的阿诗玛的故乡——长湖，是坐落在石林南面不远的撒尼人村寨边的一个椭圆形的清澈晶莹的湖泊。在传说中，阿诗玛就是在这个美丽的湖畔出生长大的。几年前，我曾经借参观一支边防部队在那里进行演习的机会，搭乘直升机从长湖西面上空经过，对于这个哺育了阿诗玛的湖泊作过俯瞰式的一瞥。从高空下视，长湖就像是镶嵌在一片岩石森林中的一块碧绿的宝石，密生在湖周围的茂密的松林，远望起来就好像是一个翠绿色的花环。湖上波平如镜，时时映现出天空上冉冉飘过的白云。其后，我又在驻扎在长湖边的边防部队的营地里度过了几个愉快的白天和夜晚。我们时常从村寨的西北方穿越茂密的松林和石林，环湖而行，然后在湖北岸的一个伸入湖面的小半岛上停下来。我们把这个可以把长湖的仙境似的美景一览无余的地方叫作"松石岛"。在这个小半岛上，一棵棵高大的松树从奇崖怪石的间隙中拔地而起，它们的枝干交叉生长着，就好像无数巨大的胳膊搂抱在一起。我们坐在湖边的岩石上，尽情地欣赏着这充满了诗情画意的景色。人们对我们讲述着关于阿诗玛的故事，把阿诗玛的形象描述得比诗中所写的还要美丽。当我们烧起了篝火，眺望着晶明透澈的湖水和湖边的一座座头角峥嵘的石笋（其中有一座被人们称作是阿诗玛在汲水）以及远处山坡上正在放牧着的羊群，耳旁传来若隐若现的撒尼人的大三弦的拨动声和粗犷而又节奏鲜明的歌声，在我思想中就不禁出现了一种近于天真然而却是十分真诚的想法：在这样的幻境般的土地上生长的人，不可能不是美丽的、聪明的、心地纯洁的人，阿诗玛和她的哥哥阿黑，只能是这样的山川土地所诞生出来的儿女。他们是淳朴、美丽的撒尼人的理想，也是他们的灵魂。

这一次，我就是怀着这样的心境和想象，又一次来到了阿诗玛的家乡。但是，我这次来的主要目的地，却不是石林，也不是长湖，而是另一处同阿诗玛的故乡联系在一起的地方。这就是在长湖西南面的一处大瀑布——云南人习惯地把它叫作"大跌水"，或者叫作"大叠水"。早在三十年前我就知道了大叠水的名字，它在阿诗玛的故乡同石林和长湖一样有名。有无数人去采访过石林，而且写出了许多篇赞美讴歌它的诗文。也有不少人去过长湖，而且也写出了一些令人欣羡向往的作品。但是，我还没有见过描绘大叠水的文字，甚至我在云南居住的几年间，也很少遇到曾经去过那里旅行、能够娓娓动听地讲述那里的独特风光的人。我只是在石林的餐厅中看到一幅大叠水的照片。从照片看来，它同我过去所看过的一些著名的瀑布（比如贵州黄果树瀑布、云南腾冲瀑布）景色相似，没有特别出奇的地方。但是，在被称作阿诗玛故乡的这片土地上，从怪石嶙峋的峰峦到密林环绕的湖泊，从森然挺立的石笋到曲折幽深的溶洞，从撒尼姑娘彩色绚烂的服装到围坐在篝火边的青年吹着横笛时所发出的那种高亢、急促而又苍凉的声音，都使人感到好像是蒙上了一层古朴的和神话传说般的色彩。这一切使我深信，在照片中，不可能把大叠水这个富有传奇色彩地方的真实面貌完美地、清晰地反映出来。所以，我们还是决定克服路程的坎坷，亲自到大叠水去看看。

公路只能通到大叠水上游一处正在修建水电站的地方，然后我们便要弃车而行，通过崎岖的山间小径，从大叠水左侧的密林中走到瀑布的顶端。在两山夹峙中的河谷是狭窄而陡峭的，峡谷之间到处有奇峰怪石，河水像一条发怒的银色巨龙似的冲击向前，然后在我们面前不远的地方轰然下坠。空气中充满了浓雾般的细水珠，混合着丛林中的野花所发出的馨香，使人顿时忘记了跋涉的疲劳。当我们跨越过瀑布左面的顶端，透过树丛的间隙俯视着这自然界的奇观时，我的第一印象就是：大叠水不同于我在云南所看过的任何瀑布：它没有腾冲瀑布所具有的那种被精心布置起来的好像公园似的优美的环境；它也没有我在虎跳峡所看到的从哈巴雪山峡谷的几百米高空向金沙江倾泻而下的瀑布那样跌宕有致；自然它也没有黄果树大瀑布那样雄伟壮阔；但是，大叠水自有它自己独特的风采。这种粗犷的、严峻的、未加修饰的自然风采，当我还只是在顶端窥见了它的一角的时候，就给我留下了深刻的印象。

而要看到大叠水的全貌，还要从瀑布左侧的悬崖峭壁下到谷底。在那里，有一片由瀑布常年冲击所形成的碧绿色的深潭，只有走到潭边，我们才能够自豪地说：我们来到大叠水身边了。我们在陡壁上找到了一条崎岖小径，时时提防着不要被小径上的青苔滑倒，慢慢地下到谷底，然后在潭边的岩石上坐下来，就像画家面对他所要写生的对象似的，仔细地端详着眼前足以使人心旷神怡的自然奇观。

面对着从几十米高空挟着雷鸣般的吼声轰然下坠的大叠水瀑布，我立刻感觉到我刚才所获得的印象是不准确的，虽然现在是枯水季节，瀑布的水量还不能把它下面的悬崖全部覆盖起来，而是分成了左宽右窄的两条银色的巨流，但它是我在云南所见过的瀑布当中最雄伟最壮美的一个。强劲的山风，把瀑布当中的一些支流吹得左右摇曳，就好像是条条飘动的轻纱一样。在瀑布的后面和右面的悬崖上，到处都是奇形怪状的钟乳石，有的像云朵，有的像蘑菇。

钟乳石上密生着苔藓和别的植物，显得那样顽强，似乎一点儿也不受瀑布冲击的影响。我们的一个旅伴忽然惊呼起来："报春花！"随着他手指的方向，我们在瀑布左侧的布满钟乳石的悬崖上，看到了一大片丛生的报春花，在方圆大约有两亩地的面积上拥挤地密集盛开着，发出一片耀眼的淡紫色的光彩。在我们的前面是银色的像缎子般发亮的瀑布，在我们的右面是淡紫色的繁星似的报春花，在我们左面山坡上的草地上，几个撒尼小姑娘在放牧着羊群。我站在潭边，听任瀑布激起的水珠浸湿了我的衣服。霎时间，这片迷人的景色，和我想象中的石林和长湖的奇丽的景色汇成了一片，仿佛把我带进了一个童话世界。这就是阿诗玛的故乡，这就是勤劳、勇敢、美丽、淳朴的撒尼人——我们的骨肉同胞千百年来生活着、劳动着、歌唱着的地方！

我想起了在石林看到的一座被人们称作阿诗玛的妈妈的石雕般的岩石：一个撒尼老妈妈，背着箩筐，好像正在抬头高呼。人们说，她正在寻找她的女儿，她正在高声呼叫："阿诗玛，你在哪里？"

阿诗玛在哪里呢？她正在迷宫般的石林当中歌唱，她正在仙境般的长湖边绩麻，她正在大叠水旁播种着美丽的、繁星般的报春花！从大叠水轰然下坠时所发出的动人心魄的隆隆震响中，我仿佛听到了阿诗玛坚强有力的回答声：

"我就在这里！我永远和我的亲人们生活在一起，永远和我的兄弟姐妹们一起劳动和歌唱，永远和我的亲人一起开辟着、建设着、守护着撒尼人的梦境般美丽的故乡！"

1983 年

神游石城

我在云南先后生活和工作过十年。其中将近半数的时间，是在东起滇南马关一线，西抵高黎贡山北端独龙江，长达几千里的边防地带进行访问和旅行。在旅程中，我常常翻阅前人遗留下来的众多的资料书籍，其中我阅读得最细、使我得益最多的，是徐弘祖的《徐霞客游记》。这部成书于 17 世纪的伟大的文学和科学著作，几乎用一半的篇幅描述了作者在云南的旅行和考察见闻。使我不无欣慰的是：徐霞客去过的地方，虽然我有很多没有去过，但是我所去过的地区，却大部分是他没有去过或是在当年不可能涉足的。当我旅行在徐霞客去过的地方时，我总是不会忘记把他的著作当作指南。使人不得不敬佩的是，当我把所见的景色与著作相对照时，他笔下的准确而生动的描绘，就好像是昨天才写出来的一样。比如他所描写的建水燕子洞、大理清碧溪和蝴蝶泉、丽江玉龙雪山和解脱林遗址以及昆明的西山太华寺、筇竹寺等等，简直和今人写出来的差不多。当然，由于时代的发展、地理的变迁，有一些被他描写得绘声绘色的地方，已经发生了很大的变化。例如他描写得最详尽、最生动、最优美的鸡足山的景色，以及他对安宁和螳螂川附近美妙风光的描述，和现在相比，已经几近于面目全非了。造成这种情形的原因当然是复杂的，为了进行生产和建筑而大肆破坏山林峰壑，恐怕是其中一个重要原因。这种情况现在已经受到了重视或注意，但使人无限遗憾的是，我们祖国大地上的许多简直好像是由鬼斧神工所造成的无比奇妙的风光景物，已经永远不可挽救地从我们的土地上消失了。在云南的两个令人痛心的事例，是对西双版纳的热带森林与民族建筑的严重破坏和对小凉山宁蒗林区原始森林的恣意摧残……

我曾经去过三次西双版纳、三次红河流域、两次阿佤山、四次滇西地区。当我满怀热烈的期望来到我朝夕思念的地方，所看到的却是森林逐年稀疏、泉瀑逐渐干涸。看有些本来是满目浓绿的茂密森林地区已经变成秃山的时候，我就痛心地想到：我们祖国的这些宝地，难道也注定了像世界上许多处于北回归线上的那些地区一样，将要变成沙漠吗？

现在，我能够满怀信心地这样回答吗？——"不会！英雄的中国人民再也不会准许让我们的森林地带成为沙漠和荒丘了！"

我很坦率地说：当我写下上面这两行字的时候，我是没有多大信心的。因为我想起了不久前的一次云南石林之游：当我和伙伴们面对这片常游常新的奇妙景色感叹不已的时候，我突然大惊失色地发现，就在石林边紧靠湖泊的一片小石林中，人们正在把它们炸成碎块，打成石头，为的是盖房子就近取材。这景象实在不能不令人黯然神伤，同时也不禁为这天下独一无二的旅游胜地担忧。

石林啊！有一天会不会出现这样的情况：人们为了就近取材，将要炸掉你的腿，砍去你的胳膊，而只给你留下孤独的脑袋和胸膛呢？

但愿这个问题能够得到一个斩钉截铁的、坚定不移的回答：

"不会的！我们将要保护它、珍视它，就像保护和珍视我们祖国的一切名山大川、文化古迹和一切属于中华民族的伟大的物质和精神文明一样！"

写到这里，我想起了徐霞客三百多年前在他的《滇游日记》中用那么热情和惊叹的口吻所介绍的一处名胜。

这个地方叫作"石城"。按照他的描绘，这真是一个令人心驰神往的地方。它在哪里？它就在昆明西南三十公里的滇池边上。我在昆明住了那么多年，跑了那么多地方，可是从来没有从口头上或者书刊上听人们向我介绍过这个地方。但是，在三百多年前，徐霞客一到昆明不久，就沿着滇池边（包括走了一段水路），徒步从今天的晋宁到那时也很少为人所知的"石城"去探访。据徐霞客的描述，这个美妙的所在，是在滇池西岸旁的一个叫作茶埠墩附近的彝族村庄里仁村的后山上。

徐霞客是带着一种欢欣若狂的心情来游览这个被称作石城的地方的。请看他的描绘：

> 由潭西上岭半里，则岭头峰石涌起，有若卓锥者，有若夹门者，有若芝擎而为台，有若云卧而成郭者。……其顶中洼，石皆环成外郭，东面者嶙峋森透，西面者穹覆壁立。……北面则有石窟曲折，若离若合间，一石坠空当关，下覆成门，而出入由之。围壑之中，底平而无水，可以结庐，是所谓"石城"也。透北门而出，其石更分枝簇萼。石皆青质黑章，廉利棱削，与他山迥异。有牧童二人引余循崖东转，复入一石队中，又得围崖一区，惟东面受客如门；其中有跌座之龛，架板之床，皆天成者。出门稍南，回顾门侧，有洞岈然，亟转身披之。其峒透空而入，复出于围崖之内，始觉由门入，不若由洞入更奇也。……抵其处，而阃辟曲折，层杳玲珑，幻化莫测，钟秀独异。

从上述描写看，遍历过许多山川名胜的徐霞客，简直为这叫作"石城"的地方倾倒了。以至流连不舍，在离去的时候，"犹令人一步一回首也"。

在徐霞客笔下，为我们清晰地勾勒出了"石城"的奇妙景色。从有些描述看，它和现在大家所熟知的石林很有些相似，但"石城"似乎更有其玲珑剔透而为石林所不及处。无怪这位广闻博识的徐霞客竟然断言说："信乎买山而居，无过此者？"

然而，这个使人无限向往的"石城"，现在到哪里去了呢？它是被湮没在人迹罕至的荒岭之中，以致长久为人遗忘了呢？还是遭到了像我在本文前面所提到过的厄运呢？比如，由于它是石灰岩，会不会被某个石灰厂看中，因而已从地面上被消灭掉了呢？否则，如果不是由于我的孤陋寡闻，那么，为什么三十年来我们从报刊上从来没有看到过有关它们的片言只字的信息呢？假如它还保存在这个世界上，那么，人们为什么要从昆明出发、坐上二百几十公里的汽车到路南石林去旅游，反而对于这个距离昆明只有三十公里之遥的"石城"置之不顾呢？

当然，以上这些都不过是我个人的臆测之词。其实，要弄清这个问题是很容易的。假如"石城"有着我上面所说的好运气：它并没有被化成石灰或炸成碎石，而只不过是被湮没在荒草丛莽的人迹罕到之处，那么，我们就很有可能使这个像被尘封的明珠般奇妙的地方重见天日，成为一个绝妙的旅游胜地，为四季常春的昆明增添新的光彩。

1981 年

（原载《人民文学》1981 年第 4 期）

隐而复现的"石城"

十年以前，我曾经写过一篇题名为《神游石城》的文字，目的是为了寻觅和呼唤一处我以为早已被湮没甚至是已经消失了的人间胜境。这处胜境，就在云南昆明西南郊外三十公里处的滇池边上。但是，许多年来，我在云南却从来没有从书刊上或是口头上听人向我介绍过这个近在咫尺的地方，尽管我所认识的云南人，历来大都是以自己家乡山川之美而自豪的。

我是从徐霞客的记述中知道"石城"这个地方的。三百多年前，伟大的旅行家、科学家和文学家徐霞客在足迹遍历了半个中国以后，来到了昆明，环绕着"五百里滇池"旅行了一周，并且对于沿途的山川风物做了生动入微的描写。其中，最使他惊叹称绝、流连不止的地方，就是"石城"。"石城"不是一个地名，而是如同著名的云南石林一样，是由于亿万年地质变动而形成的一种独特的自然景观。按照徐霞客的描写，由于它从外观看来酷似一座巨大无侪的城堡，因而被人们称为"石城"。

徐霞客作为一个热爱祖国山河大地而又见多识广的旅行家，在他的游记中，对所游历过的山川形胜之地，曾经多次表达过他惊叹不已、赞美备至的激情。但当他在极度艰辛的情况下来到这个叫作"石城"的地方时，这里的雄峻奇绝、妙趣天成的独特景色，简直使他欢欣若狂，甚至产生了在这里定居下来的念头。面对着这一片由异峰怪石组成的景色，他在日记中写道："信乎买山而居，无过此者！"同时，用了很长的篇幅来描绘这里的景观。他写道："由潭西上岭半里，则岭头峰石涌起，有若卓锥者，有若夹门者，有若芝擎而为台。有若云卧而成郭者。……其顶中洼，石皆环成外郭，东面者嵚岏森透，西面者穹覆壁立。……北面则有石窟曲折，若离若合间，一石坠空当关，下覆成门，而出入由之。围壑之中，底平而无水，可以结庐，是所谓'石城'也。"在精细生动地描绘了这里的景物之后，他把这里说成是一处"幻化莫测，钟秀独异"的所在，以至于在最后不得不怅然走上归途时，还"一步一回首"，不忍离去，可见这是一处多么美妙迷人的胜境。

徐霞客对于"石城"的描述，使我长久地心向往之，不能释然于怀。我时常怀着一种忧虑和怅惘的心情在想象：这个奇妙的地方现在到哪里去了呢？为什么多年以来从来没有人到那里去进行过探访呢？我甚至有一种近于悲观的想法：随着生活的发展和人事的变迁，这一片神奇的景观，如果不是被湮没和掩埋在人迹罕至的荒山野岭之中，就是遭到了我在别处屡见不鲜的人为的厄运：被毁灭了，就像云南的某些自然奇观，比如曾经令我无限迷恋和倾倒的滇西北的原始森林和高山湖泊，在前些年所遭到的粗暴摧残和破坏那样。

于是，我就写了前面提到的那篇题名为《神游石城》的文章。我是带着一种半是期待半是焦虑的心情来写这篇文章的。我几乎没有指望这篇短短的文字会引来任何可以使我获得安慰的反响。

但是使我意外的事情发生了。这真有点儿像莎士比亚在《哈姆雷特》中通过一位人物所讲出的那句有名的箴言："贺拉修啊，天地间所有的事情，要比你的哲学所梦想得到的要多得多！"文章刚刚发表不久，我就陆续收到了好几封来自云南的信件，这些信几乎是众口一声地告诉我："石城"还在，石城无恙！只不过是由于三百年来岁月的流逝，风雨的侵袭，水土的淤塞，现在已经不大容易看到徐霞客笔下所描述的那种雄奇秀美的丰采了。但是，如果有人有志于维护大自然给我们遗留下来的这份财富，进行一番修整，拂去它身上的尘垢和荒草，"石城"会恢复它原来面貌的。有一封来自一个工厂工人的信，更使我感到欣悦和鼓舞，他说，我的关于"石城"的文章，已经引起他所在的工厂领导的重视，因为这个被湮埋了多年的"石城"，就在他们工厂辖区后面的山上。现在，工厂已经作出了决定，拨出了经费，努力在尽可能快的时间里，使"石城"重新焕发出往昔的光彩来。

这些信件，不但使我感到了由衷的快慰，而且也仿佛释去了我心头的一块重负。特别使我高兴的是，我的一篇无足轻重的短文，竟然产生了有益的实际效应，这实在是我始料未及的。

但是，一直到六年之后的 1987 年，我才能得偿夙愿，进行了一次"石城"之游——一次真正的游览，而不是像过去那样梦幻似的"神游"。

当年，徐霞客是从昆明出发南行，经晋宁古郡，然后沿滇池湖岸环行，到达滇池西北部的一个彝族聚居的村落"里仁村"，才找到他倾慕已久的"石城"的。我们大体上也是走的这条路。不过，使我们感到庆幸而又惭愧的是，当年徐霞客背着粮食艰苦跋涉了许多天才到达的地方，我们沿着环湖公路，只用了两个小时就来到了"石城"所在的山麓，并且在负责修整和建设"石城"的工厂负责人的陪同下，沿着新修的石阶小径，很快就来到了多年来时时在我梦寐中出现的"石城"。

果然，"石城"无恙，"石城"健在，而且在工厂职工的努力营建下，不但恢复了当年的容貌，而且还增添了新的丰采。在徐霞客笔下描写的崎岖山径，现在已修成了花木扶疏的道路。昔日荒草萋萋的山坡，现在变成了大片橘园，橘树上已经结果累累。在"石城"入口不远处，耸立着一座石牌坊，上面刻着徐霞客当年对这里所作的评语："钟秀独异"。

我原来以为，"石城"大概有和路南石林相类似的景观。但是，当我们从徐霞客走过的入口处（这里屹立着一尊巨墙般的石笋。徐霞客是从石笋边的一个小洞钻进去的）走进"石城"时，我顿时感到我所面对着的奇异景色，同我原来想象的完全不同。这里也有和石林类似的巉岩怪石，它们有的如石塔，有的如石笋，有的如石兽，有的如石门，有的如长剑倚天，有的如戈戟森列，但是它们却比石林有着更为浓丽的色彩，更为雄浑的气象。我们沿着新修的曲折石径登上东北方向的峰顶，在这里，新建筑了一座小亭，名"豁然亭"，站在亭中恣目远眺，眼前出现了一派在石林难于看到的雄奇壮美的景象。远方，是一片层峦叠嶂，有如一群群身披铠甲并肩而立的巨人列成方队挺立在周围；而在我们面前，则是由一座座垂直陡立的悬崖峭壁围绕而成的一座方方正正的城郭，在城郭之中，是一片绿草如茵、繁花竞放的平地。在徐霞客的笔下，这里是"底平而无水"的，但现在，人们在西面的峰峦脚下开凿了一方水清如碧的小小池塘，池塘边，有古朴的石桌石凳供人休憩。这种雄奇而又秀美的景色，是我在其他任何地方都未曾见过的。无怪乎徐霞客来到这里要惊呼"奇绝"，甚至要留在这里"买山结庐而居"了。

我们从峰顶下到了"石城"之中，环首四顾，四面都是高耸碧空的苍灰色的石灰岩陡壁，有的地方上部前倾，仿佛就要在你头上从空坠落。从这里望去，把这里称作"石城"，固然肖似，但它的森严威武，雄伟峭拔，更像是由造物者的冥冥之手建造的一座巨大的古城堡。如果任由想象驰骋，你可以从城堡的顶部看到蜿蜒起伏的城堞和碉堡，而在这座童话世界般的城堡外围的一层层一群群石峰石笋，则有的岿然挺立，有的肩背相接，有的排列成阵，就好像是守卫城堡的持戈而立的巨人般的武士和严阵以待的战斗队列。

环绕在"石城"北部的峰峦，不像东面和西面的"城墙"那样厚重沉雄，而是果真像徐霞客描写的那样，有几座天然的通往"城"外的城门似的洞窟。我们沿着当年徐霞客的足迹，从他描写的"一石坠空当关，下覆成门"的一道石门走出去，经过一条两峰夹峙、曲折逶迤的小径，眼前豁然开朗，在左面不远处，出现了一座好像巨大屏风般的悬崖，悬崖陡直如壁，崖面平滑如镜，上面刻着金光闪闪的两个隶书大字："石城"。此刻，在夕阳的返照下，在我们头上是飘浮着云彩的湛蓝的晴空，在我们身后，是令人惊叹不已的形态各异的峰峦丘壑，在阳光下，它们呈现出一片迷人的色彩。同路南石林不同，在那里，放眼看去，是一片一望无际的由青灰色岩石组成的波涛起伏的海洋；而在这里，同样是由石灰岩构成的石峰和石笋，身上却大都披挂着成片的寄生植物，开着紫红色小花的茑萝，碧绿色的石苇和石楠，以及许多不知名的藤状植物，在岩石缝隙中的红色土壤中找到了它们的栖身之地。这样，整个"石城"在阳光的照耀下，就呈现出一片斑斓的色彩。当年徐霞客曾发现，这里的岩石"皆青质黑章，与他山迥异"，而我们所看到的却是一片色彩绚烂的自然奇观。

现在"石城"的主人——这座工厂的几位负责人一直兴致勃勃地陪同我们走遍了这处人间奇境的所有景点，并且为我们讲述了他们修整和建设"石城"的经过。他们说，在 5 月份读到了我的文章以后，他们在 8 月份就专门召开了会议，作出了恢复"石城"原貌并把它建设成为一座以天然景观为特色的公园的规划和决定。他们开始工作之初，"石城"虽然大体上还保留着往昔的景观，但是经过了几百年风雨的剥蚀、土石的淤塞，整个"石城"的下部已经被泥土流沙和荒草荆棘所掩埋。为此，清除淤积在峰岩间和洞窟中的泥沙土石，就成为一项首要的庞大的工程。经过长期艰辛劳动，他们运走了成百吨的土石，开通了蜿蜒于"石城"周遭的迷宫般的岩石间的曲折小路，经过五六年的经营和修建，终于使"石城"焕发出了新的丰采。

说话间，他们把我们引进了一条隐藏在东北角的一条只可容身的岩间小路，峰回路转，在我们眼前突然又出现了一片别有一番风光的天地。我们的主人说，这处景点被掩埋得最深，最难寻觅，最后，终于还是依照徐霞客的描述，按图索骥般找到了它。这个被称为"云庄"的地方，又被人称为小石城。它从正面看，好像是"石城"北面的一座由峭崖危壁环抱的瓮城。这里的奇特景色，包括自然生长在悬崖下石洞中的酷似人工雕成的石床和石龛，都曾经使徐霞客（当然也包括我们）惊叹不已。我觉得，无论是对于"石城"的主体或是它周围的奇峰怪石，我都找不出确切的形容词来描绘。我在我们祖国的许多山川形胜之地都遇到过这种困境。我记得，大约是袁中郎说过这样的话，当游历到使他倾倒的景色而感到笔力不逮的时候，他只好搁笔兴叹，"徒呼奈何！""石城"给我带来的印象也是如此。面对着这一片难描难画的"钟秀独异"的奇景，我只有用"鬼斧神工"这句陈言来为自己解嘲。的确，在我的想象中，像这样壮丽雄奇的景观，只有大自然的万能之手才可能创造得出来，我们的能力和义务，只能是竭尽全力地维护它、修饰它，绝不能让这块宝地遭到毁坏，如同石林附近的一些岩溶景区那样，多年来，人们为了就近取材，正在把一些奇峰怪石炸成碎块，烧成石灰，那些壮观的景色被摧残得遍体鳞伤，令人目不忍睹。

当然，"石城"不可能遭受到这样的命运了。因此，对于这片胜境的修复者和建设者所表现出来的热爱祖国山川大地与历史文化的远见卓识和爱国热情，我不能不表示由衷的钦敬之情。

在送我们走上归途的路上，一位工厂负责人指着南面下山处的一块形如宝塔的岩石说："当年徐霞客是从这里进入'石城'的，因此，我们把这块岩石命名为'霞客石'，而且，还计划在这块岩石旁边建立徐霞客的雕像。"然后，他又指着四面的荒山喟叹地说："这里，过去都是茂密的森林，从 1958 年后，树就逐渐被砍光了。不过，我们已经开辟了林木花卉苗圃，决心把这些山崖重新绿化起来。"

对他的话，我深以为然。我想，保护石林和"石城"固然重要，但保护森林，也许更加重要，因为无论多么奇妙的景色，倘若不能与青山绿水为伴，总是会使人感到怅然若失的。

我们就是带着这种微有遗憾的心情，同时也是"一步一回首"地告别了"石城"。在归途中，我想，我们要比徐霞客幸运得多，我们不用像他那样需要长途跋涉、披荆斩棘才得以一睹"石城"的雄姿。但是，我也可以断言，徐霞客比我们更有眼福，因为他当年所探访游历的"石城"，虽然不像今天的"石城"那样整洁多彩，然而，环绕在它四周的，却是一片生机盎然的令人赏心悦目的浓绿，这已经是我们所难以看到的了。

1991 年 10 月 6 日于杭州

彩云之南

我不是云南人。在我三十岁以前，云南对我还是一个陌生而又遥远的地方。但是，如今，我把云南看作是我的另一个故乡，一个哺育我发展成长的地方，一个常常使我魂萦梦绕的地方。

因为，在我一生中最好的岁月里，曾经在云南生活和工作过十年时间。在这十年当中，我曾经对于这片地处我国西南边陲的广阔而又丰富的地方，做过许多次艰辛而又愉快的探访和旅行。我也许可以不无自豪地说，在云南的许多具有各自不同自然风光和民族色彩的地区，在云南长达四千多公里的边疆地带，大部分都留下了我的足迹。我珍爱这些足迹，因为它们是和我生活于其中的云南各族人民不断前进的历史脚步紧紧地连接在一起的。

因为，在我漫长的生活经历中，还很少看到过像云南这样具有如此绚丽多姿的大地山川，和如此丰富独特的历史文化的地方，也很少看到过像云南这样的聚居着二十几种民族而又团结和睦地共同建设着自己乡土的地方。从五十年代初期开始，当我带着某种好奇的心情开始了我的滇云之旅的时候，我很快就发现，我是真诚地爱上了这片土地，爱上了在这雄伟、美丽而又严峻的大地上长年辛勤劳作的热情朴实的各族人民，爱上了那些日夜守卫和巡逻在高山峡谷和原始森林中的边防战士，爱上了西南边疆所特有的壮丽奇艳、斑斓多彩的自然风貌，甚至爱上了那里的雪山、牧场、红土高原、热带雨林和飞瀑激流。像这样的同时具有热带、温带和高寒地带的自然景观的地方，我在别处（也包括别的国家），还没有见过。

也因为，云南虽然只是我们国家的一个省份，但是，无论从它的历史文化、自然资源、社会风貌或是从它的生产建设和生活变革来看，云南都可以被看作是伟大中华民族所生息繁衍的锦绣山河的一个概括和一个缩影。在这里，你可以看到我国最美丽或是最奇艳的自然风光。这里是我国极其罕见的真正是春光永驻的地方。人们只知道昆明是一座"春城"，只知道那里四季都有繁花怒放，却很少知道像这样的地方在云南可以说是遍布于四面八方。人们只知道滇池和洱海是云南著名的高山湖泊，那里的烟波浩渺、碧涛万顷的风光，曾使古今无数文人学士为之倾倒，却很少知道像这样的高山湖泊几乎是遍布在云南各地，如同晴夜的繁星一样，在离昆明不远的地方，就有一座很少人探访过的湖泊——抚仙湖，这是一座清澈得如同晶莹的碧玉的湖，连三百多年前的徐霞客也赞叹地说，在他游览过的众多的湖泊之中，"唯抚仙湖最清"。我在这里还要补充说："唯抚仙湖最深"，它的蓄水量（说来令人难以置信），是滇池和洱海这两座大湖蓄水量总和的四倍。人们也很少知道，像这样的清澈晶莹的高山湖泊，在滇西和滇南高原上还有许多座，在乌蒙山脉和高黎贡山脉之间，它们像颗颗明珠一样，镶嵌在莽莽的原始森林之中。人们只知道，路南的石林是一处人间奇景，那里的石笋耸立、嵯岈嵯峨，用文字很难描绘出它的奇妙景色，却很少有人知道，就在距路南石林东面十几公里处，还有一片绵亘数十里的更为壮观、更为奇妙的叫作"乃古石林"的地方，这是一处壮美奇艳得使人瞠目结舌的所在，它的神秘奇幻的色彩和景象，使人好像进入了一个童话般的梦幻世界。人们常常赞美昆明的花事，这大约和作家诗人的反复吟颂有关，这其中，茶花被誉为群芳之冠，并且被确定为昆明的市花。正像牡丹花一样，山茶花是一种色泽艳丽、雍容华贵的花，云南的山茶花确实也可以称得起是"甲天下"。我在滇西的丽江和楚雄都看到堪称为茶花之王的巨株茶花——"万朵茶"，它们是在三四百年前就被古代的作家和学者杨升庵和徐霞客多次吟咏过。我在丽江幸运地遇到过一次"万朵茶"盛开的景象，重重叠叠的绯红色的大朵茶花开放时好像是一片红色云霞，令人目眩神迷，确实是蔚为奇观。但这种景象在云南毕竟并不多见，特别是在昆明。因此，比起茶花来，我更爱云南的杜鹃花。在云南花的世界中，我认为，有着最为顽强的生命力、最为壮观和最令人心旷神怡的，恐怕首先要算杜鹃花了。我在云南的高山峡谷间曾经无数次地跋涉过、探访过。我走过许多地质不同、气候迥异的地带，随着海拔和地域的差异，可以看到各种各样随时变换的奇花异卉。但是，无论是在高山、密林或是在荒山峡谷之中，到处都有各色各样的杜鹃花家族，在茁壮地繁茂地生长着、开放着，一点也不计较环境的优劣。每当春夏之交，整个云南的崇山峻岭之中，随处都可以看到杜鹃树五彩绚烂的花的海洋。我在高黎贡山、小凉山和中甸高原，都看到过绵延几十里的杜鹃花森林，他们有的只有几寸高，有的却是参天大树；有的开着红色的、紫色的花朵，有的垂挂着黄色的、白色的花簇，远远望去，好像一片耀目的彩云。

云南大约是全国高山峻岭最多的省份之一，同时，在一个省里有那样多的长江大河横贯全境奔流入海，在全国恐怕也是罕见的。至少有六条巨大的江河——伊洛瓦底江、金沙江、怒江、澜沧江、元江和南盘江及其水系在滋润和哺育着它的三十八万平方公里土地以及居住在这片土地上的三千三百万人民。这些江河蕴涵着巨大的水力资源。中国的长江第一湾——金沙江的虎跳峡，在可以预见到的将来，将会为南方的半个中国提供巨大的电力。而在那条如同狂暴的巨龙似的澜沧江的中段，已经被拦腰斩断，正在建立可以和长江葛洲坝媲美的雄伟的高坝和电站。在这些江河流过的地域，有热带花园般的像西双版纳和瑞丽坝、盈江坝那样的河谷平川，也有自远古以来便在那里辛勤耕耘的兄弟民族开垦的高寒山村。这些河谷，最低处海拔只有六七十米，而在它们的上游，比如地处滇西北的梅里雪山一带地区（那里居住着好几个民族）的最高海拔，竟达到六千七百米。在同一个省内，海拔高低悬殊竟达到六千六百多米，这在全国来说，恐怕也是绝无仅有的。

聚居在云南的二十六个民族，就是在这样的雄伟壮丽而严峻的国土上，世世代代地辛勤劳动，艰苦创业，繁衍生息，并且在这样丰富而又复杂、壮美而又艰辛、肥沃而又贫瘠的大地上开拓着、建设着和保卫着自己的家园。这些兄弟民族都有各自不同的历史文化、风尚习俗和生活习惯。他们都具有足以使汉族同胞为之欣羡的绚丽多彩的艺术才华和风土人情。他们使云南高原的山山水水具有一种在别的地区很难见到的质朴而又鲜明的生活色泽。我在这里还必须添加说：云南大约也是在我国并不多见的把最古老的和最现代化的社会、经济、文化以及生活风情聚集于一身的一个地方。云南有在全国名列前茅的森林、水利和矿藏资源，许多现代化的工业正在蓬勃发展。云南又是全国罕见的自然博物馆、民族博物馆。在那里的许多地方还可以看到我国先民古老的乃至于保有原始色彩的民族风情。在那里研究中华民族的历史会使人具有一种更加开阔更加多层次和多侧面的视野。就在不久以前，我还到遥远的佤族聚集地区西盟山进行过一次采访，这是三十几年来我对这个地区的第四次访问。我惊奇地发现，那里的雄奇巍峨的山峦没有变，那里的巨大的龙竹丛林（这种龙竹常常有一人合抱那样粗）没有变，那里的清澈幽深的佤山天池没有变，那里的粗犷豪放的歌舞没有变，那里热情好客的精神没有变，但是，那里的人们的面孔和眼睛却有了很大的变化。在五十年代初期，我第一次到西盟山时，我感到那里人们的目光是忧郁的，甚至是呆滞的。我痛心地看到，有些阿佤兄弟赤身露体，手中拿着标枪和砍刀，在山林中披荆斩棘，过着原始人般的生活。而现在，我看见了什么？我看见一个小伙子驾驶着新出厂的北京吉普在公路上奔驰；我看见一群穿着花花绿绿盛装的佤族青年在熟练地操作着一台刚从瑞典引进不久的复杂的选矿机。当然，我也看到人们在下班以后围坐在竹楼中的火塘边喝着佤族所特有的红米"泡酒"，而且和过去一样畅快地歌唱。

大约就是因为这些，我感到，在我同云南这块土地之间，已经形成了一股无法切断的时时牵动着我的心灵，并且时时令我梦魂萦绕的感情纽带。

云南的得名，始于汉代，据史书记载，那时，由于"彩云见于南中"，因此被汉武帝称作"云南"。而对我来说，云南也确实如同一片彩云一样，时常出现在我的梦中。

1988 年 2 月

（原载《昆明报》1988 年 3 月 3 日）

辑三　岁暮怀人

冰心老人九十寿辰

仁者长寿

——冰心大姐二三事

在目前健在而且一直笔耕不辍的我国第一代老作家当中，冰心同志在我心中始终占有一个别人难以代替的崇高而又亲切的位置。虽然我认识冰心同志很晚，是我在五十年代后期从云南重新回到北京——我的第一故乡之后，才同她开始交往的。从我认识她的第一天起，我就把她当作我名副其实的长辈和老师看待。因为当我还在小学读书开始学习作文的时候，她的作品就是我最早的文学启蒙教材。现在回忆起来，我所以在少年时代就能够初步学会用清通的文字来表达自己的思想和感受，也为后来选择了文学这条艰辛而又诱人的道路奠下了最早的基础，是同我从小就熟读并且反复背诵冰心的那些充满了温馨、真诚、善良和同情心的流畅清新的文字分不开的。记得在初中三年级时，我的一篇作文（实际上是对冰心《寄小读者》中一封信的纯粹是描红式模仿的散文），博得了国文课老师的好评，给了我一个满分，并且还写了一句大意如下的评语："此文清新爽脆，读来如嚼鸭梨，有冰心风格。"我当时看了觉得莫名其妙，直到后来，才知道这句评语和比喻来自当年一位大作家对冰心风格的评论：这位学者在列举了当时几位大作家的不同风格时，用吃天津鸭梨这个比喻来形容冰心的文风，"清新爽脆"就是他当时选择的用语。我的国文老师用这句话来鼓励我，虽然不免失当，却使我这个少年文学爱好者对冰心的作品以及作品中充溢着的纯洁而真诚的情操和人道主义精神，从心底里增添了更深的仰慕之情。

我是在五十年代后期正式来到中国作协工作的。前几年，没有多少可以和冰心同志接触的机会，偶然在会议和外事活动中遇到她，也很少交谈。但我耳濡目染她对后辈人的发自衷心的关切、爱护和奖掖，她的平易、纯朴和率真的神情，她的文质彬彬和温文尔雅的举止，越来越加深和充实了我少年时代就开始形成的对于这位热爱祖国、热爱人民、热爱青少年的可敬而又可亲的仁者与长者的印象。

有一段时间，我对于如何称呼这位我心中的崇敬者而感到惶惑。人们通常对她的称呼，比如称她为"先生"和"同志"，总使我感到或者显得生分，或者显得勉强；最后，尽管我的年龄比她小了将近二十岁，是她的晚辈，我还是采取了"吾从众"的态度，称她为冰心大姐。

我和冰心大姐有较多的接触，应当说是自"文化大革命"始。有一度，我和她以及张光年、张天翼、侯金镜等同志被集中在一个人们称作"牛棚"或者"黑窝"的小院子里写"检查"和"交代"材料。我发现，那些造反派"英雄"们，对于冰心这位慈祥善良的老人以及另外一些老同志，表现得格外严厉乃至凶恶。那时冰心已经年届古稀，被勒令每天七点半就要到"牛棚"里来"上班"和参加一些她力难胜任的劳动。她从家里挤公共汽车来上班，差不多要走一个多小时，但她几乎是风雨无阻地每天按时到达，提包里带着一个小铝饭盒，她吃得很少，也很简单。我意外地发现，这位平时温和可亲、身体瘦弱的老人，这时却显得十分坚毅和镇定，和我见面时，脸上总是挂着一丝会心的微笑。甚至还时常用平静的口吻低声地向我讲述一些"见闻"和发生在民族、学院的可悲而又可笑的事情。她对我说，前几天，造反派抄了她和吴文藻先生的家，还专门为此开了一个"展览会"，借以证明这对"反动权威"夫妇的"罪行"。她苦笑地对我说："那些展览品，大部分是假的，是造反派为了证实展览会内容的惊人而从别处凑起来的，因为我家众多的是书，没有多少值钱东西！"她还幽默地说："展览出来的居然还有一些金银首饰，这些东西如果真的是我家的，将来退还给我，我们家可就阔了。"

在 1968 年上半年，"四人帮"发动那场把矛头猖狂指向周总理的阴谋活动时，作协的造反派也企图在冰心身上大做文章。他们先是诬陷冰心夫妇在新中国成立初期返回祖国，带有某种别有用心的目的和背景，然后采用了种种阴险乃至残暴的手段，来逼迫冰心说出是谁派人把他们一家接回来的，从国外回来有什么"不可告人的计划"。在这样的险恶的风浪冲击下，这位身材单薄、态度随和的老人所表现出来的勇气和坚强的气概，实在使我们衷心地感到敬佩和赞叹。在一次"批斗会"上，她斩钉截铁地回答那些政治小丑们说："我知道你们想让我讲什么。但我的回答只有一句话：我们是为了爱国才回来的。我们爱祖国，相信共产党，这就是我们回国的目的。我们不是因为别人的动员和安排才回国的！"这些掷地作金石的回答，引来的是一阵暴虐的殴打，这位可敬的老人在一记重拳下被打倒在地。但是，她立即奋力爬了起来，口中仍然重复着同样的回答。那时她脸上的悲愤而坚毅的神情，使我们一群共命运者都不禁涌出了悲愤的热泪，我当时发自内心的愿望就是跑到她身边，扶她一把，但在那种场合下，这样做是不可能的。我从模糊的泪眼中看到，老人强忍着痛苦，吃力地站起来，屹然挺立着，好像是一个英勇不屈的战士。

事后，冰心大姐告诉我：她们一家确实是在周总理的号召和安排下才得以顺利返回祖国的。但她敏锐地意识到那些造反派的阴谋，是想把污水泼在她敬爱的周总理身上。"我就是不能在他们面前讲有关周总理的事情，一句话都不讲！"她气愤地说，"他们反对周总理，我们就要保护周总理。"那时，在感到敬佩的同时，我忽然觉得，这位瘦弱而温和的老人身上，这位连说话从来都是慢条斯理、绝少粗声大气的老前辈身上，具有着一种了不起的崇高的品德和情操。在她面前，我甚至有时会为自己的不够坚强而感到惭愧。

在 1970 年，冰心大姐和我们这一群备受折磨的难友们，在湖北咸宁五七干校分手，被派到吴文藻先生所在的沙市五七干校去了，一直到粉碎"四人帮"之后，我才又和她重新见面。她不愿意多谈"文化大革命"中所经历过的那些令人痛苦而屈辱的生活，但使我高兴的是，在经过了十年艰难的岁月之后，这位年迈和孱弱的老作家，从身体到精神都没有被压垮，相反地，倒显得格外精神和结实了。我注意到，新时期的到来给她带来了新的活力和热情。从此，她的创作也好像步入了一个新的境界。她的有如潺潺流水般写作出来的大量多半是短而精的作品，给人们带来了无限的欣悦，老人似乎越活越年轻了。她充满了年轻活力的作品中所流淌出来的对于祖国、对于党和人民、对于亿万正在茁壮成长的青少年的深沉真挚的感情，为她漫长的文学生活写下了崭新的光彩夺目的一章。

从冰心大姐度过她的八旬华诞以后，她的一些朋友和曾经共过患难的同行们，就都记住了她的生日是在 10 月 5 日这天（另一位我所敬重的老作家夏衍同志比她小二十天，因此，她把夏公称为"小老弟"）。此后，大家几乎是怀着一种共同的心情，不约而同自发地每年都来为她祝寿，衷心地希望她健康长寿，生活得幸福、快乐，过得舒畅，活得精神，似乎是想以此来对她多年来所受到的不公正待遇和生活磨难给予一些安慰，做出某种补偿。我常常感到，在这样的时刻，人们本来是想给她带来慰藉和祝福的，但到头来却总是从她那里获得了许多快乐和安慰。她似乎总是满足于使自己成为一个"施者"和"奉献者"，正如她在一篇文章中所说的："施者比受者更为有福"。因此，几乎所有来访的客人，不论男女老幼，总是从她热情似火而又柔情如水的言谈中获得很大的愉快和满足，似乎不是人们来向她祝福，反而是从她那里获得了更为真诚的祝福。有时，我看到这样的场面，就会感到，在老人手中似乎总是握着一支小小的火炬，不但时时使人看到她的一颗水晶般晶莹澄澈的心，而且还可以不时地点燃坐在她身边的每一个人的心。

在这样的老人面前，人们会羞于说出哪怕是一句假话，一句言不由衷乃至粗鄙无文的话。

1985年10月初，吴文藻先生不幸去世，我是从报上读到消息后的次日去看望冰心大姐的。我的心情很沉重。我一路上都在想：对于这位不幸的长者，我应当说些什么样的话才能给她以哪怕是微小的抚慰呢？但是，当我坐在她面前，又一次看到她善良、恬静的目光和使人感到亲切的笑容时，我立即就感到，我的一切忧虑和我本来想说的一切安慰的语言都是不必要的。在我面前的老人比我所期望的更加坚强。她平静地说：由于不愿意惊动朋友和给组织上添麻烦，因而文藻同志去世的消息她没有通知很多亲友。她认为，比起举行任何仪式，更重要的是要早些通知学校，把文藻同志的存款捐赠给民族学院，作为研究生奖学金。在这时，我从她的神情中又一次深深地感到了一种既是对于已故的亲人，也是对于祖国和人民的耿耿真情。

卧室中和客厅中都坐满了来探望的客人，主人和每一位探望者交谈着，亲切而又慈祥，这使我又产生了一种感觉：在这些由于悲痛而沉默着的客人面前，冰心似乎既是一个受慰问者，同时又是一个慰问者。而这些被慰问的慰问者，在激动之余，不知不觉地被主人的坚毅精神所吸引，并且从她身上获得了信心和力量。这真是他们在踏进这间小小客厅之前始料所未及的。

送走了一批客人，她让我坐在卧室的书桌前，对我小声说："你今天运气好，他们为我的生日送来了蛋糕，我们一起吃吧！"这时，我才想起来，隔一天（10 月 5 日）就是她的八十五岁生日。她一面切蛋糕，把一朵奶油红花切给在座的一个少先队员，一面说："鲜花应当属于你们年轻人。"这位老人，一生把真善美的情感奉献给一代又一代的青少年，就是在这样沉重的时刻，也仍然极其自然地流涌着她对于少年儿童的火热般的激情。

在吃着她亲手送给我的蛋糕时，冰心大姐突然问我："你今年多大了？"口气仿佛是在问一个孩子有几岁了。我回答说："六十六岁，老啦！"她笑着说："那咱们俩同岁。"看到我的愕然的神情，她又幽默地解释说："我是 1919 年开始写作的，到现在也六十六年了，你是 1919 年生的，咱们不都是六十六岁吗？看来咱们有缘。"这确实是一个有趣的巧合。同时，她的惊人的记忆力和敏捷的反应，不能不使我立即从内心感到有些惭愧。在年龄上，她大我将近二十年，但她的思维能力和精神状态，却显得比我还要年轻。

冰心大姐自从不幸腿部摔伤后，就很少出门了。几年来，我每到她家里去的时候（不是春节就是她的生日），总是看到她精神抖擞地坐在卧室的书桌后面，桌上摆着刚收到的报刊和新书，或是一叠正在动手写作的稿纸。有时，来了必须接待的客人，她就用双手扶着形状好像是一张小茶几似的助步器，颤颤巍巍慢慢走到外面的客厅里去会客，过一会儿，送走了外屋的客人，又回到卧室的书桌后面，和另一批朋友谈笑风生地聊起来。我真佩服她的那种在老人中实在罕见的旺盛的精力和机敏的应对能力。她待人的亲切真诚和毫不做作的淳朴自然，使来到她身边的人，总是有着一种如沐春风的感觉。她有一次对我说，她实在不愿意过生日，因为她喜欢过清静的日子，但她的生日却一年比一年过得热闹。每到这一天，她的小小客厅中和卧室里总是坐满了兴高采烈而且是诚心诚意来对她表示敬意的客人。络绎不绝的迎来送往，接连不断的应酬活动，使人看着都替她感到累得慌。但是，不论是在怎样一种情况下，她总是表现得那样地从容不迫，那样地细心周到。有一次我因病住院，没有去给她拜寿，但在第二天的下午，当我正为此而感到愧疚时，却收到她托人为我送来的一盒精致的蛋糕，似乎是让我在病房中也能够分享一下她的欢乐。这位可敬的老人就是用这种自然流露的真挚的感情来对待她的许多不同年龄的朋友的。面对着这个蛋糕，我不禁激动地想到：无论是在品德上或是在做人的修养上，我从她那里获得的是那样多，而我所奉献给她的却是那样少。

冰心大姐过九十大寿的日子，我和荒煤同志相约：在那一天的晚些时候再去给她拜寿，为的是躲开那个乱哄哄的热闹的高潮。我为了表达心意，在花店买了两盆松树盆景，意思是希望冰心老人能够像不老松一样长寿和坚挺。我们走进客厅时，虽然时间很晚了，却还是坐满了客人。她让我和荒煤坐在她的身边，亲手递给我们每人一杯酒，认真地说："我们都不会喝酒，但今天这杯酒可得喝！"我们当然高兴地喝干了这杯象征着友情和人瑞的酒。然后，她又指着茶几上的盘子里的寿桃说："这东西现在很稀罕了，是舒乙他们托人定做的，你们也应当吃一个！"这一天，冰心大姐看来显得格外高兴，在她面前，摆满了朋友们送来的花篮，其中最耀目的是巴金同志送来的由九十朵红玫瑰组成的花篮。使她高兴的另一件礼物，是一尊老寿星的瓷像。冰心大姐笑着说："这可是个新创造，过去的老寿星都是男的，这个老寿星是女的，这个主意想得好，是向着我们女同志的。"这个女老寿星确实烧制得很别致，慈眉善目，雍容大度。但是，在我心目中，真正的女老寿星的最生动最丰富的形象，是此刻坐在我们面前的冰心大姐。她已经在这里坐了一整天了，却依然容光焕发，并无倦色。她微笑的面容，仍然像往常一样慈祥、温和、亲切和真诚，具有一种难以言喻的长者和仁者的魅力。

今年春节前夕，我去给冰心大姐拜早年。在她的书桌上放着一盆盛开的水仙花，使这间小小卧室显得分外明亮。她正在书案上给别人题字，看见我进来，就说："你来得是时候，我正要送你一本刚出版的书。"她随即要人从书架上取出一本精装的《冰心文集》，签上名盖了章。在交到我手中时，她忽然对着我的耳边用有些天真的口吻小声说："你把书用纸包上再带走，这本书的精装本只剩下几本了，让别人看见再向我要就不好办了。"她看来不但身体硬朗，还有些发福，脸色也比过去丰润了，我感到十分高兴。看到她正在写字，我就对她说："您也顺手给我写一幅字吧！"她略微想了一下，就提笔在一张十竹斋信笺上，运笔如飞地写了两句话：

有好友来如对月，
得奇书读胜看花。

看到她题款时写的是"冯牧小友正"五个字，我和她都不禁笑起来。然后，她又题上了名款："冰心，庚午除夕"。我当时脱口而出地说："老太太，今年是辛未年了！"我还以为我为她纠正了一个记忆上的错误，她抬起头来，对我笑着说："庚午年指的是农历，今天是除夕，虽然是1991年了，但从农历说，还得算庚午年，到了明天才应当算是辛未年呢！"

她把写好的字交给我并且问道："怎么样，称你为小友可以吧？"

当然可以，不但可以，而且是理所应当的。我很高兴她把我这样一个晚辈当作可以信赖的朋友来看待。我还应当坦率地说，能够成为她的"小友"，我不但高兴，而且是从心里引以为荣的。

1991 年 6 月

（原载《女声》1991 年第 11 期）

一颗真诚而炽热的心
——贺巴老九十岁生日

　　不久以前，我和陈荒煤同志一道去上海参加一个学术研讨会。应当坦率地说，我决定到上海去的更主要的目的，是想去看望我所敬爱的巴金同志，在他的九旬华诞期间向他表达我的诚挚祝贺和敬意。我想荒煤同志肯定和我有同样的心情，因此，我们在巴老生日的几天前就来到了上海，为的是想提前寻找一个比较清静的日子，去给这位年高德劭的文学前辈拜寿。

　　到上海以后，我们才发现，要想寻求这样的可以避免贺客盈门的清静时刻是不可能的。完全是出于对于这位文坛巨匠的爱戴之情，早在十天以前，各种祝贺活动就如同春潮的浪花般涌向上海武康路的这所小小的庭院。有那么多的朋友和读者，有那么多相识与不相识的人，有那么多颗火热的心，都争相以一束鲜花、一纸贺信、一份别出心裁的礼品，来表达自己对于这位世纪老人的崇敬与祝福。我可以断言，人们在此刻所表达的，绝不只是对于一位获得了崇高声誉的文学大师的祝贺，而且更主要的是对于一位有着一颗真诚而炽热的心的老人、一位一生把自己的生命和祖国与人民的命运紧紧连接在一起的长者的崇敬与爱戴。

　　我们知道巴老是害怕做寿的。他喜欢宁静，喜欢沉思，害怕热闹，更不喜欢张扬。这就使得我们不能不怀有一种矛盾的心情：既希望在向他祝寿时能和他多相处片刻，又害怕占用他太多的时间，给他带来太多的干扰。使我们高兴的是，我们选择了一个适当的时间，当我们在一个晴朗的早晨走进摆满了花篮的客厅时，客人还不多。这时，巴老正坐在阳台的窗下沐浴着早晨的金色阳光。——这种宜人的天气，在上海是不多见的。我看着他微笑的面容，觉得他比我去年看望他时脸色丰润多了。看到他身体的健康状况比我们想象得要好，我们都感到一种由衷的欣慰。在我思想中，立刻闪现出我在当天早晨读到的他不久前给冰心大姐一封信中的一段话："……您的存在就是一种力量，让大家经常看见您健康的笑脸，它将是对人们的安慰和鼓舞。"同样地，看到巴老的安详的面孔，涌上我心头的第一个念头就是：只要巴老在我们中间健康地生活着，只要巴老手中还紧握他那支坚持讲真话、坚持追求真理和鞭笞丑恶的锋锐的笔，就会给人们带来信心和力量。

可以看得出来，巴老对于我们这一批客人（包括陈荒煤、王元化、李子云和我）的到来，是高兴的。在我们分别转致了自己和北京友人的问候之后，他用缓慢清晰的语调说："不久前，在杭州住了一段；杭州和我有缘，大约是空气好水也好，每次去休息，都觉得对身体有好处。"在以后的随意交谈中，他对于北京老朋友所表现出来的思念之情，他对于中国作协主席团长久不能进行正常工作所表示的热情关切，都使我深深受到感动。我由衷地感到，只要巴老健康长寿，只要他像多年来那样站在自己的工作岗位上，就是我们文学事业的幸福。

由于在一个多月以前，我曾经受巴老的委托，代表他到意大利去接受蒙德罗国际文学奖颁发给中国作家协会的一项特别奖，我给巴老带来了一份我以为是最适当的祝寿礼品：一张表现佛罗伦萨（又名翡冷翠）全景的放大照片和一本反映意大利风光的摄影册，它们都是我自己拍摄的业余摄影作品。由于那张放大照片是我意大利之行所拍摄的作品当中唯一一张受到摄影家们认可的作品，我把它放大成一张二十寸的彩色照片，并且用金属框架装裱起来，看起来颇有点油画的效果；也由于佛罗伦萨——欧洲文艺复兴的发源地，是曾经使巴老向往的但丁和歌德长久居住过的地方，当我把照片中当年但丁和歌德经常散步的那两座横跨在清澈河流之上的古桥指点给巴老看时，我看得出，他是欣悦的。他轻声地对我说："很好，这等于让我也到意大利旅行了一次。"巴老本来曾经有机会到那里去访问和旅游的，那是在多年前他荣获"但丁奖"的时候，但是由于种种原因而未能成行，以至于站在旁边为巴老翻阅那本相册的李小林，这时也有些遗憾地说，"那一次本来应该去的，要是去了该多好啊！"

客人逐渐多起来，在狭小的阳台中人们挤来挤去地为巴老拍照，又争着和巴老合照。由李子云带头，晚辈们接连向巴老深深地鞠躬，向他表示后代人的敬意。一阵阵欢声笑语，闪光灯耀人眼目，我看得出来，巴老虽然一直保持着高兴的宽容的神情，脸上却也时时闪现出一丝疲倦和窘迫的神色。他确实是害怕热闹的，尽管这是欢快的热闹，充满了挚爱和崇敬之情的热闹。但对于一位九十岁的老人来说，给他带来的负担毕竟是使人不安的。于是大家建议，请巴老回到客厅中去，在那里，他可以坐得舒适些，可以减少一些应对的疲劳。

客厅中四处都摆满了花篮。送来的花篮和花束太多了，人们就把标志着最珍贵友谊的花篮放在客厅旁边的室内。其中最使人瞩目的是冰心送来的和人一样高的大花篮；花篮由九十朵红玫瑰组成一个巨大的"寿"字。上面的红绸带上写着："巴金老弟九十大寿，冰心欣贺。"站在这个凝结了两位文学前辈的深挚友情的花篮面前，人们不能不产生一种感激之情。如果没有像巴金、冰心这样一些爱国的拥护社会主义的文学前辈为我们身体力行地做出榜样，帮着我们沿着党的十一届三中全会以来所制定的社会主义文艺方向和道路勇敢地开拓前进，我们的文学事业（包括我们创作的繁荣兴旺和队伍的迅速成长），是不是能够在如此复杂纷繁而又充满新的矛盾和挑战的现实生活当中，步履坚实地稳步前进，是难以想象的。

在客厅右角墙壁上挂着的一幅巴老的近照，引起了大家的兴趣：这幅照片捕捉了最能表达巴老奕奕神采的一刹那，使人们看到了一位热爱生活、热爱人民的世纪老人的美好的精神境界。看见大家都喜欢这张照片，巴老就让李小林取出一叠同样的照片来，他要亲笔签名送给在座的客人每人一张。当人们看到巴老用银色的签名笔一张张地签上自己的名字并赠送给大家时，一股温馨的暖流涌上我的心头。我想起了早晨在报上看到的可以作为这一场景的生动写照的一句话："巴老爱朋友，朋友们也爱他！"

荒煤同志和我还另外得到了一份比这张照片更加珍贵的礼物。我看到，巴老用微微颤抖的双手从沙发的左侧取出两套线装书——这是当天刚刚出版的《随想录》的第十种版本，也是最完备、装潢最精美和最富有民族特色的一种版本。他一面仔细地用钢笔签名，一面对荒煤和我说："送你们每人一套书做纪念。"同时，又细心而周到地补充说，"因为书刚刚送来几套，只好先送远方来的朋友，在上海的朋友以后再送。"

我接过这套有着金色书套的由冰心老人题签的《随想录》，充分地感觉到了它的沉重的分量。早在六年前，当我第一次看到《随想录》的分集本时，在激动和兴奋之余，我曾经写过一篇文章，题目叫作《一本大书——巴金的〈随想录〉》。在那篇文章中，我曾经这样写道："我认为，这是一本大书，而不是五本小书。这一百五十篇文字从众多的侧面反映了我们时代和历史发展的一个清晰面貌。里面闪耀着作者对于社会生活、精神文明和道德情操的富有启迪意义的思想光辉。"时隔多年，当我又一次翻阅着这部巨著时，我仍然深深地感受到透过书的字里行间所迸发出来的震撼人心的思想力量。

同时，我还想强调说，这是一部深刻地体现了一位作家所具有的一颗真诚而炽热的心的"大书"。这样的"大书"，是会永存于世的。

我离开人声鼎沸的巴老的家，回到了居留的宾馆，心情久久不能平静。下午，线装本《随想录》的责任编辑夏宗禹同志来看我，兴奋地谈起这部新版本出版的经过，同时拿出这部书出版的当天巴老写给冰心同志的一封十分感人的信让我看。我要请巴老和冰心大姐原谅我未经他们同意就在这里披露了这封信，因为我觉得这封短束的每一句话都可以作为我这篇短文标题的极为真实的印证。信的全文如下：

冰心大姐：

谢谢您的信，也谢谢您的九十朵红玫瑰，更谢谢您的题字。现在书印出来了，看见您的字仿佛见到您本人，我真高兴。托人带一套给您，请您接受我的感谢，分享我的快乐。

巴金

1993 年 11 月 24 日

1993 年 12 月

（原载《绿叶》1994 年第 1 期）

何其芳的为文和为人

何其芳同志离开我们已经整整十年了。在这十年当中，我们的国家发生了巨大的历史变化，我们的文学事业，也是我们所敬爱的何其芳同志为之奉献终生的文学事业，也经历了我国新文学史上前所未有的巨大的变革和发展。一想到这一点，在我的思想中就产生了一种对于何其芳同志的难以抑制的深切的思念之情和痛惜之情。

何其芳同志是我的老师。不仅是在尊称意义上的老师，而且是在确切意义上的老师。或者也可以更加具体地说，何其芳同志是把我从一个对文学只具有朦胧的幻想和追求的文学青年，带上了一条我至今仍在坚持着的文学之路的真正启蒙老师。在将近半个世纪以前，他刚刚从抗日前线回到延安，开始为鲁艺文学系招考一期新生，我就是由他亲自口试和笔试然后录取的那一班的头一名学生。那一年我刚刚二十岁。

从那以后，我在何其芳同志的领导下学习和工作了大约四年时间。在这几乎是朝夕相处的四年当中，我从他那里得到的教诲和帮助，是使我毕生不能忘记的。我从他那里学习如何读书，从中国和外国的文学著作中获取知识，如何用笔来表达自己的思想和对于生活的感受；我还应当特别强调提出的是，向他学习如何做人，做一个正直的、善良的、真诚的、热情的和高尚的人。

在我和何其芳同志交往较密的那些岁月里，虽然他的年龄只比我大七八岁，还是个二十几岁的年轻人，但在我的心目中和印象中，他已经是一个成熟的、对于生活和艺术都已经树立了自己坚定信念和明确立场的革命作家了。他的为人，他的性格，他的坦荡的胸怀和勤奋的精神，已经在我的心中构成了一个美好的时刻都使我感到亲切的形象。在我心目中的这种印象，一直到四十八年以后的现在，也仍然没有什么改变。

在我的心目中，何其芳同志首先是一个优秀的才华横溢的诗人和作家。他有一种天赋的诗人气质。我经常为他过早地中断了自己的创作活动而感到惋惜。我还有着一种或许不大能够为多数人所首肯的看法，这就是：即使是现在，对于他主要写作于中年和青年时期的为数并不很多的作品，我们的研究家也还没有作出比较充分的恰如其分的评价和分析来。何其芳同志在创作他早期的诗作和散文作品《预言》《画梦录》《刻意集》和《还乡杂记》的时候，还远不是一个马克思主义者。然而，他通过精美、简洁和独具风格的文笔所表达出来的那种纤细入微的思想感情，所描绘出来的那种正在旧中国苦难的土地上痛苦求索和徘徊穷途的正直知识分子的郁闷心态，我认为是很富有艺术感染力量的。他在那时为自己开辟了一个独特的艺术天地和创作领域，并且在这个领域中不断地探索前进，为我们留下了一批像编织得美丽而精致的花环似的艺术精品。

从 1940 年开始，何其芳同志的创作活动产生了一个明显的转变和发展。这一点，是和他将近两年的抗日根据地的生活体验以及与此相偕而来的革命世界观的确立分不开的。他的这种思想和艺术上的跨越，在他四十年代创作的诗集《夜歌和白天的歌》和散文集《星火集》当中表现得最为鲜明而集中。可以说，这些作品反映了一个真诚追求进步、焦灼寻求真理的艺术家在新的历史道路上艰难前进的心灵历程。从四十年代初开始，何其芳同志几乎是在不断写诗。我发现，有一段时间，他几乎时刻都处在一种欢快激动、才思泉涌的亢奋心境之中。使我高兴的是，我可以说是他的每一篇新作的最早的读者之一。根据我的记忆，在这些作品中，只有一部分被收进了他后来出版的诗集《夜歌和白天的歌》，而有相当一部分我认为是十分精彩的作品，却被何其芳同志自己删除淘汰了。我特别感到惋惜的是，他删掉了当时曾经使我最受感动也最为欣赏的一首诗《夜歌（一）》。现在收集在诗集之中的《夜歌（一）》，实际上是他当时写作的一系列题名为《工作者的夜歌》当中的第二篇。直到今天，我还清楚地记得当年我们围坐在他身边，倾听他在一盏小柴油灯旁用柔和的音调朗诵《夜歌（一）》时的情景。那是一首八行一节的形式相当规整的有韵律的抒情诗。这首诗，以它充满了真情的如歌如诉的诗句，把诗人渴求真理、热爱生活、向往光明同时又力求克服隐藏在内心深处的思想矛盾的心境和情感，刻画得真挚而又深沉。我们每一个人都被深深地打动了。我感到，这首诗如同一只温柔的手，在轻轻地拨动和抚摸着我的心弦。那时，何其芳的许多诗篇，都在广大青年知识分子当中产生了这样的影响。有些诗，还没有排成铅字在报刊上发表，就已经在到处传抄了。那首传诵一时的短诗《我为少男少女们歌唱》，在还没正式发表之前，先刊登在我参加编辑的鲁艺的一张墙报上，很快就有人奔走相告，引来许多其他单位的文学青年，围在墙报前把这首诗抄在小本子上。我认为，这可能是一位诗人所能得到的最值得自豪和最珍贵的评价和荣誉了。

何其芳同志在延安写了许多首《夜歌》（现在传世的只是它们

当中的几首），但他早已脱离了他青年时代作为精神寄托的那个梦幻世界。从四十年代开始，在他早期作品曾经时有流露的那种哀愁、迷惘乃至悲观的黯淡色调，已经被他的理想主义和乐观主义的欢快精神涤荡无遗了。他不但唱着美好的夜歌，也唱出了许多高昂激越的战歌。他是一位时代和人民的当之无愧的歌者。我曾经期望，他不止一次地向我和别人透露过相当宏大的创作计划能够陆续实现，但使我感到遗憾的是，当抗战取得胜利，他投入了另一个新的工作岗位之后，他的刚刚萌发的汹涌的创作潮头便开始消退。从此，他的文学生涯转到了文艺批评和理论研究的轨道上去。

应当坦率地说，我为此感到痛惜。何其芳同志是一个优秀的理论家，同时又是一个夭折的杰出的作家，他怀抱着孕育了多年的许多未完成的杰作，过早地离开了我们。

我这样说，丝毫没有低估乃至贬抑何其芳同志作为一个马克思主义文艺理论家所取得的巨人成就的意思。相反地，在文艺理论批评方面，我从来都是把何其芳同志当作永远值得我学习的一个榜样来看待的。他撰写的大量具有很高学术价值的理论著作，是我国现代文学的一份珍贵的精神财富。我曾经多次阅读过何其芳同志的理论著作《论〈红楼梦〉》《论"阿Q"》和《关于现实主义》以及别的文章；这些著作，除了使我受到很大的教益和启迪以外，还使我深切地感受到一个文艺理论家所可能具有的最珍贵和让人钦佩的品质。这种品质，我把它归纳成三句话，这就是：严谨求实的科学精神、独立思考的理论勇气和真诚坦率的民主作风。我想，这种品质大概就是我们党所经常倡导的马克思主义的好学风。我认为，作为文艺理论家的何其芳同志，应当被看作是我国现代文学史上出现的具有这种优良学风而又取得了很高成就的理论家当中出色的一个。

在阅读何其芳同志许多具有真知灼见的评论著作时，我经常为它们严谨的逻辑性和强大的说服力而感到惊叹，我也时常为他著作中时时表现出来的那种顽强执着和绝不苟同的坚定信心而感到折服。我偶尔也会发现，我对于他的某些个别见解也会持有不同的看法，但即使是在这种情况下，我对于他也怀有一种尊敬的感情，因为我深信他的每一个论断都不是对前人研究成果的复述，而是出于自己长期独立思考的结果。除非你拿出更加严谨更加深刻的论据来，否则，他是不会轻易改变自己观点的。

我认为，何其芳同志的值得钦敬的品质，更突出地表现在他的为人上，高尚的思想境界和道德情操上。他是一个诚实的人，善良的人，正直不阿的人。他是一个习惯于以自己的火去点燃旁人的火，以自己的心来发现旁人的心的人。他的热情、坦荡、平易而温和的性格，使他能够融洽和谐地和各种各样的人们相处。和他相处在一起的时刻，也总会使人感到一种热情、温暖、纯洁的气氛。他有时耽于幻想，有时对人又不免容易轻信，但在坚持真理的原则问题上，他又是寸步不让的，有时甚至也会是吵吵嚷嚷和疾言厉色的。我大概可以这样说，我在一生中结识过许多好同志、好老师、好朋友，我为此感到欣慰和幸福；但是，在这些时常能够激起我的感激之情的人们当中，像何其芳同志这样的热烈得像一团火焰、纯真得像透明的水晶、温和得像天真的少年、顽强得像正在冲锋前进的战士的人，我以后还很少遇到过。

我在何其芳同志的领导下只生活和工作近四年。1945 年以后，我就和他天各一方，走上历史和时代为我们所安排的各不相同的生活道路。但无论是在战火纷飞的战场上，或是在遥远的云南边疆，我总是感到，我和他的心是连接在一起和息息相通的，我们走的道路是遥遥相连的。五十年代，我从云南到北京开会，他曾经动员我到他正在筹建的文学研究所工作。我很后悔当时没有接受他的劝告，因而使我失去了对于我来说是如此宝贵的同他再次相处和再次得到他教诲的机会。

但是，我请同志们相信，尽管我无可挽回地失去了这个机会，我对于我的老师何其芳同志的感情却是永世不渝的。我将永远怀念他，他将永远活在我的心中。

1987 年 12 月

（原载《人民日报》1987 年 12 月 22 日）

周立波回忆片断

　　人们对我说，今年是周立波同志的八十岁生日。这使我在感情上受到了一种似乎是意想不到的触动。我当然不会忘记他是我的前辈人，在文学上他是我的真正意义上的老师和引路人。他比我大十多岁是毫无疑义的，可是，在我的回忆中和印象中，却无论如何难以把我头脑中的周立波的形象同老年人的形象吻合起来乃至联系起来。在我的记忆里，他似乎永远是一个有着那种年轻人的朝气和热情的人，一个有着长久不会改变的青春素质的人。他的温和的神情和书生式的语调，他的含而不露的乐观精神以及他的天真的、有时甚至是带有羞涩的微笑，都使我们这些比他年轻一代的人对他始终怀有一种亲切的信赖的感情。

　　我无论如何也难以把周立波的名字和形象同衰老这样的概念联系起来。一直到他离开了这个世界、我们去和他的遗体告别的那一刻，显现在我们面前的，仍然是一副安详、温和与宽厚的面容。那时，我的感觉是，他死了，但他一点也不显老，他的神情和四十年前我刚认识他时几乎没有什么不同。

　　我大约是在 1940 年初认识立波同志的。那时，我刚刚到延安桥儿沟的鲁艺文学系学习不久。有一天，我到文学系的教员曹葆华那里去（他那时正在为少数几个学生开设英文班，讲授惠特曼的《草叶集》和菲尔丁的《汤姆·琼斯》），向他请教我读不懂的一些章句。我看到，在他窑洞门外的小路上，有一个穿着灰色棉大衣的人，手中拿着一本英文诗集，一面散步，一面大声诵读着。我注意到，他读的是一本原版的《雪莱诗选》。曹葆华告诉我，他就是即将为我们开的一门新课程的老师立波（在延安，人们只称呼他为立波，几乎没有人叫他周立波），并且把我领到窑外，介绍我认识了他。他看见我手中拿着曹葆华借给我的两本英文著作，脸上带着一种温和而又略显惊异的笑容，在询问了我的英语水平之后说："我建议你先读懂惠特曼的这几篇诗，读懂了再读别的。以你的水平，读菲尔丁的书还太早。"他拿过了书，在目录上划出了几篇，然后还给我，脸上闪过一丝温柔的略带羞涩的笑容。我现在还记得，他划出的几篇，其中就有至今我还留有深刻印象的几首诗：《大路之歌》《从帕门诺出发》《船长呵》……

自那以后的两年间，我听了立波同志所讲授的"名著选读"的课。在那两年中，我可以不无自豪地说，我大约是属于那些真正可以说是专心致志地听课的学员当中收获甚丰的一个，以至被全班选为专门负责同立波同志经常联系的"课代表"——一个多么奇怪的职务。课代表——其实就是学员同老师之间的联络员，任务是在每回讲授课程之前，先把教员指定的油印原作和有关参考材料分交给同学；在讲完每一课之后，再把学员所提出的问题和意见转达给教员。

这个任务其实是很简单的，对于像我这样一个已经年满二十岁的文学爱好者来说，实在是一项轻而易举的事情。不过，这件事情在我身上所产生的影响，是在事隔多年我才清楚地认识到的。因为几乎我每次带着同学们的要求和疑问去向他汇报时，他总会把他刚刚讲述过的某一位作家的历史地位和艺术成就不厌其烦同时也是要言不烦地对我进一步地加以解说和启发，同时也会把他下一回将要讲述的关于另一位作家及其作品的计划要点告诉我，以便转达给我的同学们。在此之前，立波同志在我头脑中只是一位翻译家和报告文学作家。我读过他翻译的《被开垦的处女地》和《秘密的中国》，他的描写刚刚开辟的敌后根据地的报告文学《晋察冀边区印象记》（这是当时出现的头一本反映敌后抗日斗争的报告文学作品）也给我留下很深的印象。但是，我绝对没有想到他还是一位有着十分渊博学识和理论修养的学者。对于许多中外古今的作家和作品，他都可以如数家珍般地做出具有自己独到见解的阐述和分析来。他担任的课程名称是"名著选读"，但实际上是一部相当完备而又扼要的"作家论"，其内容可以说是很少遗漏地囊括了世界文学史上最重要的一些作家及其代表作品。由于延安的条件所限，不可能找到那么多的文学名著来让大家读，于是他就想出了一个别出心裁的办法：他把他预定要讲述的作家排列成序，从每一位作家的代表作中选择出一两篇篇幅较短的作品来，有的用油印机印出来交给大家，有的则在讲课之前让一位同学在全班同学前朗读一遍。他的选择即使在现在看来也是十分精当的。我记得他在讲授契诃夫时，选的是《宝贝儿》和《装在套子里的人》；在讲授巴尔扎克时，选的是《无神论者做弥撒》和《信使》；在讲授普希金和莱蒙托夫的小说时，选的是《驿站长》和《塔曼》；在讲授高尔基的创作时，选的是《秋夜》和《一个人的诞生》；在讲授鲁迅创作时，除了《阿Q正传》外，选的是《风波》和《肥皂》；在讲授茅盾的作品时，选的是《春蚕》……但更使人难忘的是他讲课的方法。在讲述某一位作家时，通常他都会有一个相当详尽的提纲；但在讲课时却又并不采用照本宣科的方式，而是采取一种娓娓而谈的方式，把作家的生平、创作成就、艺术风格及其历史地位，讲得概括而又生动，使听众真是感觉到如见其人，如闻其声。他几乎很少看提纲，只是在需要引用某些经典论据时，才看一下提纲；但是，每当他讲完一课（通常是三个小时），大家总是有一种兴犹未尽的感觉，感到立波似乎并不是在讲课，而是怀着一种倾慕的深情为他的听众讲述了一位作家的生动感人的文学传记。

立波在鲁艺的"名著选读"课程，很快就变得名闻遐迩了。开始是从鲁艺文学系扩展到其他几个系，后来又扩展到延安其他许多学校和机关。有许多人都知道在哪一周的哪一天，立波将要讲授关于歌德、司汤达或是梅里美的课程了，于是总会有不少人从十多里路以外的单位步行到鲁艺来听课。这时，我们的课堂就会从文学系的小院子里搬到篮球场上来。最多的时候可以有将近二百人来听课。那时，我们还没有梦想到有扩音器这样的科学工具，而立波的带有浓重湖南腔的音调又是那么轻柔而低沉，但这丝毫也没有影响过他讲课的强烈而深沉的效果。人们聚精会神地在倾听着、记录着，唯恐漏掉他所讲述的片言只语。

直到今天，我也很难解释清楚：到底是什么因素使得立波的讲课产生如此强烈的魅力。我为自己找到的答案是：这大概主要是由于他在讲课过程中所显示出来的渊博的学识和真诚的情感。立波并不是一个有着口若悬河的辩才的演说家。相反地，他的语言常常是十分质朴无华的。他的魅力在于他明晰的叙述能力和严密的逻辑力量，在于对自己所描述的作家和作品的全面翔实和深邃入微的理解和剖析，在于他对自己所介绍的作家及其杰作的深沉的审美感受和发自内心的真挚情感。可是，直到现在还使我大惑不解的是：在当时延安的极其艰难匮乏的条件下，立波同志是从哪里找到如此广泛而丰富的资料的！他又是运用怎样的方法使自己在短期间把如此纷繁的资料融会贯通起来化为自己的思想，并且倾注了如此深沉的真情实感的！

我直到今天仍然时常怀着感激的心情，回想起我从立波同志的课程中和日常接触中所获得的益处。我大概可以毫不夸大地说：在对于西方文学史的认识和理解方面，立波同志是我最早的一位启蒙者。

假如我没有记错，立波同志那时不过刚刚三十二三岁，但在我心目中，他已经是一位使人钦敬的学者了，或者也可说，已经是一位非常学者化的作家了。这一点，不仅表现在他的学识渊博方面，也表现在他的理论素养方面。在鲁艺讲课的同时，立波偶尔也写些评论文章。有一次，在文学系的一次"文艺沙龙"活动（那时，文学系几乎在每个星期五都会举行一次这样的活动）上，他朗诵了一篇刚刚写成的论文《论阿Q》。他的满怀激情而又有些书生气的朗读使大家深为感动，而我，则吃惊地发现，他写的这篇像优美的散文般的评论，是一篇使人深受启发的有着令人敬佩的真知灼见和理论深度的文字。这样的文字，只可能出自那种既有很高的理论素养，又有细微的艺术感受能力的作家的手笔。

那时，立波同志也常写小说，有时也写些抒情诗。他常把他刚刚写完的短篇小说朗读给我们听。有一次，还把一篇描写狱中生活的不长的小说《麻雀》交给我，并且亲手用秀丽的笔迹抄写出来，刊登在我和另一些同志合编的名为《同人》的墙报上，一下引来很多围观的读者。这篇小说，是他后来出版的描写共产党人在国民党的监狱中进行斗争的系列小说当中的一篇。我认为，这篇不过五千字的作品，即使现在看来，也应当被看作中国新文学史上的一篇佳作。我还记得，他还曾经根据他在桥儿沟深入生活的观察和体验所得，写过一篇反映边区农民生活的小说《牛》；在这篇小说里，他把农民对于耕牛的感情以及母牛生产小牛的细节描绘得精细入微。我对于他对生活的感受和捕捉能力深为钦佩，曾经向他请教他是如何观察和积累生活的，他眯缝着眼睛发出了朗朗的笑声，然后说，"我这是向美术系的同志们学来的，就像他们在街头写生一样，我住在农民家里的时候，每天都试着用最简要的文字把我看到的生活细节和人物形象像画速写一样地记下来。这办法很有用，将来你也试试看！"为了证实他的说法，第二天他还专门找来一篇莫泊桑谈创作的文章，其中写到他是如何向福楼拜学习勾画生活细节的文学速写的。"你看，"立波对我说，"这种方法，其实所有的作家都是在这样做的。"

自那以后，我确实把这一点记在心里，养成了随时记下我对于生活中偶然闪现的新鲜印象的习惯，虽然我并没有想使自己成为一个小说家的打算。但是，我应当肯定地说，这对我以后学习如何正确认识生活、考察生活和判断生活，是极有帮助的。

在延安整风以后，我到南泥湾去体验了一年战士生活，立波同志则调到了《解放日报》去编副刊。我很快就根据我的连队生活感受写了一些散文，并且通过他在报纸上发表了几篇。那期间，他在给我写的回信当中，曾经给了我很大的鼓励和支持。信中有这样意思的话，使我长久铭记在心，他说：我了解并且同情你现在是在过着怎样一种艰苦而贫困的生活，但你一定要坚强起来，艰苦的生活磨炼会使你成为一个精神上富有的人……

我承认，在当时的艰辛劳累的生活中，我确实萌生过再也难以坚持下去了的念头。但立波同志往往是三言两语的信，却给我带来了几乎可以说是巨大的温暖的力量。

在鲁艺同立波同志有较多交往的人，许多同志都估计立波将来在文学创作上必将取得不可限量的成就。应当说，大家的预测后来被证明了是正确的。抗日战争结束后，我同立波同志就各奔前程，天各一方，以后就几乎很少有机会和他晤谈，更不用说同他一道工作和亲受教益了。但我总觉得我在精神上同他还是很亲近的。他陆续写出的几部作品《暴风骤雨》《山乡巨变》《南征记》以及一批描写农村生活和战争生活的短篇小说，我都喜欢。这些作品都相当广阔和深刻地反映了他作为一位革命作家的献身精神和革命情操，作为一个严肃而又富有才华的作家的思想敏感和艺术功力，作为一个心怀坦荡的乐观主义者对于劳动人民的同情感和幽默感，作为一个严谨的现实主义者的犀利观察目光和高瞻远瞩的概括能力，作为一个文思细密的文体家的独创的优雅的文风……

我在这里把立波称为一位当之无愧的文体家，我是经过了审慎思考的。我认为，在我熟悉的从三十年代就开始步入文坛的老一辈作家当中，能够像立波那样重视文字的精美简洁及其艺术表达能力的人，并不是很多。这主要得力于他对于中外文学名著的广约博采和深入钻研，得力于他对于文学语言文字的民族性和严密性的刻意追求。无论是从他的讲话中或是闲谈中，我总时时听到他用一种比较文学乃至语言学的眼光来谈起文字的凝练、简洁、鲜明、风趣乃至必要的民族（地域）特色的重要性。他认为，不考究文字的简练明快和严密，是现在某些虽有生活积累、文化素质却不很高的作家的致命伤。大约在 1963 年，他负责编选一本散文选集，其中也选了我的一篇散文。有一天，我们在一个会上相遇，他立即坦率地对我说："我选了你这篇文章，主要是感到它写得有些气势，能够把自己的激情融汇在对于自然景观的描写上。但是，我也要提醒你：你的文字太华丽和太欧化了，而这只能是一个作家不成熟的表现。"他又对我说，"我越来越感到：要掌握一种简洁、优雅、凝练的文字，是多么不容易。多年以来，我就想使自己的文字达到'其淡如水，其味无穷'的境界，唉，却总也做不到！"

但依我看来，他日夜匪懈地苦思冥想地想要追求的那种文风或者文体，应当说已经得到了。倘若天假以年，我想他定会在这方面取得更为出色的成就的。

说到这里，我想一定会有人向我提出这样的质询甚至非难："你难道忘记了立波所生活的年代了吗？在他笔下所描绘的历史风云，包括他对于自己笔下的人物和事件的歌颂和贬抑，难道还经得起八十年代的历史的检验吗？"我当然思考过这样的问题。我们是历史主义者，不能不承认：立波同志也如其他几位优秀的作家（比如赵树理、柳青）一样，他们生活和创作的年代，是革命战争和阶级斗争激化（尽管有时是人为的激化）的年代，他们又都是真诚的无产阶级革命战士，他们是鲁迅先生也概莫能外的"遵命文学"的身体力行者；因此，在他们的许多作品中不可避免地会带有明显的时代烙印和历史局限性。这是永远值得我们惋惜的。但是，难道我们为此就可以让自己滑向另一个极端，以至于对这些对于中国文学做出了显著贡献的作家的业绩不加分析地轻率加以诋诟、指斥乃至全盘否定吗？我不认为这是一种清醒的认真的态度。我认为，中国的许多优秀的作家（如像立波），在一定的历史条件（有时是悲剧性的）下，使自己的创作才能受到一定的抑制乃至扭曲；但只要他是一位真正的严肃作家，只要他对于祖国和人民怀有真挚的感情，只要他是一个真诚的现实主义者，他就总能够在不同程度和不同深度上艺术地再现和描绘历史、现实和时代——尽管是不完满的再现和描绘。我认为，用今天的思想水平和政策水平来要求乃至厚诬前人，是不公平的，也是不严肃的。而且，即使是对今天的读者，特别是那些不知世事不懂历史的读者，我认为，不论是从审美意义或是从认识作用来看，立波的那些主要创作成果，也仍然是具有难能可贵甚至是不可取代的历史意义和艺术价值的。

当然，这一切，对于已经离去我们十年之久的周立波同志本人来说，已经没有多少意义。而对于我们这些生者，特别是像我这样和他有过长久的友谊交往和战友情谊的人来说，这一点却是至关重要的。我们一定要进行历史的反思。我们也应当认真地总结和记取在立波同志创作生活中的教训——这一点，在立波同志去世之前的一段时日里，我从他的沉思的面容和不多的话语中，已经隐约地感觉到：这也正是他在病痛中所不断思考的。

因此，我深信，假若立波同志能够活到今天，他的笔端一定会闪现出新的光彩。不过，即使是早在十年前他就已经离开了他毕生为之奋斗的中国文学事业，即使是在他的全部创作当中确实是存在着如现在某些"事后预言家"所断言的那些缺陷，即使是有些一味趋时务新、偏好流行色的批评家对他采取了肆意贬抑和漠然处之的态度，我也仍然认为：在中国，周立波过去是、现在是、将来也是我们光辉而复杂的文学史上的一位做出过独特贡献的优秀作家。

1988 年 8 月 3 日

岁暮怀小川

　　1986 年 10 月，有同志提醒我："最近报刊上常常发表一些回忆文章，缅怀那些在'文化大革命'中献出了自己生命的可敬的同志。你不要忘了：昨天就是你的战友郭小川离开人间的十周年，我在报刊上却没有看到一行悼念他的文字，你们不为他感到寂寞吗？"

　　我告诉这位同志，他想错了。我从来没有忘记这一天，小川的那些同他战斗到他生命最后一刻的朋友们，也没有忘记这一天。因为，作为一个充满了青春活力的诗人郭小川，时刻都活在朋友们的心中。我们时常想起他：我们在欢快地友好聚会时想起他，我们在面临新的困难的时候想起他；甚至，当我们为当今诗坛上的某些令人关注的文学现象而思考时也会想起他。我常常从朋友们口中（有时也从我心中）听到这句话：假如小川还活着……

　　然而这样的假设是毫无意义的。我深知并且深信：假如小川还活着，郭小川还是郭小川。郭小川在我心中永远不会变成一个头上戴着光环的、高踞于众生之上的完人，永远不会失去从他青年时代起便使我感到欣悦的那种蓬勃的朝气和炽烈的热情——这种朝气和热情同他永远对生活怀有信心，永远对于他所献身的进步事业充满挚爱之情是分不开的。小川是我的同龄人。他的才华有时使我赞叹，但他的和他年龄不大相称的天真与粗率有时也使我感到惊异。

他有着和我类似的生活经历。我们都是在"一二·九"运动当中开始走上自己的革命道路和文学道路的。但他有着比我丰富得多的革命实践工作经验：他做过部队政工干部，二十五六岁的年龄便在解放区当过县长，办过报，做过党的工作和行政组织工作。他的革命热情和清晰的思考能力使他几乎无论从事什么样的工作都使人觉得他相当干练，相当愉快，游刃有余。但在我心目中，他却是一个天生的诗人材料。他身上的那些好的素质，他的热情、敏感、精力旺盛而又富于幻想的性格，使他终于在诗歌这块领域找到了适于自己茁壮成长的肥壤沃土。当我和他在战争期间暌别将近十载，读到了他在五十年代创作的那些锐气逼人和光彩熠熠的诗篇之后，我当时闪过心头的第一个念头就是：小川终于找到了自己的位置，虽然似乎是晚了一些。

在 1957 年"反右"运动的尾声中，我遇到了一些麻烦。我在云南的某些文学界同行，总以未能在这场运动中使我成为他们手中的猎获物而感到遗憾。而我那时正在北京进行胸部手术，面临生死关头，毫无申辩和反抗的力量。这时，在小川和作协另外一些同志的帮助下，使我得以摆脱了困境，调到了作协，并且在此后一段相当长的日子和小川过从甚密，时相交往。一直到那场几乎使我们毕生为之奋斗的革命事业毁于一旦的"文化大革命"到来的时候，我和小川之间仍保持着真诚的友情。我们并不是没有过争吵和分歧，但我们是相互信赖的，相互理解的。我曾经对他说过这样的话："你会成为一个很了不起的诗人，但你大概很难成为一个成熟的政治家。"他对我常说的话是："你本来应当成为一个更有成就的批评家，可惜你太缺乏斗争性，太温情主义了。"我当然不愿意在这样的问题上和他争辩什么，但我确实为他的认真而热情的语气所触动，我和他说了一句开玩笑的话："在这一点上，我和你大约是志同而道不合的。"在那时，我常有这样的感觉：已经人到中年的小川，诗越写越好了，而且似乎还蕴蓄着无穷尽的潜力。我时常为此而高兴。但是，在同他频繁的交往和谈天当中，总使我有这样的感慨：在他的知人论世和判断政治风云的思想素养和他的令人欣悦乃至赞叹的艺术才华之间，还存在着某些不协调的东西。对于政治生活，他仍然常常是很天真的。他经常把许多事物想得过于美好，过于简单。他仍然十分敏锐，但有时又不免耽于幻想和轻信。因而，在"文化大革命"这场旷世悲剧像漫天乌云降临到每个人头上的时候，他还时常存在着许多纯粹是出于主观臆断的幻想。直到1968年初，他在牛棚中有一次还悄悄对我说："我相信情况很快会好起来，我们都是经过战争的生死考验的。"对于他的浪漫主义的天真，我只能报以苦笑。

但很快他就从沉重的打击中清醒起来了。1968年3月，我和侯金镜以及别的几位朋友由于暗地里诅咒过林彪、江青而又忽略了"隔墙有耳"这样的古老训诫，而被打成了"反革命"并且被隔离在作协的一间地下室。出乎意料的是，小川在不久后也遭受了"隔离审查"的命运，而且和我关在一个大房间里。他和我分别睡在房中的两角，另外两个角落是两位横眉怒目的"造反派"。当小川刚被送到这个房间来，用一种惶惑不解的目光看着我的时候，一位打手就怒吼起来：

"不许说话，不许递条子、打暗号，不然可就不客气了！"

当天晚上，我就明白了这个所谓"不客气"包含了怎样的内容。他们把我带到楼上另一间封闭得很严的房中去，开始了我只能称之为兽性发泄的野蛮行动。他们知道我的左肺开过刀，已失去功能，就用拳击手的直手发拳的手法突然打我的左胸，把我打倒在地，而且连续不断地重复着这一动作……在那样的时刻，在我头脑中突然闪过了这样的思想：我要找一个离我最近的楼窗，迅速地冲出去，跳下去。但是一圈人密密地站在我周围。我只好愤怒地奋力挺立在那里，努力不让他们把我打倒，而且随即感到我刚才那种轻生的念头是错误的。在这样的时刻，我也明白了我原来想不通的一个问题：为什么许多曾经身经百战的老同志会选择了自我毁灭的悲惨道路。他们不会在残暴的打击面前低头，然而他们无法容忍这种强加给他们的践踏人的尊严的屈辱……

我被送回了自己的房间。我斜靠在枕头上，发现小川也斜靠在床上，眼睛睁得大大的看着我：那目光里有震惊、同情、愤怒……好像还有别的什么。我闭上眼睛，努力克制心中的悲愤，使自己安静下来。等我再睁开眼睛时，我看见小川正在瞪大着眼睛看着我，并且用手指在自己的胸前比画着。他泪流如注，眼光似乎在燃烧着。过了片刻，他假装在看着窗外，手指却仍然不断地在比划……这时，那两位"造反派"一位已经发出了鼾声，另一个正在陶然自得于样板戏唱声中。我注意到了小川手的动作。我终于看明白了，他是在写字，不断地用手指在胸前写字，而且不断地重复比划着这六个字。

"活下去！要坚强！……"同时用手摸着自己的左颈，暗示他已经看到了我左颈上的血迹和伤痕。

为了明确无误地告诉他，我不会做那种无益而又无助于革命的事，我会保重自己，我努力做出一个自信而又轻蔑的笑容。看得出来，他明白了，用手擦着脸上的泪痕，轻微地点着头。

过了两天，我没有想到，同样的事又发生了一次。这一回是我和他调换了一个位置。黄昏，我看见他步履蹒跚地走进门，扑倒在床上，脸上呈现出一片痛苦得近于绝望的神色。他被折磨得面色苍白，几乎有些神情恍惚了。我学着他的样，用手在胸前比划着前两天他曾向我不断比划的六个字。他开始是痛苦地茫然地看着我，突然，脸上一下开朗起来，并且也向我微笑了一下，同时右手紧握拳头，暗暗向我晃动了一下。我明白这意思，他是在告诉我："不要担心，我会坚持下去，我还有力量和决心。"第二天早晨，当我跟在一位打手身后出去打饭走过他床前时，我悄悄丢给他一个利用报纸边角写的小纸条，那上面写了八个字："相煦以湿，相濡以沫。"并且用拙劣的笔法画了两条小鱼。

天下竟有如此巧合的事：那天我们饭盒里的菜，竟不约而同都是一条极不新鲜的、刺多于肉的小鱼。我和小川坐在各自的角落里，每个人都用筷子夹起那条小鱼，相视而笑，一时间，我的心里顿时感到了一种慰藉的温暖，一种因同志和朋友之间在艰难的时刻互相扶持而增强的信心和力量。我想他当时的心情也是这样……

小川的作为诗人的才能，在六十年代的前几年，得到了显著的升华。他那时所写的几本诗集在广大读者（而非少数文学偏嗜者）所产生的强烈而广泛的影响，是后来出现的许多优秀诗人很难与之比拼的。尽管他的许多传诵一时的诗篇在现在看来带有怎样的历史局限和当时的思想烙印，但是他作为一个真正的时代歌者所表现出来的真诚激情和艺术才华，赢得了众多读者的心。这些作品在当代文学史上的历史地位是不容抹杀的。那种以今人已经达到的思想高度来要求前人的苛责态度，是不公正的。然而同时，我也认为：虽然是在六十年代前期小川已经在诗歌创作上取得了很高成就，但是直到十年浩劫的后期，也就是他短暂生命的最后几年，他才真正在政治上成熟起来，成长为一个能够以献身精神来进行战斗的英勇战士，为我们党和国家的命运（也为我们为之奋斗的社会主义文艺事业的命运），做出了大量的至今仍然使我们钦敬和感激的贡献。在"十年动乱"的后两年，小川不仅创作了许多标志着他思想艺术水平的新高度的优秀作品，而且，在一些老一代革命家的支持下，不畏风险，不畏强暴，在千方百计地组织和串联文艺界的战友们和江青一伙的倒行逆施进行隐蔽的斗争方面，也做了很多工作，因而引起了江青一伙对他的嫉恨和进一步的迫害。我时常怀着激动的心情回忆起那些使人惊心动魄和热血沸腾的日子。有一段时间，他好像在做地下工作一样，时常在深夜来到我家和另外一些他认为值得信赖的朋友家里，热情地传递着消息，商讨着如何同江青一伙人进行斗争；同时把通过秘密串联活动所得到的文艺界的情况和大家的激愤与忧虑，汇报给同他保持秘密联系的一些正在同"四人帮"进行尖锐斗争的党的老一代革命家。这一切使当时正处于极端艰难和危险的文艺界的许多老同志受到了极大的鼓舞；他的勇敢而又不无莽撞的行动，给不少几乎陷于绝望的人带来了希望。

有一段时间，他蛰伏在北京郊外的一个招待所里，时常同当时正在石景山下放劳动的贺敬之和我秘密联系，交换情况，分析形势，商量对策。有一天，他告诉我周扬同志从秦城监狱放出来了，约我和贺敬之同他一道去看望被安置在同一个招待所中的周扬同志。我们约好时间，来到周扬同志的住处。为了不被人发现，我们在收发室填写了假名字，这一点是很重要的，要不然，仅仅这件事在当时就会被看作是一项"罪行"而被追查。我们在周扬同志住处谈了很久。在大半天的时间里，周扬同志始终处于一种感情激动的心境之中。他力求平静地讲述了这几年来他的生活遭遇和思想历程。他说，在监狱中，为了使延安鲁艺的同志不要因他而受到牵连，他决心把鲁艺所认识的同志尽可能少遗漏地回忆出来，以防那些络绎不绝的追查者和"外调者"发起突然袭击时，好有所准备，对这些同志加以保护。"当然，我没有纸，"周扬同志说，"我只能把这些对我来说是很珍贵的名字深深地埋在心底。我的记忆力不大好，但是我先后已经记起了二百多个同志的名字和他们的优点。当然，我第一批想到的，就包括了你们。"说到这里，在我记忆中一向十分冷静的周扬同志眼圈红了，眼中充满了泪水。这时，我也忍不住自己的泪水，而且感觉到它在我的脸颊上流淌。我回过头看小川，我注意到，他在紧紧地闭住眼睛，似乎是努力遏制住眼泪的流淌，但是，泪珠仍然一滴一滴地流下来……

这一天，由于谈得太晚，回不了家，我们就冒险挤住在小川的房间里。我们谈到深夜，大家都不想睡。我们谈到了过去，谈到了未来可能出现的种种情况。我感到，我和小川的心，从来没有像那时如此紧紧地贴在一起。我们的观点还多少有些不同。我始终是忧心忡忡，甚至有些悲观。而他却表现了一种前所未有的近于轻率的乐观情绪，在送我上床睡觉的时候，几乎是用了一种相当自信的口气对我低声说："你好好睡觉吧，不要那么脆弱，我可以肯定地告诉你，他们的日子不长了……"

此后不久，为了防止江青一伙对小川的进一步的迫害打击，在一位老同志的帮助下，他以下放劳动的名义被隐蔽到豫北的一个山区。在一段时间里，从来信的字里行间看，他生活得似乎很不错，而且显得更加坚强了。在 1976 年 10 月 18 日这一天，我收到了他从豫北的一个小城寄来的一封信（现在看来，这可能是他生前所写的最后一封信），他在信中说，几天后他就要回到北京，并且暗示说，他相信我们大家都会健康无恙，因为我们还将要在一起做许多重要事情。显然，他已经知道了发生在 10 月 6 日的使我们党和国家得到拯救的那个重大事件。我兴奋得几乎整夜都不能入睡。我想得很多，在我的眼前时时闪现出小川的精力旺盛、同时又带着漫不经心的神情的面容。我激动地盼望着在北京和他重聚那一天的到来。我万没有料到，两天之后，我得到的不是和小川共庆胜利的欢乐，而是他不幸去世的消息所带来的悲痛。他就是在我在北京兴奋地展读他的最后来信的那一天离开了人间，离开了我们！离开了他如此热爱、如此充满了希望的革命事业！

直到今天，小川的死对我来说都一直好像是一场无法解析清楚的噩梦。我拿不出任何根据来推翻那个认为他的猝死是由于自己不慎而造成的偶然事件的结论，然而，我永远也不能相信，这就是事情的全部真相。否则，世界上就真会有"诗谶"这样的神秘现象存在了。在小川离开人间的前一年，他曾这样写道：

> 我知道，总有一天，我会化烟，烟气腾空；
> 但愿它像硝烟，火药味很浓，很浓！

在整整一年之后，小川真的化作了云烟，他的躯体灰飞烟灭了，但是，他的形象，他的兼诗人和战士于一身的品质和才智，他的激越昂扬的感情，他的不断追求、不断攀登的顽强精神，却永远留在我的心中。事情已经过去了十年，我仍然经常想起和小川同甘共苦的那些日子。他的许多我所缺少的长处，经常给我以激励。他身上的不必讳言的弱点，也经常引起我的深思。但是，作为一个永远具有蓬勃朝气和战斗精神的活生生的人，他的音容风貌却永远铭记在我的心中，永远和我同在。

因此，我相信有人会为我做证，当我在生活和工作中遇到了新的需要跨越的障碍时，我常常会说出这样一句话：

"假若小川还活着……"

1986 年 12 月 21 日

（原载《散文世界》1987 年第 2 期）

方纪——一位过早折断了翅膀的作家

　　百花文艺出版社决定编印方纪同志的文集，要我写一篇短序，并且说这是方纪的意见。我毫不迟疑地答应了，而且认为这项委托既是我义不容辞的，又是我必须接受的。因为我和方纪不仅是有着类似生活经历的同时代人，而且是名副其实的"同龄人"：我和他都生于"五四运动"那一年——"难忘的一九一九年"；我和他不仅是志趣相近、性情相投的同志和战友，而且我们自从相识到相知，到今年已经有整整四十年的岁月。在这四十年当中，我们在一起工作和朝夕相处的时间并不长，我们经常生活和工作在不同的工作岗位，甚至时常是心悬两地、天各一方，只能以书信互通音讯，来倾诉自己的离情别绪。但我发现，我和他在思想感情上有着那么多的相通之处，以至在漫长而又常常是风云变幻的四十年间，我们之间（甚至是我们两个家庭之间）的友谊，可以说是持之以恒、久而弥笃的。我相信我是了解他的，包括他作为一个革命战士和作家所具有的热情充沛和才华过人的可贵素质，以及他作为一个我们这时代的知识分子身上所特有的性格弱点，我都是熟知的和理解的。反之，他对于我，也是如此。在四十年间，我们互相支持、激励、鞭策；在那些艰难坎坷的日子，我们也经常"相濡以沫"，却从来也没有产生过"相忘于江湖"的念头。相反，我们之间的战友之情，却日益深厚了。

然而，这篇序文我却迟迟未能命笔。直到不久前，我接到方纪用左手执笔写来的一封信之后，才决定立即动笔，不能再事延搁了。这封信上只有十三个用毛笔书写的大字：

　　　　冯牧：我的书，你要写序。方纪左手。

这封寥寥数字，却蕴涵了深挚的真情的信，使我激动良久；一种混合着黯然、泫然、怅然而又歉然的情绪在冲击着我。面对着这封用颇见功力的书法写成的言简情深的信，我仿佛看到了方纪饱受摧残却又顽强地和疾病进行不屈搏斗的身影，使我不能不抛弃和打破我原来的设想：我原来想重新仔细地阅读一下他的作品、深入地思考一下他的生活道路和创作道路，然后再动笔写一篇可以称得上是序言的文章。现在，我感到这对我来说是不切实际的。我不可能也没有必要为方纪写上一篇研究文章，这件事应当由那些现代文学研究家们来完成。我能够做的是，作为一个和方纪有着四十年友情的战友，倾吐一下我对于他的真实的理解和感受。

我和方纪都是以"一二·九"运动为起点，开始走上革命和文学的征途的。我和他同庚，但他在革命和文学道路的起步，却比我早。早在1936年，他就开始在报刊上发表进步的文学作品了。我同他结识，是在1944年延安的《解放日报》。那时，整风运动刚结束不久，他从中央党校调到报社的文艺副刊部，我从鲁艺到南泥湾三五九旅连队深入生活回到延安后，也同时调到了《解放日报》。我们在一个办公室工作，在一排土坯房里比邻而居。我很快就发现：他和我在性格和气质上都保持了某些北京学生的特点，我们有许多共同熟悉的人和事，有许多接近的情趣和癖好，比如，在我们身上都有相当浓厚的书生气，都有某种在那时常常含有"毁誉参半"含义的"才子气"，都有些不知天高地厚而又恃才傲物的知识分子习气。这一切都成为开始联结我和他之间友情纽带的一种独特因素。我们不但在一起工作、学习，并且从中发现我们在有些问题上常常是志同道合的，尽管我们也有过争吵。我们在有一年多的时间里几乎是每天一道在延河边散步，在窑洞外谈天；我们不但谈论国家大事和生活理想，也谈论俄罗斯和苏联文学，谈论自己的文学主张和文学抱负。我们时常在一道回忆北京的古老而又魅人的文化传统，谈论京戏、书法以至于围棋的发展。总之，在这段时间，我们各自都不加掩饰地袒露了自己的胸怀。我们甚至还天真地相约：等抗战胜利后，一定要争取一道回到北京工作。

在相处期间，我很快就发现了方纪的长处，他才思敏锐，热情奔放，对生活和文学都有极其敏捷的感受能力。他笔下很快，对于分配给他写的文章，常常是一挥而就。他在写作上涉猎很广：既能写很有文采的小说和散文，也能写富有广博知识和鲜明见解的评论和杂文。在我们一同编辑《解放日报》副刊的这段时间，我们在工作中是很投契的，在交往中是很愉快的。现在，当我回忆起同他和黄人晓同志相处的那一段时间，仍然有一种令人不胜怀念的感情，那里面，有青春的闪光，也有战友的真情。

方纪作为一个共产党员和革命作家留给我的另一个深刻的印象是：不管在他身上还存有多少由于过去的生活经历和社会环境所遗下的印迹，他对于无产阶级革命事业的信念，却是坚定执着和始终不渝的。我时常有一种想法：与其说他是一个为革命文学事业而孜孜不倦地实践、追求和探索的勤奋作家，还不如说，他是一个努力通过文艺创作和文艺工作的丰富多样的途径，来为革命事业做出力所能及的贡献的文化战士。方纪的性格是坦率的、真诚的、热情的，有时甚至是锋芒毕露的；由于各种原因（当然也包括自身的弱点），我们虽然不能怀疑他作为一个战士在战斗中的坚定性，但是，我们也看到，在斗争中，他的主张和实践并不常常都是无懈可击的，他的战斗也常常并非箭不虚发的。他的热情、率真和胸无城府，使他的思想和文字，常常有如流泉喷涌，汪洋恣肆，而有时却不免失之于绵密和冷静不足。但是，当我们在品评方纪作为一个作家一生所走过的道路的时候，不论我们采取何等严格的准则，也不论我们确实并不难从他身上找到这样那样的瑕疵和不足，有一点，却是我们不应当也不能够否定的，这就是：这是一位毕生为追求真理、追求革命、追求革命文艺而贡献了自己全部心血的优秀作家和真诚的战士。他对于人民的利益、对于党的事业、对于革命的文艺道路所迸发出来的炽烈的热情，以及他在自己全部生活实践和艺术实践中所显示和体现出来的战士的情操和勇气，是毋庸置疑的。人们常说，文如其人。而我要说，对于方纪来说，文如其人，还要加上言如其人，而这个人，是把自己的全部才智和精力，甚至把自己的一切都义无反顾地奉献给他如此热爱的斗争事业的。而在我们这个无限丰富而又无限复杂的社会生活当中，真正达到文如其人和言如其人——即心口如一的境界，也并不是每一个人都能够很容易做得到的。

方纪在几十年当中所表现出来的革命热情、艺术才华、斗争勇气，他对于民族、历史和现实的斗争生活所具有的深挚情感，以及他对于文化艺术所积累的多方面的素养，在同辈人当中，应当说都是很突出的，甚至可以说是并不多见的。但是，命运对于他，竟然是如此地严酷，使这个才华横溢、风流倜傥的人，正当他在思想和艺术造诣上趋于成熟的黄金时刻，就无情地剥夺了他尽情发挥自己创造潜力的权利。他的嘹亮的歌喉被阻塞，他的闪光的利刃被锈损。不论他有何等顽强的斗志和毅力，不论他有多么开朗而乐观的个性，他毕竟不能够如他自己所期望的（当然也是朋友们所期望的）那样，用他锋锐的笔和火热的心来得心应手地同我们并肩战斗了。每当我同他见面，看见他艰难走动的身影，听到他热情然而喑哑不清的声音，我就会禁不住流下悲愤的眼泪。这时，我常常想：在这个为疾病所折磨的身躯里所隐藏、所蕴蓄的喷薄欲出的思想和才智之火，难道就永远听任它们在这个人身上默默地逐渐地熄灭下去吗？不，不能让这样一株充满生机和活力的树木，像这样在我们眼前听其自然地枯萎下去。我们应当为他做许多事情。我们应当帮助他战胜病魔，还我一个生龙活虎般的方纪，不管这有多么困难，甚至有多么不可思议。我们应当帮助他把他过去的作品加以收集和整理。我们应当通过他所创作的作品和他一同回顾一下自己所走过的道路。我们应当为他在革命文学事业中所做出的成就和贡献，作出一个全面公允的评价来。

正是因此，我认为百花文艺出版社的同志们正在进行的编印《方纪文集》的工作，是一项及时的、富有意义的、值得感谢的工作。

《方纪文集》选辑了方纪开始从事文学以来的一百多篇作品。这当然不是方纪创作和发表过的诗文的全部。仅仅从这一百多篇作品中，我们也可以看出这位作家对于生活和艺术的涉足之广。他创作过长篇小说、短篇小说、报告文学、散文、评论、杂文、叙事诗和抒情诗。其中，最为著称于世并且最为我所心折的，是他的散文。方纪的散文，我认为最能反映他的独具风范的思想和文采，最能表现他对于祖国和人民的发自胸臆的深情，也最能显示他的有如行云流水般舒畅流利、有如沃野平畴般开朗明丽、有如战斗进军般壮怀激烈的优美风格。其中，有许多篇，已经成为我国新文学的传世之作，比如《挥手之间》《石林风雨》《桂林山水》等篇，比之同代人所写的同类题材的文字，无疑是达到了更为深沉壮美的思想艺术境界的。方纪的小说不多，但他的一些以反映我国北方农民生活和农村变革为题材的小说也是颇具特色的；从这些作品当中，可以感受到浓烈的北方农村的生活气息，感受到正在进行着改天换地的农村变革的跃动的脉搏声音。

应当说，现在呈现在读者面前的《方纪文集》，是一部颇具特色和很有分量、很有价值的作品。但是，我认为，这又是一部远没有写完的作品。方纪本来是可以写出不论在思想上或者在艺术上都更为丰富、更为深刻、更为成熟的巨著来的。他已经走上了自己的文学征途，他已经选定了他决心攀越的山峰，他甚至已经看到了他梦寐以求并且准备为之献身的美好前景。他曾经是步伐轻捷的，信心百倍的，一往无前的。他也受到过小的挫折，出现过原来可以避免的失误，但这一切都没有影响他对文学事业的坚定信念，也没有削弱他为理想而战斗的豪情壮志。但是，在十年浩劫中，他终于未能幸免。他受到了无端的戕害，生命虽然幸存了下来，却折断了自己展翅飞腾的羽翼。我们已经不能要求他写完那些原来很可能是卷帙浩繁的鸿篇巨制了，尽管他作为一个坚定的战士，正在像一头受伤的猛兽一样在静静地舔舐着自己身上的创伤，并且期望有一天仍然能够同我们、同他几十年来同甘共苦的战友们一道并肩前进，奔向美好的未来。

当然，对于《方纪文集》的终于出版，我还是衷心地感到喜悦的。我们总还是能够从这些色彩斑斓和充满热情的文字当中，看到我们的亲密战友——方纪的朝气蓬勃的面容和身影，看到一个毕生忠于祖国和人民事业的忠诚战士的炽热的心。

1984 年 3 月 5 日夜急就

怀艾柏

解放战争初期，我以前线记者的身份，从延安《解放日报》调到当时正在黄河东岸山西吕梁地区作战的陈赓部队进行采访活动。我在野战部队结识的头一位记者，是艾柏同志。他当时是新华社吕梁分社派赴前线的随军记者。记得我是在行军途中认识他的。那时，我正在学习和适应如何在敌机不断侵袭下和在连续令人疲惫不堪的行军当中进行采访工作。使我感到困难的是，我当时既不懂得战争生活，又不熟悉刚刚参加到其列中的这支部队。在这样的时刻，比我早几个月来到这支部队的艾柏同志，可以说是给我上了如何当好前线记者的第一课。那时，他因在前线负伤刚从野战医院回来，这使我在初识时就对他产生了很好的印象。很快我就发现，他的豪爽率直的性格，使他和我们共同生活的这支部队的干部战士的关系都是非常融洽亲密的。仅仅这一点，在当时就使我感到钦羡。我感到，在他面前，我好像是个新兵；他在我眼里，不但是个熟悉战争生活，而且是有过英勇负伤经历的老战士。可能是由于这一点，同时由于我在炮火硝烟中的表现使他感到满意，再加上我很快就能够适应前线生活并且能够像一个真正的前线记者那样行动和写作，我们很快就建立了那种并不是很容易就可以建立起来的战友和朋友之间的亲密关系。从 1946 年冬天起，我就同他并肩作战，一道工作，一直到 1948 年他因不公正地受到公开点名批判而调离他如此热爱的这支野战部队为止。

在共同战斗中，我对于艾柏的身世和经历有过一些片断了解。他是 1938 年入党的老同志，从此，开始了他一生始终和新闻宣传事业密切联系的革命事业。他在延安青训班和抗大学习过，然后就从陕甘宁来到前线，在王震同志为旅长的三五九旅工作过，此后，就走上新闻工作的岗位。道路虽然坎坷，但他直到 1959 年再次受到不公正处分之前，还曾经陆续担任过新华社南京分社社长、天津分社社长和河北分社社长的职务，为党的新闻事业做出了许多有益的贡献。他虽然从 1959 年起就被迫离开了新闻工作岗位，我却始终认为：他是一个终其一生对于党和人民的革命事业抱有坚定信念、热爱党的新闻事业的忠诚勤奋的新闻战士。

1946 年 12 月始，我和艾柏同志一起参加了许多战役，包括吕梁战役、汾孝战役、晋南战役、抢渡黄河战役、陇海战役、豫西战役、平汉战役和解放洛阳战役。在这些共同战斗的日子里，我和艾柏重点采访的部队经常是那些担负主攻任务的部队，因此我们经常在一起行军，一起宿营，逐渐有了较深的相互了解。他性格开朗、耿直而热情，喜怒常形于色。他看不惯那种与充溢在部队的无私忘我、勇往直前的精神气氛格格不入的东西，特别看不惯那种在火线上退缩不前和患得患失的人，以至于有人感到他有些高傲。实际上，当人们和他相处渐久并且可以推心置腹地交谈以后，就会了解到，他不是那种狂妄自大的人。在多数场合，只要能够同他进行真诚讨论，他是能够从善如流听取意见的。他在前线的工作是勤奋的。我从他身上了解到，要当好一名前线记者，需要怎样不畏艰苦和无私忘我的精神。在战斗中，他不是只同指挥员在一道，从指挥所获得消息，而是经常深入到战斗部队中去。他需要有和战士们同样不畏艰险、一往无前的精神；而在战斗结束以后，部队休息了，他还得以最迅速的行动进行采访，并且连夜写出新闻通讯稿件来，然后，当部队又要开始行动，他才可能获得短暂休息的机会。我发现，艾柏对这种战地记者的艰苦紧张而又常常处在危险环境中的工作，是掌握得既熟练又自如的。在我参加的头三次战役——吕梁、汾孝、晋南战役中，我常常和他并肩行动，亦步亦趋。他比我有战斗经验。他告诉我，什么时候隐蔽才不会为流弹所中，什么时候需要从地上爬起跃进，什么样的枪声是打向我们身后，不需躲避，什么样的炮声危险，是必须隐蔽的。他在连续行军作战四十八小时之后还能够眼睛闭都不闭一下就去采访，然后，就坐在一段断壁残垣后面写报道，有时一连写出四五篇稿件。这些稿件，连夜就会发向新华社分社。它们不一定会全部得到播发，但是却会像是一道道小溪流那样，汇入全国解放战争新闻报道的巨流中去。他的工作精神，使我懂得了一个前线记者应当怎样工作。

正是因为如此，艾柏在他所在的野战部队里是很受欢迎的人物。我发现，从旅长、团长到连排长，他都有很多朋友。不论部队在行军、休整、作战，那些担任主要任务的部队，都希望他到那里去，同他们一起行动，一起战斗，一起享受胜利的欢乐。因此，艾柏在那些战火纷飞的日子里，心情是舒畅的，工作是积极的。他以自己的行动表明他是一名胜任的出色的前线记者。

就在解放战争紧张进行的时刻，艾柏突然受到了厄运的打击。他因一篇写作于1946年的反映解放区农业生产运动的通讯，而被公开点名指斥为"右倾"，并且被凭空指责为"客里空"的典型。这种指责通过新华社社论被传送到全国。这种打击，对于任何一个正在前线浴血战斗的人来说都是难以承受的。但是，艾柏表现了一个共产党员应有的正直和组织纪律性。他很痛苦，却仍然坚持不懈地工作。现在回想起来，那时部队中的许多指战员，尽管由于这个消息来自上面而无法抗拒，但他们对于艾柏的同情和信任却是显而易见的。因此，一直到艾柏被迫在 1948 年调离这个部队去后方解决他的这个所谓"思想右倾"和"客里空"问题，部队指战员对他的态度并未因此而改变。他仍然被看作是一个工作勤奋的、在火线上表现英勇的好同志，一个深受广大指战员欢迎的好记者。

艾柏同志含冤逝世于 1970 年，他刚度过五十五岁的生日。他没有活到得以看见他的冤案彻底平反的那一天。他应当瞑目于九泉了，因为现在不论是他的老战友、老同志，或是当年和他在晋绥边区一道工作的一些"知情人"，都知道发生在 1947 年的使他含恨终身的"事件"，是当时正在晋绥"指导"土改运动的康生制造出来的。这一点，许多同志在全国解放前就已经察觉了，但艾柏却不得不被迫改名为艾长青，一直到他离开我们。所谓"艾柏事件"，直到现在也还没有公开平反，虽然这个"事件"当年曾经在全国范围被大肆宣扬。

但这一切对于死者来说已经没有多大意义了。松柏总是常青的。艾柏对于党和人民所表现的忠诚精神，永远会是常青的。

1986 年 6 月

(原载《散文》1986 年第 6 期)

人生实难　所贵者丹
——《朱丹诗文选》序

　　朱丹同志在病卧经年以后，离开了我们，离开了他如此挚爱的生活、亲人和他为之奋斗终生的革命事业。他那过早的逝世，使许多理解他的美德的朋友以及曾经得到过他热忱扶助的人感到深深悲痛。但是，对于像我这样的和他有过将近半个世纪友谊、曾经长期共过忧患岁月的战友和知交来说，除了悲痛以外，在我心中还郁积着一种长久不能释然于怀的痛惜之情。

　　听说，在他停止呼吸之后，他的眼睛久久没有闭合，带着一种他生前常有的温和、宽厚和惘然的神情。当人们告知我这一点时，我的心感到了一阵强烈的震颤。我完全可以体会到：他是带着一种多么痛苦和遗憾的心情离开这个世界的。他还有那么多要做的工作还没有做，他还有许多光和热还没有发挥出来。他的"生命之烛"还没有燃尽。我突然想起他在郭小川逝世后对我说过的话："他不该这么早就离开我们。假使我们每个人都是一支蜡烛，我们也要燃尽自己身上的光和热！不能像他这样，半途而灭。"使我感到伤心的是，朱丹也是还未到"蜡炬成灰"的时刻，便过早地离开了我们，带走了他永远炽热的心、坦诚待人的襟怀和远未发挥出来的艺术才华，永远地离开了我们。

　　朱丹是一个有着五十多年党龄的忠诚的老战士。但他一生所经历的，却是一条令人感叹的屡遭困顿的坎坷道路。他又是一个富有多方面才华的艺术家，但是他却由于个人所不能左右的原因而未能使自己的精神潜力得到充分的发扬和展现。我还必须强调地说，他是一个有着在我们生活中并不多见的优秀品德的人，一个胸怀坦荡得有如霁月光风、热情真诚得有如天真赤子的人；一个永远以助人为乐，对于人民的疾苦和命运永远怀着火热的同情心，永远怀有深沉的忧国忧民之情的人；同时，又是一个是非分明，疾恶如仇，不趋炎，不苟同，一生坚守自己崇高信念的人。

朱丹是我的同时代人。我们都是在"一二·九"运动的浪潮中选定了自己生活道路的。不同的是，当我被卷入抗日救亡的行列中时还只是个不知世事的少年，而他已经开始走向成熟。他曾经担任过天津的学生示威游行队伍的纠察队长和敢死队员，在南开大学读书时曾经列名于"中华民族解放先锋队"的发起人之中，并且在1936年就入了党。在其后的年代里，无论是在白色恐怖或是在战火纷飞的环境中，他都以献身的精神，在许多不同的岗位上积极忘我地工作并且做出了切切实实的贡献。他本来是学美术的，是徐悲鸿很欣赏的学生，有很高的文学和艺术修养。但在很长的年代里，他听命于党的安排，从事过各种各样的工作：从文工团长到印刷厂长，从画报社长到艺术局领导人，从美术理论家到美术学院负责人，从诗人、作家到书法家……不论在什么样的岗位上，他都能以自己热忱、干练和渊博的学识把工作做得很好，而且也不断在创作上闪现出他的艺术才华。他的诗和散文都写得很有情致和意境，他的关于美术方面的评论，特别是他写的关于齐白石和徐悲鸿的文章，可能是我读过的同类文字中少有的具有真知灼见之作。他的书法和篆刻是他工作和写作之外的余事，但是已经达到了卓然成家的水平。他被选为中国书法家协会副主席是当之无愧的。

然而，在五十年代中期后，他在工作、生活和创作方面，都长期处在了一种艰难境地。在接踵而来的政治运动中，他几乎是无一幸免地受到了猛烈的冲击。他一生不愿作违心之论，他一生不会说假话，他一生不曾整过旁人。但是每见不平却总是会难以抑制地出来仗义执言，扶危济困。他是一个如苏东坡所说过的那种"情交于中，言无所择"的正直而执着的汉子。这给他带来了许多不幸。为了同情别人，他几乎被戴上了"右派"帽子，而且长久被视为异端而被置于不受信任的地位。但他对于革命、对于人民的命运却总是有着一种发自内心的深情。"大跃进"时期，他和他的夫人李纳一道到安徽农村去体验生活，目睹极"左"路线所造成的灾难，回到北京后曾和我有过几次长谈。在讲到他所亲身经历的许多事情时，忍不住泪流满面，唏嘘不已，使我立即想到了屈原的两句诗："长太息以掩涕兮，哀民生之多艰。"我在他身上看到了一个中国正直知识分子的美好心灵。在那以后不久，他曾用挺秀的行草写了一幅字给我，那是《诗经》上的两句话："我心匪石，不可转也；我心匪席，不可卷也。"这可以说是他的信念和心情的一个确切写照。后来，我曾经想回赠他两句话："人生实难，所贵者丹"，前一句是陶渊明的话，后一句是我的发挥，我的意思是想以此共勉，但由于我的字写得不好而没有送给他。

他时时忧国忧民，对于自己一生所追求的崇高理想，都是矢志不渝的。他常有忧患意识，但我从他身上不但没有看到过丝毫悲观颓丧情绪，相反地，却使我感到他是一个清醒的乐观主义者。他的朗朗笑声是富有感染力的。他对自己的名利得失向来是淡然处之。粉碎"四人帮"以后，他曾经被任命为中央美术学院的领导小组组长和"中国画研究院"的筹备组长。但一旦工作就绪，自己可以大展宏图时，他就被调离了。我很为此不平，但他却安之若素，乐天知命。

我想，正是由于他这种真诚无私的乐观主义精神，才使他得以克服接连而至的政治上的打击和"文化大革命"所带给他的残酷的迫害。即使在被打成"现行反革命"时，他也总是顽强地生活着、挺立着。当然，他付出了过多的代价：他的健康被严重地摧残了，在他身上蕴蓄的艺术活力和创造潜力再也无法结出本来应当结出的繁花和硕果了。

我是在香山饭店开会时听到朱丹逝世消息的。在那一瞬间，混合着悲痛和憾然的心情使我有一种五内俱焚的感觉。我心里反复地念叨的只是一句话："为什么好人总是和磨难连接在一起！"黄昏，我独自爬到了香山的松林间的一片幽深的草地上，坐了很久。在二十年前，我和朱丹以及另外一些朋友曾经在这里聚会，悲愤地倾诉着各自的心曲。当时，我们都惶惑地不知道将会有什么样的不幸降临到自己头上。我至今仍然记得朱丹用悲愤的语调喃喃地说："我不相信江青这伙人能长得了。我们要顽强地活下去。我们一定要活到那一天。哪怕只活一天！"在"四人帮"覆灭的那一天之后，他幸运地也是艰难地活了十年。此刻，这里的松林仍然像当年那样挺拔青翠，但朱丹却不在了。

历史已经证明了朱丹始终是站在真理和正义这一边的，他经受住了狂风暴雨的考验。他的丹心不灭，正气长存。

我愿借用古代一位哲人所写的一本书《刘子》中的两句话，来寄托我对于故人的哀思：

> 丹可磨而不可夺其色，
> 兰可燔而不可灭其香！

斯人已逝。我们这些曾经作为他的朋友的生者，除了应当把他的那些可珍贵的品质长久铭记在记忆里以外，我想我们应当做的一项最为迫切的事，便是把他的分量不多、却大多是精品的诗文搜集起来，编辑出版。经过李纳同志和亲友们的努力。我们终于看到了《朱丹诗文选》这样一本篇幅虽不浩繁，却有着沉甸甸的重量的文稿的印行。这本遗作当中的诗文我大部分看过，也同朱丹以及别的朋友们议论过、赞美过。有的人喜欢他的诗，而我却更喜欢他的散文和那些用散文笔法写成的评论文章，但不管怎样，大家都承认这一点：如果他把更多的精力和才智放在诗、散文和评论的写作上，而不是放在占据了他那么多时间的繁冗的行政工作上，他本来应当成为一位杰出的诗人、散文家或是评论家的。但是，直到他离开我们，他只给我们留下了这样一本既令人欣悦赞赏、又使人黯然神伤的书。

尽管这是一本字里行间都充溢着朱丹的耿耿真情和美好心灵的书，一本真正可以称得上是"文如其人"的书，但是，同朱丹坦荡的一生相比，毕竟是太少了……

正因为如此，我感到这本遗作分外可贵。我把它看作是朱丹坎坷而美好的一生的一座小小的纪念碑，一个虽然并不华丽却带着生命露珠的精美花环。

我和苏策

我和苏策同志是名副其实的同代人。在年龄上他虽然略小于我，但我同他的友谊，却至少可以回溯到五十七年以前，那时，我们都还是十四五岁的少年人。我们的友谊，是在抗战前北平的运动场上的游泳池边开始的。

那时，我当然绝不会料到，在事隔若干年之后，我们会走上同样的生活之路和文学之路。历史和时代把我和他同时推上了殊途而同归的革命道路：他在抗日战争前去山西省参加了党领导的救亡运动，我则在北平沦陷后经由解放区到了延安，而且差不多在同一时间，决心用自己的写作来作为献身革命理想的武器，选择了文学这项既令人向往、又使人劳神的事业。

从那时算起，到现在也已经有半个世纪的时间了。

我同苏策在三十年代的北京分别后，至少有十年的时间，从未有过联系，互相都不知道对方在哪里、在干些什么。1944 年我在延安《解放日报》文艺部当编辑，我的任务之一，是从当时来自敌后解放区出版的小报上寻找适合我们报纸刊用的文艺作品。我发现并发表了一篇写得很生动的小小说《我们的小组长》，作者署名苏策。这个名字使我心里为之一动："这难道是我少年时代的那个朋友吗？"但我随即否定了自己的想法。天下之大，重名重姓的人很多，一闪念间，事情也就过去了。

时隔两年的 1946 年底，我随军撤离了延安，作为新华社前线记者东渡黄河，来到了当时正在吕梁山作战的陈赓部队，且在经历了一段艰苦的生活之后，在火线上像亲友般地又见到了苏策，我惊讶而又激动地发现，在炮火连天的茫茫人海中，我碰到的这个苏策，就是我少年时代的朋友苏策，也就是在两年前曾经以自己的作品给过我心灵触动的那篇小小说的作者——苏策。

我记得，在久别重逢的那个晚上，我和他在敌人炮火轰炸的隆隆声中，畅谈了一夜，直到天亮。

这次邂逅式的重逢，可以说，在一定程度上改变了我的生活和命运。本来，在打完那次战役后，我是准备奉调回到陕北的新华总社的，但是，苏策以一种不容抗拒的热情（当然这一切是在陈赓将军的决定和安排下进行的），使我改变了主意，决心留在部队，和他、和我刚刚结识的许多战友们一同战斗下去，直到解放全中国。

就这样，我在人民解放军一直工作了十年，我在这十年的工作性质和工作经历，几乎和苏策完全相同。所不同的是，他对这支部队更熟悉，有更多的战争生活的经历和积累，对于一个作家来说，他具有进行创作准备的更好的条件。全国解放，我们一同随军进入云南省会昆明，在此以后一段时间里，我们共同负责部队的文化工作和文艺创作工作，无论在担负的职务方面或是在组织创作的方法和观点方面，我和苏策几乎都是相似的甚至可以说是共同进行的。曾经有一种说法，认为在解放初期，云南部队曾经出现过一些引人瞩目的优秀作品和一个作家群，并且把这些文学现象和我当时所从事的工作联系起来。我认为这种说法是不确切的。如果说，在解放初期，云南部队在组织创作和培育作家方面确实有过一些可取经验的话，苏策作为当时的文化部门和文学创作的领导者和组织者，在很长一段时间中，是付出了比我更多的辛勤劳动和做出了功不可没的贡献的。在这方面，我绝对不敢掠美。

全国解放后不久，苏策先后到西南军区和西藏军区工作过很长时间。对他一生来说，这十年可以说是艰苦备尝、坎坷辛酸的十年，但是，正是在这十年磨炼当中，他坚强地成长并且成熟起来；他所体验、经历、感受和积累的生活经验和生活见闻，就其复杂、严酷、艰险及其丰富性来说，都是我所不可能经历甚至是很难于设想的。这当然不是使他决心从事文学创作（而不是像我那样只能把自己围在文学编辑和评论工作的狭小范围之中）的唯一的原因，但是，我相信：长期艰苦的现实生活体验及其深厚的生活积蓄给他带来的启迪和触动，使他在决心选择文学创作（主要是小说创作）和生活道路的时刻，产生了极其重要的乃至是决定性的作用。

当然，苏策之所以能够成为一位卓有成就的作家，还决定于他所具备的另一个条件，即：他从青少年时期起，就生活在革命战争、革命军队和解放区的火热斗争生活之中。他对于亿万人民正在进行着的崇高事业有着从未动摇过的坚定信念；他对于自己生活于其中的人民军队及其战斗业绩有着真诚的炽热的感情；随着生活实践和创作实践的逐渐深入，他选择和树立了自己认为是正确的因而永远不打算改变的文艺观和美学观。这一切，使他具备了某种同代作家难以获得的优势。在我认识的同代作家当中，像苏策那样既有长期丰富的革命战争生活经历，又对于自己所身历的无限繁复多彩的历史与现实生活有着始终如一的热情与关注，既熟知和洞悉革命军队中大量的从将军到士兵的生活遭际和精神世界，又熟悉和热爱通常人所难于涉足和深入的、从云南边疆到西藏高原各族人民绚丽多姿的生活与环境的作家，是为数不多的。正是因为如此，在一个相当长的时期中，苏策尽管时时遭遇坎坷，常常处于困境甚至逆境，却仍然能够以坚强的毅力，克服重重困难，创作出了数量可观的、从内容到风格都具有自己特点的优秀作品来，以自己不同于旁人的思考与观察角度，从不同的取向和侧面，反映了一位半个多世纪以来献身于人民事业的老战士与老作家心目中的正在急剧变革着的时代和现实的多姿多彩的生活面貌和艺术世界。

　　在苏策创作中涉猎的题材范围是相当广泛的，所运用过的体裁与样式也是多种多样的。我曾经阅读过他的大部分作品（有的是在发表前，有的是在发表后），在我看来，在他的大量题材各异的作品当中，最有生活厚度最有真情实感因而最能引起我的思想和艺术上的共鸣的，首先当推那些反映边防部队战斗生活和那些以战争亲历者的目光来回顾革命战争岁月中的战斗历程的作品。听说，他撰写的长篇传记文学陈赓将军传《名将之鹰》即将出版，我深信他是撰写这样一部具有重要历史价值和革命传统教育意义著作的最为合适也最能胜任的一位作家。在他的小说当中，我比较喜欢表现云南边疆战士战斗生活的长篇小说《远山在落雪》。为了完成这部作品，他曾经在大雪封山的状况下，和驻守在雪山垭口的边防战士在高寒的雪山哨所共同生活过很长一段时期，在文学上第一次以朴素真实和饱含激情的笔墨，为我们描绘和塑造了一批常年驻守在人迹罕至的雪山边塞的边防战士的感人形象及富有边疆风貌和传奇色彩引人入胜的生活图景。苏策写的许多中短篇小说和报告文学当中，也有一些独具风采之作，比如，他在六十年代初发表的《白鹤》和新时期所写的反映"文化大革命"期间荒诞岁月的《同犯》，就都是可以在当代文学史上流传下来的精湛之作。

　　岁月流逝，我和我在半个多世纪以前就已结识的老朋友苏策，都已经从少年、青年、中年而进入了老年。比起我来，我认为苏策在许多方面都有远胜于我的"优势"。他的豪爽率直、乐观开朗的性格，他的不惧艰险、知难而进的顽强精神，他的勤于实践和进取，对于生活和文学所抱有的执着追求和勤奋精神，他的仿佛永远取之不竭的旺盛精力，甚至他的矫健的、似乎永远不知疲倦的体魄（尽管他也开始患有老年病），这一切，都常常使我欣羡。

　　因此，一种自发的半是期望、半是预感的念头时常闪过我的脑际：虽然苏策已经在文学创作领域中辛勤耕耘了五十多年。虽然他已经以自己创造性的劳动，为我们的文学事业做出了自己的不容忽视的贡献，我总是十分自然地感到他的最好的作品——以他半个多世纪以来的丰富生活积蓄来衡量，以他的勤奋精进的创作精神来要求，以他的思想艺术素养所达到的水平来看，他的更为深厚、更为精美的作品，似乎尚未问世或者有待问世。但，这样的无愧于他战斗的一生的大作品和杰出作品，应当是会在他有生之年诞生的。

　　对此，我深信不疑。

1991 年 8 月

（原载《中国作家》1992 年第 6 期）

一本没有写完的书

——怀海默

不久以前，海默的一些老朋友在有关出版社的热心帮助下，做了一件及时的和有意义的工作：分别编选和出版了海默同志生前创作的小说和电影剧本等作品。这件事，对于广大读者来说，是有益的和必要的。它可以使人们了解：作为一个具有炽烈的革命热情、旺盛的创作潜力、敏捷的艺术才思并且是正当盛年的作家，海默同志在他短短的创作生涯当中，为我们创作了这么多富有生活气息、题材上如此广泛多样、艺术上又是绚烂多姿的作品。这些作品，大都是海默在怀着真挚的感情投身到火热的革命斗争生活中去之后，以往往是十分惊人的写作速度创作出来的。没有人给他规定具体任务：要写什么，不要写什么；但是，恐怕是出于长期的革命战争生活和解放区生活养成的一种习惯：在他酝酿着创作时，他总是自然地，甚至是本能地使自己的生活实践和创作实践与人民的沸腾的斗争生活密切地连接在一起。对于革命事业的坚定信念，对于人民生活的广泛而丰富的兴趣和知识，对于各种社会生活和人物的广阔而深入的观察和容受能力，对于各种艺术形式和表现方法的孜孜不倦的永不休止的探索和实践，再加上他那种或者可以说是独有的性格特色：热忱到近于奔放，顽强到近于固执，单纯到近于天真，随和到近于大而化之，粗犷到近于不拘细节，严格到嫉恶如仇……这一切，使他在文艺界获得了一个完全是不含贬义的称号："多产和快产的作家。"他写得快，写得多，写得及时，写得热情；这里我们必须还要加上：他写得严肃。粗制滥造和他是无缘的。他的作品，是我国革命战争生活和革命斗争生活的真实、及时和生动的记录和写照；这些作品，尽管并不都是毫无瑕疵的，尽管某些篇章还存在着逐渐走向成熟的印迹，但是，它们跳动着时代的脉搏，回响着历史的声音，它们可以使人深切地感受到一个富有革命激情的作家和战士的一颗火热的跳动的心，这却是确切无疑的。鲁迅在谈到他一位蒙难的战友的遗作时，曾经说它"是对于前驱者的爱的大纛，也是对于摧残者的憎的丰碑"。时代虽然不同了，但就对于人民和敌人爱憎分明的革命真情来说，我想，也同样适用于海默的遗作。他的作品，对于人民和革命事业的爱，对于阶级敌人和一切反动势力的憎，从来都是卓然矗立、旗帜鲜明的。当然，他的作品所反映的生活的广度和深度，也是随着他对于生活的执着地坚定地探索而不断发展和深入。早在五十年代后期，通过他对于农业合作化运动的深切体验和观察所创作的《洞箫横吹》，无论在反映错综复杂的社会主义时期农村生活的矛盾与斗争方面，或者是在勇敢地揭露阻碍生活前进的官僚主义作风方面，即使是以今天的眼光来看，也是富有深刻的教益和现实意义的。

也许有人会说，海默还没有写出可以称得上是纪念碑式的伟大作品来。我要说，就某一部或某一篇作品来看，我们也许可以做出这样的评价来；但是，就海默在短短的二十几年的创作实践当中给我们做出的辛勤而坚实的文学贡献来看，就他的题材、主题、形式、体裁的众多和丰富而引人瞩目来看，就他通过多种形式和笔法所塑造和描绘出来的社会生活的繁复生动、人物形象的多彩多姿来看，海默一生中（他只有短短的四十几岁的年华）给我们文艺事业所增添的木石砖瓦，所做出的宝贵贡献，我想，任何一个正直的革命者，都是不会加以贬低和抹杀的。他的不幸早死，更为我们带来了永远无法弥补的遗憾：要是他能够幸免于难，要是他能够从"四人帮"的残酷迫害中挺过来，以他的旺盛的精力、炽热的激情、洋溢的才华，他将要为我们创作出多少富有战斗性的饱含着浓烈的生活气息的优秀作品来啊！但是，这一切都不可能见容于万恶的"四人帮"，他们用卑劣的手段，残暴地杀害了他。

我不愿意使这篇短文写成一篇回忆性的文字。对于"四人帮"统治时期的回忆，常常是蒙着使人不胜悲愤和不愿回顾的斑斑血迹的。但我还想就海默作为一个人、一个战士、一个作家给我留下的深刻印象，再说几句话。

我同海默相识于抗日战争中期的延安，那时我们是同学。由于班系不同，我们交往并不多。仅仅由于一个共同点：我和他都是来自北京的青年学生，有着大体相近的经历，而使我同他有所接触。我那时对他的印象是好的，除了他经常流露出来的一种溢于言表的豪爽之气以外，我从他的剧作（那时延安正演出他青年时期的话剧《粮食》）所表现出来的生活光彩感到了他有敏锐的艺术感受能力和反映能力。在那以后的几十年间，我同他有断断续续的来往；我同他无论在气质、性格上，或者作风癖好上，都没有太多的共同点，但在许多有关思想和政治方面的问题上，我们是能够进行倾心之谈的，同时也是可以进行坦率的甚至是互不相让的争论的。我们性格不同，但互相信任，就像信任我们的许多关系密切的同志和战友一样。

海默对我的吸引力，除了上述原因以外，还由于他自全国解放以后，就成了一个以善于搜集和搜罗各种知识性和资料性书籍而令人羡慕的藏书家。在工作之暇，在他那图书室兼书房和卧室中盘桓逗留上一个夜晚，对人是一种极大的乐趣。而不幸的是，虽然我曾经在海默的那一排堆满了书架的房间中度过了一些愉快的黄昏和夜晚，但是，在他的生命最后的短暂期间，我同他之间进行的那些令人悲愤、惶惑、痛苦的谈话，也是在这些迷人的书架之间进行的。那时，我和他以及几乎我们全部的朋友和同志，都变成了被批斗的对象。只有在那种冒险的秘密情况下，我们之间才能互相寻找机会倾诉自己的思想和心情。有一次，我和他藏在书架后面，交换关于革命前途发展形势的看法，他用那种从牙缝中迸发出来的充满了憎恨的低沉声音，向我痛斥着江青、张春桥一伙人的丑恶历史和反动行径；这个性格坚强的铁汉子，在诉说中突然不可抑制地热泪流淌。"如果是公开的敌人，"他说，"我可以豁出去这个脑袋和他们真刀真枪地拼，就像抗日、打老蒋一样，毫不含糊。可是，现在我们面对的这伙人，明明是鬼，却打着党的招牌，你不和他斗，他就要搞垮你，这可难死我了。"然后，他从书架底抽出一本刊载着三十年代江青在上海的照片的画报，用鄙夷的眼光盯视着，自言自语地说："就让这个人，让她夺了党权，会把我们党带到哪里去！"接着，他又难为情地擦去脸上的泪水，强带笑容地说："反正我铁了心了，就是打死我，我也不会向他们低头。"

我不记得这是不是海默生前最后一次对我所讲的话，但不久我们就几乎同时失去了自由。有一天晚上，一个以打人为能事的造反派小头目带着幸灾乐祸的声调告诉我海默已经不在人世的消息，他还没有忘记添加一句威胁性的话："要不老实，海默的下场，就是你们的下场！"他在这里指的"你们"，除了指我以外，还包括了当时同我先后被"隔离"的郭小川、侯金镜等同志。我当时几乎没有注意他所讲的后一句话，这霹雳轰顶般的消息使我在一时间几乎失去了知觉。黄昏，我把这消息悄悄告诉了小川。我们当时所能做的事情，是各自躺在自己的床上，用毛巾盖住自己的脸——因为那时公开为战友流泪是不允许的，而我们也确实不愿意让那些为此而兴高采烈的人看到我们的眼泪。

在许多晚上，在我眼前出现了海默的含笑的面孔——那是一张热情、坚毅、粗犷而又带了某种孩子似的天真稚气的脸孔。当时，我想的主要是——他们又扼杀了一个多么善良正直、多么富有革命朝气、多么富有艺术创造力和进取心的优秀战士啊！

事情已经过去了十二年。我们终于看到了海默的遗作将要以崭新的面貌和广大人民见面的时刻。此时，当我在午夜的灯光下为他的遗作写下这简短文字的时候，在我的脑子里凝聚着一种混杂着兴奋、激动和悲痛的感情。我为海默的作品能在举国上下都在为四化而奋斗的伟大长征中增添一分精神力量而高兴，他的作品大都是明朗健康的，鼓舞人心的，发人深思的，有益于提高人们的社会主义和爱国主义的精神和情操的。有些作品所表现出来的瑕疵和不足，也足以引为我们一些年轻作者的借鉴。

作为一个过早地被夺去了生命和创作权利的优秀作家的作品，我们应当把海默的创作选集看成是一本没有写完的书。海默本来是可以更加有所作为、有所贡献、有所前进的；倘若天假以年（当然这指的是倘若他能从"四人帮"的迫害中生存下来），他对党和革命事业的坚强信念和感情，他的丰富、厚实的创作潜力，他的健壮和充满活力的体力，他的不知疲倦地对于生活和创作的追求，肯定可以使他能够在社会主义文艺创作的道路上大展宏图，以更快的速度、更高的质量，为他生前那么热爱的革命人民写出更多的优秀作品来。

这本没有写完的书，应当由我们，也由年轻一代的革命作家继续写下去。

1979 年 5 月

一位一生为人作嫁衣的编辑家

　　清明前夕，突然传来了林元同志不幸去世的消息，一种深切的痛惜之情使我的心中好像遭受了沉重的一击。我和林元同志的友谊交往算来已有三十一年的时间。那是从 1957 年底，我奉命去接办刚刚受到了近于摧残性打击的《新观察》时开始的。在被改组的《新观察》编辑部留任下来的几位主要编辑人员当中，林元同志是从一见面就给我留下很深印象的一个。我在《新观察》工作的短短一年时间中，和他相处得很融洽，合作得很好。那时，还不具备像现在这样的思想解放的大气候，但我不论从林元身上或从另外一些同志身上，都可以感受到一种共有的真诚的愿望和感情，这就是：尽管我们谁都不可能抗拒或抵御当时正在席卷神州大地的极"左"思潮，但是，我们应当使我们的刊物办得尽可能为广大的读者所喜爱或乐于接受。我真切地感觉到，在包括林元在内的几位当时的刊物骨干力量的心中，都具有这样一种可以说是心照不宣的心情。

　　在这期间，我发现了林元身上所具有的那种对于一个编辑来说是极为可贵的品质。我发现，这个当时还没有入党的老编辑，在工作中所表现出的炽烈的劳动热情、忘我的工作积极性以及接近于足智多谋的编辑工作才能，使我们当时濒于瘫痪的刊物，很快地便恢复了正常的工作运转。我应当坦率地说，在我刚刚被调到《新观察》来取代那位我所尊敬的、当时被不公正地戴上"右派"帽子的戈扬大姐时，我的心情是沉重的、不安的，也是毫无信心的；但是，很快我就感觉到，在我身边，有许多双友善的手在扶持我、帮助我（而不是在排斥我），而其中，林元就是非常突出的一个。我时时为林元所表现出来的那种忘我无私、殚精竭虑的敬业精神和工作热情所激励。也就是在这时，在讨论他要求入党的支部会上，我第一次了解到他的历史和生活道路，了解到他并不是以一个普通的"民主人士"和知识分子的身份来参加新中国的文化建设事业的。早在抗战初期，他就是一个追求光明、追求进步、追求人民解放事业的爱国者，一个积极参加民主运动和革命文学运动并且做出了贡献的有理想、有信念的进步文艺工作者。在解放战争时期，他曾经在当时风靡全国、对蒋管区的民主运动产生过巨大影响的《观察》杂志工作过很长时间，作为储安平的助手，经过他的手发表过不少进步的革命的乃至是出于地下党员手笔的文章。在解放战争后期，他为此而被国民党政府逮捕入狱，一直到南京解放，解放军战士打开了当时关押爱国民主人士和共产党员的政治犯监狱，他才获得了自由，才获得了真正的解放。当时，作为党外进步人士的林元，在监狱中表现得非常坚强，如同一名革命战士一样地和敌人进行了坚贞不屈的斗争。这一切，我都是在1959年讨论林元入党的支部会上才了解到的。而这些事实，在当时的情况下，当然都是经过了反复的严格调查之后才得出的结论。他正是因此而理所当然地被接纳成为一个中国共产党员。由此才使我对于林元有了更为深切的了解，我才开始懂得为什么一个被人们视为"党外人士"的编辑会具有如此自觉的责任心和似乎是永不会枯竭的工作精力。在我的印象里，当时出版的每一期《新观察》当中都包含着他的富有创造性的建议、心血和劳动成果。他是一个提选题、出主意、结交作者和组织稿件的能手。他自己也能写很漂亮的散文和很有见解的评论，但他的绝大部分时间和精力都放在了编辑工作上，正如他自己常对我说的，"我一辈子都是为别人作嫁衣裳的，我对于当好一个刊物的编辑，是乐此不疲的。"林元的一生，确实是一直在这样身体力行的。早在四十年代初，他在西南联大时期就编辑出版过在当时颇具影响的进步文艺刊物《文聚》，在那上面发表过许多激扬爱国主义和民主主义精神的作品，许多作家（如闻一多、冯至、李广田等）都曾经给过他以支持和帮助。从此，他就以编辑工作作为向自己的神圣目标奋力前进的工作岗位，而且做出了认认真真和切切实实的工作业绩，一直到他年过古稀，由于年龄和健康的原因，才不得不心怀栈恋地离开了他在《文艺研究》编辑部的办公室。

因此，在我的思想里，林元是在我们当中一位极其难能可贵的、把毕生精力和心血都奉献给文艺编辑工作而且做出了昭著成绩的好同志、好编辑。尽管他有一段时间调到了文化外事部门，而暂时离开了编辑工作，但我相信这并非出于他自己的意愿。我永远把他看作是一个在文学队伍中自觉自愿地把自己的生命数十年如一日地投身于编辑工作的老编辑和好编辑，一个值得尊重和钦敬的毕生"为他人作嫁衣裳"而任劳任怨和甘之若饴的人。

像这样的人，在我们的队伍中实在是太少了。

我和林元在《新观察》工作期间结下的友谊，并没有因为我们后来分处在不同的工作部门而中断。在"文化大革命"时期，我们曾经一起被关在一间地下室中，并且一起在湖北干校劳动过，在这段时间，我们得以互相倾诉自己的心境和经历。他时时自然流露出来的相濡以沫的感情使我对他有了进一步的信赖。有一天，我突然发现他显著地消瘦了，银白色的头发也变得更加稀疏零乱；从他艰难迟缓的动作中我感到他正在竭力克制自己的病痛。他告诉我，他得了糖尿病，这种病，在干校的条件下是一种灾难性的疾病。但他同时又说，他虽然时时感到痛苦，但他还是乐观的，他相信我们都能够顽强地生活下去，并且能够等待我们盼望的那一天的到来。我相信他的说法，而且为他身上经常自然散发出来的乐观主义情绪所感染。至今，在我头脑中仍然不时闪现出他在干校参加劳动时的步履蹒跚的身影和他的虽然日见憔悴却永远坦诚而乐观的面容。

从 1978 年开始，我终于又获得了和林元一道工作的机会。那时，我在文化部负责艺术研究院和政策研究室的工作。三中全会后，文化部决定筹备出版一个文艺评论和文艺研究的理论刊物，这就是创刊于 1979 年 5 月的《文艺研究》。我建议调林元来参与筹办这个刊物，我始终认为，在当时可供抉择的对象当中，林元是一个最为合适的人选。而后，他就把全部身心毫无保留地奉献给这个刊物，简直可以说是鞠躬尽瘁，死而后已。在开始的两三年中，林元还都不是这个刊物的正式主编，但我现在应当公正地说，从一开始，林元就是《文艺研究》这个后来声誉日隆的刊物的实际上的创办者和主持人。我和另外两位同志都曾列名为刊物的主编，林元是编辑部主任和副主编；但是，如果说这个刊物从一开始就制定了一个至今看来仍然是正确的方针，如果说这个刊物在八九年的时日里曾经克服了众多难以设想的困难，在这漫长的风风雨雨的岁月里始终坚持着自己的方针和目标，而没有随风摇曳和动荡不定的话，那么，我可以毫不犹豫地断定说：能够做到这一点，林元同志在其中是起到了值得表彰和赞扬的重要促进作用的。从一开始，他就是以一种情投意合的积极精神和得心应手的工作活力，为这个刊物从诞生、发展、坚持、巩固到稳步发展而付出了一个年过花甲的老年人所可能投入的最大的精力和干劲。他曾在重新工作前一次因公出差中跌断了腿，但他却泰然处之，无论有多大困难，只要需要，他就如打仗一样，不失战机，立即挂着手杖为了办好刊物和组织高质量、多品种的稿件而到处辛勤奔走。因此，我虽然在刊物创办之始曾经忝列主编职务并且参与过一些工作，为刊物的方针和指导思想的确定提出过一些建议并且和林元同志以及编辑部的其他同志顺利地取得了共同的看法；但是，刊物的实际主持人是林元而不是我。我时常怀着一种欣慰乃至感激的心情，回忆起我和林元之间关于坚定不移地执行"双百"方针同时又要使刊物具有自己的鲜明主张和性格的多次讨论；我高兴地看到：林元在主持刊物编辑工作的几年间，对于我们所共同确立的方针和编辑思想，一直是信守不渝的。后来，他在别的同志的帮助和支持下，使《文艺研究》不仅在正确贯彻"双百"方针上取得了令人瞩目的成效，而且在广开文路而又有所倡导方面，也逐步地形成了自己的风格。这一点，应当是有目共睹的，也是值得我们永远珍惜的。

林元同志在 1987 年终于离开了自己心爱的工作岗位，这是早在我意料之中的事；因为我看到近年来他是越来越衰弱了，他的外貌和举止比他的实际年龄要衰老得多；但是他的那种心无旁骛、把全部思想和精力都扑在编辑工作上的极端负责的精神和毅力却使我为之深深感动。

我预感到他的来日无多了，然而我无论如何也没有想到他会那样早地便离开了我们，离开了他的亲人和战友，离开了他如此挚爱的革命事业。他一生自奉甚俭，自律甚严。他去世以后，我和一些老战友一起到他家里去看望他的夫人钱云同志和他的子女。走进他俭朴的居处，使我有一种四壁萧然的感觉。当他的女儿林平把他去世前不久用断续无力的声音口授的遗嘱拿给我看的时候，我不禁潸然泪下了。他在生命的最后时刻所发出的，是使一切正直的革命者都会感到悲痛和震动的声音。他在遗嘱中说：

一、遗体献给国家医学科研事业，不留骨灰。

二、不举行遗体告别仪式及追悼会，以免劳民伤财。

三、我一生喜爱并收藏齐白石老人四幅画。白石老人的画是国宝，国宝应归国藏、国有。

四、我一生为他人作嫁衣裳五十年，剩下一点"碎布"，约三四十万字，请王致远同志编成《碎布集》，并作长篇编后记，请冯牧同志作序。

五、《碎布集》出版后所得稿费留给钱云晚年生活。

回顾一生，所作坦然。妻子儿女待我之好无以复加。希望林平多关心妈妈，听妈妈话。妈妈也要多关心林平。我飘然而去，云游四海而无所挂念。

又及：关于《文艺研究》，希望王波云同志在全体同志共同努力下抓好工作，继续前进。《文艺研究》十年来的办刊方针是：坚持四项基本原则，实事求是，不断解放思想，贯彻百家争鸣，搞五湖四海。这已得到了王蒙、李希凡等领导同志的肯定，对此非常感谢。

林元

一九八八年三月十一日

我捧着这份写在一张薄薄的信纸上的遗嘱，沉默良久。我的心在战抖。这是一个一生为祖国文艺事业，也为他人的茁壮成长而劳顿奔忙的普通编辑工作者在临终时发自肺腑的声音。这张纸很轻，但在我手上却有千钧的分量。林元已经永远地去了，但在我眼前，却仿佛长久地屹立着一个高大的身影，在他身上，一颗忠诚、炽热、纯朴、热血沸腾的心，正在不停地跳动着。

逝者长已矣，但有些事情对于像我这样的幸存者，心情却不能平静。林元是一位为我国的新文艺事业奋斗过将近半个世纪的文艺战士。他为此曾经在敌人的监狱中进行过勇敢的斗争。然而，我听说，他在全国解放前所进行的战斗和所做出的贡献，至今并没有得到认可，因而，他在离开工作岗位以后所得到的待遇只能是"退休"而不是"离休"，我作为林元的一个战友和故人，不能不为此而长久地悒悒于心。

1988 年 4 月 7 日急就

（原载《文艺研究》1988 年第 3 期）

怀杨逵先生

我在旅途的飞机上，从一份报纸上看到了著名台湾老作家杨逵先生逝世的消息，心头袭过了一阵悲痛和怅然的情感。1982年秋天，我在美国爱荷华大学的"国际写作中心"，曾经同这位我在少年时代就曾经从其作品中受到过教益的作家，有过一个星期几乎是朝夕相见的聚会。他的形象和风采，至今历历在目。没有想到，这位热爱中华大地、热爱祖国人民的优秀作家，还没有来得及踏上祖国大陆的土地，亲眼看看他如此关怀的亿万同胞和他过去只是从书本上才了解的祖国山川，就离开了我们。

我是在洛杉矶参加了第一次"中美作家会议"之后，应"国际写作中心"主人的邀请到爱荷华访问的。我和我的同伴们有些人读过杨逵青年时期一举成名的小说《送报夫》，因此，当听说杨逵先生和我们几乎同时也从台湾来到爱荷华，我们都感到激动和欣悦。杨逵的形象同我想象的差不多：朴素平实，容颜消瘦，完全是劳动人民的面孔。他沉默寡言，再加上只能用我不懂的闽南话交谈，因此，我们和他彼此之间虽然都热切地希望倾心交谈，却只能通过翻译、手势、笔写，来表达自己的心情。但即使如此，我却对他产生了一种尊敬和亲切的感情。当晚，聂华苓和安格尔为我们举行家宴，为了祝贺来自海峡两岸作家的欢聚，提议要我和杨逵共同打开一瓶香槟酒。我和他一起打开了瓶塞，香槟酒喷涌而出，在大家充满深情的欢笑和掌声中，我看见杨逵的瘦削的面孔上绽放了孩子般天真的笑容。那天晚上，他兴奋地对我说，能够在这样一种气氛中认识了这么多来自大陆和生活在美国的作家，感到非常高兴。我对他说，我在少年时代就读过由胡风先生翻译、在鲁迅先生支持下发表的《送报夫》。他对此感到有些惊讶，说没有想到大陆现在还有人记得他这篇作品。我对他说，如果他同意，我们愿意在北京和别的地方出版他作品的选集。他当时微笑不语。在宴会结束向主人告别的时候，他才用难懂的闽南话小声对我说：他希望他的作品能在一切有中国同胞居住的地方出版。

在主人热情的安排下，几天的活动中，杨逵先生很愿意同我们在一起访问和参观。在一次有来自大陆和台湾作家参加的座谈会上，杨逵用朴实和谦逊的语言介绍了他的创作经历和计划。我们一起访问过一家农民家庭，在客厅中，主人的一岁的小孙子正在地毯上玩耍，这时，杨逵立刻眼光发亮，刚刚同主人寒暄过后，就坐在地上和这个婴儿戏耍起来。婴儿笑了，而这位年近八十的老作家也像小孩子似的欢笑起来。看到这个场景，我心里不禁涌出这样的感想：这真是一个心地纯朴善良的人，一个具有赤子之心的人，一个同普通人民保持着真挚感情的人！

有一次，我们一同乘游艇游览密西西比河。他和旅伴们一起唱起了各自的民歌。这时，这个老人显得那样活跃和年轻，几乎使人忘记他已经是一位年届八旬而又饱经沧桑的老人。

在即将离别的时候，杨逵送给我三本书，两本是他的小说和散文集，一本是评论他的生平和创作的文集，并且亲笔题写了名字。在握别的时候，他用亲切的口吻对我说："假如我的书能够有机会在别的地方出版，我希望把应得的稿费全部用来买书，送给学校，最好是中小学校！"我说，"我一定设法让更多的中国人看到你的作品。我回国之后，一定尽快地编辑和出版一本你的选集。"老人高兴地微笑了，一个天真的纯朴的农民般的笑脸。

1984 年，我在人民文学出版社的帮助下，编选了一本名为《鹅妈妈出嫁》的杨逵小说散文选集，其中包括了他的主要作品。他的作品并不多。这主要是由于他的坎坷遭遇使他难于随心所欲地进行创作。他在牢狱中度过了漫长岁月。出狱后，又长期过着躬耕励耘的生活，他以"老园丁"自喻。有一次，当有人问他的创作近况的时候，他笑着回答："我在写，天天在写。不过，现在用的不是笔纸，是用铁锹写在大地上。你现在所看到的，难道不美吗？"他指的是他自己用双手在一片荒地上开辟出来的农田和花园。长期以来，他就是以此谋生的。但即使如此，他仍然为我们留下了一批充满生活气息和反映一个不屈灵魂的优秀作品。他在海内外被人称誉为一枝"压不扁的玫瑰花"，这个称誉，便是来自他的一篇同名小说。这篇小说，在台湾几乎是一篇家喻户晓的作品，已经被选入中学课本。

我曾经在一篇论述杨逵的评论文章中看到过这样的描写："住在台湾东海大学旁边的一个老人，他白天挑水浇菜浇花，夜黑提笔写文章。经常有一些青年人来拜访他，说是'朝圣'。一提到东海马上就会想到这个老人。给他写信都不必写门牌号码，只要写他的名字就行了。他就是老作家杨逵。他一身傲骨，掷地有声，跟他大气磅礴的文章一样。我们为他出书，使他的磅礴文章流传人间，就像长江大河一样。"

我想，这一段话，可以说是对于杨逵的一个生动而确切的素描。但是，使我感到无限遗憾的是，我和朋友们为他编印的他的选集，出版得太晚了，使他无法得知：我在爱荷华对他所许下的承诺，现在已经实现了。他的书，将要如他所嘱托的那样，被送到一些学校的图书馆去。

我想，我们做好这件事，也是对于这位爱祖国、爱人民的优秀作家的最好的纪念。

1985 年 3 月 30 日

（原载《杨逵先生纪念专辑》，台声杂志社 1985 年 4 月）

寻求生命中的辉煌
——我所了解的关肃霜

深为人们熟悉和喜爱的京剧表演艺术家关肃霜的溘然逝世，在戏剧界和热爱戏曲艺术的广大人民当中，激起了一阵广泛的悲痛和悼念之情。我们从报道中得知，有成千上万的群众自发地排在大路两旁为这位毕生和人民保持着密切联系的艺术家送行，有五六千人远道赶来，痛哭失声地向她的遗体告别。这动人的情景不禁使我感到，人民以自己的真情和行动，为这位德艺双馨的艺术家辉煌的艺术生涯，画上了一个圆满的句号。她虽然英年早逝，却也可以瞑目了。

但是，她毕竟走得太早了。以她的艺术才干和充沛的热情，以她对于京剧艺术的近于痴情的挚爱，以她数十年来如一日对人民事业所表现出来的无私奉献精神，她本来应当享有更长的足以展示自己才华的岁月，本来应当使自己的艺术成就发挥更加深远的影响；但是，这个严酷的出人意料的事实毕竟发生了，我们永远失去了一位具有很高艺术成就和高尚品德的艺术家。就我个人来说，则是失去了一位四十多年来相知甚深的挚友。这是中国艺术事业、也是全国人民的一个令人痛惜和难以补偿的损失。

关肃霜是在旧社会开始自己的舞台生活的。她出身于湖北一个清苦的艺术家庭，早在十六七岁时，她就以自己非凡的天赋和深厚的功底成为华中地区小有声望的京剧演员。1949 年，她在巡回演出到了昆明时，迎来了全国的解放，并且从此就在云南地区长期定居，扎下根来。因此，可以这样说，只是从那时起，关肃霜才为自己的艺术追求找到了一个新的起点和明确的目标。她后来所取得的成就，虽然在很大程度上得力于自己所具有的特殊的别人难以企及的天赋条件，但是，正如她以后多次对我说过的，如果不是由于党和国家的关怀和培育，她就不可能在思想和文化素质上迅速得到提高，进而使自己走上一条逐渐成熟的艺术道路，也就永远不可能从一个旧艺人的思想樊笼中解放出来，成为一个自觉地为崇高目标服务的人民艺术家。

我是在昆明解放的那一年认识关肃霜的。那时她不过二十出头，给我的印象是一个性情豪爽、心直口快、生活朴素的小姑娘。当我看到这位当时艺名叫作戴鹩鹠（念肃霜）的演员的几场演出以后，不禁感到有些惊讶：在这个地处边陲的城市里竟然会出现这样一位功力深厚、光彩照人的演员。她的戏路之宽，天赋之佳，是我在过去的舞台上极少见过的。她有一把浑厚圆润的好嗓子，又有一身矫健无匹的好武功。在舞台上，她几乎是无所不能的。为了维持她当时所在剧团的生计，她每星期要演六七场戏。这就使她演出的剧目出人意料地繁多而又驳杂。她既能演像《生死恨》《锁麟囊》这样的青衣戏，而且演得颇具大家风范；又能演荀派的《红娘》和《辛安驿》，而且演得满台生辉；她既擅长演武旦和刀马旦戏《金山寺》《泗州城》和《取金陵》（是她的拿手戏），又能演小生、武生乃至老生和老旦戏，而且都能演得精彩纷呈，无懈可击（她的小生戏《白门楼》和武生戏《柴桑关》《连环套》，使一些专业小生和武生演员也不禁感到相形见绌）。我还记得我有一次看她的戏：前面演的是《玉堂春》，后面演的竟是《金钱豹》；这就不仅使人吃惊，而且有些为她感到担心了。我觉得，这种演法，即使是对于一个具有非凡禀赋的演员来说，也是不正常而且会给她的艺术生活发展带来不利影响的事。

关肃霜很快就明白了这一点，这是在 1951 年她参加了国营剧团以后。那时，她同许多新文艺工作者建立了很好的关系，她做的第一件事，就是把姓名改为关鹔鹴，恢复了自己的本姓（至于把鹔鹴这两个生僻难认的字改为肃霜，则是出于周恩来总理的建议）。同时，她决心以一种严肃认真的精益求精的态度，开始对于自己擅长和最宜于发挥自己艺术个性的剧目进行系统的加工和提高。这在很大程度上得力于周总理的教导和艺术大师程砚秋的提示。1951 年，我曾经把关肃霜推荐给当时正在昆明访问的程砚秋同志，并且陪他看了两场戏。这位艺术大师很欣赏关肃霜的戏路宽广、天赋过人；他一面看戏一面对我说，"这真是个难得的人才！"同时，又为她戏路过于驳杂而感到不安。在后来的一次会晤中，他曾经赞许过她能够充分运用自己的嗓音演唱《锁麟囊》，而不仅仅是追求表面的模仿；同时又语重心长地叮嘱关肃霜，希望她以后能够充分发挥自己的专长，在精和专上面下功夫，要刻苦钻研，精益求精。"至于像《金钱豹》《铁公鸡》那些戏，"这位艺术大师微笑着对关肃霜说，"我看就不要再演了吧！"

在五十年代初，周总理曾经在昆明看过关肃霜的戏。他为关肃霜出色的表演感到十分高兴。他曾经关切地问到她的家庭生活、学艺师承乃至她的艺名问题，一再鼓励她"不但要演好戏，同时也要学做人，做一个堂堂正正的无私奉献的人"。周总理还对她所表演的白素贞、杨排风等如何在人物塑造上更加丰满方面提出了十分中肯的具体意见。后来关肃霜曾经不止一次地向我提起她从周总理的谆谆教导中所获得的深刻启发。她说，总理的话使她"开了窍，开始懂得了演戏不能只是满足于技巧的炫弄，更重要的是要通过精湛的得心应手的技巧来表现人的性格、人的思想感情"。她说，这些启示，使她终身受益不尽。

可以说，自那以后的十几年间，关肃霜的艺术生涯才开始进入巅峰时期。她的那些风靡大江南北的精彩剧目，如像《白蛇传》《铁弓缘》《战洪州》《黛诺》《谢瑶环》《杨排风》以及像《白门楼》《柴桑关》这样一些传统戏，就是在这段时间不断加工提高而日臻完美的。这些剧目过去大都已由一些杰出演员表现得相当精美了，但经过关肃霜长期的辛勤探索、刻苦磨砺和反复加工之后，却都焕发了独具风范的新的光彩，甚至在不同程度上超越了前人已经达到的水平。可以说，在不断的探索和实践过程中，通过她反复提高、日新又新的演出过程中，关肃霜已经逐渐形成了自己别具一格、独树一帜的艺术风格。关肃霜在生前最反对有人把她的表演艺术称为"关派"，但是就她的艺术风格在京剧领域（特别是旦角行当）中所产生的广泛影响而言，说她已经创造了一个足以成为后辈演员学习典范的流派，恐怕也不是一种夸大的溢美之誉。

关肃霜表演艺术的主要特点，主要表现在她能够以一种博采众长、兼容并蓄、勇于创新的精神，全面地继承和发展了京剧旦角艺术的多姿多彩的表现能力。像她这样的戏路宽广、文武兼备、博中取精的"全能"式的演员，在戏曲界是罕见的。值得注意的是，关肃霜虽然有很深厚的功底，却几乎从未受过名师的传授。她在五十年代末曾经列入京剧大师梅兰芳的门墙，但因为地隔南北，却并没有多少机会得到过梅先生的面授亲见。记得我有一次和梅先生一道看关肃霜演的《金山寺》，梅先生很欣赏她在十分繁难的舞蹈动作中还能把八段昆曲曲牌唱得满工满调、字正腔圆；梅先生还特别赞赏她在打出手时用的是难度很大的双剑，而不是通常武旦所用的双鞭或是双头短杆枪，认为这是十分难能可贵的。梅先生的赞扬给了关肃霜以极大鼓舞，由此使她更深地体会到了在艺术创造上应当千锤百炼、知难而进，而不能只满足于寻求捷径的道理。

有人曾经问过关肃霜，她在表演艺术上所取得的成就，是经过了哪些名家的亲授和熏陶，她的回答往往是答非所问的。我曾经有好几次听她这样说："我很羡慕那些住在北京的同行们，经常可以得到许多艺术大师们的亲自指点。我没有这样的福气，就只好采取自己的办法。"她把自己的学习方法简单地归结为两句话。一句话是："我把所有的好演员都看作是自己的老师。"另一句话是："多看，多学，多想，多练，热爱生活，热爱艺术。"她时常说，她对于梅、程、尚、荀等大师都很崇拜，虽然她观摩他们演出的机会不多，但每看一次都可以学到许多有益于自己的东西。对另外一些名家的演出也是如此，比如周信芳和盖叫天，就曾使她在进一步掌握艺术节奏感和人物造型美方面，受到过很多启发和影响。关肃霜的许多"扎靠"戏都是很精彩的，比如《战洪州》《铁弓缘》和《战金山》中优美动人的"圆场"和独具匠心的武打，就特别为人们所称道。我曾经询问过她这些剧目的师承来源，她爽朗地回答说："那些动作都是我自己琢磨的，可是有一些动作的'法儿'（窍门），是我从高盛麟、李少春和厉慧良那儿拿来的。"这种广纳博采、择善而从、"转益多师是吾师"的精神，是关肃霜的艺术生涯中能够不断丰富、精进不已的一个非常重要的值得后辈演员们学习的特点。

在同代演员中使关肃霜最为钦佩的一位京剧艺术家，是被称为生行"全能冠军"的李少春。五十年代初，李少春随团到云南演出，他的高超造诣和艺术见地使关肃霜十分仰慕。李少春对这位同他有某种类似特点的"全才"演员也非常欣赏。他们相见恨晚，引为艺术知己。李少春曾经在"武戏文唱"方面给过关肃霜许多指点。他们都希望有一天能够在一起组团合演。然而这一无疑是珠联璧合的合作计划和美好愿望，除了1956年在北京招待外宾晚会中合作演出过一次以外，一直也未能实现。但那次蔚为壮观的场面宏大的演出，在事过多年之后还常常成为人们津津乐道的话题。

关肃霜是一位在艺术追求上永不满足甚至是奋不顾身的人。她的艺术造诣，首先得力于她对京剧传统艺术宝库的孜孜不倦、执着顽强、从不间断而又乐此不疲的学习与钻研。但她从未在这里止步。她不但重视继承，而且更加重视革新和创造。继承、革新、创造和发展，这就是指引关肃霜能够走上成功之路的主要指针。她有超乎常人的深厚功底，却从未有过故步自封的思想。她的长期舞台实践使她懂得了表演艺术的上乘境界，并不是只满足于达到前人已经达到的高度，而应当是以更加精湛丰富的艺术形象，创造优美感人而又富有生命力的人物，深刻而生动地反映历史和现实生活。而要做到这一点，又只能是在充分掌握绚烂多彩的民族戏曲艺术手段的条件下才有可能。我们都不会忘记，在关肃霜的那些脍炙人口的剧目中，人们除了可以从那些精美、繁复、娴熟的艺术技巧中获得很高的美感享受以外，更主要的是，她能够敢于做到突破前人的规范和窠臼，通过尽可能丰富的艺术表现力，在舞台上创造一系列真实优美而又令人耳目一新的人物形象：白素贞的深情和刚强，穆桂英的英武和端庄，陈秀英的纯朴和豪爽，杨排风的天真和机智，都被赋予了如此完整而簇新的艺术风采，而成为使人深感难忘的艺术形象。我们也不应当忘记关肃霜所创造的那个景颇族少女黛诺。她在这部现代戏中通过刚健、委婉的富有民族特色的唱腔和朴实、粗犷、节奏鲜明的表演，第一次在我国京剧舞台上成功地塑造了一个少数民族新人形象。这一功不可没的创造，是应当被书写在我国的京剧发展史上的。

在关肃霜逝世后的第三天，我曾经在一篇仓促草就的短文中这样写道："看她的戏，使人常常获得一种独特的美感：她的绰约纷繁、刚劲婀娜的舞姿，她的刻画入微、优美纯真的表演，她的举重若轻、游刃有余的技艺，她的浑厚自然、刚柔并蓄的歌唱，以及通过这一切展现在我们眼前的形形色色的女中英杰的丰满形象，都无不使人产生一种耳目一新、意境酣畅的艺术感受。这样的艺术境界，是我们从许多演员身上很难看到的。"

我认为，我对于关肃霜艺术成就所作的评价，是并不夸大的。

关肃霜为我们留下的精神财富，不仅仅表现在艺术创造上，也表现在她作为一位人民艺术家所具有的高尚品德上。她热爱人民，十分珍视广大群众对她的爱戴和期望。她对于生活了四十多年的云南各族人民的感情是深沉而真诚的。四十多年来，她不畏艰辛，栉风沐雨，足迹遍于云南边疆的山川土地，和广大人民结下了很深的情谊，她以自己能为身居穷乡僻壤的各族人民带来快乐而感到幸福和自豪。四十多年来，她一直过着和她的地位很不相称的俭朴生活。但她在获悉别人遇到困难时，却表现出一种发自内心的助人为乐的慷慨精神。她淡泊于名利，对于社会上流行的演员"走穴"之风，始终抱有一种鄙夷的态度。因此，在她去世后，在她的灵堂中悬挂着的主要挽辞，并不是对于她高超的艺术造诣的赞颂，而是对于一个把自己生命全部奉献给人民事业的共产党员的准确评价："吃一人饭操百家心，管千家事慰万人情！"我认为，这是对于关肃霜为人的十分确切的评价。

关肃霜生性好强，从不服老。一年多以前，她来京参加纪念徽班进京演出的间隙中，曾经抽空来看我。我觉得她有些憔悴和苍老，劝她要珍重身体，量力而为，应当选择适当的时机告别舞台，承担起培育下一代人的重责。但她对此置若罔闻，却像过去一样，热情而自信地对我讲述了一连串的工作计划和设想。我想，其中也必定会包括了她在今年的艺术节中上演的那个别出心裁的剧目《雷峰塔》。谁也不会想到，这个足以展示她文武兼备的艺术才华的节目，竟然会成为她的"天鹅之歌"——她的生命的绝唱！

关肃霜过早地去了，只为她自己留下了一个寒素萧条的家。但是，她的高尚品德和她所开拓的艺术道路，却为人们留下了一份分量很重的精神财富。她明丽刚健、卓尔不群的形象和品德，将永远为人们所怀念。

在关肃霜去世之前的 1988 年，她曾对我谈起，自己年事渐长，很希望能把几十年艺术生涯所积累下来的一些经验和体会，用文字记载下来，提供给下一代的京剧工作者，作为他们习艺的参考和借鉴。她的女儿徐巧玲后来也为此给我写过信，并且说，通过母亲的回忆、思考和口述，她已经积蓄了不少有关素材。对于这一计划，我自然是赞同的。当我获知这部著作的写作，在一位关肃霜艺术的仰慕者、《云南日报》记者王经同志的热心合作下，正在积极进行时，我衷心地感到欣悦。我期望，这部无疑必将有益于京剧艺术事业的弘扬与建设的著作，能够早日问世。

然而，正是在这样的时刻，我们听到了使人无限悲痛的噩耗：关肃霜逝世了，离开了她一生挚爱的舞台，离开了热爱她的艺术才华和高尚品德的广大观众，也离开了正在满怀热情积极为她撰写传记的作者。

正在为此而感到担心甚至焦虑的时候，我收到了由王经和徐巧玲送来的一部厚厚的书稿：我们企盼的这部作品竟然克服了重重困难，如期完成了。

不用说，如果没有坚强的毅力和勤奋的劳动，在这样的时候，要想顺利完成这部颇具分量的作品，几乎是不可能的。

我是怀着一种沉重而又欣慰的心情读完这部作品的。我认为，这是一部写得真实、纯朴而生动的作品，是一部关于一位杰出艺术家所走过的辛勤、艰难而又丰富的生活道路的翔实可信之作。它应当获得广大读者（不仅仅是京剧工作者）的首肯和欣赏。戏曲界的有心人可以从中获得很多富有教益的启迪，可以从中了解一位杰出的艺术家是如何在既有鲜花又有荆棘的道路上拼搏前进，攀上人生高峰的，可以懂得怎样才能达到德艺双馨的真正人民艺术家崇高境界的。

1992 年

（原载《人民日报》1992 年 3 月 25 日）

舒卷风云　吐纳珠玉
——怀念叶盛兰

　　我的青少年时期是在北京度过的。我所受到的京剧艺术的启蒙教育，可以说是始于北京前门外的广和楼，或者说始于常年在那里演出的"富连成"京剧科班。富连成是一所以培养京剧艺人为目的的历史悠久的私人班社；在长达四十余年的历史中，先后培养出六七百位学有所长的演艺人才。其中不少人，后来都以自己精湛的艺术造诣，成为足以代表我国京剧艺术最高水平的表演艺术家。

　　叶盛兰就是在"富连成"科班里脱颖而出，又能够卓然成家的一批演员当中的一位杰出人才，一位既有过人禀赋，又有独特成就的京剧表演艺术家。我还在少年时期，刚刚学会看戏，就为他的艺术魅力所倾倒。我当时看遍了叶盛兰擅演的几乎所有剧目。其中，有许多现在已经被后继者奉为圭臬（比如他演出的《群英会》《临江会》《罗成叫关》《黄鹤楼》《八大锤》《吕布与貂蝉》等），成为小生行当学习和仿效的典范；而他当年曾使我赞叹不止、欣悦不已的其他许多剧目，比如《双合印》《战濮阳》《蔡家庄》《雅观楼》《翠屏山》乃至以刀马旦应工的独有剧目《南界关》等，现在几乎已经绝迹于京剧舞台，这是至今一直使我引以为憾的。而恰恰是这些具有不同艺术特色，同时被叶盛兰表演得光彩照人的剧目，才不断丰富着叶盛兰的艺术实践，使他日益成熟起来，进而创造与开拓了一条在京剧小生行当中允称独步的富有创造性的艺术道路。

因此，当有人提出，由于叶盛兰过人的资质禀赋以及刻苦磨炼和广闻博采的学习精神，也由于他勇于创造、勤于钻研的艺术气质，他已经把京剧艺术的小生行当提高到一个近于完美的境界，我以为绝非溢美之词。在叶盛兰之前，在京剧小生行当中，曾经出现过许多杰出的演员和艺术家，他们当中有好几位（比如程继仙），都曾经成为叶盛兰的恩师，也为他后来的成长和发展做出了多方面的贡献；也正因此，才有可能使叶盛兰对于前辈艺人的宝贵经验和艺术结晶，进行了广泛深入的汲取和借鉴。这样，就为叶盛兰终于使自己发展成为小生行当中前所罕见的"全能演员"，提供了深厚的条件与基础。

一种时代所赋予的机遇，使叶盛兰承担了这个历史重任，使他终于扮演了一个在京剧小生行当"承前启后，继往开来"的"集大成"者的角色。这是他的幸运，也是他所做出的而为别人所难以企及的奉献。

如果说，我在青少年时期所看到的叶盛兰初出茅庐的表演，能够以其所创造的众多光彩照人的人物形象（这些人物形象，或者英俊刚健，或者风流倜傥，或者勇冠千军，或者憨厚淳朴）而感到激动和欣悦的话，那么，当我后来多次欣赏到叶盛兰中年时期所上演的许多剧目以后，他在"唱念做打"方面所达到的全面发展和高度和谐，他在塑造人物性格方面所达到的出神入化的深度，他在运用京剧艺术多姿多彩的艺术手段来抒发人物思想感情过程中所展示出来的艺术魅力，就不能不使我由衷地感到：我少年时代曾经结识过的那位才华横溢的青年演员，终于能够以其多年来持之以恒的辛勤创造和不断探索，发展成为一位具有自己完整艺术表演体系的杰出艺术家。广大观众在欣喜之余，把他称誉为"活周瑜""活吕布"，只不过是反映了他的艺术创造的一些方面。更确切地说，这位天赋超众的演员，通过对于前人所留下来的丰富经验的充分体验和融会吸收，通过自己对于京剧艺术规律的独具匠心的长期探索，已经把京剧艺术小生行当的表演，提高和发展到了一个也许可以说是前所未有的境界和水平。他不但对于小生演员表演艺术中的几个重要方面，比如他的老师程继仙所传授给他的"五子登科"（嗓子、把子、翎子、扇子、褶子）的小生主要表演技巧，掌握得圆通自在、举重若轻，而且还能够做到把这些独特的技艺和他所理解的人物性格与思想感情融会贯通在一起，使那些优美的艺术技巧都成为表达人物心灵世界的一种综合手段，而不只是某些带有特技性质的艺术技巧的孤立表演。这样，他在舞台上所创造的，就不仅仅是为人们所津津乐道的"活周瑜"和"活吕布"，而是一些通过优美的艺术手段所塑造出来的一系列有性格、有灵魂、真实可信和有血有肉的典型形象；以至于我们每当想起像吕布、周瑜、罗成、石秀、陆文龙乃至许仙、梁山伯、周仁这样一些历史和传说人物时，头脑中首先闪现的，往往就是叶盛兰所塑造而又为广大观众所认可的这些人物的优美而丰富的形象。

在这里，我没有丝毫贬抑前贤的意思；我只是想说，在欣赏过叶盛兰所表演的一些或以表演取胜、或以歌唱动人、或以武工见长的代表剧目以后，我想不起我过去看过的许多优秀小生演员中，有哪一位曾经达到过如叶盛兰这样的全面发展、众美咸备的水平。我想到了古代评论家刘勰在《文心雕龙》中所讲过的两句话："吟咏之间吐纳珠玉之声，眉睫之前卷舒风云之色。"用这两句话来评述叶盛兰在继承和发展小生表演艺术中的风采与成就，我想是并不过分的。

　　叶盛兰在正当盛年之际，就以自己风靡剧坛的艺术成就开创了具有自己独特风格的京剧流派——"叶派"。从此以后，京剧界小生行当的演员，大都以叶盛兰的表演艺术作为自己的学习典范；实至名归，我想这应当被看作是衡量叶盛兰的艺术成就及其影响的一个经过历史检验而又绝非偶然的重要标志。

　　在京剧发展史上，曾经出现过许多杰出的表演艺术家，以其独具风范的艺术实践，丰富和促进了京剧艺术的发展和提高。也可以说，一部京剧艺术发展史，就是一部卓越的表演艺术家不断涌现、不断以其独创的艺术经验丰富与完善着京剧艺术的历史。但是我们常常也会发现一个值得研究的现象：在一批批涌现的优秀艺术家当中，只有不多的人才被公认为创立了具有自己独特艺术风格的"流派"；有一些曾经红极一时的著名艺术家，尽管在京剧历史上也曾留下了自己的足迹，但毕其一生却并未创立出为人所公认的"流派"来。而作为在京剧表演艺术中地位并不显赫的小生行当中，叶盛兰以自己多方面的成就与造诣，创立了"叶派小生"这样一个艺术流派，却是一个不争的事实。人们承认叶盛兰开创了自己的流派，不仅仅是出于对于一位演员的高度赞誉，更主要的是对于他作为一位杰出表演艺术家，在钻研、探索与发展小生艺术表演上所做出的全面和富有开创性艺术成果的确切评价。至少，对于像我这样年龄的观众来说，在叶盛兰以前，我还从未有幸欣赏过如叶盛兰这样的在"唱念做打兼备，文武昆乱不挡"方面都能各擅胜场和不让前贤的小生演员；从未看到过像他这样集"雉尾生、武小生、官生、穷生"等不同类型于一身，而又能够做到游刃有余的小生演员；从未看到过像他这样把小生的发声方法运用得如此刚健精美、流畅自如，无论唱腔还是念白都使人感到悦耳动听、声情并茂的小生演员；也从未看到过像他这样的能够把众多各具性格的人物创造得同样有声有色，而又能够把人物的心理活动体现得如此淋漓尽致、精细入微的小生演员……

这就是我当年心目中的叶盛兰，也是我现在记忆中的叶盛兰。今年正值盛兰同志八旬冥寿，他离开我们、离开他毕生为之献身而又无限挚爱的戏曲舞台，也已经十六年了。使我感到欣慰的是：近年来，在弘扬民族文化方针的感召下，盛兰同志的遗志正在受到关注；一批有识之士和小生新秀正在络绎涌现，正在以自己辛勤的艺术实践来实现盛兰同志的遗愿。写到这里，我回忆起有一次观赏叶盛兰演出《罗成叫关》之后，感佩之余，在头脑中突然闪现的两句诗：

芳林新叶催陈叶，流水前波让后波。

现在，就让我借用唐代诗人刘禹锡的这两句寓意深远的诗句，来表达我对于一代英才叶盛兰的怀念吧！

1994 年 7 月 10 日

（原载《中国京剧》1994 年第 5 期）

艺精德劭　风范永存

——纪念京剧表演艺术家杨宝森

　　1994 年 10 月，是杰出的京剧表演艺术家杨宝森先生八十五岁诞辰的值得纪念的日子。算来，这位大师级的京剧艺术家离开热爱他的广大观众、离开他毕生为之献身的戏曲舞台，也已经有三十六年了。多年以来，杨宝森及其所创立的杨派艺术的光彩，不但丝毫未因他的英年早逝而减退和为人们所淡忘，相反地，随着时日的迁延，随着京剧艺术的不断发展，他的艺术风范，他的独步一时的艺术成就，在广大戏曲界和京剧爱好者中所产生的影响，却一直在与日俱增地不断地扩大与深化。这不能不是一个值得我们深思与探讨的艺术现象。一个不容否认的事实是：杨宝森以自己坚韧不拔和锐意进取的精神，勇于创造和执着追求的毅力，在长期艰难困顿的岁月中，经过艰苦卓绝、知难而进、孜孜不倦的学习实践和刻苦钻研，在余叔岩、王凤卿、陈秀华以及孟小冬这样一批京剧大家的指引和帮助下，终于闯出了一条适合于充分发挥他的独特创造潜力和才能的艺术道路，在短短的十几年的舞台实践过程中，就创立了一个在京剧老生行当中独具风采的风格与流派。一时间（特别是在四十年代后期到五十年代初期），"杨派"老生艺术风靡南北，成为京剧爱好者争相学习仿效的对象。

　　作为一位幼而失学、体弱多病，并无过人天赋的京剧演员来说，杨宝森在艺术追求上，可以说是创造了一个奇迹。但是，了解他的人，特别是关心他的成长的师友们，对此却并不感到意外。他们一直对于杨宝森的从艺与为人所表现出来的敬业精神和好学精神所感动，赞扬备至。我记得，1957年冬天，程砚秋先生在和我的一次谈话中，就对于杨宝森虽然体弱多病，但在艺术追求上却永不止步、精进不已的精神感叹不已。那时，程先生正在和杨宝森合录《武家坡》，在听过杨宝森的试唱之后，程先生对我说："宝森的火候可以说是炉火纯青了，看来，我的王宝钏还得加工，不然，就落后了。"程、杨在录制了这出可以称为"绝唱"的剧目之后，在数月内竟先后去世，以至于原定继续合录的《三娘教子》和《桑园会》等剧目，未能如愿以偿，成为永远不能弥补的一件憾事。

杨宝森为人正直谦逊，敏而好学，喜读诗书，勤习书法，全靠自学而取得了很好的文化素养，他的风度和谈吐也绝少艺人习气。在他身上有一种使人感到可敬可亲的"书卷气"。以一个出身梨园世家的京剧演员来说，能具有这样的文化气质，实在是难能可贵的。

我始终认为，正如前辈艺术家余叔岩、梅兰芳、程砚秋等人一样，杨宝森在京剧艺术上所达到的崇高造诣，是和他身上的这种文人气质分不开的。正是由于他的这种文化素养以及几十年如一日的勤于学习、敏于思索、勇于探索的精神，才使他在舞台上以自己独树一帜（虽然他始终谦逊地称自己为余叔岩的仰慕者和仿效者）的表演艺术，把前辈艺术家表演过千百遍的诸如诸葛亮、伍子胥、杨继业、杨延昭、祢衡等这样一些历史人物，创造得如此鲜明、严谨、深刻，表现得如此声情并茂和富有思想内涵。我曾经观赏过许多名家演出的《失空斩》，但在欣赏了杨宝森的演出之后，我才真正由衷地感到：这是我看过的塑造得最为完美、最有思想深度、最使我信服也最符合我心目中理解的诸葛亮的形象。如果说，杨宝森所演出的《骂曹》《洪洋洞》等剧目，还保留着较多的谭、余艺术的余韵的话，那么，他所演出的伍子胥的形象，就应当说是一个超越了前人的完美而动人的艺术创造。在《文昭关》这出现在已被视为杨派艺术经典之作的剧目中，杨宝森融会了余叔岩、王凤卿之长，用凄怆、悲壮、委婉多姿的音乐形象，把身负家国之恨的复仇者伍子胥的复杂的思想感情，表现得如此动人心弦和感人肺腑。这出戏，以及他所擅演的"杨派"《失空斩》《杨家将》《洪洋洞》以及《桑园寄子》等剧目，已经被广大京剧观众视为京剧老生戏中的杰作和绝唱，我想应当被看作是实至名归，绝非溢美之誉。

杨宝森早年曾经长于演出靠把老生戏，及至中年，由于臂有伤痛，遂主要把自己的创造才华放在以唱念为主的一些剧目上。他很少涉足编演新戏，但在他所经常演出的许多大家耳熟能详的传统剧目中，经过他精细入微的丰富与加工，大都能以自己独具特色的苍劲沉雄、韵味浓郁、气势磅礴、古朴清雅而又自然流畅的音色和唱腔，使这些剧目产生了一种如我国古人所说的，令人"感心动耳，荡气回肠"的光彩和魅力。因此，聆听他所遗下的这些堪称杰作与神品的演唱录音，对于广大京剧爱好者来说，已经成为一种美好感人的艺术享受。

长期以来，他和名鼓师杭子和、名琴师杨宝忠合作得亲密无间，达到了水乳交融、珠联璧合的程度；因此，在京剧界把他们的长期合作称作"三绝"，在京剧音乐艺术发展上做出了无可取代的重要贡献。因此，我们在纪念杰出的艺术家杨宝森的同时，也应当对于去世的杭子和、杨宝忠先生，表示我们的香草之思和钦敬之情。

在杨宝森先生八十五冥寿之际，他的继承者和仰慕者举行纪念演出和杨派艺术研讨会，是一件极有意义的事情。不仅仅是借此寄托我们对于这位杰出艺术家的哀思，而且可以对他所创造的宝贵艺术遗产进行一番深入的探讨，更好地继承和发扬他的刻苦学习和勇于创造的精神，我想，这对于振兴和弘扬京剧艺术和民族文化，都将是一项惠及后人和切实有益的贡献。

1994 年 9 月 10 日

附录1 冯牧年表简编

　　1919年2月24日（农历正月二十四日）出生于北京，原名冯先植。父亲冯承钧十六岁前往欧洲留学，在法国巴黎大学毕业后转入法兰西学院从事研究工作，1911年辛亥革命爆发后回国。是中国近代著名的史学家和杰出的翻译家，爱国知识分子。

　　1925年上学，先后在北京北师附小及辅仁中学、平民中学就读，直至高中。

　　1935年在北京参加了著名的"一二·九"抗日救亡运动。

　　1936年在北京参加"中华民族解放先锋队"（简称"民先"）。

　　1938年5月13日，经"民先"安排，带病（结核性肋膜炎）秘密离开被日寇占领的北京，前往冀中根据地参军，又根据组织安排，辗转奔赴延安，同年12月进抗日军政大学学习。

　　1939年9月，抗日军政大学结业后，同年12月考入延安鲁迅艺术文学院文学系三期作为插班生就读，主考人为何其芳；后转入文学系四期继续就读。

　　1940年开始在延安发表作品。

　　1941年3月，转鲁艺文艺理论研究室工作。

　　1944年3月，根据组织安排，去南泥湾三五九旅下连当兵。在此期间，曾在延安《解放日报》发表以此段生活为题材的《在劳动的日子里》等多篇文章。

1944 年 12 月，调至《解放日报》副刊部任文艺编辑，在延安评介并推出了赵树理的《李有才板话》及李季的《王贵与李香香》等作品。

1946 年 5 月，在延安《解放日报》社入党。

1946 年 8 月，任《解放日报》采通部副部长。

1946 年 12 月，作为新华社前线记者，随刘邓大军陈赓兵团转战华北、中原、华东、中南和华南战场，并参加了解放大西南的战役。在炮火前沿撰写并发表了数十篇战地通讯、特写和报告文学，同时拍摄了许多照片，忠实记录了刘邓大军的英雄形象，并因此在淮海战役中荣立一等功。

1950 年 3 月出版战地通讯集《新战士时来亮》(中南新华书店)，7 月出版战地通讯集《时来亮》(西南军区政治部)。

1951 年，任中国人民解放军第十三军文化部长，并随部队沿滇南河口一线剿匪，第一次深入云南边境。

1952 年，任昆明军区政治部文化部副部长。同年夏，第二次深入云南边境，走访了红河以南等地区。

1953 年，随中国人民解放军参观团赴朝鲜。

1954 年春第三次深入云南边境，第一次走访西双版纳和阿佤山。

1956 年底，因患脓胸，到北京做开胸手术，术后在京继续治疗，并于 1957 年 12 月转业回北京。

1957 年 12 月任中国作家协会《新观察》杂志主编。

1959 年 9 月，出版第一部评论集《繁花与草叶》(百花文艺出版社)。

1960 年，任《文艺报》编委、副主编。

1961 年春，回北京后第一次重访云南边疆，再次走访了西双版纳和阿佤山。

1962 年 1 月，继 1961 年后又一次深入云南边疆，走访了滇西德宏的傣族、景颇族自治州等地，同年春，还走访了滇西北等地。4 月，出版评论集《激流小集》(上海文艺出版社)。

1965 年起担任中国作家协会党组成员。

1966 年起遭林彪、"四人帮"迫害。

1969 年底下放到文化部湖北咸宁五七干校劳动。

1972 年因病从干校返京就医。

1974 年春，为躲避"四人帮"的迫害，应云南部队老战友的邀请，重返云南边疆，在曾经工作过的部队中生活长达一年之久，再次走访了红河地区和西双版纳，并首次走访了独龙江。

粉碎"四人帮"后，重新回到文艺工作岗位。

1976 年 11 月，任文化部政策研究室主要负责人。

1977 年 5 月，任文化部政策研究室主任。

1978 年，任文化部党组成员；中国文联党组第一副书记；恢复中国文联及各艺术家协会筹备组副组长兼秘书长及第四次全国文学艺术工作者代表大会秘书长。

1978 年 6 月任《文艺报》主编。

1978 年底，任文化部文学艺术研究院核心领导小组常务副组长，并筹备创办《文艺研究》杂志。后正式出任文化部文学艺术研究院第一副院长，及新创刊的《文艺研究》第一任主编。

1979 年起，任中国作协党组第一副书记，并在第三届中国作家代表大会上，当选为中国作家协会主席团成员、书记处书记，中国作协副主席。同年 5 月，应日中文化交流协会邀请，随同周扬率领的中国作家代表团访问日本。8 月，当选为中国当代文学研究会会长。

1980 年 6 月，应德意志联邦共和国驻华大使魏克特邀请，率中国作家代表团访问德意志联邦共和国。同年 11 月，出版第一部散文集《滇云揽胜记》（百花文艺出版社）。

1981 年 1 月，出版评论集《耕耘文集》（上海文艺出版社）。同年 11 月，出版评论集《新时期文学的主流》（人民文学出版社）。

1982 年 9 月，率中国作家代表团赴美，参加第一次中美作家会议。

1983 年，当选为第六届全国政协委员；同年 3 月出版评论集《冯牧文学评论选》（湖南人民出版社）。

1984 年底，在第四届中国作家代表大会上，继续当选为主席团成员和中国作家协会副主席。

1985 年，创办并兼任《中国作家》杂志主编。同年 3 月，应邀第二次访问美国。

1986 年 3 月，应邀第二次访问日本。同年 9 月，率中国作家代表团赴朝鲜参加平壤国际文学研讨会。

1988 年，继续当选第七届全国政协委员。同年 8 月，受韩国笔会邀请，率中国笔会代表团赴韩出席国际笔会会议。9 月，应邀第三次访问美国。同年，被推举为程（砚秋）派京剧艺术研究会第一任会长。

1989 年 1 月，出版评论集《文学十年风雨路》（作家出版社）。

1993 年 10 月，受巴金先生委托，应意大利"蒙德罗"国际文学奖评委会邀请，赴意大利领取该评委会授予中国作家协会的特别奖。

1994 年 5 月，出版散文集《冯牧散文选萃》（解放军出版社）。
9 月，出版散文集《我的三个故乡》（中国华侨出版社）。

1995 年 1 月 19 日，因身体不适，住北京友谊医院治疗。

1995 年 7 月，出版评论集《但求无愧无悔》（人民文学出版社）。

1995 年 9 月 5 日，因病医治无效，在北京逝世，享年七十六岁。

附录2 冯牧主要著作目录

《冯牧文集》·九卷，北京，解放军出版社，2002年1月。

散文集：

《滇云揽胜记》，天津，百花文艺出版社，1980年11月。

《冯牧散文选萃》，北京，解放军出版社，1994年5月。

《我的三个故乡》，北京，中国华侨出版社，1994年9月。

《沿着澜沧江的激流》，昆明，云南教育出版社，2000年7月。

评论集：

《繁花与草叶》，天津，百花文艺出版社，1959年9月。

《激流小集》，上海，上海文艺出版社，1962年4月。

《耕耘文集》，上海，上海文艺出版社，1981年1月。

《新时期文学的主流》，北京，人民文学出版社，1981年1月。

《冯牧文学评论选》，长沙，湖南人民出版社，1983年3月。

《文学十年风雨路》，北京，作家出版社，1989年1月。

《但求无愧无悔》，北京，人民文学出版社，1995年7月。

战地通讯集：

《新战士时来亮》，中南新华书店，1950 年 1 月。

《时来亮》，中国人民解放军西南军区政治部，1950 年 7 月。

后记

父亲生于 1919 年 2 月 24 日，病逝于 1995 年 9 月 5 日。

父亲生前喜欢读散文，也热衷于写散文，他非常喜欢散文这种取材广泛笔法灵活而又可以抒发真情实感的文体。可惜，受工作牵累和病体拖累，他留下的散文作品并不多。尽管在他去世的前一年，曾认真地和我谈过他晚年的写作计划：一个是他始终牵挂于心的云南游记系列（虽早已开始，却一直没有完成）；另一个是关于他人生足迹的回忆，当时开笔写的第一篇是《丰盛胡同——我从这里起步》，第二篇也已开始构思，题目是《从北京到冀中——一段难忘的艰辛历程》，可惜尚未动笔，他就因病住院了，他的散文写作也因此戛然而止。

为此，我要特别感谢作家出版社，在父亲百年诞辰即将来临之际，为他编辑出版了《冯牧散文精选》，从而使父亲生前不多的散文作品得以以精选的形式呈现在读者面前。我也要感谢徐怀中、陈建功、高洪波、李敬泽、吴义勤和何志云等先生，感谢他们在我编选《冯牧散文精选》时，给了我许多非常中肯的建议和实实在在的帮助！同时，还要感谢本书的责任编辑从始至终认真细致、精益求精的工作态度！

如果父亲知道在他去世二十三年后，还有这么多人没有忘记他，我想，他会感到欣慰的！

程小玲

2018 年 11 月 1 日

图书在版编目（CIP）数据

冯牧散文精选/冯牧著. -- 北京：作家出版社，2019.2
ISBN 978-7-5212-0270-0

Ⅰ.①冯… Ⅱ.①冯… Ⅲ.①散文集－中国－现代
Ⅳ.①I267

中国版本图书馆CIP数据核字（2018）第254571号

冯牧散文精选

作　　者：冯　牧
责任编辑：周　茹　李　雯
装帧设计：王汉军
出版发行：作家出版社有限公司
社　　址：北京农展馆南里10号　　　邮　　编：100125
电话传真：86-10-65067186（发行中心及邮购部）
　　　　　86-10-65004079（总编室）
E-mail:zuojia@zuojia.net.cn
http://www.zuojiachubanshe.com
印　　刷：三河市北燕印装有限公司
成品尺寸：152×230
字　　数：280千
印　　张：23.25
版　　次：2019年2月第1版
印　　次：2019年2月第1次印刷
ISBN 978-7-5212-0270-0
定　　价：48.00元